나이 들어간다는 게
재밌는 까닭

나이 들어간다는 게 재밌는 까닭

김태훈 지음

나는 왜 살까?
어떻게 살아야 할까?
내 마음은 어떻게 작동할까?
사람들은 왜 갈등을 일으킬까?
생명체는 어떤 법칙 안에서
살아갈까?

한국문화사

나이 들어간다는 게 재밌는 까닭

1판 1쇄 발행 2025년 4월 1일

지 은 이 | 김태훈
펴 낸 이 | 김진수
펴 낸 곳 | 한국문화사
등   록 | 제1994-9호
주   소 | 서울시 성동구 아차산로49, 404호(성수동1가, 서울숲코오롱디지털타워3차)
전   화 | 02-464-7708
팩   스 | 02-499-0846
이 메 일 | hkm7708@daum.net
홈페이지 | http://hph.co.kr

ISBN 979-11-6919-307-8 03810

오류를 발견하셨다면 이메일이나 홈페이지를 통해 제보해 주세요.
소중한 의견을 모아 더 좋은 책을 만들겠습니다.

차례

둘째, 어떻게 살아야 하는지가 나름의 기준으로 정리가 되어서다

넷째, 사람들 간의 갈등은 불공정을 공정화하는 데서 빚어진다는 걸 직시할 수 있어서다

프롤로그

집 마당에서 내 허리춤 높이 정도 위로 비스듬하게 올라간 곳에 덩그러니 내버려져 있던 대여섯 평의 빈터를 난 아내와 함께 텃밭으로 일궈 채소를 가꾸고 있다. 농사 기술이 좀 더 진보하면 더 넓은 농토에서 작물을 경작해 볼 요량으로, 귀촌한 지역의 농업기술센터에서 운영하는 농업대학에 등록하여 농사 기술도 배우고 있다. 어떤 강의를 듣고 있노라면 농사를 금방이라도 잘 지을 것 같은 기분이 들어 재미가 있다.

재미는 주변에 어디든 있다. 무더위가 기승을 부리는 한낮에 집 앞에 있는 산을 오르고자 나는 작은 배낭을 꾸린다. 두 살 난 외손자를 데리고 집에 잠깐 들른 딸이 묻는다, 왜 이렇게 무더운 날씨에 힘들게 산에 가려 하느냐고. 숲속 그늘에 앉아 굵은 땀방울을 훔치며 지나온 길과 시간을 되새김하는 재미를 딸이 어찌 알리오.

물론 나이 든 사람에게 일상이 마냥 재밌는 건 아니다. 때론 혼자 우울함을 삭여야 할 때도 많다. 젊은이들이 운동장에서 온몸을 땀으로 적시며 운동하는 모습을 볼 때, 방금 사용했던 물건을 손에 쥐고 있으면서 어디에 두었는지 생각이 나지 않을 때, 가까이 눈을 마주하고 있는 사람의 이름이 떠오르지 않아 몰래 뒤돌아서 휴대전화기의 연락처에 저장된 명단을 뒤져 한참 만에 찾아냈을 때, 가족이나 지인들과 대화 도중 예전 같으면 그러려니 하고 넘어갈 말에도 괜히 신경이 쓰이고 속이 상할 때, 자동차를 운전하고 가다 우연히 뒤따르게 된 다른 사람의 장의차 행렬을 보며 화로 속으로 들어가는 관이 떠오를 때, 나도 모르게 '내가 늙어가는구나'하는 생각이 들어 마음이 착 가라앉는다.

하지만 그것도 잠시다. 나이 들어간다는 사실을 삼라만상의 이치로 받아들이면, 금방 마음이 편해진다. 나이가 들어간다는 건 하루하루가 소중한 삶의 서사로 응축되어 간다는 것과 다른 말이 아니다. 시선을 돌려 지난 삶을 바라보면, 세월의 틈바구니에 켜켜이 쌓여 숙성되고 있는 서사들이 도서관 서고에 진열되어 있는 책들처럼 주인의 손길을 기다리고 있다. 안방에서, 숲속에서, 대폿집에서, 개천 변에서 이들을 하나씩 꺼내 되새김하다 보면 재미가 쏠쏠하다. 이로부터 오는 재미는 오늘과 내일을 살아가는 자양분이다.

나이 들어가면서 느끼는 재미는 숙성된 삶의 서사에서 나온다. 그건 단순한 기분이나 만족과는 다르다. 촘촘히 얽힌 인간관계망 속에서 관계에 충실하되 그에 갇히지 않는 자중심(自重心), 일어서려고 할 때마다 넘어졌던 좌절의 아픔으로 다져진 불굴성, 많고 높음이 적고 낮음보다 더 행복한 삶의 기준이 되는 건 아니라는 분별심, 지금 내가 옳은 방향으로 걷고 있는가를 냉정하게 반성하며 위치와 속도를 조절하는 성찰력, 자연의 법칙성을 거스르지 않고 그 안에서 조화롭게 살고자 하는 순천성(順天性), 삶과 죽음의 관계성에서 준비해야 할 마음의 자세를 살피는 예지력 등등은 세월의 흐름 속에서 깎이고, 다듬어지고, 다져져 숙성된 서사의 진액이다. 그걸 맛보는 데서 오는 재미는 일종의 깨달음에서 오는 전율이자, 어둠 속에 갇혀있던 한 줄기 빛을 헤아리는 데서 오는 희열이며, 각박한 일들에서 한 발짝 벗어나 삶을 관조하는 데서 오는 평온이다.

젊을 때는 사는데 바빠 지난 세월의 서사를 꺼내 되새김할 여유가 없다. 설사 가능하다 하더라도, 레이더 스크린에 잠깐 등장했다 사라지는 작은 점들처럼, 그저 잠시 소환된 기억으로 있다가 의식 속의 깊은 저장고 안으로 사라져간다. 그에 천착할 시간이나 버무릴만한 자료가 충분하지 않기 때문이다. 오랜 풍파의 할큄을 이끼로 빨아들이며 세월을 지탱해 온 저 산의 이름 없는 바위들처럼, 살면서 겪었던 자기 나름의 크고 작은 희로애락의 서사들이 마음에 침전되어 구체적인 형상으로 드러나기까지는 살아온 세월이 뒷받침되어야 가능하다. 나이가 들어야 한다는 말이다.

플라톤의 〈국가〉 초반부에 70세의 케팔로스가 소크라테스에게 "선생, 나이 든다는 건 어떤 면에서 좋은 것이요. 어떤 사람이 불행하다면 그 원인을 나이 탓으로 돌려선 안 될 것이요. 중요한 건 자신의 성격과 생활 방식이요"라며 자신의 인생 소회 한 토막을 밝히는 대목이 나온다. 그의 말처럼, 나이가 들어간다는 사실을 우리가 어떻게 받아들이며 살 것인가는 개인의 성격이나 생활 방식에 따라 다를 것이다. 나의 경우, 근래에 느끼는 인생의 재미가 나이 들지 않았다면 결코 감지할 수 없었던 것들이라는 점에서, 나이 들어간다는 게 분명히 그런 면에서 좋은 것이요, 살면서 느낄 수 있는 재미로 친다면 으뜸일 것이라 확신한다.

우리 사회는 지금 나이 들어가고 있다. 2025년이면 우리나라 전체 인구의 20%인 1천만 명이 65세를 넘어서는 초고령 사회가 된다. 연금 고갈, 지하철 만성 적자, 의료보험료 인상, 자동차 오조작 사고, 디지털 문맹 등 온갖 사회적 골칫거리의 진원지가 곧 나이 든 사람들이라는 곱지 않은 다중의 시선은 우리 사회 곳곳에 '노(no) 실버존'을 확산시키고 있다. 자칫 나이 든 사람들에게서 집단 우울 증세가 유발될 수 있다. 그건 당사자들만의 문제로 그치지 않는다. 우리 사회의 생기와 활력을 갉아먹는 최대 걸림돌이 될 수 있다. 나이가 들어간다는 사실을 긍정적인 시각에서 바라볼 필요가 있다. 누구에게나 가을은 찾아온다. 그리고 누구도 비껴갈 수 없다. 자연스럽게 받아들일 필요가 있다. 나이 들어간다는 사실에서 사람들이 재미를 느낄 수 있다는 건 그만큼 우리 사회가 건강할 수 있다는 신호다.

특히 나이 든 사람들이 느낄 수 있는 재미의 원천은 80%가 지난 세월의 서사에 담겨 있다. 대개는 단지 그의 1% 정도만 꺼내 맛을 느낀다. 이에, 나는 개인적 서사를 통해 느꼈던 삶의 재미들을 가급적 많은 사람과 공유하고자 다섯 가지로 정리해 이 책에 담았다. 일단은 담론의 원천이 지극히 개인적인 서사에서 출발하기에 일정 부분 한계가 있을 것이다. 독자들은 '왜 내가 지금 이 귀한 시간에 남의 시시콜콜한 이야기들을 읽어야 하는가?'라는 의문에 싸일 수도 있을 것이다. 하나, 이 책에 펼쳐져 있는 이야기들이 꼭 내 개인에 국한된 사정으로 치부될 성질의 것만은 아니라고 본다. 개인적인 사정이되 가능한 한 독자들의 생각을 폭넓게 자극할 수 있다고 생각되는 주제를 선정하고자 했다. 특수성엔 보편성이 내포되어 있다는 평소의 신념이 이 작업을 지속할 수 있게 해주었다. 다만, 필자가 떠올린 한 줌의 바닷물이 과연 소금 결정체로 빛나고 있는가는 전적으로 읽는이의 판단에 맡길 일이다.

이 책은 제목에 암시된 물음에 대해 다섯 가지로 대답하는 형식을 갖추고 있다. 첫 번째 대답은 '내가 사는 이유를 알 수 있어서다.' '나는 왜 살지?'를 자꾸 되묻는 자신을 발견하고 내 존재의 의미를 찾고 지키는 길을 성찰하며 느꼈던 점들을 정리했다. 두 번째는 '어떻게 살아야 하는지가 나름의 기준에 따라 정리가 되어서다.' 나도 모르게 가족의 의미가 의식에서 중심을 이루게 되고, 그동안 내가 물려받은 유산은 무엇이며 앞으로 남겨주고 싶은 자산은 무엇이어야 할 것인가를 이야기했다. 세 번째는 '사람들은 대상과 상황에 따라 마음의 작동 방식을 달리한다는 걸 알아서다'. 대인관계에서 내 마음이 어떻게 작동하는지 그 원리를 따져보고, 사람들의 속내가 보이기 시작함에 따라 사람들 간의 관계망에 얽힌 빛과 어둠을 조명했다. 네 번째는 '사람들 간의 갈등은 불공정을 공정화하는 데서 빚어진다는 걸 직시할 수 있어서다.' 나이가 들어가며 세상살이의 불공평한 근원에 눈이 뜨여진다는 사실과 사람들이 집단을 이뤄 생활하고자 하는 이유를 체감하면서 느낀 단상을 정리했다. 마지막 다섯 번째 대답은 '모든 생명체는 일정한 법칙성 안에서 살아간다는 사실을 절감할 수 있어서다.' 인간 삶에 내재하는 자연성을 발견하고, 자연의 법칙성 안에서 사는 데 필요한 삶의 기술들을 이야기했다.

구성 면에서 이 책은 하나의 특징이 있다. 이 책에 실린 소제목들은 시간의 흐름에 따른 순서대로 구성된 것이 아니다. 다섯 가지의 주제를 중심으로 과거와 현재의 일들이 앞뒤 순서 없이 배열되어 있다. 자기 경험이나 관심과 유사한 주제나 소제목이 눈에 띄면 아무 페이지이든 그곳을 펼쳐 읽으면 된다. 누구든 이 책을 읽으며 현재 자신의 위치에서 전개되고 있는 삶의 모습을 되돌아보거나 앞으로 인생 과정에서 부닥칠 수 있는 일들을 상정하여 나름의 적절한 방향을 마음속으로 생각해 보는 기회가 되었으면 한다. 젊은 사람은 젊은 사람대로, 나이 든 사람은 나이 든 사람대로 그동안 잊히고 지내왔던 나름의 사는 재미를 발견할 수 있기를 바란다. 그런 기대가 필자가 이 책을 쓴 의도라면 의도이자, 이 책이 지닌 의의라면 의의이다.

첫째

내가 사는 이유를 알 수 있어서다

내가 살아야 하는 이유는 나로부터 비논리적인 구성의 결과로 나온다.
누구에게나 합리적이고 타당한 원칙에 의해 입증된 삶의 의미란 존재하지 않는다.
난 내 삶의 의미를 스스로 찾고 구성하면서 산다.

'내가 왜 살지?'를 자꾸 되묻는다

"삽 들고 땅 팔래, 펜대 잡고 사무 볼래?"

일찍이 프랑스의 실존주의 철학자 사르트르는 인생의 목적을 우리 스스로 찾아야 하며, 그렇지 않으면 그저 외부의 힘에 휩쓸려 살다 삶을 마감하게 된다고 하였다. 그러면서 살아야 할 분명한 이유 한 가지는 우리가 태어났다는 사실에 있다고 덧붙였다. 나는 평소에 이 말을 자주 곱씹곤 한다. 그런데 그 의미를 나 스스로 찾아야 한다니, 참으로 난감한 일이었다. 아무리 생각해도 내가 이 세상에 태어난 이유가 뭔지를 도대체 알 수가 없었기 때문이었다. 밥을 먹고 나서 밥을 먹어야 하는 의미를 찾아 나선들, '배가 고파서', 혹은 '살아야 하니까'라는 말 외에 달리 뭐라 할 수 있을까? 무슨 고상한 목적이 없을까 하고 실눈을 뜨며 되묻곤 했다.

육십갑자를 한 바퀴 돌고 나서야 난 내가 사는 나름의 이유를 말할 수 있게 되었다.

나 스스로가 인정하는 건 다음과 같은 세 가지 사실이다. 첫째, 존재는 사유보다 먼저라는 것이다. 사는 이유가 무엇인가를 알기 전에 난 이미 존재하고 있다. 둘째, 사는 이유를 묻고 대답하는 사람은 '나'여야 한다는 것이다. 내가 존재하지 않는다면 그런 의미에 대한 사유 자체가 불가능할 것이다. 더군다나 나도 나를 모르는데, 다른 사람이 나를 알기는 만무하다. 셋째, 내겐 그럴듯하게 뭔가를 꾸며낼 수 있는 이성이란 게 있다는 것이다. 나무는 나무대로, 토끼는 토끼대로, 나는 나대로 살아간다. 다만 내가 그런 생명체들과 다른 점은 이성이 있다는 것이다. 이성이란 게 없으면 내가 사는 이유를 생각조차 할 수 없을 것이다.

그렇다면 그동안 선인들은 자기 삶의 의미에 대해 어떤 견해를 밝혀왔을까? 그 견해는 종교적 차원과 철학적 차원으로 정리된다. 종교적 차원에서 제시된 견해를 보면, 우리는 신이 창조한 피조물이므로 신의 뜻에 따라 사는 게 사는 이유다. 지극히 자연스럽다. 우리가 제아무리 어떤 의미를 생각한들, 그것 역시 신의 의지 내에서 가능하다. 철학적으로 제시된 견해는 매우 복잡하다. 난 그걸 객관성에 방점을 두느냐, 아니면 주관성을 강조하느냐의 차이로 본다. 예컨대 동양의 유학자들은 자연 세계의 원리를 통해 인간 삶의 의미를 끌어낸다. 우리가 사는 이유를 아무리 고상하게 들이댄다고 하더라도 삼라만상의 법칙을 따를 뿐이다. 서양의 철학자들은 주로 이 세상의 일체란 서로 달라 각자가 주관적으로 나름의 가치와 의미를 창출하고 살아야 한다고 말한다.

그럼, 난 이들의 견해를 어떻게 받아들이고 있는가? 내가 사는 이유나 의미란 게 신으로부터 주어졌다는 견해에 동의하지 않는다. 난 신의 존재를 믿지 않아서다. 자연에 아무리 물어도, 메아리 외엔 아무런 응답이 없다. 그러면 내가 사는 이유를 다른 사람들과 논의해서 정해야 할까? 누가 내 삶에 관심이 있다고 쳐다보기나 하겠는가. 결국,

내가 살고 있고, 살아야 한다는 실존의 맥락에서 나 스스로 찾을 수밖에 없다는 생각이 든다. 철학적 관점에서 말하는 후자, 즉 주관성에 가까운 입장이다. 한마디로 말하면, 나만이 내가 사는 이유, 곧 내 삶의 의미를 말할 수 있다는 결론에 이른다.

간혹 '삶의 목적도 없이 인생을 낭비하지 말라'고 질책하는 사람들이 있다. 난 그런 사람들이 내심으론 부럽다. 나와는 뭔가 다른 차원에서 인생을 살고 있는 것 같아서 그렇다. 혹자는 나처럼 오로지 사적으로 정립한 인생의 의미는 단순히 개인적인 의견에 불과하다고 말할지 모른다. 하지만 누구도 객관의 이름으로 그걸 제시하진 못하고 있는 것 같다. 그래서 사르트르도 '너 알아서 살라'고 말하지 않았겠는가. 어쩌면 땅에 발 딛고 사는 사람들 수만큼 사는 이유도 다양할지 모른다.

이제 내가 사는 이유를 좀 더 구체적으로 말해 보자.

해를 거듭하면서 내가 맞이하는 일들은 사실 내 의사와 상관없이 거의 이미 정해져 있다. 학창 시절에 해야 할 일, 가정을 이루고 사는 일, 생계유지를 위해 경제활동을 하는 일, 은퇴 이후 새로운 활동을 시작하는 일, 각종 병에 시달리다 죽음에 이르는 일 등은 누구나 거의 예외 없이 닥쳐온다. 거부한다고 거부되는 일도 아니다. 그래서 어쩌면 내가 산다는 건 싫든 좋든 이런 일들을 헤쳐 나가는 시간의 연속이라 할 수 있다. 내가 주목하는 건 바로 이 지점이다. 그 가운데에 각자 나름의 삶의 의미가 깃들어 있을 것으로 보는 것이다. 그래서 내가 생각하는 '내가 사는 이유', '삶의 의미'는 그것이 무엇이든 나의 삶 안에 그 단서들이 들어 있다고 믿는다.

성인이 될 때까지도 나는 사는 이유를 의식하지 못한 채 살아왔다.

투박하게 말하면, '꾸며'내지 못했고, 다소 세련되게 말하면 '구성'해 내지 못했다. 사는 데 바빠 그럴만한 시간적 여유도 없었다. 지천명의 나이에 가까워지고 나서야 내가 사는 이유나 의미가 어렴풋하게 의식의 스크린에 잡히기 시작했다. 자식들이 대학에 들어갈 시점에 그들의 실상을 목도한 것이 계기가 되었다. 그런 이후에도 육십갑자를 한 바퀴 돌고 나서야 난 겨우 나름의 결론에 이를 수 있었다. 내가 내 삶을 외부에 방치하지 않고 끌어안고 살아왔던 이유 속에 내 삶의 의미가 깃들어 있음을 자각한 것이다. 한 마디로, 내가 사는 이유는 '내 삶을 사랑해야 하기 때문'이다. 그 외는 사족으로 보인다.

'내 삶을 사랑해야 한다'라는 건 당위의 문제이다. 애초부터 사랑하고 있다는 말이 아니고, 설령 맘에 들지 않는 것들이 있더라도 그걸 끌어안아야 한다는 의미가 담겨 있다. 선천적이든 후천적이든 나에게 주어진 모든 걸 보듬고 거기에 온기를 불어넣어야 한다는 말이다. 어쩌겠는가, 내게 주어진 유전인자가 마음에 들지 않는다고 도려낼 수는 없잖은가. 부모, 자식, 형제가 싫다고 바꿀 수는 없는 노릇 아닌가. 결여된 것이 많다 하여 누가 그걸 보충해 줄 리는 만무하잖은가. 좋든 싫든 주어진 게 내 몫이다. 내게 주어진 것들을 끌어안지 않으면 누가 보듬어 줄까. 내 삶의 의미에 관한 사유는 거기서부터 출발한다.

이와 함께, 내 의지와 상관없이 닥치는 생애 주기마다의 과업에 내 삶이 우왕좌왕하지 않고 앞으로 나아가기 위해선 일정한 방향성과 생활 원칙이 필요했다. 내가 생각하는 삶의 방향성은 내 삶을 사랑해야 하기에 나에게 주어진 선천적 및 후천적 자원을 최대한 그리고 충실하게 활용하며 생활하는 것이었다. 아울러, 프로이트가 자신의 생명을 유지하는 데 긍정적인 영향을 미치는 모든 걸 삶의 에너지인 '리비도(성적 본능)'로 보았듯이, 내가 그런 방향성으로 살아가는 과정에서 그에 도움이 되는 모든 건 내 삶의 에너지로서, 내겐 좋은 것이다. 그런 것들을 추구하며 살다 보니, 그런 생활이 하나의 원칙으로 몸에 배게 되었다.

나에게 주어진 자원을 최대한 그리고 충실하게 활용하며 생활한다는 방향성은, 지금 생각해 보면, 어린 시절에 이미 그 구체적인 내용이 배태되었던 것으로 보인다. 어린 초등학생일 때부터 할머니는 내게 잊을 만하면 "애야, 커서 삽 들고 흙 팔래, 펜대 잡고 사무 볼래?"하고 묻곤 하셨다. 나의 의사를 묻는 형식을 취하면서도 사실은 당신이 하시고 싶은 당부의 말씀을 그렇게 표현하시곤 했다. 할머니의 그 당부 말씀은 내가 성장하는 과정에서 무의식적으로 내 삶이 나아갈 방향성의 구체적인 길을 일러주는 길라잡이가 되었다. 이후 지금까지 내 삶의 서사는 펜대 잡는 일과 관련된 것들이었다.

인간은 치장의 동물이다. 몸만 치장하는 것이 아니다. 인간에게는 이성이라는 특유한 사유 도구가 있어 삶의 의미를 뭔가 그럴듯하게 꾸미고 싶어 한다. 지금까지 내가 말한 것도 다 그런 심산의 결과이다. 옛날이나 지금이나 많은 사람에게 회자하는 인물은 그런 일에 특출한 재주를 보인 자들이다. 그 가운데에서도 단연 백미는 역시 시인들이 아닌가 하는 생각이 든다. 중국 당나라 시인 이백이 '산중 문답'에서 왜 사는지 물으면 그저 웃을 뿐 대답하지 않는다고 했고, 김상용 시인 또한 '그저 웃지요'라고 했다. 아마도 그 미소는 서산 마애불이 머금고 있는 그것과 닮았을 것이다. 삶의 의미에 관한 그 어떤 담론도 그 미소에 함축된 의미를 넘어서진 못할 것이다. 누가 나더러 '왜 펜대 잡고 사는가?' 라고 묻는다면, 나 역시 그저 소리 없는 미소만 머금고 있을 것이다.

내가 규정한 내 삶의 의미는 그 자체로 나다.

들풀의 운명

"저 푸른 초원 위에/그림 같은 집을 짓고/사랑하는 우리 임과/한 백년 살고 싶어." 1970년대에 우리나라에서 크게 유행했던 가수 남진의 '님과 함께'라는 노래의 첫 소절 가사다. 내가 어렸을 때 어디를 가든 친구들과 모이면 어지간히 떼창으로 불러댔던 노래다. 이는 당시 어른들이 젊은이들을 향해 초가 삼간집에는 부모를 모시고, 푸른 초원 위 그림 같은 집에는 자기 마누라나 데리고 살려 한다는 농담조의 비아냥 거리의 소재가 되기도 했다. 전원생활을 꿈꾸는 사람은 아마도 제일 먼저 남진이 노래하는 푸른 잔디가 싱그러운 정원을 상상할 것이다.

시골에서 살아본 사람은 다 안다, 시골 생활은 풀과의 전쟁이라는 것을. 태양이 작열하는 여름날 정원에서 잡초를 뽑거나 자르는 것도 힘든 일이지만, 풀을 베고 나서 뒤돌아보면 금세 새끼손가락 크기보다 더 자란 것 같은 낭패감을 이겨내는 일도 큰 고역이다. 그러나 어쩌겠는가, 자연의 순리인 것을. 부지런히 잡초를 뽑거나 깎아주는 수밖에 달리 어쩔 도리가 없다. 꿈을 안고 심은 마당의 잔디는 첫해엔 '저 푸른 초원'을 이룬다. 하지만 다음 해부터는 어김없이 잔디밭 곳곳에 잡풀이 자리를 잡는다.

비라도 흠뻑 내리고 난 뒤엔 잡초들은 성장의 기쁨을 마음껏 누린다. 잡초들이 자라는 소리가 여기저기서 들려온다. 특히 장소를 가리지 않고 들이대는 제비꽃, 민들레, 클로버, 바랭이, 환삼덩굴, 단풍잎 돼지풀, 쑥, 까마중, 소리쟁이, 가막사리 등은 땅 주인의 심사를 건드리기 일쑤다. 수많은 아이디어를 짜내보지만, 잡초를 이기기엔 버겁다. 처음 몇 년간은 주인이 직접 호미로 잡초를 뽑는다. 결국 몇 년 못가 포기한다. 잔디 보호용 제초제를 사용하기 시작한다. 그때 비로소 주인은 잔디의 노예 신세에서 벗어날 수 있게 된다.

단출하게 살아간다는 것은 소모적인 일에서 벗어나 자신이 하고 싶은 최소의 일을 하며 생활한다는 말과 다름없을 것이다. 도시의 번거로움에서 벗어나 시간적으로나 심리적으로 여유를 갖고 살기 위해 시골로 왔는데, 무성하게 자라는 풀을 뽑거나 베는 일에 지쳐 허우적댄다면 시골로 내려온 의미가 퇴색되기 마련이다.

'잡초'란 특정한 어떤 식물 종을 부르는 용어가 아니다. 우리가 일부러 재배하지 않는, 스스로 알아서 번식하는 잡다한 들풀을 일컫는다. 잡초라는 말을 듣는 순간, 우리는 왠지 그 풀들이 억세고 거칠 것이라고 지레 짐작하게 된다. 세련미가 없고 투박하여 아무렇게나 대해도 되는 대상으로 격하된다. 그저 그런 풀로 비하하기 일쑤다. 나훈아가 노래하는 '잡초'라는 노랫말처럼, 잡초는 아무도 찾지 않는 이름 모를 풀이다. 아니, 우리가 이름을 몰라 찾지 않는 풀이다. 이름 없는 잡초란 없다. 우리가 그의 이름을 몰라서 잡초로 취급될 뿐이다.

하지만 고유한 이름을 알고 있어도, 들풀은 사람들의 필요에 따라 잡초의 지위로 급전 추락하고 만다. 땅 주인들이 바라는 풀이 아니면, 제아무리 예쁜 이름이나 꽃을 가진 들풀도 모두 잡초로 전락하는 운명에서 벗어나지 못한다. 소담하게 꾸민 정원에서는 말할 것도 없을뿐더러, 텃밭이나 이랑을 지은 밭에 나는 쑥, 쇠비름, 바랭이, 엉겅퀴 등의 풀들은 작물을 가꾸는 사람들의 필요에 밀려 잡초라는 운명의 굴레에서 벗어나지 못한다. 사람들은 그것들을 보는 족족 모조리 뽑아버린다. 그래도 시원찮으면 아예 제초제를 살포한다. 하지만 두어 달 후면 약기운을 밟고 초록빛을 내며 땅으로 솟아오른다.

잡초로 전락한 풀들도 꽃을 피울 때는 여느 식물의 꽃처럼 예쁘다. 대개 잡초로 취급되는 작은 풀들은 무리를 지어 자라며 동시에 꽃을 피워낸다. 멀리서 보면, 개망초가 만발한 7~8월의 구릉지는, 이효석이 〈메밀꽃 필 무렵〉에서 평창의 산허리에 피기 시작한 메밀꽃의 장관을 표현했던 것처럼, 하얀 소금을 흩뿌려 놓은 것이 숨이 막힐 지경이다. 광대나물이 번성한 곳은 분홍색 점들로 수놓인 양탄자를 깔아놓은 듯 보이기도 하며, 군데군데 양지꽃과 봄까치꽃이 뭉쳐 있는 곳은 노랗고 푸른 점박이 보자기를 펼쳐 놓은 것 같다. 그 한 가운데에 뱀딸기꽃 한 송이라도 피면 금상첨화다. 굳이 신의 창조물 어쩌고 들먹일 것 없이, 자연엔 잡초란 없다는 말이 힘을 얻는다. 사람들이 어떻게 바라보느냐에 따라 애꿎은 풀만 잡초의 운명을 뒤집어쓸 뿐이다.

우리 집의 상징이나 다름없는 십여 그루의 해송 무리 주변에는 자연 그대로의 야외정원이 있다. 풀에 이미 이골이 나 있던 나는 해송 무리를 최대한 활용하여 풀이 나는 면적을 절반으로 줄였다. 풀이 아름다운 들풀이 되거나 잡스러운 풀(잡초)이 되는 건 전적으로 정원을 가꾸는 주인에게 달려 있다. 정원의 풀들이 들풀로 보이게 하는 방법은 녹색 공간을 유지하되, 풀이 날 수 있는 면적을 줄이는 일이 상책이다. 다시 말하면, 여유를 갖고 풀을 다룰 수 있는 정도의 면적을 정원으로 가꾼다. 그래서 난 우선 해송 밑자락 부분을 깨끗이 정돈한 다음, 대여섯 사람이 앉아 휴식을 취할 수 있을 정도의 넓이로 붉은 벽돌을 격자무늬 형태로 깔았다. 그리고 둥근 탁자와 의자도 몇 개 갖다 놓았다. 해송과 주변의 들풀이 어우러진 제법 그럴듯한 정원을 갖추게 되었다.

그곳에 앉아 갯바람이 불어오는 서쪽으로 시선을 돌리면 건넛마을이 보이는데, 이쪽 마을과의 사이에는 경지정리가 잘 된 논들로 족히

축구장 네댓 개는 되는 제법 그럴듯한 평야 지대를 이루고 있다. 들녘을 바라보고 있노라면 계절의 변화가 그대로 몸으로 전해진다. 자연의 색깔이 어떤 것인가를 오감으로 느낄 수 있다. 특히 늦가을 들녘의 누런 벼 색깔은 정말이지 내 가슴을 설레게 하는 데 충분하다. 이보다 더 우리의 마음을 풍요롭게 해주는 색상이 있을까 싶다. 그렇게 잠시 풍광에 취하다 찻잔을 내려놓으려 고개를 숙이면, 바로 앞에 비스듬히 다리를 뻗는 야생 지대엔 엊그제 단정하게 깎아 놓았던 들풀들이 금세 자라 자유분방하게 고개를 들고 있다. 바다의 해초는 하루에 3㎝ 정도가 자란다 하니, 그나마 들풀의 생장 속도를 인내해 줄 만도 한데, 내 마음은 다시 심란해지기 시작한다. 야생 정원의 풀들이 순간적으로 들풀이 되었다가 잡초가 되기를 반복한다. 야생 상태로 남겨놓은 정원의 면적을 더 줄여야겠다는 생각을 좀처럼 떨칠 수 없다.

어느 여름날, 아내와 함께 장항에 있는 송림 산림욕장에 바람쐬러 갔다. 그곳을 산책하다 바닷가의 방풍림 소나무들 사이에 맥문동이 잔뜩 심겨 있는 걸 보고 한가지 아이디어가 떠올랐다. 야생 정원의 공간에 잡초의 기세를 꺾을 수 있는 식물을 심는 것이다. 나는 장항 송림에서 벤치마킹한 대로 내 집 정원에 있는 해송 무리를 빙 두른 주변의 야생 정원에 맥문동을 구해 촘촘하게 심었다. 생명력이 강하고 번식도 잘해서 나의 선택에 쾌재를 불렀다. 잡초를 깎는 수고로움을 한결 덜어주었다. 그리고 나머지 공간은 근처의 지인이 사는 집 뒤뜰 여기저기에 군집을 이루고 있는 해국을 몇 그루 채취하여 심었다. 해국의 줄기와 잎은 넓게 퍼져나가 풀이 날 수 있는 공간을 잠식해 나갔다. 가을이면 해송 무리 근처의 휴식 공간에 앉아 만발한 맥문동의 보랏빛 자태를 보며 해국의 향내를 맡는 즐거움이 이만저만하지 않다.

내가 통제할 수 있는 범위 내에 있으면 그때 잡초는 순하고 아름다운 들풀이 된다. 통제의 범위를 벗어나는 순간, 말 그대로 야생마처럼 날뛰는 억센 잡초가 된다. 그러므로 정원이나 뜰의 면적을 내 통제 능력에 맞게 설정하는 일이 관건이다. 주인이 풀을 통제할 수 있는 능력은 정원을 가꿔보는 경험이 축적되면서 차츰 확장된다. 조급하게 서두를 필요가 없다. 그리한다고 해서 역량이 하루아침에 확장되지도 않는다. 천천히, 그러나 꾸준히 정원에 관심을 기울이며 관리하다 보면, 나도 모르는 사이에 잡초를 아름다운 들풀로 관리할 수 있는 역량이 갖춰진다. 그러는 사이, 정원의 면적은 다시 조금씩 조금씩 넓어져 간다.

가는 것은 가는 대로, 오는 것은 오는 대로 그냥 받아들이는 마음 자세가 필요할 것이다. 하지만 그런 삶의 방식에 근접하려면 나에겐 많은 수양이 필요하다. 변화는 세상의 본질이고, 생성과 소멸은 우주의 원리 아니던가. 자라는 잡초와 함께 그냥 흘러가면 얼마나 좋겠는가. 잡초가 아무리 무성하게 자라더라도 찬바람이 일기 시작하면 성장을 멈추고 자연으로 돌아가려 채비를 서두른다. 그러므로 잡초가 자란다고 그 생명을 뿌리째 앗아가는 약물을 살포하지 않아도 되고, 잡초를 베느라 애써 노동력을 들이지 않아도 될 일이다. 그런데 막상 풀들을 보고 있노라면, 그게 생각처럼 되지 않는다. 무성한 풀을 보면 마음이 심란해진다. 인위(人爲)의 미(美)에 길들여 있기 때문일 것이다. 그건 내 역량의 경계가 거기까지라는 뜻이기도 할 것이다.

삶에는 완벽한 정답이란 존재하지 않는다. 불완전하고 미비한 속에서도 나름의 의미를 발견하고 구성해 가는 과정일 뿐이다. 내가 의미를 어디에 두고 사느냐에 따라, 그리고 풀을 다룰 수 있는 역량에 따라, 어떤 일들은 들풀이 되어 나의 관심과 사랑을 받고, 또 어떤 일들은 잡초가 되어 나의 관심 밖으로 밀려난다. 내가 설정한 의미와 역량의 범위에 들어오는 일은 들풀이 되지만, 아무리 그럴듯한 일들도 그에 어울리지 않으면 내 삶의 영역에서 밀려난다. 설령 어떤 일들이 의미에 들어맞는다 하더라도, 내 역량의 범위를 벗어나게 되면 그 또한 잡초가 될 수밖에 없다. 모든 풀을 정원에 심고 가꿀 수 없듯이, 모든 일을 내 삶의 의미로 끌어들일 수는 없다. 어차피 선택해야 한다. 거기엔 정답이 없다.

내가 구성해 낸 삶의 의미와 역량의 범위 안에서, 나에게 주어진 자원을 최대한 그리고 충실하게 활용하며 현재를 살아가면 그만이다. 역량에 따라 삶의 의미로 들어오는 영역의 면적도 달라질 것이다. 하는 일에 게으름 피우지 않으면, 역량 또한 일정 부분 성장할 것이다. 그렇게 살다 내 몸의 기가 모두 사그라지면, 모든 걸 놓고 가는 게 인생 아니겠는가. 가수 주현미도 "아무리 예쁜 꽃도/세월 가면 지듯이/나도 언젠가 어디론가/구름 따라 흘러가겠지"라고 노래하지 않던가. 내가 살아야 하는 이유와 관계의 역량에 들어오는 사람에게 성심을 다하며 살다가 언젠가는 어디론가 흘러가는 게 인생일 것이다.

내 삶의 의미 경계밖에 있는 일에 대해서는 미련을 거두자.

나답게 사는 길

엊그제 주말에 아내와 경상북도 봉화에 있는 청량산을 올랐다. 가을이 지나가고 있는 산은 이름처럼 맑고 서늘한 기운이 감돌았다. 몇 년 전에 다녀온 적이 있는데, 아내의 제안을 받고 서산 대사와 퇴계 선생이 걸었다는 길이 생각나 이번에도 왠지 마음이 끌렸다.

산 아래로 낙동강이 흐르고 기암괴석으로 이루어진 봉우리들이 둘러서 있어 산세가 비교적 험준한 편이다. 우린 입석에서 출발하여 탁월봉과 자란봉을 지나 하늘다리를 건너보고 청량사로 내려올 참으로 산행을 시작했다. 퇴계 선생도 한창 공부에 몰두하며 낙동강 변을 따라 청량사로 오를 땐 아마 이 길을 걸었을 것이다.

선인들의 발자취가 서려 있는 산자락의 길을 걷다 보면 십여 개의 토굴을 만난다. 난 그 가운데에서도 통일신라 시대의 서예가 김생(金生)이 머물며 글씨를 연마했다는 김생굴 앞에 앉아 땀을 닦으며 잠시 당시의 모습을 상상하였다. 지금은 사라지고 없지만, 그는 이곳에 암자를 짓고 10여 년간 글쓰기에 몰두했다고 한다. 훗날 주세붕은 자신의 〈유청량산록〉에서 김생의 글씨에 대해 "자획이 모두 날카롭고 강해서 바라보면 바위들이 빼어남을 다투는 듯하다"라고 했다. 청량산의 솟아오른 바위의 기세를 자신의 글씨에 옮겨 담아 자신만의 독창적인 서풍을 완성했다는 찬사였다. 자기 삶의 정체성을 확고히 다지는데 온 힘을 쏟았던 선인들의 발자취를 더듬으며, 잠시나마 내가 살아가야 할 삶의 자세를 되돌아 보았다. 나다운 삶의 정체성을 유지하며 살고 있는가?

내가 인생을 사는 이유나 의미는 내가 내 삶을 사랑해야 하기 때문이다. 그래서 난 내게 주어진 천성적 및 후천적 제반의 자원을 최대한 그리고 충실하게 활용하며 생활하고자 한다. 그리고 되도록 내가 살아가고자 하는 방향성에 도움이 되는 과업을 추구하며 행동하려 한다. 그러하니, 나다운 삶의 정체성이란 내가 그런 삶을 흔들리지 않고 살아가는 데 있다고 봐야 할 것이다. 퇴계나 김생이 청량산 길을 걸으며 마음속으로 다지고 다진 것 역시 자신의 정체성을 확고히 하고자 했던 일종의 몸부림이었을 것이다. 인간은 한 곳에 집중하기 어려운 욕망의 노예이며, 그럼으로써 또한 고통에서 벗어나기 어려운 존재가 아닌가. 자기다운 삶의 정체성을 유지하며 사는 일이 어려운 까닭도 이와 관련이 깊을 것이다.

나다운 삶의 정체성이란 내게 주어진 제반 자원을 최대한 그리고 충실하게 활용하며 흔들리지 않고 나의 길을 걸어가는 것일 거다. 그렇게 본다면, 내가 살아가는 데 도움이 되는 것은 나에게 '좋은' 것이다. 남보다 떨어지는 지능도, 학력이 전혀 없는 부모도, 공기와 물과 햇빛도, 내가 거주하고 있는 집도, 마당의 뜰에 있는 목련도, 집 앞에 펼쳐져 있는 람사르 습지 갯벌도 내가 생각하는 내 삶을 살아가는 데 도움이 되는 것들이다. 그래서 그것들은 내겐 좋은 것이다. 그것이 옳으냐 그르냐는 그다음 문제다.

좋음은 옳음보다 더 원초적이자 근본적이다. 그것이 다행히 옳은 것이라면 더 좋을 것이다. 옳음은 그 좋음을 정당화하거나 극대화하는데 작용하는 조미료와 같은 개념이다. 좋음이 옳음과 일치하지 않는 건 그 사이에 뭔가 방해가 되는 요소가 있어서일 것이다. 그건 남에게 정당한 이유 없이 폐를 끼치는 부분이 있어서다. 그게 제거된다면, 좋음이 꼭 옳음의 조건에 들어맞아야 할 필요는 없을 것이다. 좋음은 옳음을 판단할 때, 그 반대 보다는, 미치는 영향이 크다. 내가 좋아하는 일은 옳은 일로 여겨지기 쉽다. 사람들이 '옳은 사람'보다 '좋은 사람'에 더 먼저 끌리는 경향이 있는 것도 그래서 일 것이다.

그런 점에서, 내가 나답게 사는 보다 확실한 길은 내가 좋아하는 일을 하며 사는 것이다. 내가 좋아하는 일이 다른 사람에게 어떤 피해를 주지 않는다면, 그 일이 옳은 일임이 분명하지 않더라도, 일단 그 일이 나쁜 일은 아닐 것으로 판단할 수 있다. 내 입맛에 맞는 음식을 먹을 때 기분이 좋듯이, 내가 좋아하는 일을 하다 보면 마음이 즐겁다. 그리고 그런 순간에 경험하는 감정이 다름 아닌 재미다. 그래서 재미는 이런저런 조건이 갖추어져야 하는 조건의 문제가 아니라 가까이에서 일어나는 소소한 일들을 마음의 창을 열고 받아들이는 감각의 문제다.

재미를 '감각'의 문제라 할 때, 바깥의 어떤 자극을 '알아차린대覺]'라는 말은 곧 의식으로 깨닫는다는 것을 뜻한다. 그렇다고 그 재미가 오로지 순수한 관념의 수준에 그치는 건 아니다. 몸으로부터 나온 핏기가 관념에 서려 있지 않다면, 그것은 온기가 없는 것이요, 공허한 것이며, 지적 유희일 뿐이다. 순수한 관념이 유혹에 쉽게 흔들리거나 무너지는 까닭도 거기에 있다. 근원이 약하기 때문이다. 대지에 뿌리를 깊게 박고 있는 나무는 바람에 쉽게 넘어가지 않는다. 관념도 몸에 깊숙이 뿌리를 두고 있을 때 비로소 강건해질 수 있다. 그래서 재미가 내 삶의 서사에서 나올 때, 내 몸의 땀 냄새와 체온이 스며있을 때, 그 강도가 훨씬 높고 느낌도 오래간다.

나에게 있어 쏠쏠한 재미는 내가 나답게 삶을 살아가는 에너지원이다. 단순한 놀이에서 나오는 재미는 금방 잊힌다. 반면에 일상의 삶에서 경험하는 재미는 내 몸과 괴리된 상태에서 나오는 관념의 결과가 아니라, 호흡하는 몸을 통해서, 그리고 생존을 이끄는 몸으로부터 유발되기 때문에 오래간다. 내가 느끼는 재미는 어디 외딴곳으로 도피하여 혼자 몰래 누리는 그런 성질과도 거리가 멀다. 나는 진리의 추구를 목숨처럼 여기는 수도자의 삶을 사는 사람도 아니다. 나에게 있어 재미는 내가 사랑하는 사람들, 내 주위 사람들과의 교감에서 오는 정서적 온기에 바탕을 두고 있다.

내가 나답게 산다는 건 나의, 나에 의한, 나를 위한 삶을 사는 것이다. 그러므로 내게 주어진 것들을 그것이 무엇이든 존중하는 자세를 견지하고자 한다. 남을 부러워하거나 비방하거나 시기할 것도 없고, 나 자신을 비하하거나 의기소침해하거나 우쭐댈 것도 없다. 그냥 내가 좋아하는 일에 내가 할 수 있는 능력껏 최선을 다하면서 살면 된다. 그것이 내 삶의 정체성을 유지하며 사는 길일 것으로 믿는다. 그러면 내 마음이 풍요로워진다. 내 삶이 재밌어진다.

나다운 삶의 정체성은 내게 주어진 자원을 활용하여 좋아하는 일을 하며 사는 데 있다.

내가 괜스레 우울해지는 까닭

누구는 나이 50에 천명을 깨달았다고 했다. 한데, 난 60이 다 되어 가도록 바람에 자꾸 흔들리며 왜 살아야 하는지의 의문조차 불분명한 채 세월을 흘려보내고 있었다. 한 가닥 나에게 위안이 되는 말은 있었다. 독일의 철학자 하이데거가 인간이란 그 어떤 특별한 의미 없이 그저 세상에 내던져진 존재라고 했던 말이다. 거기엔 신의 자비도 없고, 미리 정해진 운명도 없다. 나라는 존재의 일체는 오직 나 자신에게 맡겨져 있다는 의미이기도 하다. 이를 인정할수록 나에겐 두 가지 의문이 떠올랐다. 하나는 그렇다면 나는 '무엇'을 위해 살아야 하는가였고, 또 하나는 나는 그 '무엇'을 위해 '어떻게' 살아야 하는가였다.

첫 번째 물음인 그 무엇은 대체로 이유나 의미라 할 수 있다. 사람에 따라 다를 것인데, 그건 행복일 수도 있고, 부자가 되는 것일 수도 있고, 이 세상의 재미란 재미는 모두 경험해 보는 것일 수도 있고, 꿈을 실현하는 것일 수도 있고, 세상의 어두운 곳에 빛을 들여놓는 일일 수도 있을 것이다. 무엇이 옳은가는 철학자들이 문제 삼을 수는 있겠지만, 남에게 피해를 주지 않는 이상 내가 그렇게 살겠다는데 누가 뭐라 하긴 어려울 것이다. 그런데 후자의 물음인 어떻게 살아야 할 것인가 하는 문제는 목표나 목적에 이르는 길하고 연관이 있는 것으로, 그 방법이 옳은가, 그른가, 혹은 선한가, 악한가라는 '도덕적' 문제와 연결된다. 그런 점에서 보면, 윤리나 도덕의 문제는 삶의 목적론이라기보단 실천론에 해당하는 것이라 할 수 있다.

그렇다면 내 인생의 목적은 무엇일까? 한 마디로, 난 왜 사는가? 내가 사는 이유는 무엇인가? 세상에 아무런 의미도 없이 내 몸뚱어리가 내던져졌음을 인정한다면, 이제 내가 묻는 첫 번째 물음에 답해야 할 차례다. 우리에게 익숙한 철학자 아리스토텔레스는 사람이 사는 궁극의 목적은 행복에 있다고 했다. 그런데 나는 생각이 좀 다르다. 도대체 그 행복이란 것이 무엇이냐는 것도 그렇거니와, 밑도 끝도 없이 행복을 위해 산다고 말하는 것이 영 껄끄럽다. 그래서 나는 '나를 사랑해야 하기 때문'에 산다고 말한다. 나를 사랑해야 한다는 말은 내게 주어진 후천적 자원을 최대한 그리고 충실하게 활용하는 방향성으로 삶을 사는 게 최선이라 생각한다는 뜻이다. 그래서 내가 하는 일도 가능한 한 그런 방향성에 맞는 걸 선택하고자 한다.

그래도 여전히 의문은 남는다. 예컨대, 나는 왜 '나를 사랑해야 하기 때문'에 인생을 산다고 말하는가? 내가 사는 이유를 그렇게 생각하는 근거는 무엇인가? 그 근거의 원천은 무엇인가? 그 원천은 어디에서 나온 것인가? 의문은 돌고 돌아 끝이 없어 보인다. 이번엔 관점을 달리해 보자. 내가 사는 이유라는 대답은 어디에서 나온 것인가? 분명히 몸뚱이는 아닐 것이다. 아무래도 내 머릿속의 정신에서 나왔을 것이다. 그러니 그렇게 생각한 까닭을 정신에서 찾아볼 수밖에 없다. 도대체 나의 정신은 어떻게 그런 결론에 이르게 되었을까?

이를 추론해 볼 수 있는 하나의 자료는 불교에서 찾아볼 수 있다. 불교에서는 '사념(思念)이 업(業)을 만든다'라고 말한다. 생각한 것이 원인이 되고, 그 결과가 현실로 나타난다는 말이다. 고대 인도의 대서사시 〈마하바라타〉에서는 어떤 사람도 업을 피할 수가 없고, 그림자가 형체에 따라다니듯이 행위를 하는 자에게 작용을 미친다고 말한다. 마음(정신)이 부르지 않는 것은 나에게 다가오지 않는다. 현재를 산다는 건 그러므로 내 마음의 사념에서 비롯한 업을 쌓는 일이다. 나의 사념에 따라 현실을 사는 게 다름 아닌 나의 삶이다. 여기까진 그럴듯하다. 마치 내가 내 삶을 내 생각대로 이끌어가는 주체인 것처럼 느껴지기 때문이다.

그런데 나의 정신이란 것이 과연 온전히 나로부터, 나에 의해 생성되고 발현할까? 내 정신이, 내 마음이, 내 사념이 타고난 생물학적인 유전적 요소나 생활하는 환경적 요소와 무관하다고 말할 수 있을까? '나를 사랑해야 하기 때문'에 내가 살아가는 이유라고 생각하는 것은 내가 성장하면서 가족 등 주변 사람들과 어울리면서 형성한 가치관이나 세계관으로부터 영향을 받았을 개연성이 매우 높다. 나의 업이 사념에서 비롯한다는 데에는 동의하지만, 아무리 생각해 보아도 사념 그 자체가 오롯하게 내 것이라는 데엔 선뜻 고개가 끄덕여지질 않는다. 내가 사는 이유나 의미를 온전하게 내가 결정하는 것이 아니라면, 누가 결정한다는 말인가? 이런 생각을 하다 보면 괜스레 마음이 울적해진다. 내 삶이 순전히 내 것만은 아니라는 생각이 들어서이다.

사전을 찾아보면, '괜스레'라는 부사어가 "까닭이나 실속이 없이 객쩍은 데가 있게"라고 풀이되어 있다. 그러나 사실은 아무 까닭이 없는 것이 아니라, 뭔가 까닭이나 이유가 있음에도 그것이 분명하게 뇌리에 떠오르지 않아서 실속이 없다 해야 할 것이다. 그것은 생각해도 도무지 감을 잡을 수가 없는 막연한 기분일 수도 있다. 아무 까닭도 없이 왜 마음이 울적해지겠는가? 그렇다면, 인과관계의 연결 고리상 울적한 기분은 허망함에서 나오는 정서일 수 있다. 내가 내 삶의 주체인 줄 알았는데, 그게 아닐 수도 있다는 사실이 어디 가볍고, 실속 없는 일인가? 결국 나의 첫 번째 물음은 내게 우울함만 남긴다.

두 번째 물음에 대해 응답할 차례다. 첫 번째 물음과 달리 두 번째 물음에 대해선 답할 수 있다. 내가 보기에, 실천철학은 이 두 번째 물음의 바탕을 이룬다. 윤리나 도덕은 자기 나름의 사는 이유에 따라 삶을 살아가는 타인들에게 방해되지 않도록 행동을 자제하는 훈련과 관련이 있다. 윤리나 도덕을 위해 내가 사는 건 아니잖은가? 내가 인성을 기르고, 인격을 연마하며, 마음을 수양한다는 건 어디까지나 목적을 위한 수단에 해당한다. 따라서 내가 어떻게 살 것인가와 관련한 단순하고도 자명한 원칙은 '나다운 삶을 추구하되, 정당한 사유 없이 다른 사람에게 폐를 끼치지 않아야 한다'라는 것이다.

그 폐란 다른 사람들이 그 나름의 사는 이유에 따라 살아가는 데 지장을 초래하는 방해나 걸림돌을 말한다. 사회나 개인에게 도덕이 요구되는 것도 이런 구조에서 나온다. 이 세상에서 널리 논의되고 있는 '정의'라는 것도 사람들 사이에 서로 불가피하게 방해가 일어날 수 있을 때 그것을 공평하게 처리하는 기준이나 원칙을 정하는 일이다. 결국, '왜 사는가?'와 관련하여 내 뜻대로 할 수 있는 일이라는 게 본질에서 벗어난 수단에 국한된다는 결론에 이른다. 위대하고 존엄한 존재라는 인간이 사실은 매우 제한적인 범위에서 살다가는 미물일 뿐이라는 생각에 이르게 되면 어깨가 저절로 처진다. 그런 까닭이

나를 우울하게 한다.

　내 삶이 오롯이 나만의 사념으로 이루어지는 건 아니라는 사실이 날 우울하게 한다.

삶과 매듭

　세상사 모든 일에는 때가 있다. 텔레비전을 시청하다 보면, '나는 자연인이다'라는 프로그램을 접할 기회가 있다. 그 프로그램에서 자주 등장하는 장면 중 하나는 주인공과 진행자가 함께 산행하다 산삼을 발견하면, 그것을 조심스럽게 캐낸 다음에 그 삼의 머리를 유심히 살피는 모습이다. 자연인은 삼의 몸통 윗부분에 줄기가 붙어 있던 부분이 가을이 되면 말라 없어지면서 생긴 뇌두의 수를 세거나, 삼의 몸통을 가로지르는 미세한 선 모양의 가락지인 횡취를 세어 그 삼의 연수나 내력을 알아낸다. 나는 한 사람이 살아온 인생 흔적은 삼 머리에 남는 뇌두나 횡취처럼 이마의 주름과 함께 마음의 매듭으로 남는다고 생각한다. 나이 사십이 되면 자기 얼굴에 책임을 져야 한다는 말이 있다. 이마나 마음에 새겨진 이력을 보면 그 사람이 어떻게 살아왔는지를 추정할 수 있고, 그 사람이 어떤 사람일 것인지를 대략 짐작해 볼 수 있다는 것이다.

　여기서 잠깐 '매듭'과 '마디'의 의미를 정리해 본다. 매듭과 마디는 같이 사용되기도 하는 용어지만 실은 서로 다르다. 매듭은 실, 끈, 줄 등을 묶어 맺은 자리를 가리킨다. 우리나라의 전통 공예 가운데 매듭을 떠올려 보면 금방 알 수 있다. 매듭이란 말은 이와 함께 어떤 일과 일 사이의 마무리, 또는 어떤 일의 결말을 뜻한다. 그래서 나는 매듭이 '마무리'라는 명사형과 '끝을 짓는다', '맺는다'라는 동사형의 의미를 동시에 담고 있다고 이해한다. 반면에 마디는 토막을 일컫는 말로, 명사형의 의미만을 갖는다. 대나무는 위아래로 마디가 있다. 매듭은 그 마디와 마디를 구분지어 놓는 자리이다. 그래서 마디라는 말에는 일정한 시공간적 개념이 들어 있다. 우리가 어떤 형태의 매듭을 짓는다는 것은 그것이 무엇이든 간에 일정 기간 살아온 삶의 여정이 필요하다. 즉, 매듭과 매듭 사이의 마디는 그 사람이 살아온 인생의 한 토막에 해당한다.

매듭을 지어야 할 때 마무리가 되지 않으면, 우린 다음 단계의 매듭을 짓는 데 영향을 받는다. 이후 단계에서 해야 할 일에 몰두하기 어렵게 된다. 나는 어린 시절을 열악한 문명의 섬마을에서 태어나 자랐다. 그러다 보니 그 시기에 읽어야 할 동화책을 구경도 하지 못했다. 그래서 성인이 된 후에도 지인들과 대화 도중에 동화 이야기만 나오면 슬그머니 자리를 피하는 버릇이 있다. 혹여 대화자와 눈길이 마주치지나 않을지 두려워서 다른 곳을 쳐다보거나 고개를 떨구기도 한다. 이는 내 마음속에 '삶이란 매듭을 지어가는 과정이구나' 하는 나름의 생활 철학이 자리 잡게 된 계기가 되었다.

사람들은 대체로 비슷한 생애 주기를 거치며 산다. 나의 경우, 인간의 생애 주기를 생물학적 성숙에 따라 영유아기(1세~6세), 소년기(7세~18세), 청년기(19세~39세), 장년기(40세~64세), 노년기(65세~) 등 다섯 단계로 구분하는 걸 선호한다. 난 각 생애 주기를 나의 인생 계획에 따라 '시절 마디'로 세분화하여 생활하였다. 이런 생활 습관은 삶을 허투루 보내지 않는다는 장점이 있다. 시절 마디들은 내 삶을 설명하고 증명하는 소중한 서사를 담고 있다. 예컨대, 내가 거쳐 가야 하는 생애 주기인 청년기를 나만의 인생 계획에 맞춰 마디를 세분화한 후, 각 시절 마디에서 이루고자 하는 목표를 설정하여 열심히 생활하였다. 당시엔 교사들이 4년마다 정기적으로 이동했다. 교사로 생활할 때, 난 그 기간을 기준으로 매번 매듭을 지어나갔다. 이 학교 4년 동안에는 '연애나 결혼을 한다', 다음 학교 4년 동안에는 '대학원을 마친다'라는 식으로 해야 할 일을 정하여 실천하고 매듭을 지어나갔다.

우리에게 소설 〈데미안〉으로 잘 알려진 헤르만 헤세는 "새는 알을 깨고 나온다. 알은 곧 세계다. 태어나려고 하는 자는 하나의 세계를 파괴하지 않으면 안 된다"라고 하였다. 하지만 나는 생각이 좀 다르다. 매듭을 짓는다는 것은 지금까지 자신이 살아왔던 마디를 '파괴'한다는 것과 의미가 다르다. 새로운 마디는 기존의 과업을 마무리하고 거기서 얻은 삶의 경험을 새로이 맞이하는 과업에 적용하며 시작하는 것이다. 인간의 삶은 이전과 단절될 수 없다. 생각, 습관, 가치관 등은 하루아침에 갑자기 갖춰지는 성질의 것들이 아니다. 그렇다고 이전의 방식을 그대로 답습하는 것 또한 아니다. 기존의 생각, 습관, 가치관 등을 조금씩 변형해 전체적으로 범위를 확장하고 깊이를 심화해 나가야 발전할 수 있다.

대나무는 매듭으로 위아래의 마디가 서로 단절되나 하나의 줄기로 커간다. 세찬 비바람이 불어와도 대나무는 흔들리나 부러지진 않는다. 밑에 마디가 있어 그걸 딛고 곧게 뻗어나간다. 매듭을 짓는다는 건 자신의 세계를 파괴하는 게 아니라, 생의 다음 단계로 진입하기 위한 토대를 구축하는 것이다. 그래서 어느 단계에서 세파에 무너지더라도 아래에 쌓여있는 토대를 근거 삼아 재기할 수 있게 된다. 어쩌면 마디를 촘촘히 할수록 더욱 건실한 삶을 살 수 있는지도 모른다.

세월은 흘러가는데, 아직 내가 과업을 다 마무리하지 못했을 때는 어떻게 해야 하는가? 그렇다고 매듭을 짓지 않을 수는 없다. 인생이 어느 한 시기, 예컨대 청년기만 존재하는 건 아니다. 과업을 완성했던 못했던 생애 주기는 무심하게 다가온다. 마냥 그 시기의 일에만 매달려 있을 수는 없지 않은가. 20여 년 전, 처음 내 이름으로 책을 출판하고자 할 때 뭔가 부족한 것 같아 많이 주저했다. 그때 내가 존경하던 지인에게 이런 사정을 이야기하였더니, "아인슈타인의 상대성 이론 같은 걸 발표할 거라면 평생 한 번으로 족하네. 그렇지 않은 거라면 최선을 다했으면 그것으로 매듭을 짓게"라고 하였다. 분명히 나중에 보면 부족한 점, 잘못된 점 등이 나오기 마련이며, 그러면 더욱 분발하여 다음 단계에서 좀 더 개선된 책을 쓸 수 있다고 했다. 난 그 분의 조언에 힘을 얻어 책을 출판할 수 있었다. 부족하면 부족한 대로, 자연스럽게 닥쳐오는 생애 주기와 시절 마디에 따라 매듭을 지어나가야 하는 것이 우리네 인생살이라고 생각한다.

내가 구축해 나가는 시절 마디가 나의 의지대로만 이루어지는 건 아니다. 살아오면서 선택할 수 있는 길은 무한정에 가깝다. 그러나 실제로는 그 범위가 매우 제한적이다. 어디서 태어났고, 어떤 학교에 다녔고, 어떤 직장에서 무슨 일을 하는가가 내 삶에서 스스로 선택할 수 있는 여지의 많은 부분을 결정해 준다. 그런 측면에서 나는 운명이라는 개념에 대해 상당 부분 수용적인 태도를 갖고 있다. 특히 내 의지대로 할 수 없는 부분에 대해서는 더욱 그렇다. 그럴 땐, 나의 경우, 운명으로 돌린다. 그러면 마음이 한결 편해진다. 그리고 다음 단계에서 뭘 할 것인가를 결정하는 데 도움이 된다. 선택지의 폭이 그만큼 좁혀졌기 때문이다. 어떤 면에서 보면, 운명에 감사할 일이다.

어떻든, 내가 어떤 매듭을 짓는가는 내가 할 수 있는 선택의 범위

내에서 결국 나의 선택으로 결정된다. 그런데 안타까운 일은 우리가 자신 앞에 놓인 길 가운데 어떤 길이 자신에게 최적인지 알 수 없다는 것이다. 미국의 시인 로버트 프로스트는 "오랜 세월이 지난 후 어디에선가 나는 한숨지으며 이야기할 것입니다. 숲속에 두 갈래 길이 있었고, 나는 사람들이 적게 간 길을 택했다고 그리고 그것이 내 모든 것을 바꾸어 놓았다고"라고 하였다. 그 누구도 두 길을 다 걸을 수는 없다. 가던 길을 되돌아와 다시 선택하여 출발할 수는 있으나, 그것은 잠시나 가능한 일이다. 어차피 갈 수 없는 길이라면, 그리고 내 힘으로 그것을 어찌할 수가 없다면, 후회는 잠시로 충분하다. 인생에는 정답이 없다. 누군가 말했듯이, 내가 하고자 하는 욕망을 성취할 수 없다면 그건 불운이지만, 내가 빠져들지 않아야 할 일에서 헤어나지 못하면 그건 불행이다.

내가 맺은 매듭들 사이의 마디 안에 들어 있는 내용은 온전히 나의 삶을 이루는 살이요, 근육이요, 뼈이다. 아무리 세월이 지나도 내 몸 어딘가에 그 흔적은 남아있다. 인생에서 지나간 길은 쉽게 지우개로 지워지지 않는다. 삶의 여정을 깨끗이 지울 수 있는 수단은 몹쓸 질환인 치매밖에 없다. 그래서 나는 스스로 선택한 길을 존중하면서 성실한 마음으로 걸어가고자 한다. 매듭을 지을 때 저 마음 깊은 곳에서 나 자신만이 느낄 수 있는 소소하나 장중한 기쁨을 맛볼 수 있을 것이기 때문이다. 그리고 설령 힘들고, 어렵게 맺은 매듭이라도 나이가 들어 어느 순간에 되돌아보면, 그것도 사는 재미를 느끼게 하는 소중한 하나의 소재가 되고 있음을 실감하고 있다.

삶은 매듭을 지어가는 과정이다.

내 의자의 등받이 세우기

나는 한국전쟁 이후 베이비붐이 일었던 시절에 태어난, 시쳇말로 '낀 세대'에 속한다. 우리 세대는 가난과 더불어 전쟁 후 혼란한 시대적 상황, 남존여비와 장남 우대의 이데올로기가 지배하던 시대에서 살았다. 대부분 가정은 하루 세 끼 식사를 해결하는 게 최우선의 일이었다. 나 역시 다니던 초등학교에서 옥수숫가루와 밀가루 등 구호물자를 받아와야 했다. 당시의 부모들은 흥부네 집 사정 못지않은 자녀들을 보며 "사람은 다 자기 먹을 걸 갖고 태어난다"라는 말로 안타까운 현실을 합리화했다. 오죽했으면 "내 논에 물들어가는 소리와 내 새끼 입에 밥 들어가는 소리만큼 듣기 좋은 소리는 없다"라는 말이 나왔을까. 그렇게 자란 우리 세대는 아등바등 벌어 자식들과 그나마 좀 먹고 살 만해지자, 희끗희끗해진 머리칼을 정돈할 겨를도 없이 늙은 부모를 봉양해야 하는 처지에 몰렸다. 그래서 이래저래 돈 들어갈 데가 많다.

그러다 보니, 나에게는 평생 이어 온 나만의 생활신조 같은 하나의 원칙이 습관으로 굳어졌다. 어떤 거창한 철학적 이유에서라기보다 그냥 주어진 환경에서 생존을 위해 몸부림치다 보니 자연스럽게 몸에 밴 것이다. 내게서 스스로 뭔가 하고자 하는 마음이 동하는 경우는 현재의 생존과 더불어 미래의 삶에 어떤 방식으로든 도움이 되는 일이었다. 대학을 졸업하고 교단에 서기 전까지는 한 끼 한 끼 먹고 사는 것이 나에겐 중요한 과업이었다. 절약을 생활화할 수밖에 없는 상황인지라, 생활에 직접적으로 도움이 되는 일이 아니라면 될 수 있으면 외면하거나 생략하였다. 내가 하는 행동들은 그래서 소비적인 일보다는 생산적인 일로 향하였다. 손에 쥔 것이 없이 자란 사람에게는 스스로 소득을 창출하는 생활이 자연스럽게 숙명으로 받아들여지고, 그게 습관으로 몸에 배게 된다.

어떤 환경에서 성장하느냐는 성인이 되었을 때의 삶의 방식을 상당 부분 결정해 준다. 자라면서 문화적 혜택을 받지 못했던 사람들은 성장하여서도 그 굴레를 벗어나기가 쉽지 않다. 독자 중에는 궁상스럽다거나 옹졸하다고 혀를 찰지 모르겠으나, 맨땅에서 맨몸으로 자란 내게 몸에 밴 습관의 한 가지 예를 들어본다.

지금은 대부분 가정집에 샤워실이 갖춰져 있어 사람들이 공중목욕탕에 가는 일이 줄었지만, 불과 10여 년 전만 해도 주말이면 대중탕을 찾는 사람들이 많았다. 목욕탕 안에는 직업으로서 타인의 때를 밀어주는 일을 하던 목욕관리사가 있었다. 당시엔 때밀이 혹은 세신사라 불리기도 했다. 그런데 나는 평생 내 몸의 때를 벗기려 비용을 들여 그들에게 내 몸을 맡긴 적이 없다. '자기 몸의 때도 스스로 벗기지 않으면서 무슨 일을 할 수 있겠는가' 하는 의식에 지배당해 그런 편리함이 용납되지 않았다. 지금도 내 몸을 움직여 할 수 있는 일은 나 스스로 하는 게 마음이 편하다.

이정록 시인은 '의자'라는 시에서 어머니의 말을 시구로 읊고 있다, "주말엔/아버지 산소 좀 다녀와라/그래도 큰애 네가/아버지한테는 좋은 의자 아녔나//이따가 침 맞고 와서는/참외밭에 지푸라기라도 깔고/호박에 똬리도 받쳐야겠다/그것들도 식군데 의자를 내줘야지"라고. 그렇다. 의자는 힘들고 지친 자에게 쉼을 제공해 주는 도구이다. 부모는 어린 자식에게 의자이고, 자식은 성장하여 부모의 의자가 되는 것이 세상사 흘러가는 양태다.

하지만 지금 시대엔 나이 들고 병들었다고 자식들이 내 의자가 된다는 보장이 없다. 내 몸을 내 뜻대로 움직이지 못하게 되었을 때, 햇볕이 강한 날 그늘진 곳에서 비스듬히 등을 기대고 앉아 파란 바다를 바라보고 싶을 때, 부모 재산으로 아귀다툼이 벌어진 자식들 꼴

보기 싫어 눈감고 혼자 조용히 있고 싶을 때, 내가 앉아 쉴 수 있는 등받이 의자마저 없다면 얼마나 마음이 슬플까? 생각만 해도 가슴이 아려온다.

가장 청정하게 사는 건 자기 몸을 써 생활하는 삶일 것이다. 언젠가 순천 송광사를 찾았다가 '무소유길'이라 명명된 길을 따라 불일암에 오른 적이 있다. 법정 스님이 지어 거처하던 곳이었다. 천천히 걸어 20여 분 후에 도착할 수 있었다. 암자 입구 바로 오른쪽 옆에는 커다란 후박나무 한 그루가 서 있는데, 그 아래에 땔감용으로나 쓰였음 직한 참나무로 스님이 손수 만든 의자 하나가 덩그러니 놓여있었다. 아마도 스님은 자주 그 의자에 앉아 휴식을 취하거나 조용히 사색에 잠겼을 것이다. 그 의자의 등받이는 스님의 정신처럼 몸체에 꼿꼿하게 세워져 있었다.

구도를 위해 스님이 그런 삶을 사셨다면, 그럼, 난 뭘 위해 그렇게 생산적인 일에 매달리는 삶을 살고 있는가? 가만히 생각해 보니, 그건 결국 내가 지치고 힘들 때 쉴 수 있는 내 의자의 등받이를 세우기 위함이었다. 이 글의 소제목 '내 의자의 등받이 세우기'는 일본의 여류 시인 노리코가 "기댄다면 그건 오직 의자 등받이뿐"이라고 읊었던 시구에서 빌려온 것이다. 역시 시인들은 자잘한 것들을 하나의 개념으로 아우르는 귀납의 천재들이다. 낀 세대로 살면서 자식들 건사하고 늙고 병든 부모를 돌보다 보니, 내가 누구의 등받이 의자가 되어주려고 하기 전에 내 의자의 등받이를 세우는 일이 먼저이자 더 긴요하게 느껴졌다. 그렇지 않으면, 누군가의 짐이 되기 때문이다. 내가 흔들리면 위로는 늙고 병든 부모가, 그리고 아래로는 자식들이 눈에 밟힌다.

한데, 일생에 자신의 의자 등받이 하나 세우는 일이 녹록지만은 않은 게 우리의 현실이다. 고개를 들어 좌우를 조금만 살펴보아도,

안타까운 장면들을 쉽게 볼 수 있지 않은가. 내 의자의 등받이는 내 통장에 들어있는 예금일 수도 있고, 자식들일 수도 있고, 형제자매나 친구일 수도 있으며, 지자체의 제도일 수도 있다. 그것이 무엇이든, 사람은 누구나 자신이 병들어 누워야 하거나 심신이 공황 상태에 빠졌을 때 등을 비스듬히 기대어 저녁노을이라도 바라볼 수 있는 등받이 의자 하나가 필요하다.

등받이 의자가 없다면 어떤 상황이 벌어지겠는가? 자식, 형제자매, 친구도 등받이 의자 역할을 해줄 수 있겠지만, 엄밀히 말하면 그들도 모두 '남'이다. 그들에게 의지했다가 내 기대와 다르면 실망한다. 작년 가을 끝자락에 찬 기운이 일 무렵, 가까운 동생뻘 되는 지인 한 사람이 자신이 운영하던 회사가 동료의 사기행각으로 부도를 맞았다며 나에게 도움의 손길을 내밀었다. 난 그에게 두 달 생활비 정도를 보내주며 휴대전화에 다음과 같은 메시지를 첨부했다. "힘내시게. 이 세상에 자넬 도와줄 사람은 부모 이외엔 아무도 없네. 인생은 자기 의자의 등받이를 세우는 일이라네. 모든 걸 잊고 다시 일어서게!" 내가 마음 편히 기댈 수 있는 건 오직 내 의자의 등받이뿐이다. 가장 믿을 수 있는 등받이는 내 통장의 예금일 것이다. 굳이 많을 필요도 없다. 비스듬히 기울어지는 등을 받쳐줄 수 있는 최소한이면 그것으로 충분하다. 그러면, 인생을 잘 살았노라고, 난 생각한다.

산다는 건 내 의자의 등받이를 세우는 일이다.

노병사(老病死)의 길에서 유념해야 할 일들

흔히 인간 삶의 한평생은 '생로병사'라는 네 단어로 표현된다. 누구나 예외 없이 그 과정을 밟으며 살다 간다. 2012년 1년 동안, 중국 베이징 사범대학에서 방문 교수로 연구 활동을 한 적이 있다. 그때 대학 숙소에서 중국중앙텔레비전(CCTV)을 켜면 자주 등장했던 광고 하나가 지금도 인상 깊게 남아있다. 한 인간의 일생을 엄마와 걷고 달리는 모습에 비유하고 있었다. 아기가 가족들의 축복을 받으며 엄마 배 속에서 탄생한다. 아이가 어렸을 때 엄마는 아이를 등에 업고 걷는다. 아이가 초등학생일 때는 엄마가 책가방을 들어주며 앞서 걷지만, 중학생이 되면서 역전되어 아이가 엄마를 앞서 달리기 시작한다. 엄마가 허리 굽은 노인이 되자 성인이 된 자식은 이제 엄마를 등에 업고 걷는다. 지극히 단순한 공익광고인데도, 오늘날의 세태를 역설적으로 시사해 주는 것 같아 여운이 길게 남았다.

나는 인생의 길에서 생노(生老) 과정을 지나가고 있다. 얼마 있으면 병사(病死)의 길로 접어들 것이다. 이제 머잖아 누군가의 등에 업혀 여생을 보낼지도 모를 일이다. 등짝을 내줄 사람은 자식일 수도 있고, 지자체 등에서 마련한 제도의 손길일 수도 있다. 최선은 다른 사람의 도움 없이 병(病)의 과정을 짧게 거친 후 생의 마지막 과정인 사(死)에 도달하는 것이다. 근데 그게 어디 마음먹기에 달린 일인가. 나이가 들고 병까지 오면, 나라는 존재는 가족에게도 부담스러운, 신경 쓰이는 짐으로 전락하고 말 것은 불 보듯 뻔하다.

노병사의 길을 순탄히 걸어가기 위해서는 미리 유념해야 할 일들이 많다. 그 가운데서도 난 다음의 몇 가지 일에 주목한다.

첫 번째는 경제적 능력을 비축하는 일이다. 2022년 통계청 자료에 따르면, 지난 10년간 가족이 부모를 부양해야 한다는 견해는 38.3%에서 27.3%로 감소했다. 반면에 가족, 정부, 사회가 함께 책임져야 한다고 생각하는 비율은 37.8%에서 49.9%로 높아졌다. 자식의 부양을 기대하는 노인들도 그만큼 줄었다. 대신, 직접 경제활동을 통해 생활비를 마련하겠다는 고령자들의 응답률은 54.7%에 달했다. 세월이 지날수록, 부모는 자식의 부양을 기대하기가 더 어려워질 것이다. 그래서 나도 한 살이라도 어릴 때 스스로 능력껏 준비하고자 애쓴다. 내가 가족들에게 신경이 쓰이는 존재가 되지 않으려면, 가족들이 내 생로병사의 길을 석양의 노을처럼 편안하게 바라볼 수 있으려면, 병원 출입에 필요한 경제적 능력은 갖추고 있어야 한다. 그래야 주변에 가족이든 누구든 곁에 사람이 있게 된다.

두 번째는 외로움과 함께 지내는 방법이다. 미국 유타주에 있는 브리검 영 대학교수들이 340만 명이라는 대규모 인원을 대상으로 벌였던 '외로움'과 관련한 설문조사의 결과에 따르면, 외로움은 사망 위험 30%, 치매 위험 66%, 심근경색 위험 43%를 더 높인다. 이는 매일 15개비의 담배를 피우는 것과 같은 위험을 초래한다는 것이다. 그래서 미국에서는 외로움을 '새로운 흡연'이라 한다고도 했다. 외로움은 나이 든 사람에게 견디기 힘든 감정일 수 있다. 질병에서 오는 고통은 나이가 들어감에 따라 더해가고, 말을 잘 알아듣지 못해 가족마저도 두 번 할 말을 한 번만 하거나 아예 입을 닫고 만다. 노인은 다른 사람들에게 부담을 주고 싶지 않아 스스로 외톨이가 된다.

우리가 눈여겨 보아야 할 것은 근래에 고독사가 점차 늘어나고 있다는 사실이다. 주변 사람들과 단절된 채 홀로 살다 아무도 모르게 생을 마감하는 걸 고독사라고 한다. 보건복지부가 최초로 2017년부터

2021년까지 5년간 실태조사를 했던 고독사 자료를 보면, 2022년 3559명, 2023년 3661명 고독사하였는데, 매년 그 숫자가 많이 증가하고 있다. 가장 최근 보건복지부에서 발표한 '2024년 고독사 실태조사' 통계에 따르면, 전체 고독사 사망자의 절반 이상이 50~60대 남성으로 나타났다. 이 연령대의 남성은 여성보다 사고가 경직되고 사회 적응 속도가 느려 소외되고 고립되기 쉽다는 데 그 원인이 있는 것으로 진단되고 있다. 하지만 근래에는 점차 중장년층과 청년층의 고독사도 증가하는 추세를 보인다.

이와 관련하여 역발상이 필요하다고 본다. 외로움이라는 그물에 걸리지 않고, 바람 같은 존재로 유유자적하게 생을 마칠 수 있으면 좋을 것이다. 그러려면 그에 익숙해져야 한다. 아니, 그걸 즐길 수 있어야 한다. 외로움은 혼자 가지고 놀 수 있는 놀이기구다. 그걸 활용하여 노는 자기만의 방법은 자기 스스로 계발해야 할 몫이다. 평생 나이가 들지 않는 사람이라면 모르지만, 나이가 들어가는 사람이라면 그 기술을 잘 익혀 놓아야 한다. 일본의 여류 소설가 아야코가 죽음에 가까워진 노년에 경계해야 할 것들을 메모한 것 가운데 인상적인 내용이 있다. 남이 주는 것, 해주는 것에 대한 기대를 하지 말고, 홀로 서고 혼자서 즐기는 습관을 기르라는 것이다. 그리고 몸이 힘들어지면 가족에게 기대지 말고 직업적으로 도와줄 사람을 택하라고 하였다. 일본 사람들 특유의 개인 중심적인 사고를 고려하더라도, 그녀의 지적은 일리가 있다.

나이가 들어갈수록 대화를 나눌 수 있는 상대는 그만큼 줄어든다. 그러니 한 가지 대안은 대화의 상대를 밖이 아닌, 안에서 찾는 것도 고려해 볼 만하다. 발달심리학자였던 에릭슨의 아내 조앤은 자기 경험을 바탕으로 사람들이 80세를 넘어서면 신체와 정신이 더욱 약화하고, 그럼으로써 자존감과 자신감이 한층 낮아진다고 하였다. 그녀는 신앙의 미덕으로 절망감을 낮추는 것이 그 시기의 사람들이 할 수 있는 가장 현명한 처신이라 했다. 그런데 또 한편으로는 고산 윤선도가 '오우가'에서 물, 돌, 소나무, 대나무, 달, 이 다섯 이외에 진정한 친구로 무얼 더할 것이 있느냐고 반문했듯이, 종교를 갖고 있지 않은 나는 조앤이 권장하는 신앙 대신, 자연에 의지하고자 한다. 자연은 외로움이라는 놀이기구를 갖고 놀 수 있는 최고의 장소라고 본다. 그 대화는 내 안에서 말없이 이루어진다. 하지만 그 속에서는 헤아릴 수 없는 많은 희로애락이 오간다.

내가 세 번째로 노병사의 길에서 유념하는 건 후회라는 삶의 상흔을 이겨내는 길이다. 노년기에 접어든 사람은 그동안 살아온 인생의 궤적이 길어 여기저기 후회로 얼룩진 자국들이 남아있다. 그것들은 현재 나에게 심리적 차원에서 가장 위협적인 요소로 작용하고 있다. 아무리 몸부림쳐도, 후회는 내게 상상 이상으로 마음에 견디기 힘든 고통을 준다. 순간적인 충동으로, 얄팍한 정보에 근거해서, 상대에 대한 반감에서, 술에 취해 판단력이 흐려진 상태에서, 자신의 의지와 무관하게 타인의 권유로, 자기중심의 오랜 습성에 따라 등등의 이유에서 저질렀던 행동들에 대한 후회가 마음에서 사라지지 않고 무의식에 남아 나를 힘들게 한다. 잠자리에 들면 이런저런 후회가 여름날 야외 밥상을 휘젓고 날아다니는 파리들처럼 신경을 마구 건드린다. 괴롭다.

이는 그만큼 세심하지 못하고 허투루 인생을 살았다는 간접증거이기도 하다. 하지만 이제 와서 '그때 내가 왜 그랬을까?'하고 후회한들, 뭐가 달라지겠는가? 어떻게든 이를 치유해 나가는 일이 중요하다. 혼자 있을 때 후회가 밀려오면 가끔 무의식중에 몸이 떨리기도 한다. '억압'이라는 자아 방어기제가 발동하는 것인지도 모른다. 후회의 더미 속에서 코브라 뱀처럼 수치심이 고개를 들이밀기라도 하면, 잠자리에 있던 나는 심장이 벌렁거려 벌떡 일어난다. 치매는 주변 사람을 힘들게 하지만 자기 자신은 행복하다는 말이 있다. 엉뚱하게 생각해 보면, 차라리 후회보다 더 나을지도 모른다. 후회는 자칫 자기 자신의 영혼을 비틀어 놓을 수도 있기 때문이다.

나는 그 후회의 소용돌이에서 벗어나 나 자신을 치유하려 애쓴다. 후회에서 오는 고통스러운 순간에 자신을 비난하기보다 너그럽게 나 자신을 이해하고자 노력한다. 사람은 누구나 실수하기 마련이라고, 실수가 있어 내가 걸을 다음 길이 보인다고, 나를 달래며 안아준다. 이런 자기 연민도 어느 날부터 자연스럽게 가능했던 게 아니다. 수많은 시간을 고통 속에서 보내며 스스로 터득한 생존 기술이다. 이 세상에서 자기를 가장 잘 아는 사람은 바로 자신이다. 그리고 생명을 보존하고 자존감을 세워줄 사람 또한 자신이다. 나를 후회에서 벗어나도록 도와주는 단순하고, 유일한 지렛대이다.

네 번째이자 마지막으로는 치매에 가까이 가지 않는 길을 찾는 것이다. 노병사의 길에서 혹여 마주칠지도 모를, 그러나 결코 만나고 싶지 않은 일이 바로 치매다. 인간의 뇌에 있는 약 140억 개의 신경세포의 수는 특수한 경우를 제외하고는 평생 증가하지 않는다고 한다. 하지만 뉴런 간 회로의 연결 방식은 무한정 바꿀 수 있는 것으로 알려져 있다. 반복적인 연습을 통해 뇌 안에 새로운 회로의 패턴을 형성하는 것이다. 새로운 신경회로가 형성된다는 말은 신경과 신경이 축수를 뻗어 접점(시냅스)이 새로 생기고, 거기에 반복적으로 전류가 흘러 자극이 강화되면 그 네트워크가 더욱 견고해진다는 뜻이다. 뇌 신경회로가 이렇게 활성화될수록 우리는 치매를 예방하는 효과를 얻을 수 있다. 프랑스의 사상가 몽테뉴는 사람이 노년이 되면 얼굴보다 정신에 더 많은 주름이 생긴다고 하였다. 늙은 사람 가운데 곰팡내 나지 않는 영혼을 가진 사람은 매우 드물단다.

뭔가 대비를 해야 하지 않겠는가? 난 일차적으로 신체 운동을 통해 인지 기능의 손상을 예방하려 한다. 신체의 나이가 정신의 나이를 결정한다는 말을 나는 신뢰한다. 신체 운동은 나를 책임지는 일이다. 잘 알려진 바와 같이, 신체활동 수준이 낮으면 심장질환, 뇌졸중 등의 질병 유발 위험이 커진다. 혈관이나 신경회로에 장애물이 도사리지 않도록 하기 위해선 평소에 좋은 식습관과 신체의 움직임을 열심히 해야 한다. 다행히 요즘엔 지자체에서 걷기 좋은 길과 녹지 공간을 확보하는 데 관심을 기울이고 있어 신체활동을 할 수 있는 여건이 매우 좋다.

최근 아일랜드 리머릭 대학 연구진은 '사람의 몸에 운동하기 늦었을 때란 없다'라고 하였다. 이들이 밝힌 내용의 핵심은 우리의 인체가 어떤 나이에도 운동에 적응할 수 있는 능력을 갖추고 있어서, 운동이 나이와 상관없이 건강을 증진하는 데 도움을 줄 수 있다는 것이다. 특히 이 가운데 나의 시선을 끌었던 한 가지는 "70%는 쉬운 운동, 20%는 힘드나 견딜 수 있는 수준의 운동, 그리고 나머지 10%는 지속하기 어려운 강도의 운동을 혼합해서 하라"는 권유였다. 이에, 운동을 할 때 잠시만이라도 고강도 운동에 도전하고 있다.

어떡하든 현재 나에게 중요한 건 절주하며 몸 운동을 열심히 하는 것이다. 산으로, 들로, 바다로, 하천으로 길을 따라 걷는다. '누우면 죽고, 걸으면 산다'라는 신념으로, 몸이 허락하는 수준에서 움직인다. 몸에 힘이 있어야 무슨 일이든 가능하다. 부지런히 움직이고자 한다, 그에 비례하여 정신의 근력도 다져질 것이기에. 그리고 한 잔의 술도 아끼는 심정으로 마시려 한다. "저녁에 술 마시지 않으면 편히 잘 수 없고, 아침에 술 마시지 않으면 일어날 수 없다"라고 했던, '귀거래 사'로 유명한 중국 송대의 시인 도연명은 38세에 술을 끊겠다고 '지주

(止酒)'라는 시를 짓고서는 그날 아침 술을 끊어버렸다고 한다. 그런 기개가 내겐 부족해 보인다. 앞으로 몇 년은 절주하며 더 즐기다 잔을 놓을 것이다.

고려말의 대학자였던 목은 이색은 스러져가는 고려왕조를 안타까워하며 부벽루에 올라 "유유히 흐르는 세월 속에 돌(石)도 늙어간다"라고 했다. 돌도 늙는다는데, 하물며 내 몸뚱이는 어떻겠는가? 인생을 마약에 비유했던 김동명 시인의 말처럼, 난 시간의 쇠사슬에 매여 무덤으로 끌려가면서도 그저 좋아하며 뛰어다녔다. 특별한 이유 없이 세상에 내던져졌던 나, 이제 여기저기 널브러져 있는 일들을 주섬주섬 챙겨야 할 시간이 가까워지고 있다. 이기형 시인이 "가야 할 때가 언제인가를/분명히 알고 가는 이의/뒷모습은 얼마나 아름다운가"라고 하지 않았던가. 노병사의 길에서 유념할 일들을 놓치지 않고 실행하려 한다.

노병사(老病死)의 길을 걸어갈 수 있는 두 다리는 건강한 심신과 통장의 잔고이다.

죽음이 두려운 진짜 이유

삶의 질은 한동안 우리나라 사람들에게 주된 관심사였는데, 요즘에는 '죽음의 질'이 대신 주목받고 있다. 아마도 죽음이란 것이 사람을 사람답게 만들어주고, 인간의 내면에 종교성을 불러일으키기 때문일 것이다. 옛말에 '새가 죽으려 하면 그 울음소리가 애달프고, 사람이 죽으려 하면 그 말이 착하다'라고 했다. 톨스토이도 〈이반 일리치의 죽음〉에서 죽음을 의식할 때 사람은 위선과 거짓에서 벗어나 삶을 제대로 성찰하며 살아간다는 사실을 우리에게 일깨워 주었다.

사실, 세상에 태어난다는 건 삶과 죽음을 향해 똑같은 첫걸음을 내디딘다는 것과 다르지 않다. 내가 태어난 날은 나의 삶을 시작하는 첫걸음이기도 하지만, 죽음에 이르는 첫걸음이기도 하기 때문이다. 만약 종교적 영생을 믿는다면, 죽음은 우리가 어느 세상의 입구(천국, 지옥)로 들어갈 것인지를 결정하는 심판의 길목에 해당한다. 죽음의 역할은 그것으로 끝난다. 삶은 여전히 다른 차원의 세상으로 끝없이 이어질 것이기 때문이다. 천국으로 들어간 사람은 낙원에서, 지옥으로 떨어진 사람은 고통의 나락에서 영원히 살 것이다. 우리가 삶을 경건하게 살아야 하는 이유는 죽음의 길목에서 그러한 심판을 받기 때문이다. 어쩌면 죽음 이후의 삶에 대한 두려움, 더 정확히 말하면 종교의 굳건한 토대 중의 하나인 내세에 대한 그러한 불안이 인간으로 하여금 성찰을 하도록 하고 절대자에 귀의하게 만드는지도 모른다.

우리나라 사람들은 죽음을 '돌아간다'라고 표현한다. 원래 왔던 자리로 되돌아간다는 의미다. 우리가 너무 놀라 넋을 잃을 정도의 상황을 흔히 '혼비백산(魂飛魄散)'이라 하는데, 이 말은 우리가 알듯이 유교에서 사용되던 말이다. 사람이 죽으면 영혼[魂]은 하늘로 날아가고, 육신[魄]은 흙으로 흩어진다는 것이다. 그건 곧 생명이 끝나는 순간에 사람은 생명의 원천인 자연으로 돌아간다는 것이다. 불교에서는 일체가 생겨나지도 않고 사라지지도 않는다고 한다. 생(生)과 멸(滅)이 이원론적으로 구분된다기보다 생과 멸이 순환하는, 즉 생이 멸하고 멸이 다시 생하는 일원론적 차원으로 이해한다. 죽음은 다시 태어난다는 걸 의미한다. 그러므로 죽음을 슬퍼할 이유가 없다. 다만, 더 나은 존재로 태어나길 기원할 뿐이다.

나는 죽음이란 단순하게 삶의 끝을 의미한다고 생각한다. 다시 말해, 출생으로 시작한 나의 삶은 죽음에 이르러 그 궤적이 마무리된다고 믿는다. 불멸의 생을 믿지 않는다. 바라지도 않는다. 바람처럼, 구름처럼, 막힘없이 흐르다 조용히 사그라들고 싶다. 기독교에서 말하는 영생이나 유교에서 말하는 혼백도, 불교에서 말하는 윤회도, 모두 삶에 대한 미련에서 나오는 개념으로 이해할 뿐이다. 나의 관점에서 보면, 삶은 시공간적으로 유한하다. 삶의 모든 실상이 끝나는 순간이 다름 아닌 죽음이다. 이후에는 영원한 세계도, 무한한 생명도 없다. 정신은 기능을 멈추고, 육체는 땅속에서 진토가 되어 흙으로 전화한다. 내가 바르게 살아야 하는 이유는 지옥의 유무 때문이 아니라, 내가 존재한다는 그 자체에서 비롯한다. 생명은 유일하고 유한하기에, 죽음은 더 이상의 설명이 불필요하다. 그건, 사족이다.

내 나이쯤 되면, 주변에 가까이 있던 사람들이 하나둘 소리 없이 사라진다. 친구나 가까운 지인이 세상을 떠나는 경우엔 운구차를 따라 화장장에 가기도 한다. 화장장 한 곳에는 화장한 시신의 유골 가루를 쏟아부을 수 있는 커다란 절구 같은 통이 있다. 원래는 무연고 망자들을 화장하여 그곳에 잠시 보관한 후, 화장장 관리자들이 근처 숲 등에 뿌려주기 위해 설치한 것이라 한다. 그런데 요즘엔 죽어 화장한 가족 일원의 유골 가루를 살아있는 가족들이 가족묘나 봉안시설로 가져가지 않고 그 통에 쏟아붓고 가는 경우가 점차 많아진다고 한다. 현대인들이 죽음을 보는 시각이 많이 변화하고 있음을 보여주는 하나의 단적인 사례다.

죽음에 대한 걱정으로 제대로 살지 못하고, 삶에 대한 걱정으로 제대로 죽지 못한다는 말이 있다. 사람인 이상, 어찌 죽음을 전혀 의식하지 않은 채 살 수 있겠는가? 다만, 나는 되도록 죽어갈 때가 아니면 죽음을 생각하지 않으려 한다. 사는 일에 전념하고자 한다. 죽음 자체와 죽음에 대한 긴 준비로 인해 삶의 활력이 위축되는 이중고를 겪고 싶지는 않아서다. 언젠가 죽음이 내 눈앞에 성큼 다가오면 그때 가서 생각할 것이다. 가장 덜 준비된, 혹은 가장 짧게 생각한 죽음이 내가 가장 원하는 죽음이다. 영화 '대부'에서 말론 브란도가 손자와 옥수수밭에서 숨바꼭질하다 쓰러져 죽듯이, 내가 생활하고 있는 시골집 앞마당 소나무 뜰에 군락을 이루고 있는 맥문동 더미에 앉아 잎을 손질하고 있을 때 죽음이 찾아오면 좋겠다는 바람을 갖고 있다. 실제로 내게 죽음이 어떻게 다가올지는 모르는 일이다. 그러므로 이 또한 걱정거리로 붙들고 있을 필요가 없다.

하지만 부지불식간에 떠오르는 죽음에 관한 생각은 나를 잠시 두려움에 갇히게 하는 것도 부인하기 어려운 사실이다. 숨이 멈추는 바로 그 순간이 두렵다. 한 번도 경험한 적 없고, 그럴 수도 없어서 막연히 두렵다. 그건 생물학적으로 일어나는 현상으로, 의식의 소멸과 함께 진행되는 일이라 오히려 두려움이 덜할 것이다. 내가 정작 죽음을 두려워하는 이유는 다른 데 있다.

죽음의 문턱에 이르러 내 인생을 돌이켜보았을 때, 나의 삶은 어떤 의미가 있었는지, 내가 선택한 기준과 방향성에 따라 어느 정도 일관하여 살아왔는지, 내가 되고자 했던 사람의 모습과 얼마나 닮았는지의 물음에 나 스스로 어떤 대답을 할 수 있을지가 염려된다. 그때, 어떤 대답을 할 수 있는 이야깃거리가 없어 침묵할 수밖에 없다면, 나의 죽음은 세상에 내던져졌던 핏덩어리인 채 그대로 사라지는 공허 그 자체일 것이다. 죽음이 내가 살아온 삶을 명증하는 실체적 매듭으로 남기 위해서는 위의 물음에 나름의 답을 할 수 있어야 할 것이다.

왜냐하면 죽고 난 이후 다시 살 수는 없기 때문이다.

주변에 시선이 있어 익명성이 보장되지 않을 때와 시선이 없어 익명성이 보장될 때, 사람들은 다르게 행동하는 경향이 있다. 시선에도 여러 유형이 있다. 사람들이 눈으로 관찰하고 평가할 수 있는 가시적인 시선이 있는가 하면, 개인의 내면에도 보이지 않는 시선이 존재한다. 우리는 흔히 그런 시선을 양심이라 부른다. 후자, 곧 양심이 제대로 작동하지 않는 사람은 주변에 누가 있던 없든 상관없이 자신이 하고 싶은 대로 행동을 한다. 하지만 보통 사람들은 주변에 바라보는 시선이 있거나 내면에서 양심이 작동하여 자기 행동을 제어한다.

다른 사람들은 모르지만, 그들이 보지 않았을 때 했던 나의 행동을 난 안다. 나를 속일 수는 없는 노릇 아닌가. 내 생각에, 적어도 나에겐 사람 기능을 할 수 있는 정도로는 양심이 작동하고 있다고 믿기 때문이다. 그래서 아무도 보고 있지 않을 때 했던 어떤 행동들은 죽을 때까지 고통스러운 기억으로 남아있을 것이다. '무덤까지 가지고 간다'라는 건 이럴 때 쓰는 말일 것이다. 이는 결국 다른 사람을 위해서가 아니라 자신을 위해 그런 고통의 기억에 얽매이지 않도록 살아야 한다는 것을 웅변해 준다. 죽음에 이르러 내 스스로에게 해야 하는 대답은 이런 고통의 강도나 빈도에 따라 결정될 것이다. 그리고 그 판단은 누구도 아닌 바로 나 자신만이 할 수 있다.

그 응답의 시간은 죽음의 찰나에 맞이하는 나만의 엄숙한 장례 의식이 될 것이다. 물론 이는 의식이 존재할 때 가능한 일이다. 죽음의 문턱에 이르면, 그리고 아직 의식이 존재한다면, 그런 시간이 언제쯤일지 내 스스로 대충은 가늠할 수 있을 것으로 짐작한다. 어떤 대답이 나의 뇌에서 입으로 전달될지, 지금은 아직 모른다. 아직 삶이 남아있기 때문이다. 현재까지의 결과를 근거로 스스로 평가해 볼 때, 앞으로의 여생에서라도 내가 삶을 사는 이유에 합당하게 살자고 스스로 경책한다. 나이 들어 가면서 내가 죽음을 두려워하는 진짜 이유는 현재까지의 결과를 반전시킬 수 있는 삶을 살 수 있을까, 하는 의문 때문이다. 다시 살 수 없으므로!

죽음은 내가 살아온 삶을 명증한다.

내 존재의 의미를 지키는 길

지지지지(知止止止)

전관예우는 말 그대로 전직 관리에 대한 예우를 가리킨다. 그런데 같이 근무했던 후임들이 과거의 상관에 대해 예의를 갖춰 정중하게 대우한다는 것과 전혀 다른 뜻으로 통용되고 있다. 고위 공직에 있었던 인물이 퇴임 후에 이전에 맡았던 업무와 연관된 사업장에 초빙되어 과거에 자신이 맡았던 높은 지위를 이용해 부당한 이득을 안기고 자기 또한 얻는 관행을 말한다. 흥미로운 것은 컴퓨터 자판기로 '전관예우'를 입력한 후 인터넷 사전을 찾아보면, "전직 판사 또는 검사가 변호사로 개업하여 맡은 소송에 대해 유리하게 판결하는 등 특혜를 주는 일"이라고 풀이되어 있다. 힘 있는 기관이 이 용어와 관련이 깊다는 것임을 보여준다.

우리 사회에 이러한 풍조가 비단 법조계에만 통용되고 있는 것도 아니다. 요즘 건설업계는 부실 공사로 시끄럽다. 신축 아파트 단지의 부실 설계나 허튼 감리 용역을 특정한 공기업 출신의 간부를 영입한 회사들이 많이 저지른 것으로 나타났다. 관피아라는 말이 심심찮게 등장하는 것을 보면, 행정 공무원 사회도 예외는 아닌 것으로 보인다. 전관예우가 우리 사회 곳곳에 팽배해 있는 현상은 과거 자신이 가졌던 명예를 계속 유지하고 경제적 재화도 더불어 챙기겠다는 사람들의 욕망과 그걸 이용해 또 다른 이익을 끌어내겠다는 사람들의 욕망이 한데 어우러져 빚어낸 결과이다.

우리말 한자어에 '맥(脈)'이란 단어가 있다. 기본 의미로는 기운이나 힘을 뜻하지만, 동물의 몸에서 피가 도는 줄기, 또는 산맥이나 지세의 풍수에서 정기가 흐르는 줄기, 혹은 암석의 갈라진 틈을 따라 유용한 광물이 묻혀 있는 부분을 뜻한다. 즉, 맥은 피, 정기, 유용성 등 우리가 삶을 유지하고 총기를 발휘하는 데 필요한 요소들이 결집하여 있는 길을 뜻한다. 산속의 광물만 맥을 형성하고 있는 게 아니다. 사람 사는 세상에서도 인맥이란 게 엄연히 존재한다. 삶에 유용한 정보나 튼실한 연줄을 가진 사람들이 줄줄이 엮여 있는 길이 있다. 광부들이 광맥을 찾아 산을 헤매듯, 일부 사람들은 그 길을 찾아 관공서나 권력기관의 출입문을 밤낮없이 기웃거린다. 인맥이 있으면 일하기 쉽고, 목표를 빨리 성취할 수 있어서일 것이다.

본디 명예란 세상에서 훌륭하다고 널리 인정받아 얻은 좋은 평판이나 이름을 가리키는 말이다. 또는 그런 사람의 공로나 권위를 기리어 특별히 수여하는 칭호이다. 그리고 재물은 사람이 생명을 보존하고 원활한 인간관계를 유지하는 데 필요한 것들을 갖출 수 있게 해주는 중요한 수단이다. 그 자체로는 뭇사람들로부터 손가락질을 받아야 할 이유가 없다. 명예나 재물이 문제가 되는 지점은 그것을 어떻게 바라보는가에 달려 있다. 세상의 만물이 왜곡되는 까닭은 내 마음이 욕망에 가려 탁해졌기 때문이다. 무욕견진(無慾見眞)이란 말이 있잖은가. 내가 마음을 올바로 가다듬고 세상을 바라본다면, 만물은 본래의 자리에 있을 것이다.

사마천의 〈사기〉와 함께 중국 정사(正史)의 모범으로 인정받는다는 〈한서(漢書)〉에 '정본청원(正本淸源)'이라는 고사성어가 나온다. 근본을 바르게 하고, 근원을 맑게 하라는 뜻을 담고 있다. 서해안 고속도로의 목포 방향 맨 끝에 있는 함평 휴게소 화장실에 들어서면, 그 입구에 이 글자가 큰 활자로 게시되어 있는 걸 볼 수 있다. 잠시 마음이 엄숙해지며 마치 무슨 마음 수련원에 온 것처럼 느껴져 화장실에 들어서는 발걸음도 조심스러워진다. 이 고사성어는 눈으로 바라보는 세상의 모습이란 실은 마음에서 비롯하는 것이니, 그 마음의 본바탕이 어떠해야 할지를 네 글자로 집약한 것이리라.

욕망은 우리의 마음에 회오리바람을 일으킨다. 그리고 그 주된 기능은 우리로 하여금 타인과 비교하도록 마음을 돌돌 말아 치켜올린다. 명예나 재물에 대해 갖는 욕망이 회오리 바람마냥 기둥 모양으로 치솟는 까닭은 다른 사람과 자신을 비교하는 습성에서 비롯하는 경우가 대부분이다. 우리는 비교를 통해서 자기 위치를 확인하지만, 목표한 지점에 이르는 순간 더 높은 곳이 저기 있다. 어렵게 그곳에 도달하면, 또 다른 높은 곳이 또 저기 솟아 있다. 그래서 인간의 욕망은 절대 채워지지 않는다. 욕망엔 절댓값이 존재하지 않는다. 우리 부부와 가까이 지내는 지인이 부부동반하여 우리와 함께 저녁을 먹다 혼잣말처럼 한 말이 지금도 귀에 생생하다. 자금 투자를 업으로 삼고 있는 그는 "포기하는 순간, 행복이 보이더라"고 했다. 돈을 더 많이 벌 수 있는데, 돈이 눈앞에 저기 보이는데, 차마 멈출 수 없어 그걸 좇으며 지금껏 살아왔다고 했다. 그러던 어느날, '내가 왜 사는지 모르겠다'라는 생각이 갑자기 들어 일정 부분만 관리하고 나머지 부분은 과감히 포기했다며 한 말이다. 그의 표정은 마치 탐욕의 감옥에서 벗어나 마음의 평화를 되찾은 사람처럼 맑고 생기가 감돌았다.

　노자는 〈도덕경〉에서 "만족할 줄 알면 욕됨이 없고, 멈출 줄 알면 위태롭지 않다"라고 하였다. 사람들이 갖고 있는 다양한 욕망 가운데 유독 명예와 재화를 콕 집어 '그칠 줄 알아야 함'을 지적했다. 그가 언제 출생하였는지에 대해서는 불분명하나, 대체로 지금으로부터 2천 6백여 년 전에 태어난 사람으로 알려져 있다. 그 시대에 이미 이를 언급하는 것으로 미루어 보면, 예나 지금이나 사람들이 지닌 욕망의 주된 대상은 변함이 없어 보인다. 명예와 재화에 대한 욕망은 어쩌면 현생인류인 호모 사피엔스 이전 네안데르탈인의 유전인자에도 깊숙이 각인되어 있었을지 모른다.

　'지지지지(知止止止)'라는 말은 '그쳐야 함을 알아 그칠 데 그친다'라는 뜻이다. 그칠 때 그치고 멈출 곳에서 멈춘다. 내가 필요한 때, 내가 꼭 있어야 할 곳에 머문다. 지극히 당연한 일인데 왜 사람들은 이 말에 주목할까? 자연에 절기가 있듯이, 우리에게는 누구나 시절이 있다. 사람의 성가신 일은 대개 그만 그쳐야 함을 알지 못하는 데서 생긴다. 아니, 알면서도 미적거리며 미련을 버리지 못하다 일이 터진다. '지지지지'라는 말은 사실 앞에서 언급한 〈도덕경〉에 나오는 '그칠 줄 안다'라는 의미의 '지지(知止)'와 〈주역〉에서 '그칠 곳에 그치니 속이 밝아 허물이 없다'라고 한데서 나온 '지지(止止)'를 합하여 만든 사자성어이다. 앞의 '지지(知止)'는 사유를, 그리고 후자의 '지지(止止)'는 실천을 강조하고 있다.

　보통 사람들은 위험한 곳에 다다르면 대개는 멈춘다. 그러나 순탄한 곳에서 스스로 멈추는 사람은 그리 많지 않다. 고려 때 이규보는 이런 의미를 담아 자신의 거처 이름을 지지헌(止止軒)으로 지었다. 19세기에 활동했던 조선의 학자 홍길주는 〈지지당설(止止堂說)〉에서 뜻을 잃고 멈추는 것은 누구나 할 수 있지만, 뜻을 얻고 멈추는 일은 군자만이 할 수 있다고 하였다. 보통 사람들은 무슨 사단이 일어나고 서야 비로소 그만둔다는 것이다. 참으로 정곡을 찌르는 말이라 하지 않을 수 없다.

나 또한 '지지(止止)'라는 말이 마음에 쏙 들어 학교에서 학생들을 가르치고 있을 때 내 연구실 출입문 안쪽에 이 글자를 커다랗게 써서 붙여놓고, 문을 나설 때마다 한 번씩 바라보며 마음을 되돌아보곤 했던 적이 있다. 진정한 명예와 경제적 부의 가치는 내가 그것들에 속박되지 않고, 얼마나 그로부터 자유로우며, 얼마나 내면이 풍요로운 가에 달려 있을 것이다. 우리가 그쳐야 할 곳은 바로 그 속박과 자유의 경계쯤에 있을 것이다. 마음의 근본을 똑바로 그리고 맑게 유지하고 있을 때 그곳이 눈에 보일 것이다. 하긴, 어떤 사람들한테는 지금 내가 하는 이런 이야기가 세상물정 모르는 철부지의 넋두리로 여겨질지도 모르는 일이지만 말이다.

우리 사회에서는 '한번' 회장이면 '영원한' 회장이다. 회장 직책 앞에 '명예'를 붙여 명예회장으로 평생을 지낸다. 대학 사회에서도 이런 풍조가 극히 자연스럽다. 한번 총장이면 영원한 총장, 한번 교수면 영원한 교수다. 정년퇴임 후에 누구나 명예교수의 칭호를 갖는 것은 관행이다. 학문의 발전에, 혹은 회사나 단체의 성장에 뛰어난 성과를 이뤄 많은 사람의 칭송을 받는 사람이 그런 예우를 받는 것은 마땅한 일이다. 하지만, 그렇지 않은 사람이라면, '전 ○○대학 교수', '전 ○○그룹 회장', '전 ○○단체 이사장' 등이 현재 그 사람의 위치를 알려주고 있어 듣기에 자연스럽다. 진정한 명예는 과거의 직책에서 나오는 게 아니라, 현재 위치에서 자신이 하는 일에 성심을 다하는 데에서 나온다. 우리가 세상을 살면서 해야 할 도리는 목표의 성취 여부를 떠나 오늘을 사는 시점에서 자신이 해야 할 일을 회피하지 않고 묵묵하게 힘써

나가는 일이다. 흐르지 않는 물은 썩듯이, 과거의 영예에 묻혀 있는 정신은 이미 부패의 냄새가 풍긴다.

그칠 곳에서 그칠 줄 아는 사람이 진정으로 명예를 지키는 자이다.

관계의 거미줄에 걸리지 않는 기술

우리는 자기 의지와 상관이 있던 없든 간에 수많은 사람과 관계를 맺으며 산다. 어떤 면에서 보면, 사람은 태어나면서부터 관계망 속에서 생활한다고 해도 과언이 아니다. 깊은 산중의 오두막이나 무인도에 홀로 사는 사람도 모든 인간관계를 끊고 살기는 어렵다. 우리가 그런 사정을 인정하고, 또한 관계의 속성을 고려해 본다면, 우리가 산다는 건 이런저런 속박에 갇혀 생활한다는 의미와 다르지 않다. 중국 명나라 말기의 문인 홍자성이 저술한 〈채근담〉엔 관계를 바라보는 시각을 일러주는 명문이 들어있다. "무슨 일이든 힘을 다하여라. 그리고 아름답게 벗어나라. 다하지 않으면 세상과 멀어지고, 벗어나지 못하면 세상에 잡힌다"라고 하였다. 인간관계에 지치거나 망설이는 사람에게 선지자가 전하는 가성비 좋은 쏠쏠한 삶의 기술이다.

일주일에 사흘이나 나흘은 시골에 있는 집에 머문다. 여름철에 접어들 무렵 아침에 집 앞마당에 나와 해송 무리에 스치는 솔바람을 쐴 겸 하여 거닐라치면, 얼굴이나 머리에 거미줄을 덮어쓰기 일쑤다. 온 얼굴이 거미줄에 감싸안길 땐, 어릴 적 짓궂은 친구가 숯검정이 꺼멓게 묻은 두 손으로 내 얼굴을 감쌌을 때처럼, 여간 곤혹스럽지 않다. 끈끈이 액 때문에 손으로 그걸 잡아떼기도 쉽지 않다. 그런데 정작 거미는 자기가 쳐놓은 거미줄에 걸리지 않는다. 곤충학자 파브르는 그 이유를 거미가 입에서 분비해 발에 바르는 기름 덕분이라 했다. 하지만 이후 아무도 거미에게서 기름 분비샘을 찾아내지 못했고, 1990년대에 와서야 과학자들은 그 비밀을 알아냈다 한다. 거미줄이 다 똑같이 끈끈한 것이 아니라는 사실을 발견한 것이다. 거미는 줄을 칠 때 먼저 세로줄을 치고, 이후 끈적거리는 점액 방울이 듬성듬성 묻어 있는 가로줄을 친다. 거미는 점액이 묻어 있지 않은 세로줄로만 다녀서 줄에 걸리지 않는다는 것이다. 거미는 방어성 유전자를 자기 몸에서 발현시키는데, 이 유전자는 거미가 끈끈한 점액에 접촉하면 이를 감지하여 점액과의 접착력을 감소시킴으로써 달라붙는 것을 방지해준다는 사실도 알아냈다.

나는 거미로부터 인간관계의 구속에서 우아하게 벗어나는, 그럼으로써 관계망에 잡히지 않는 지혜를 배운다. 거미줄의 세로줄은 한곳으로 귀결되는 내 삶의 방향성이고, 가로줄은 삶의 방향성을 추구하는 과정에서 얽힌 다양한 관계들이라 할 수 있다. 거미가 세로줄을 타고 아무런 제약 없이 옮겨 다니듯, 내가 설정하고 지향하는 삶의 방향성이 분명할 때, 가로줄의 가족, 동료나 친구, 지인들과의 관계에서 생기는 부정적인 감정(점액)에 붙잡히지 않고 삶을 살아갈 수 있다. 세로줄이 흐트러지거나 망가지면, 거미줄 자체가 제 기능을 발휘할 수 없게 되어 거미는 생존 자체가 어렵게 된다. 마찬가지로, 내 삶의 방향성이 다른 사람들과의 관계에서 오는 갈등 요소에 의해 왜곡되거나 뒤틀려서는 안 될 것이다. 적어도 내 삶의 방향성만큼은 그물에 걸리지 않는 바람처럼, 거미줄에 걸리지 않는 거미처럼, 내가 자유롭게 왕래할 수 있어야 한다.

나는 보통 사람들과 비교하여 지능이 우수한 사람이 아니다. 특히 창의성이나 순발력은 상대적으로 부족해 보인다. 그런 대가로 나에게 성실성이라는 관성이 주어진 것 같다. 고교 시절에 이미 그런 나 자신을 꿰뚫어 보고 '다른 친구가 한 번 보면 난 열 번을 보고, 그들이 열 번을 보면 난 백 번을 본다'라는 자세로 책을 읽었다. 그런 습성 덕분에 어떤 일을 꾸준히, 조금씩 개선해 나가는 일에는 자신이 있다. 누구랑 무슨 일을 같이 시작하면, 처음에는 뒤지나 나중에는 내가 앞서 나갈 수 있다. 그래서 난 구약성경의 욥기에 나오는 "시작은 미약하나 끝은 창대하리라"라는 구절을 좋아한다. 그로부터 얻은 성공 경험은 내가 삶의 목표를 욕심부리지 않고 차근차근 노력하면 도달할 수 있는, 가시적인 것에 초점을 두도록 유도했다. 그리고 난 내게 주어진 선후천적 자원을 성심껏 활용하여 설정한 목표에 도달하고자 노력하였다. 세월이 흐르며 그런 삶의 방식은 나도 모르게 언젠가부터 내 삶을 관통하는 하나의 방향성을 이루게 되었다.

친구나 동료, 지인들과의 관계는 거미줄의 가로줄에 해당하는 것으로, 내 삶을 관통하는 방향성에 부합하는 차원에서 이루어지게 된다. 인간은 이기적이고 이타적인 성향을 동시에 간직하고 있어, 다른 사람들과의 관계에서 갈등은 발생하기 마련이다. 아무리 가까운 사이라 하더라도 사소한 일에서 시작된 감정의 충돌이 격화되면 그동안 쌓아 왔던 친밀한 관계에 치명적인 상처를 남길 수 있다. 예컨대, 내게 천성적으로 주어지지 않은 재능을 화젯거리로 늘 삼거나 주어진 후천적인 자원 이외의 것을 요구하는 건 내 삶의 방향성을 방해하는 것이다.

그럴 때 최선은 서로 이성을 발휘하여 합리적으로 타협점을 찾아가는 것이다. 그 타협점이란 건 사실은 각자 삶의 방향성을 존중하는 지점을 찾는다는 말과 다르지 않다. 그러기 위해서 우리는 서로 최소한의 규칙을 지키고 존중하는 자세를 유지할 필요가 있다. 내가 생각하기에, 우리가 지켜야 할 최소한의 규칙은 '다른 사람에게 정당한 사유 없이 폐를 끼쳐서는 안 된다'라는 것이다. 이는 곧, 각자 삶의 방향성을 존중한다는 것으로, 상대를 한 사람의 인간으로서 그의 자존감을 지켜준다는 의미이다.

그런데도 살다 보면 우리는 남에게 폐를 끼치거나 거꾸로 당할 수 있다. 정당한 사유 없이 폐를 입은 사람은 자칫 삶의 방향성에 상처를 입게 되고, 그런 일이 쌓이면 관계엔 보이지 않는 금이 생기며, 그것을 그대로 방치할 땐 관계 자체가 망가질 수 있다. 그런 상처는 거미의 몸에서 나오는 끈적끈적한 점액처럼 자칫 자신을 관계의 망에서 옴짝달싹 못 하게 붙들어 버릴 수 있다. 그렇게 되면 반목과 질시의 세계에 갇혀 누가 먼저랄 것도 없이 상대를 증오의 대상으로 바라보게 된다. 그리고 그런 증오심은 자칫 잘못하면 자신이 추구하는 삶의 방향성마저 왜곡시키거나 혼돈에 빠지게 할 수 있다. 가까운 사람과의 관계에서 깊은 상처를 입은 사람들이 길을 잃고 방황하는 것은 바로 이런 연유에서일 것이다.

내게 주어진 자원을 최대한 그리고 충실하게 활용하며 살아가고자 하는 데 결정적으로 방해를 주는 관계라면 냉철하게 검토해 볼 필요가 있다. 누군가와의 관계가 지속되지 못하고 단절되게 되면 마음에 그 후유증이 남는다. 친구나 동료와의 관계에서는 유독 그것이 더 크고, 깊고, 그래서 또한 오래간다. 다시 말하지만, 그 후유증은 자칫 자기 삶의 방향성마저 흔들리게 할 수 있다. 만약 관계를 맺고 있는 상대방이 인간관계에서 요구되는 최소한의 규칙, 곧 각자 삶의 방향성을 존중하는 마음의 자세를 갖추고자 하는 의지가 없다는 확신이 설 경우, 바로 그와 같은 지점에 이르렀음을 직시할 필요가 있다.

그럴 때 자기 삶의 방향성을 유지하면서 관계를 개선하려면, 우선 먼저 자신이 최소한의 규칙을 제대로 지키고 있는지를 냉정하게 성찰해 보아야 한다. 즉, 상대를 친구나 동료 이전에 한 인간으로서 존중했는지를 되돌아보는 것이다. 사람들은 자기의 행동에 대해서는 지나치게 관대한 평가를 하는 경향이 있기 때문이다. 자기 성찰의 결과, 만약 그런 점이 있었으면 주저하지 말고 개선한다. 사과할 일이 있으면 진심으로 사과한다. 자존심이 상하는데, 지금 바쁜데 등등의 이유를 대거나, 좌고우면하다 보면, 적절한 시기를 놓치게 된다. 자기 행동을 성찰해 보아도 어떤 잘못이 발견되지 않는다면, 반면에 상대의 잘못이 명명백백하다고 생각된다면, 그리고 자기가 입은 상처가 너무 깊어 도저히 회복할 수 없다고 판단한다면, 상대에 대한 증오심을 거두고 둘 간의 관계망에서 벗어나는 길을 긍정적으로 고려해 볼 만하다.

증오심은 나에게서 나온 것인데, 그것은 도리어 나를 피폐하게 만드는 독소가 된다. 더 중요한 건 증오심이 자기 자신의 방향성마저 망가뜨릴 수 있다는 것이다. 그럼으로써 자칫 자기가 지향하는 방향의 삶과 완전히 상반되는 행동을 하게 된다. 따라서 그러기 전에, 자신의 관계망을 구성하고 있는 세로줄로 옮겨오는 것이다. 자신이 나아가고자 하는 삶의 방향성으로 회귀한다. 그리고 문제의 관계가 자신이 추구하는 삶의 방향성을 유지하는 데 방해된다면, 미련 없이 관계를 접는 결단을 내릴 수 있어야 한다. 그것이 인간관계망 속에서 자기 존재의 의미를 지키며 우아하게 거닐 수 있는 삶의 기술이다.

사람들과의 관계에 최선을 다하되, 우아하게 벗어날 줄도 알아야 한다.

나답게 살기 위한 수련 생활

최근에 인간의 생존 수명에 관한 언론 기사를 우린 심심찮게 볼 수 있다. 예컨대, 의학계의 세계적인 두 석학이 '수명 150년'을 놓고 내기를 했다는 내용이 있는가 하면, 구글이 2013년 설립한 어느 바이오기업은 노화 원인을 찾아 인간 수명을 500년까지 연장하는 목표를 세우고, 벌거숭이두더지쥐와 효모에서 그 해법을 찾고 있으며, 몇몇 과학자는 이미 노화 치료제의 후보물질을 찾아 이를 사람에게 적용하기 시작했다고 하는 등등 그 사례가 한두 가지에 그치고 있지 않다. 이들의 말에는 한 가지 공통점이 있다. 그것은 특정 약물을 투여했을 경우 인간의 수명이 그렇게 연장될 수 있다는 주장이다.

이들의 발표대로 세상이 변한다면, 말하자면 우리가 150살도 살수 있게 된다면, 우선 당장 우리네 삶은 어떤 모습으로 변하게 될까? 적어도 현재로선 우리가 마냥 좋아할 일만은 아닌 것으로 보인다. 그러잖아도 우리 사회가 초고령 사회로 진입하여 젊은 세대에게 엄청난 경제적 부담을 안기고 있는 형편인데, 수명이 지금보다 60여 년이라도 더 늘어나면 젊은 세대들은 허리를 펴보지도 못하고 주저앉을 지경이 될 것이다. 우리 사회가 제대로 작동하려면, 나이 든 사람들이 사회적 자본을 곶감 빼 먹듯 소모만 할 것이 아니라 가능한 능력과 범위 내에서 경제활동에 참여하거나 후세대들이 경제활동을 하는 데에 활력을 제공하는 등, 뭔가 사회에 이바지하는 바가 있어야 할 것이다.

내가 은퇴 후 귀촌 생활을 하는 까닭도 그와 무관하지 않다. 그런데 시골 마을에 내려와 이웃들과 자주 만나게 되면서 깨달은 게 있다. 과거에 내가 무슨 일을 했는지로부터 초연하려고 애써 노력했지만, 대학의 '교수'였다는 나의 직업에 따른 프리미엄을 난 아직도 가슴속에 담고 있음을 발견한 것이다. 전관예우와 같은 그런 대우를 바라는 마음이 은연중 내 의식의 저 밑바닥에 도사리고 있었다. 20대 초반에 교직으로 밥벌이를 시작한 이래 평생을 그렇게 지내다 보니, 늘 대접을 받는 데 익숙해 있는 자신을 발견한 것이다. 남을 대접하는 일엔 서투르기가 그지없다. 이곳 마을 주민들과 어울리기 시작하면서, 우리 사회의 경제가 작동하는 데 뭔가 작은 기여라도 할라치면 내 나이가 150살이 되기 전에 우선 먼저 심기일전해야 할 일들이 있음을 직시하게 되었다.

무슨 책에선가 본 선문답 하나를 소개해 본다. 어떤 사람이 조주 선사에게 "저는 한 물건도 없이 모두 버렸습니다. 이제 어떻게 했으면 좋겠습니까?"라고 물었다. 조주 선사는 이에 한마디 했다. "방하착(放下着)." "이미 한 물건도 가지고 있지 않은데 무엇을 놓아버리라고 하십니까?"라고 하자, "그렇다면 지고 가거라"라고 응답했다. 이는 곧 그 사람이 '마음을 비웠다, 마음을 내려놓았다, 모두 버렸다'라는 그 생각에서 아직 벗어나지 못함을 지적한 말이다. '교수였다'는 사실을 난 내려놓은 것으로 생각했지만, 실제로는 짊어지고 있었다. 몸 등짝에, 등나무 줄기가 고목의 살을 파고들며 휘감아 붙들고 있듯이, 내 등살을 파고 들러붙어 있었다.

그래서 나는, 우리 사회의 나이 든 사람의 한 사람으로서, 내려놓아야 할, 아니, 내려놓으려는 생각조차 들지 않게 할, 내 안의 부질없는 관성들이 뭐가 있는지 돌아보았다. 그리고 수련을 통해 그 습성들을 바꿔나가고자 한다. 그것이 나다운 삶을 지속할 수 있는, 내 존재의 의미를 지켜나갈 수 있는 생활의 기본으로 판단되기 때문이다. 수련은 습관과는 차이가 있다. 매일 아침 잠자리에서 일어나 뉴스를 보며 커피를 마시는 건 습관이다. 하지만 매일 아침에 혼자 스트레칭을 하는 것은 수련이다. 습관은 특별한 의지가 개입되지 않는 행동 패턴을 말하지만, 수련은 자신의 의지가 개입되는 행동 패턴을 일컫는다.

내가 수련하고자 마음먹은 생활습성은 다음의 두 가지다.

우선은 무엇보다 다른 사람들에게 친절한 자가 되고자 한다. 교수는 학생과 비교하여 여러 측면에서 비대칭적으로 우위에 있다. 그래서 교수는 권력형 체질로 변해가기가 쉽다. 학생들을 은연중 거만하거나 불친절한 말투로 대하게 된다. 때론 얼음보다 차가운 표정을 짓거나 거칠고 메마른 말을 내뱉기도 한다. 아주 인정머리 없는 행동도 한다. 그런 환경에서 오랜 세월 지내온 터라, 나 스스로 생각해도 난 불친절한 사람이다. 권력이든, 재력이든, 학력이든, 미모든, 재능이든, 그것이 무엇이든 간에 불균형적으로 대칭을 이루는 관계는 은연중 우월의식이나 열등의식을 낳기 십상이다. 그런 관계의 우위자리에 익숙한 사람은 대개 남에게 불친절하다.

난 교단에서 은퇴했다. 바다로 흘러 들어간 강물은 그 이름과 형태를 놓아버린다. 이제 평범한 사람들의 세계로 돌아왔다. 그동안 나를 따라다녔던 모든 이름과 직위는 은퇴하는 순간 영롱하게 반짝이던 이슬이 아침 햇살에 증발하듯, 사람들의 기억에서 사라졌다. 내 마음 깊은 곳에서도 이제 이를 놓아버려야 한다. 나의 이웃이나 지인 등 모든 사람과 같은 땅 위에 똑같은 면적을 차지하고 서 있다. 그래서 될 수 있는 대로 웃는 표정을 짓고, 상냥한 말투로 상대와 대화하고자 한다. 하지만 오랜 관성 탓에 그게 쉽지 않다. 불평등한 지위에서 벗어나 평지에 서면서, 그리고 나이가 들어갈수록, '친절'이란 단어가 인간에게 정말로 소중한 덕목임을 무겁게 깨닫는다.

친절은 일상 속 사소한 순간들에서 드러나는 그 사람 인격의 한 단면이다. 그래서 그런지 친절한 사람이 되는 데에는 지난한 수련이 필요한 일이라는 걸 몸소 절실히 체험하고 있다. 멈추지 않고 수련하여 내 몸에 배게 하고자 한다. 가까이는 아내를 비롯한 가족에게, 조금

멀리는 친구나 이웃에게, 그리고 낯모르는 사람에게 친절한 마음과 행동으로 대하고자 한다. 법정 스님은 〈아름다운 마무리〉라는 책에서 삶의 비참함은 죽는다는 사실보다도 살아 있는 동안 우리 내부에서 무언가 죽어간다는 사실에 있다고 했다. 지금부터라도 내 안에 시들어 비틀어지고 말라버린 친절의 씨앗을 발아시키는데 힘을 쏟으려한다.

　또 한 가지는 절제하는 생활을 하고자 한다. 나이 든 사람에게는 사실 모든 생활에 절제가 필요하다. 음식, 오락, 운동, 노동, 음주, 등산, 취미 생활 등등의 활동에 절제의 미학이 요구된다. 하나씩 실천에 옮기고 있다. 아침 식사는 채소와 과일로 한다. 이는 아내의 도움이 절대적이었다. 식습관은 몸에 양분을 집어넣는 일과 관련이 있다. 현대병 대부분이 과식, 과음과 같은 '과잉'에서 오는 병이므로 어떻게 이를 조절하는가는 매우 중요하다. 몸의 기본은 뭐라 해도 식사이다. 한국인은 밥심으로 산다는 말이 있다. 우스갯소리로, 밥 잘 먹고 숨 잘 쉬면 오래 산다 하지 않는가. 식사를 규칙적으로 하되, 가급적 자연 친화적인 재료로 만든 음식을 섭취하려고 노력한다.

　신체활동 또한 게을리하지 않으려 한다. 내가 시골에 내려와 밭을 갈며 생활하는 것도, 인터넷뱅킹을 하지 않고 은행에 두 발로 걸어 다니는 것도, 지하철역에서 엘리베이터나 에스컬레이터보다 계단을 이용하여 오르내리는 것도 몸을 움직이기 위해서다. 다양한 운동기구를 활용하여 근력을 강화하는 일에도 관심을 둔다. 시간 여유가 생기면 집 근처에 있는 산길이나 개천가를 부지런히 걷는다. 신체활동은 몸에서 양분을 밖으로 빼내는, 배출하는 일과 관련이 있다. 몸으로 들어가는 것도 중요하지만 잘 내보내는 것도 마찬가지로 중요하다.

　난 30여 년 피우던 담배를 끊었다. 그런데 술은 여전히 즐기고 있다.

15년여 전, 중국 베이징 사범대학에 방문 교수 자격으로 머물렀던 적이 있다. 어느 날, 그 대학 학장을 비롯하여 몇몇 교수와 함께 저녁 식사를 할 기회가 있었다. 식사 도중 학장이 나에게 이곳에 온 목적이 뭐냐고 물었다. 난 호기 있게 "중국의 술을 모두 마셔보고 싶어서 왔소이다"라고 대답하자 한바탕 폭소가 쏟아졌다. 지금은 친구들과 만나도 막걸리 몇 잔으로 그치려고 노력한다. 한두 잔을 마셔도 상당 시간 동안 머리가 개운치 않다. 머잖아 잔을 내려놓아야 할 시점이 올 것이다. 아내의 극성이 한몫하고 있는 건 물론이다.

일본의 전자부품 제조업체의 전직 최고경영자였던 가즈오는 물질에 빗대어 인간의 유형을 세 가지로 구분하였다. 불을 가까이하면 타오르는 가연성 물질과 같은 사람이 있고, 불을 가까이 대도 타지 않는 불연성 물질과 같은 사람이 있는가 하면, 스스로 뜨겁게 타오르는 자연성 물질과 같은 체질을 가진 사람이 있다고 하였다. 내가 보기에, 스스로 타오르는 자연성 체질을 가지려면, 천성이 그런 사람이라면 다른 문제지만, 수련하는 방법 외는 없다. 길든 습성에서 벗어나는 일이 예상보다 훨씬 어렵다. 습성에서 벗어나 하는 행동은 일종의 돌연변이인지라, 그것이 진화로 이어지려면 얼마나 많은 시련을 겪어야 하겠는가. 누구보다 나이 든 사람에게 있어서 친절한 눈빛, 온화한 미소, 상냥한 말투, 절제 있는 행동은 인격의 결정체나 다름이 없을 것이다. 이런 사실을 이제나마 깨닫게 되었다는 것에서도 나는 사는 재미를 맛본다.

나답게 살기 위해선 생애 주기에 적절한 생활습성을 수련하는 과정이 필요하다.

구이지학(口耳之學) 달인의 슬픈 자화상

평생을 교육자로 살아오다 보니, 나에겐 '교육'이란 단어가 남다르게 다가온다. 이 단어는 20대 초반부터 시작하여 40여 년 동안 나 자신의 정체성을 정립하고 합리화하는 데 근간으로 활용됐기에, 싫든 좋든 그 단어를 배제한 채 내 삶의 서사를 설명하기는 어렵다. 그런데 이와 관련하여 여기에서 한 가지 고백할 사실이 있다. 그건, 난 교육자이긴 했지만, 정확히 말하면 '구이지학'의 달인이었다는 것이다. 퇴임 후 교단에서 보냈던 지난 세월을 되돌아보니, 그건 스스로 내 삶의 존재 의미를 철저히 성찰하지 못한 데서 나온 결과였다. 이젠 그것이 나의 '치부'이자, '회한'으로 다가온다.

40~50대의 젊은 시절, 난 우리 대학의 학생들에게 꽤 인기가 높던 교수였다. 막연한 자랑이 아니라 구체적인 지표가 있어서 그렇게 생각했다. 80년대 이후 우리 사회의 민주화 바람이 대학 사회에도 불어닥치면서, 교수와 학생 간 관계에도 긴장이 조성되었다. 교수의 강의에 대한 학생들의 평가 요구는 그런 분위기에서 나온 대학 문화의 일대 전환기적인 하나의 혁신이었다. 무슨 일이든 처음 시작하는 게 어렵다. 절대 권력의 화신이었던 교수들은 한 학기가 끝나면 학생들로부터 강의 평가를 받고, 그 결과에 따라 대학 본부로부터 표창을 받는 제도가 대학 사회에 일반화되었다. 난 대학 본부로부터 최우수 혹은 우수 강의 교수라는 명목으로 10여 차례 표창을 받았다. 내 스스로 은근히 괜찮은 교수라는 자부심을 품기에 충분했다.

정년을 7년여 앞둔 어느날, 그날도 난 완벽하게 외운 강의 내용을 막힘없이 풀어나갔다. 그리고 강의를 마쳤다. 학생들은 썰물처럼 강의실을 빠져나갔다. 그런데 이상하게도 그날은 여느 날과는 달리 가

숨이 싸해져 옴을 느꼈다. 내 연구실로 돌아와 그동안의 강의 상황을 되돌려보았다. 그 원인이 어디에 있는가를 찾고자 한 것이었다. 학생들은 밀물처럼 강의실에 들어왔다가 썰물처럼 강의실을 빠져나간다는 사실에 생각이 정지했다. 강의실이라는 공간에서 일어나는 조수의 흐름 속에는 '교육'이라는 개념에 걸맞은 활동이 별로 존재하지 않았음을 그제야 알아챘다. 아무런 문제의식도 제기되지 않고, 토론은 물론이거니와 질문과 답변이 거의 부재한 시간이었다. 나 역시 그런 실태를 별반 문제삼지 않고 그러려니 하며 세월을 지나쳐 왔다. 나는 스프링이 튕기듯 순간적으로 자리에서 일어나 서재에 꽂혀 있던 책 하나를 꺼내 다시 읽었다.

〈순자〉의 '권학' 편을 펼쳤다. "군자의 학문은 귀로 들어와 마음에 자리하고 온몸에 펼쳐져서 기거동작에 나타난다. 그래서 작은 말과 작은 행동도 모두 하나같이 법칙으로 삼을 수 있다. 하지만 소인의 학문은 귀로 들어와 입으로 나간다. 입과 귀 사이는 네 치에 불과하거늘 어떻게 일곱 자의 몸 전체를 아름답게 하기에 족하겠느냐'라는 문구가 나를 뒤흔들었다. 한 치는 한 자의 십분의 일에 해당하는 길이로 약 3.03㎝에 해당한다. 그러므로 네 치에 불과한 귀와 입 사이는 기껏해야 12㎝ 정도의 길이인데(책을 읽는 눈과의 길이도 기껏해야 다섯 치, 곧 15㎝ 정도에 불과하다), 강의를 위해 준비한 지식을 그 좁은 사이의 몸에 머금고 있다가 그럴듯하게 진리로 포장하여 학생들을 향해 입 밖으로 배출해 왔다. 다시 말해, 내가 공부한 지식이 내 몸으로 소화될 겨를도 없이 학생들에게 날 것 그대로 전달하며 나의 학문과 지식을 자랑해 온 꼴이다.

〈논어〉에도 비슷한 경구가 나온다. 공자는 학문을 '나를 위한 학문(爲己之學)'과 '남을 위한 학문(爲人之學)'으로 구별하고, 전자는 자기를 완성하기 위해 덕성을 수양하는 학문이고, 후자는 남에게 알려지려고 자기를 과시하는 학문이라 했다. 정약용은 나를 위한 학문이란 몸소 실천해 나가는 일을 가리키고, 남을 위한 학문은 남에게 말만 하는 일을 가리킨다고 풀이했다. 배움을 오로지 남을 가르쳐 먹고 살기 위한 생활의 방편으로만 쓰는 경우를 가리킨 것이다. 공자가 말한 남을 위한 학문인 위인지학은 순자가 말한 귀로 듣고 입으로 내보내는 구이지학(口耳之學)과 통한다고 볼 수 있다.

1980년대에 우리나라 텔레비전을 통해 방영되었던 〈하버드 대학의 공붓벌레들〉이라는 드라마의 주인공은, 적어도 나에겐, 엄격하기로 유명한 킹스필드 교수였다. 계단식 대형 강의실에서 검은 뿔테 안경을 눈 아래까지 내린 노교수는 무작위로 학생을 지명한 후 난해한 질문을 던진다. 학생들은 그런 노교수의 질문에 답변하기 위해 밤새워 준비해야 했다. 언제나 정장 차림으로 등장하는 킹스필드 교수는 체격도 학생들을 압도하거니와 그 질문의 내용 또한 무자비하고 잔인할 정도였다. 난 지금도 대학교수라 하면, 비록 드라마 속의 인물이지만, 그 노교수를 제일로 꼽는다. 내가 대학교수가 된 이후 닮고 싶은 모델이었다. 그리고 나도 그처럼 대형 강의실에서 많은 학생을 대상으로 말 한마디, 제스처 하나에도 교육에 대한 깊은 열정과 위엄이 체화된 강의를 해보고 싶었다.

그렇다고 내가 강의 준비에 소홀했던 건 아니다. 텔레비전을 보거나 신문을 읽을 때 강의에 필요하다고 생각되는 정보가 나오면 곧바로 메모하거나 오려서 스크랩을 해놓았다. 전공 서적이 아닌 일반 도서를 읽다가도 강의에 활용할 수 있을 것으로 판단되면 어떤 식으로든 그 흔적을 남겨놓았다. 그리고 강의하기 전에 그런 정보들을 검토하여 강의 주제에 맞게 각색한 후 활용하였다. 강의 중에 학생들의 반응을 살핀 후 버릴 것과 보완할 것으로 구분하여 다음 학기 강의에 대비하곤 했다. 그렇게 나는 강의를 준비하고 진행해 왔다. 그런데…, 거기가 끝이었다. 그러니까 내가 평소에 보고, 듣고, 읽고, 느끼고 하는 모든 정보는 세상을 해석하고 내 인격을 다지는 데 활용되는 것이 아니라 오직 강의의 자료로 소비되었을 뿐이다. 진짜 본질적인 강의 준비로는 미처 들어가지 못했다.

매주 월요일을 연구일로 지정하고, 그날 그 주에 강의할 내용을 준비했다. 그리고 오후가 되면 집 앞에 있는 나지막한 산을 오르거나 개천을 따라 거닐며 강의할 내용을 되뇌었다. 새로운 아이디어가 떠오르면 바로 메모하여 보충하였다. 그리고 강의 내용을 혼자 되뇌다가 애매한 부분이 있으면 집에 와서 다시 책을 뒤적여 분명하게 정리했다. 그렇게 20여 년을 한결같이 강의의 껍질을 닦는 일에 전념했다. 본질을 놓치고 있었다. 그럼에도, 난 우리 대학에서 학생들로부터 강의 시간이 기다려지는 교수 중의 한 사람으로 인정받았었다. 그래서 난 강의를 잘하는 사람인지 알았다. 내가 하는 것이 곧 구이지학의 달인이 하는 일인지는 모르고 잘하는 강의인지 알았다. 학생들의 마음속을 깊이 헤집고 들어가지 못했다. 그들의 말초 신경이나 피상적으로 건드리고 마는 정도였다. 이것이 나의 '치부'이다.

인도의 정신적 지도자였던 마하트마 간디는 일곱 가지 사회악을 말했다. 그 목록은 그가 암살되기 얼마 전에 손자인 아룬 간디에게 남겨준 글에 들어있었다. 그리고 그의 사후에 뉴델리에 있는 그의 묘비에도 새겨졌다. 이 일곱 가지 사회악을 극복하지 못하면 치명적으로 나라의 미래가 없다고 했다. '노동 없이 이루는 재산', '양심을 저버리고 얻는 쾌락', '인격이 없는 지식(교육)', '도덕성이 빠진 상거래', '인간성 부재의 과학', '희생 없는 신앙', '원칙이 없는 정치'가 그것들이다. 백여 년 전에 동방에 있는 우리나라의 나 같은 교육자를 예견하고 경고한 말처럼 들린다. 이 가운데 '인격이 없는 지식(교육)'을 일곱 가지 사회악의 하나로 지목한 대목은 나를 부끄럽게 만들고도 그 여력이 남았다.

구르는 돌에는 이끼가 끼지 않는다는 금언처럼, 교수는 끊임없이 자기 노력을 해야 한다. 새로운 정보를 공부하고 교수 기법도 업그레이드해야 한다. 그런데 그 지점에서 정말 유념했어야 할 것은 단순한 교수 기법보다는 강의에서 다루는 지식을 내 입이 아닌, 내 몸으로 분명하게 소화하는 일이었다. 순자의 말처럼, 공부한 지식이 마음에 자리하고 온몸에 펼쳐져서 행동거지로 드러나야 했다. 나의 생활에 스며들어 내 살냄새가 나야 했다. 그러할 때 비로소 강의실에서 다루어지는 지식은 교수의 인격이 묻어나며, 학생들의 삶에 향기를 더해줄 수 있을 것이다. 간디가 '인격 없는 지식'을 사회악의 하나로 지적했던 심정을 왜 일찍 깨닫지 못했는지, 왜 중한 시간을 기껏 말초 신경이나 자극하는 무용지물의 정보를 지식으로 포장하고, 사소한 기법을 변형하여 무슨 새로운 교수법을 적용하는 양 그렇게 흘려보냈는지, 이제야 후회가 막심하다. 이젠 다 지나간 일로, 넋두리에 불과하다. 이것이 내게 남아있는 '회한'이다.

다산 정약용 선생은 열다섯 살 된 더벅머리 제자 황상을 향해 배우는 사람에게는 세 가지의 병통이 있음을 지적하며 그게 없는 그를 칭찬했다 한다. 그 세 가지란 외우는 데 민첩하면 그 폐단이 소홀한 데 있고, 글짓기에 날래면 그 폐단이 들뜨는 데 있으며, 깨달음이 재빠르면 그 폐단은 거친 데 있다는 것이다. 모든 지식이 그러하지만, 특히 인문학적 지식은 뇌에 잠시 머물러 있다가 입으로 흘러나오는 성질의 것과는 분명히 다르다. 순자의 말을 백번 천번 되뇌며 마음을 다잡았어야 했다. 내가 교단에 존재하는 의미를 하루하루 깊이 성찰하며 강의에 임했어야 했다. 세상에서 제일 아둔한 사람은 자기가 할 일은 예사롭게 흘려버리고 남보고 이래라저래라 훈수하는 자일 것이다. 이래저래 결국, 나의 '강의 우수 교수' 수상 경력은 구이지학의 달인에게 주어진 슬픈 자화상이었던 셈이다.

인격적 교류의 장이 아닌 교육은 의미 없는 아우성일 뿐이다.

나의 뒷모습에 어린 음영들

사람들은 같은 대상을 보고도 전혀 다른 생각을 하는 경우가 많다. 예컨대, 행동주의를 20세기 심리학의 주요 이론으로 우뚝 세웠던 미국의 심리학자 스키너는 하버드 대학의 연구실 창가에 서서 캠퍼스 잔디밭의 아름드리나무들을 타고 오르내리는 청설모를 보며 어떻게 하면 저들도 피아노를 치고, 농구를 할 수 있게 가르칠 수 있을까를 궁리했다 한다. 그런데 나는 집 근처 동산을 오르다 청설모를 보면 엉뚱한 생각부터 든다. 그 녀석들은 재빨리 나무 위로 올라가 제 딴에는 잘 숨는다고 숨는다. 나무에 가려 보이지 않을 때도 있지만, 때론 탐스러운 꼬리가 축 늘어져 숨어 있는 게 이내 보일 때가 더 많다. 숨겨도 숨겨지지 않는 부분이 있다는 말이다. 우리가 아무리 자신의 결점을 잘 가린다 해도, 뒷모습에는 음영이 드리워져 있기 마련이다.

내 뒷모습에 어려 있는 음영 두 가지를 세상 밖으로 드러내놓고자 한다.

[1] 내 연구실의 책장에는 30여 년 동안 한 권 두 권 애지중지하며

모았던 책들이 빼곡히 꽂혀 있었다. 그 책들은 어쩌면 내 강의를 들은 제자들보다 나의 음영을 더욱 선명하게 기억하고 있을 것이다. 교수들은 강의가 있는 날 학교에 왔다가 강의 끝나면 곧장 교문을 나서는 경우가 많다. 그런데 나는 소위 말하는 주말부부의 신세라 학교를 나가면 어디 갈만한 곳이 딱히 없었다. 그런 날엔 동료들과 교내 식당이나 외부에서 저녁밥을 먹고 들어와 늦은 시간까지 연구실에 앉아 있다가 집에 가곤 했다. 그러니 내 연구실 책장에 꽂혀 있던 책들은 나의 일거수일투족을 가장 오랫동안, 그것도 정확하게 꿰뚫어 보고 있을 수밖에. 다만, 침묵을 지키고 있을 뿐이었다.

연구실의 책들과 함께 나의 행동거지를 소상히 들여다보는 또 다른 존재들이 있었다. 내 연구실은 5층 건물의 2층에 있었는데, 7평 남짓한 넓이로 남북 방향의 직사각형 모양을 이루고 있었다. 출입문은 북쪽의 복도를 접하고 있었고, 동서 양쪽 면에는 책장의 책들이 열병하듯 줄져 꽂혀 있었다. 남쪽 면으로는 유리 창문이 설치되어 있었다. 창문을 열지 않더라도, 2층의 내 연구실 창틀을 훌쩍 넘는 목련 대여섯 그루와 그보다도 더 큰 회화나무 한 그루가 우뚝 서있었다. 깨끗한 품격을 지니고 있어 곁에 있으면 큰 학자가 나온다고 믿었던 선조들의 뜻을 이어 아마도 학교 측에서 회화나무를 교수 연구실이 모여있는 건물 남쪽 창가에 심어놓았을 것이다. 그 나무들은 언제나 내 연구실 안쪽을 응시하고 있으면서, 책장의 책들과는 달리 강의와 논문에 지친 나를 품어주고 활력을 공급해 주었다.

세월이 흘러 정년이 한 학기 앞으로 성큼 다가오자, 나는 미리 연구실을 정리하기 시작했다. 내 연구실을 사용할 후임 교수에게 쓸만한 책을 물려주고 연구실도 깨끗하게 정리하려는 마음에서였다. 이를 위해 우선 먼저 그동안 내가 가장 많은 영향을 받았던 책들과 은퇴한 이후에 내가 집에서 곁에 두고 읽을 책들을 고르고자 했다. 하나같이 나의 분신과도 같다고 생각한 책들이라 고르기가 무척 힘들 거라 예상했다. 하지만 책들은 아마도 이미 알고 있었을 것이다, 앞으로 전개될 자신들의 운명을.

책장의 책을 한 권씩 집어 들고 내 마음의 애정도를 리트머스지 삼아 천천히 고르기 시작했다. 그렇게 고심을 거듭하여 고른 책이 50여 권 정도로 좁혀졌다. 하루 이틀 시간이 지나면서 내가 고른 책들을 다시 찬찬히 들여다보았다. 과연 집에서 손을 뻗으면 닿을 곳에 둘만한 책들인지 이젠 가치의 무게에 따라 따져보았다. 그런데, 이게 웬일인가! 애써 골랐던 책들이 한 권, 두 권, 목록에서 탈락해 나갔다. 내가 사랑하며 아꼈다고 생각했던 책들을 가슴에 부여잡고 다시 나에게 물었으나, 마음 저 깊은 곳에선 아무런 응답이 없었다. 그 책들 대부분은 그저 논문을 쓰거나 강의할 때 다른 책들보다 조금 더 들여다보았던 인연이 전부였다. 결국 내 손에 끝까지 남은 책들은 동서양 고전 몇 권에 그쳤다. 고전이 왜 고전인지를 새삼 느낀 것으로 만족해야 했다.

그 무렵, 어느덧 한 학기가 다 마무리되어 갔다. 이제 최종적으로 후임 교수에게 물려줄 사전류와 외국의 논문집을 제외한 책들을 정리해야 할 시간이었다. 그 많던 책과 논문은 더 이상 쓸모가 없었다. 인근 헌책방에 책을 가져갈 수 있는지 물어도 시큰둥한 반응이었다. 자루에 넣어 모두 폐품으로 처리하는 수밖에 없었다. 폐품 처리되는 내 책들은 그때 주인이었던 날 어떻게 생각했을까? 평소에 책을 자주 펼쳐 읽지도 않았고, 깊은 사색에 잠긴 적도 별로 없었으며, 책을 읽다 깨달음을 얻어 기쁨에 겨워하는 모습을 한 번도 보여주지 않았던 무심한 사람이었노라고 한탄하지 않았을까? 속절없이 자루 속으로 폐기 처분되는 책들은 어쩌면 김정호의 세한도에 드리워져 있는 음영보다 더 무거운 심정이었는지 모른다.

　최근에 인터넷 뉴스를 보다가 경남의 모 대학교가 기존 도서관을 미래형 도서관으로 리모델링하기 위해 최소 30여 만 권의 장서를 폐기 처분한다는 기사를 읽은 적이 있다. 대학도서관의 '책 장례식'은 비단 그 대학만의 일이 아니다. 머잖아 대학도서관에 있는 종이책들이 비슷한 운명에 놓일 것으로 보인다. 한때는 도서관의 장서 수가 대학의 연구 경쟁력을 가늠하는 잣대 중 하나로 평가되기도 했는데, 교수 연구실의 장서도 그런 비슷한 위세를 지닌 시절이 있었다. 내가 책을 한 권 두 권 모았던 것도 내심에선 그것이 의식되었는지도 모르겠다. 세월이 흘러, 대학도서관의 책들은 그나마 많은 사람의 관심 속에서 장례라도 치르지만, 짧게는 1년이자 길게는 30여 년의 세월을 같이 지냈던 내 연구실의 책들은 이별 의식조차 없이 자루 속으로 폐기되는 것을 보며 마음이 아팠다.

　연구실의 책들을 모두 폐기 처분한 뒤, 나는 빈 연구실 창가에 서서 화사했던 꽃들이 모두 지고 푸른 잎만 무성한 목련과 회화나무를 바라보며 자신에게 물었다, 그동안 왜 그 책들을 책장에 꽂아놓았는가, 하고. 혹시 필요로 하는 사람을 찾아가는 자유라도 주지, 하고. 지나가는 바람에 목련은 잎끝이 미세하게 흔들릴 뿐, 아무 말이 없었다. 그 옆에 선 회화나무는 비바람을 이겨내며 자리를 지켰던 자신의 존재 의미를 확인시켜 주지 못한 내게 원망이 깊었는지 날 아예 외면하는 것 같았다. 글쎄다, 외부 손님에게 내가 학자임을 증명해 보이기 위한 장식품이었는지, 내 연구실에 들어오는 학생들에게 나의 지적 위상을 과시하고 싶었던 위세였는지, 교수라는 위상에 도취한 나르시시즘이 있었는지, 도무지 모를 일이었다. 난 빼곡히 꽂힌 서재의 책들이 폐기물 자루 속으로 속절없이 사라지는 모습 속에서 서서히 생기를 잃어가는 나 자신을 발견했다. 나도 몇 주 후면 30여 년간 머물렀던 공간에서 책들이 그랬듯이 아무 말 없이 사라질 것이다. 목련과 회화나무는 석별의 손짓이라도 지어줄까? 가슴이 시려왔다.

[2] 학생들과 함께했던 반세기 가까운 세월이 어느새 꿈처럼 훌쩍 흘러갔다. 그런 가운데 한 가지 괜찮은 습성이 몸에 밴 것은 다행이다. 내가 해야 할 일은 성실하게 한다는 것이다. 내가 맡았던 강의 주제들은 우리가 어떻게 세상을 살아야 할 것인가와 관련이 있어서 그 내용이 아주 어렵거나 딱딱하지는 않다. 그럼에도 유독 어떤 날은 강의가 잘 풀리지 않는 경우가 있다. 아침에 집에서 나올 때 아내와 다툼이 있었거나, 날씨가 우중충하여 괜히 기분이 우울하거나, 학생들 사이에 학과 문제로 갈등이 있어 분위기가 냉랭하거나, 캠퍼스 곳곳에 핀 꽃들의 향내로 강의실 안팎의 분위기가 어수선하거나 등등으로 인해 강의가 준비한 대로 잘 진행되지 않는 날이 있다. 그런 날은 자주 말문이 막히고, 평범한 인물의 이름이나 주요 개념의 단어가 잘 떠오르지 않는다. 더 나아가, 여느 때 같았으면 대수롭지 않게 여겼을 학생들의 행동도 유난히 눈에 거슬려 보인다. 그러면 목소리는 커지기 시작하고 등에서는 차츰 땀이 나기 시작한다. 얼굴은 덩달아 나도 모르게 상기한다. 그런 지경에 이르면, 속으로 자책에 자책을 거듭하다 수업 시간을 다 채우지도 않고 이런저런 핑계를 대며 슬그머니 강의실을 빠져나와 버린다.

조선 후기의 실학자였던 이덕무는 '나는 나를 벗 삼는다'라는 말을 자신의 호로 삼아 '오우아거사(吾友我居士)'라고 스스로 일컬었다고 한다. 눈 내리는 새벽이나 비 내리는 밤에 홀로 자신을 대하며 그렇게 고백했다는 것이다. 거기에는 남이 자기를 알아주지 않더라도 자신의 품위와 자존심을 스스로 지키겠다는 강한 의지가 엿보인다. 이 세상에서 자기를 알아주고 가장 아끼는 것은 오직 자기뿐임을 지각하고, 자기를 친구 삼아 자신을 스스로 즐겼던 그의 삶의 자세가 나에겐 매우 인상 깊게 느껴졌다.

강의가 잘 풀리지 않는 날엔 난 어김없이 퇴근길에 홀로 대폿집을 찾았다. 겉으로 보이는 몸은 하나이지만, 내 정신은 또 하나의 나를 데리고 간다. 이덕무가 보였던 삶의 기술을 따라 해보는 것이다. 주인 장에게 술잔을 두 개 달라고 해서 하나는 내 앞에, 그리고 또 하나는 내 옆에 놓고 천천히 두 잔에 술을 따른다. 그중에 한 잔을 들고 주변의 테이블에 있는 사람들의 눈치를 살피면서 두어 모금을 들이켠 후 내 옆에 놓인 술잔의 주인공이자 나의 동반자인 또 다른 나에게 마음 속으로 말을 건넨다. '괜찮아, 다음에 잘하면 되지!', '그럴 때도 있는 거야, 뭘 그런 걸 가지고 그래'하며 위로의 뜻을 전한다. 이덕무의 서슬이 시퍼런 자존심에 감히 비할 바는 못 되나, 그렇게라도 나는 망가진 자존심을 스스로 일으켜 세워준다. 그렇게 나 자신을 위로하는 것으로 그날의 우울함을 삭인다.

이럴 때 내가 자주 되뇌는 말은 "바람이 성긴 대나무 숲에 불어와도 바람이 지나가면 대나무 숲은 소리를 남겨두지 않고, 기러기가 찬 연못을 지나도 기러기가 가버리면 연못은 그림자를 남겨두지 않는다. 그러므로 군자는 일이 오면 비로소 마음이 나타나고, 일이 지나가면 마음도 그와 함께 공(空)으로 돌아간다"라는 글귀이다. 〈채근담〉에 실려있다. 어쩌겠는가, 엉망으로 망가진 강의가 나를 흔들면 같이 흔들리다가, 강의가 끝나면 헝클어졌던 내 마음도 지나가는 바람에 실려 보내야지. 이미 모두 지난 일이니, 내 마음도 공으로 돌아가야 하지 않겠는가. 교단에 선지 한 참의 세월이 흐른 후 깨친 내 존재의 의미를 지키는 내 나름의 지혜라면 지혜였다.

나의 뒷모습에 어린 음영은 나의 존재 의미를 지켜나가기 위한 소리 없는 몸짓이다.

결혼 생활과 선(禪)

부부가 함께 산다는 건 어쩌면 불교에서 말하는 선(禪)을 공부하는 과정이 아닐지 하고 난 생각한다. 어느 날, 아내와 별일 아닌 걸 가지고 이야기를 나누는데 서로 의견이 맞지 않는다. 처음엔 서로 나름의 논리를 내세우며 이성적으로 자기 입장을 설명한다. 그러다 결국에는 언성이 높아진다. 이젠 감정이 이성을 지배한다. 급기야 싸움을 위한 싸움이 되고 만다. 자신의 감정을 토로하다 보면 극단적인 용어도 무통제 상태로 빠져나온다. 잠시 후, 우린 각자 불쾌한 감정을 가슴 밑바닥 속으로 쿡쿡 쑤셔 넣기에 바쁘다. 그래도 기어코 삐져나오려는 감정의 파편들이 가슴안에서 팥죽 끓듯 요동친다. 차마 내뱉지 못해 삐져나오지 못한 감정의 파편들은 후두부를 타고 목구멍으로 올라와 한숨으로 새어 나온다.

그럴 때 내겐 불교의 선이라는 수행법이 떠오른다. 부부싸움은 서로가 분별지에 집착한 데서 비롯한다. 서로 얼굴을 붉히며 기회마다 언필칭 "내가 여러 번 말했지!", "그러지 말라고 했지", "당신은 왜 항상 그 모양이야?"라며 쏘아붙인다. '내가 옳다'고 말하는 것은 어떤 사안을 자신의 관점에서 해석한 결과를 내세우는 언어 행위이다. 서로가 자기중심성에서 벗어나지 못하고 자신의 분별지에 오감을 집중한 채 그것을 사수하느라 상대의 말을 귀담아듣지 않는다. 자신은 결코 불합리하거나 부적합하게 행동하지 않는다는 맹신이 상대에게는 오만

으로 여겨진다. 이쯤 되면, 감정은 이성의 거동을 이미 억누르기 시작
한다.

　오래전에 인도의 요가에서 시작되었다고 하는 선(禪)은 고요히 앉
아 마음을 가다듬고 깨달음의 경지에 도달하고자 하는 불교의 수행법
중 하나이다. 오늘날에는 꼭 불교도가 아니더라도 일종의 심신을 수
양하는 방법으로 명상의 차원에서 선을 실천하는 사람이 많다. 일반
사람들의 경우에는 건강이나 균형적인 몸을 가꾸기 위해 주로 요가의
형태로 많이 활용한다. 그런데 난 그와는 다른 차원에서 선에 관심을
두게 되었다. 아내와 살아오면서 빚어졌던 '부부간의 갈등'을 나름의
방식으로 이해하고 대처하는데 내가 관심을 두었던 선의 개념이 많은
도움이 되었기 때문이다.

　선이 불교에서 중요한 수행법으로 자리를 잡게 된 데에는 분별지
(分別智)를 마음에서 걷어내는 작업을 실천하는 데 유용하기 때문이
라 한다. 언어적 사유가 결합한 지식을 분별지라고 한다. 불교 사전에
서는 대상을 차별하여 사유하고 판단하는 지혜로 이 말을 풀이하고
있다. 어떤 대상을 '언어'로 사유하게 되면서 분별지가 생기고, 그것은
그 대상을 고정불변한 것으로 여기게 만들어 이에 집착하게 하며,
그로부터 고통이 생겨난다고 본다. 그러므로 고통을 없애려면 마음에
서 그 원인에 해당하는 분별지를 걷어내면 된다. 그러려면, 거슬러
올라, 나에게 사유를 고정불변하게 만드는 원흉, 곧 문자(언어)를 사
용하지 않으면 될 일이다.

　불교에서 문자를 앞세우지 말라는 '불립문자(不立文字)'를 강조하는
것도 그런 연유에서다. 언어, 문자 없이 사유하라는 것이다. 우리가
'좋다', '나쁘다', '싫다', '옳다', '그르다' 등의 문자를 앞세우니 그에 따라
분별심이 생겨 서로 간에 경계를 짓고, 그로부터 고통이 생긴다고

본다. 언어 따위를 사용하지 말고 생각하라고 가르친다. 로마 황제였던 마르쿠스 아우렐리우스도 더할 나위 없이 멋진 삶을 살고 싶다면, '선악무기(善惡無記)'에 무관심해지라고 하였다. 선악무기란 인간에겐 세 가지의 마음 작용, 곧 자타에 이로움을 주는 결과를 가져올 성질의 선성(善性), 좋지 않은 결과를 가져올 성질의 악성(惡性), 유익하지도 해롭지도 않아 선이나 악 어느 것으로도 구별할 수 없는 성질의 무기성 (無記性)이 있는데, 이에 무관심해지라는 것은 옳으니, 그르니, 옳지도 그르지도 않으니 하는 따위의 분별심을 버리라는 의미이다.

그런데 우리는 입을 여는 순간 말을 하게 된다. 말한다는 건 언어를 사용한다는 것이다. 그러면 사유와 언어는 무엇이 먼저일까? 생각을 표현하는 수단이 언어인가, 아니면 언어가 있어서 비로소 우리가 사유할 수 있는가? 분별지를 걷어내려면 문자를 내세우지 않아야 하는데, 곧 언어적 지식을 사용하지 않아야 하는데, 그러면서도 우리가 사유할 수 있을까? 그러려면 생각이란 게 언어 없이도 가능하다는 것을 입증할 수 있어야 할 것이다. 우리가 어떤 화두(話頭) 혹은 주제를 잡고 명상에 잠긴다고 할 경우, 그 주제 자체가 언어, 문자로 표현될진대, 어떻게 문자를 앞세우지 않고도 화두에 몰두할 수 있을까? 나로선, 어려운 문제다.

사람은 기본적으로 자기 나름의 시각에서 세계를 해석하는 존재이다. 그런 점에서 우리는, 누구나 정도의 차이는 있겠지만, 관점의 한계를 지니고 있음을 인정해야 한다. 서로가 분별지에 집착한다는 말은 자기의 관점에만 멈춰 있다는 뜻이다. 자기 생각은 선이요, 상대의 생각은 악 혹은 이것도 저것도 아니라는 무기성의 도가니에 갇혀있다. 분별지를 거두라는 데에는 선과 악, 좋음과 나쁨, 옳음과 그름, 삶과 죽음처럼 서로 대립하는 건 둘이 아니라 본디 하나라는 '불이(不二)'

사상이 자리하고 있다.

부부간의 삶에서도 자기중심의 분별을 떠나지 못하면, 언어의 그물에 갇혀 벗어나기 어렵다. 그 언어는 규정하는 성격을 지니고 있어 바람처럼 자유롭지 못하기 때문이다. 나에게 옳은 것이 상대에게는 그를 수 있고, 그 역도 그대로 성립한다. 우리는 살면서 많이 틀려보았고, 자주 균형감각을 잃고 편협했던 경험이 있다. 나의 옳음에는 그름도 있다. 너의 그름에는 옳음도 있다. 그러니 부부지간에 세상이 무너져도 내 뜻을 관철할, 목숨걸고 상대의 뜻을 무너뜨릴, 그럴만한 가치가 있는 이유가 과연 있을까?

김춘수 시인은 '꽃'이라는 시에서 "내가 그의 이름을 불러주기 전에는 그는 다만 하나의 몸짓에 지나지 않았다. 내가 그의 이름을 불러주었을 때, 그는 나에게로 와서 꽃이 되었다"라고 했다. 어떤 대상은 언어로써 규정되고 지칭될 때 비로소 존재로서 의미를 갖는다는 말일 것이다. 그런데 불교에선 상대에게 이름을 붙여줄 때, 즉 그런 언어행위가 우리로 하여금 마음속에 분별심을 갖게 하는 원인이라고 말한다. 이는 노자(老子)가 〈도덕경〉 첫머리에서 "도를 도라고 말하는 순간 도에서 멀어지고, 이름을 부르는 순간 그 이름을 가진 대상의 본질에서 멀어진다"라고 했던 것과도 통한다. 이름이 무엇인가? 대상을 규정하는 것이다. 그럼으로써 대상을 구속하고 속박한다. 우리는 그 이름을 붙들고 상대방을 향한 마음을 더욱 확장해 나간다. 구속의 세계로 더 깊이 빠져든다.

우리가 자주 쓰는 '명상'이란 말의 한자어 '瞑(눈감을 명)' 혹은 '冥(어두울 명)' 자는 이것저것을 보지 않는 상태에서 생각한다는 것을 의미한다. 명상은 그러므로 눈으로 보지 않고, 즉 분별하지 않고 생각한다는 것이다. '묵상'이란 말의 '黙(입 다물 묵)' 자도 입을 다문다는 뜻인바, 말하지 않고 생각한다는, 곧 언어를 통해 생각하지 않는다는 것이다. 그런데 나 같은 사람이 실제로 명상이나 묵상을 해보면, 온갖 잡생각이 난무한다. '이제 그런 잡생각을 하지 말아야'하는 순간 이미 언어를 통해 '생각하지 말자'라는 생각을 해버렸다. 머릿속에서 온갖 언어들이 군무를 춘다. 고승들이 깊은 산속 암자에서 장좌불와(長坐不臥) 하며 오랜 세월 명상에 매진했다는 말을 들으면, 하루아침에 될 일이 아님을 쉬 짐작할 수 있다.

언어 없이도 사고가 가능한지, 언어가 사고를 결정하는지는 관련 학계의 견해를 굳이 참고하지 않더라도 의견이 분분할 것이 뻔하다. 어느 쪽이 맞든 그것이 지금의 나에게 별다른 영향을 미치지 않는다면, 그건 나에게 별로 중요한 일이 아니다. 난 그렇게라도 내 인식의 한계를 위로하며 내 생각을 정리한다. 이성을 가진, 그리고 언어를 통해 상대에게 생각을 전달하는 인간인지라, 우리가 어찌 분별지를 온전히 내려놓을 수 있겠는가? 다만, 부부는 서로 자신의 사유에서 나오는 분별지에만 집착하지 말고, 상대의 분별지도 들여다보고 이해하려고 노력하는 자세가 중요해 보인다. 그러면서도 각자의 삶에 온전히 귀속되는 일에 대해선 가급적 그의 분별지를 존중해 주도록 한다. 왜냐하면 우리가 산다는 건 각자 자신의 존재 이유를 증명하는 과정이라 할 수 있기 때문이다.

하지만 서로의 삶에 영향을 미치는 공동의 일에 대해선 각자의 분별심을 내려놓고, '누가 내 삶에서 의미 있는 사람인가?'를 기준으로 하는 '공동의 분별지'를 발휘하고자 노력할 필요가 있지 않을까 한다. 이건 내 인식 능력의 한계 내에서 가능한 일이라고 본다. 소소한 일에 연연하지 않고, 부질없는 일 뒤에 숨은 소중한 것을 보는 재미를 놓치지 말아야 할 것이다. 내가 힘들고 어려울 때 배우자가 내 곁에 있고자 하는 마음가짐은 그런 노력의 결과에서 올 것이다. 그래서 난 부부가 함께 산다는 것은 선을 공부하는 과정과 같다고 생각하게 된 것이다.

다만, 나 같은 비범치 못한 사람에게 있어서는 선(禪)이란 마음에서 분별지를 거두어 내기보다는, 그건 나에게는 현실적으로 어려운 일이므로, 분별지의 공유영역을 확장해 간다는 의미로 받아들인다. 아일랜드의 트리니티대학교에서 뇌 과학을 연구하는 셰인 오마라 교수는 인간은 대화를 통해 공동의 집단기억을 만들어낸다고 하였다. 한 사람의 기억이 대화를 통해 다른 사람에게 전달될 때, 두 사람의 뇌는 동기화되며, 뇌의 동기화는 공동의 감각과 공동의 현실을 창조한다는 것이다. 뇌의 동일한 영역이 활성화되고 심장도 같이 뛴다고 말한다. 그러므로 분별지가 공통으로 작동하는 영역을 확장해 간다는 것은 궁극적으로는 부부가 서로 각자의 존재 이유를 존중하면서도 생활을 공유할 수 있는 유용한 삶의 기술을 터득하는 길이 될 수 있지 않겠는가!

부부가 함께 산다는 건 분별지의 공유 영역을 서로 확장해 가는 과정이다.

말과 침묵의 상대적 무게

우리 부부는 성격상 많은 부분에서 서로 정반대의 위치에 있다. 아내는 세심하고 계획적이며 잔정이 별로 없다. 아내와 함께 어디 해외여행이라도 갈라치면, 내 머리는 출발도 하기 전에 벌써 지끈지끈해 온다. 어느 날, 어디에, 몇 시쯤 도착하고, 그곳에서 보거나 해야 할 일은 무엇인지 등을 시시콜콜하게 의논하려 드는 아내의 성화 때문이다. 그럴 때마다 나는 뭔가를 하나라도 더 보려고 발버둥 치지 말고, 느긋하게, 마음 편하게 여행하자고 말한다. 복잡한 일상에서 벗어나 생활의 여유를 즐기자고 가는 게 여행인데, 왜 그리 아우성치냐는 게 나의 대꾸다. 치밀성에는 영 재능이 없는 나의 성격적 결함을 감추기 위한 꼼수에서 나온 말임은 물론이다. 우린 그렇게 40여 년을 함께 살고 있다.

'러브 랩(Love Lab)'이라는 이름을 가진 세계적인 관계연구소가 있다. 미국 워싱턴대학교의 가트맨 교수가 창설한 것인데, 그는 안정적이고 행복한 결혼을 유지하는 부부와 갈등을 겪는 부부 수백 쌍을 대상으로 부부간의 관계를 연구한 사람으로 유명하다. 그의 견해에 의하면, 부부가 이혼하게 되는 직접적인 원인은 부부싸움의 내용이 아니라 어떤 대화방식을 사용하느냐에 있다. 부부싸움을 할 때 대화가 비판, 방어, 경멸, 담쌓기와 같은 부정적인 방식으로 자주 흐르는 부부는 이혼할 확률이 95% 이상이라고 했다. 수긍이 간다.

우리 부부는 결혼 후 하루가 멀다고 아웅다웅 싸워댔다. 왜 결혼했는지 도무지 나도 이해할 수 없을 정도였다. 싸움을 밥 먹듯이 하였지만, 그렇다고 말을 안 하지는 않았다. 문정희 시인은 남편을 "이 무슨 원수인가 싶을 때도 있지만/지구를 다 돌아다녀도/내가 낳은 새끼들을 제일로 사랑하는 남자/(중략)/그리고 보니 밥을 나와 함께/가장 많이 먹은 남자/전쟁을 가장 많이 가르쳐준 남자"라고 하면서 "세상에서 제일 가깝고 제일 먼 남자"로 규정하였다. 이를 패러디해 보면, 남편이 그러하듯이, 아내 또한 원수임이 분명하지만, 나의 분신인 아이들을 낳아 준 사람, 나에게 밥을 가장 많이 지어준 사람, 부부간 전쟁의 포화 속에서 숨 쉬며 사는 기술을 터득할 기회를 준 사람이 다름 아닌 아내이다.

그래서 우리 부부는 싸움하였다고 해서 며칠간 말을 하지 않는다거나, 집을 나가버린다거나, 전화기를 꺼놓는다거나, 외박한다거나, 별거하는 등의 행동은 하지 않았다. 홧김에 술 마시러 나간 적도 없다. 물론, 부부싸움도 엄연한 싸움이라, 상대를 비판하거나 내 처지를 방어하는 언설을 늘어놓는 데엔 서로 양보가 없다. 그렇지만, 천우신조인지는 몰라도, 가트맨이 경고하듯 상대를 경멸하기나 서로 담을 쌓는 일은 교묘히 피하며 싸웠다. 난 신혼 때부터 '내 사전엔 이혼이란 없다'를 신조로 삼고 살았다. 내가 결정한 일은 그대로 밀고 나간다는 뚝심에서 나온 각오였다. 내가 진화시켜 온 나만의 부부싸움 기술은 그런 전제의 기반 위에서 출발한 것인지도 모른다.

우리 속담 가운데에는 '혀 아래 도끼 들었다', '사람의 혀는 뼈가 없어도 사람의 뼈를 부순다'와 같이 우리에게 말의 위험성이나 파괴력을 엄중하게 경고하는 것들이 있다. 난 말재주가 변변찮아서 아내와 싸울 때도 가능한 입을 다문다. 침묵 속으로 내가 들어간다는 말이 적절하다. 혀 아래 도끼가 어떤 일을 저지를지 나도 모르기 때문이다. 아마도 '침묵'의 상대적인 개념에 해당하는 단어로는 '말' 혹은 '언어'가 아닐까 한다. 나 같은 단순한 사람에겐 침묵이란 그저 다른 사람의 귀에 들릴 수 있는 언어를 사용하지 않는다는 뜻이다. 하지만 마음속에서 생각이나 사고마저 발동하지 않는다는 건 아니다. 말하지 않을 뿐, 속으론 온갖 생각이 교차한다.

어떤 사람은 입을 닫는 법을 먼저 배우지 않고서는 결코 말을 잘할 수 없다고 했다. '입을 닫는다'라는 건 침묵한다는 뜻일진대, 그동안 나는 말을 잘하고 싶어서 침묵했던 것이 아니라, 말하고 싶지 않거나, 할 말이 없거나, 해서는 안 되는 말을 자꾸 하고 싶을 때, 충동을 억제하고 마음의 평온을 되찾고자 하는 방편으로 침묵을 선택하곤 그 안에 갇혔다. 사실, 우리 사회에서 나와 비슷한 세대의 사람들은 어려서부터 '입을 닫는 법'을 강요당해 왔다. 우리 세대의 웬만한 사람이라면 "여기가 어디라고 감히 꼬박꼬박 말대꾸냐", "어른 앞에서 혀를 놀리다니, 버르장머리가 없구나"라는 호통을 한 번쯤은 들어보았을 것이다. 그런데도 우리는, 아니, 나는 그런 침묵을 통해 말을 잘하는 법을 전혀 익히지 못했다. 억지로 입만 닫는 행위를 강요당했기 때문일 것이다.

빼어난 설교가이자 문필가이기도 했던 프랑스 신부 디누아르는 〈침묵의 기술〉에서 "말해야 할 때 입을 닫는 것은 나약하거나 생각이 모자라기 때문이고, 입을 닫아야 할 때 말하는 것은 경솔하고도 무례하기 때문이다"라고 했다. 그가 생각하는 침묵의 기술에 비추어 보면, 내가 선택했던 침묵은 지나치게 나약했고 생각이 한참 모자랐다. 행동이나 말이 때론 너무 거칠다거나, 세세한 일까지 지나치게 간섭하고 있다거나, 일의 경중을 잘못 판단하고 있다거나, 세상이 자기중심으로 돌아가야 한다는 것처럼 과도하게 독선에 함몰되어 있다거나 등등 아내에게 분명하게 말해주었어야 할 때 침묵했던 적이 많았다. 아내에게서 튀어나올 반동에 지레 겁을 먹었기 때문이다. 반면에, 음주 행태, 불친절한 언어나 행동, 치밀하지 못한 일 처리, 유행에 뒤지는 스타일, 가사에 대한 무관심 등등 나에 대한 아내의 정확한 지적에 입을 닫지 않았던 것은 너무 경솔했다.

그래도 부부싸움에서 내가 얻은 소득이 하나 있다. 침묵에는 기술이 필요함을 알게 된 것이다. 침묵은 단순히 입을 닫는 게 아니다. 침묵이 부부 간의 삶의 기술로서 존재감을 가지려면, 그 시간이 기만, 무시, 귀찮음이 아닌 정화, 정제의 과정이어야 한다. 즉, 입을 닫을 때는 말을 잘하기 위해서야 한다. 단순히 자신의 자존심을 지키기 위해 솔직한 감정을 숨기거나, 상대를 약 올리며 조롱하려고, 대꾸하는 게 귀찮아서, 자신의 거만함이나 거드름을 피우고자 침묵을 택한다면, 그건 현명한 자의 침묵이 아니다. 디누아르의 말처럼, 현명한 자의 침묵은 지식 있는 자의 논증보다 훨씬 더 가치가 있다. 그럴 때 침묵은 비로소 존재감이 있다. 그러려면 침묵은 싸우는 과정에서 제어 받지 않고 솟구쳐 나온 짜증, 기만, 조롱, 귀찮음, 무시 등의 감정 응어리를 정제하는 정화의 시간이어야 할 것이다.

입을 닫는 법을 먼저 배우지 않고서는 결코 말을 잘할 수 없음을 전제할 경우, 침묵은 거칠어진 감정을 정화하는 최적의 방책이다. 유리 컵에 흙탕물을 넣고 흔든 후 가만히 놓아두면, 맨 밑부터 작은 돌조각, 모래, 흙이 차례로 내려앉듯이, 마음을 혼탁하게 했던 응어리들이 무게에 따라 자기 자리를 찾아 내려앉는다. 마음을 소용돌이치게 했던 알갱이들이 제자리에 모두 내려와 앉으면 비로소 어떤 말들은 가슴속에 남겨두고, 무슨 말을, 어떻게 해야 할지가 떠오른다. 미처 삐져나오지 못했던 마음의 정서적 찌꺼기들은 침묵의 정적을 거치며 순화된다.

내가 내 존재의 의미를 지켜나가기 위해선 내 삶의 방향성을 파괴해서는 안 된다. 나 스스로 내 존재의 성을 지키고 보호해야 할 것이다. 이성의 통제력을 상실한 말은 내 존재의 성을 허무는 최고의 흉포한 무기다. 그럴 땐 차라리 침묵을 숭배해야 한다. 침묵은 입을 다물고 조용히 있는 것이지만, 때론 여러 말보다 더 많은 의미를 담고 있을 수 있다. 그래서 침묵은 말보다 무겁고, 무섭다고들 한다. 하루아침에 그런 경지에 이르기는 물론 어렵다. 디누아르가 말했던 그런 침묵의 기술에 이르려면, 난 앞으로 얼마나 더 많은 부부싸움을 경험해야 할까? 내 나이가 몇인데, 아내와 함께 살아온 날이 몇 날인데, 오늘도 나는 싸움으로 헤진 갑옷을 꿰매려 실과 바늘을 챙긴다.

부부싸움 후의 침묵은 자기 정화의 시간일 때 말보다 더 큰 존재감을 지닌다.

천륜의 사슬에서 내 존재의 의미를 지키는 길

'긴 병에 효자 없다'라는 속담이 있듯이, 자식이 노부모를 오랜 기간 간병한다는 것은 결코 쉬운 일이 아니다. 2015년 우리나라 건강보험 공단 자료에 따르면, 가정에서 돌봄을 받는 환자가 얼추 100만 명에 이른다. 20가구 가운데 한 가구는 누군가가 집에서 아픈 가족을 돌본 다는 말이다. 그런 돌봄 대상 중에 상당수는 노부모이다. 우리 사회에서 노부모 간병 문제가 사회적 이슈가 된 건 이미 오래다. 정부나 각 지자체에서도 이 문제에 관심을 두고 다양한 복지제도를 정비하여 시행하고 있다. 참 좋은 일이다. 이 나라에 발붙이고 사는 게 다행이라는 생각이 드는 건 이런 제도의 혜택을 받을 때일 것이다.

그런데 이와 더불어 우리가 새롭게 관심을 기울여야 할 대상은 부모를 돌보는 청년들이다. 멀쩡하게 잘 살던 자식들도 부모의 병치레가 길어지면 문제가 생기기 시작하는데, 더더욱 우리의 가슴을 아프게 하는 건 가족이라는 이름으로 병든 부모를 돌보고 생계까지 책임져야 하는 젊은이들의 삶이다. 이들은 부모를 돌보는 간병의 부담 외에도 병원비와 생계비 등을 책임져야 하는 복합적 고충에 시달린다. 20대 아들이 뇌졸중 아버지를 돌보다 도시가스와 휴대전화가 끊기고 유통기한이 지난 편의점 도시락으로 연명할 정도로 경제적으로 어려운 상황에 부닥치게 되자 아버지를 굶겨 숨지게 한 '간병 살인' 사건은 우리가 앞으로 관심을 기울여 지켜보아야 할 우리 사회의 어두운 한 단면이기도 하다. 자녀를 둔 부모의 한 사람으로서 마음이 숙연해진다.

부모가 건강하게 생활할 때는 대체로 자식들 간의 우애도 괜찮다. 그러다 부모가 병이 들어 병원을 찾는 경우가 점차 잦아지게 되면,

자식들의 우애도 그에 비례하여 위기가 오기 시작한다. 형제자매 간에 반목이 생겨나고, 때로는 큰 목소리를 내며 첨예하게 대립하기도 한다. 형제자매간 대립은 흔히 부모의 유산 문제를 두고 일어난다. 그러나 유산 문제에서 비롯하는 대립은 어찌 보면 매우 간단하기도 하고 또한 간명하게 해결될 수도 있다. 법적으로 처리하거나, 형제자매가 의리를 끊고 서로 타인으로 살아가면 그만이다. 어떤 사람은 지긋지긋한 혈연의 질곡에서 벗어날 수 있어 속 시원하다고 말하기도 한다.

재산 문제와 달리, 부모가 장기간 심각한 병고에 시달리게 되는 경우는 사정이 다르다. 자식이기 전에 한 인간으로서 느끼는 안타까움과 함께, 형제자매라는 관계의 민낯을 목도하고 가슴을 저미는 경우가 의외로 많다. 부모가 미리 경제적 자산을 어느 정도 축적해 놓았다면 사정이 달라질 수는 있다. 자식들 눈치를 볼 필요 없이 부모 스스로 실버타운 같은 곳에 입주하여 생활하거나 요양병원에 입원하여 간병인의 도움을 받으며 치료를 받으면 된다. 하지만 부모가 그럴만한 경제적 여유가 없는 경우는 어찌할 것인가? 부모가 집안에서조차 거동이 불편하고, 치매기가 있고, 식사를 준비하기도 힘들고, 불면증과 통증으로 시달리고 있다면, 사지가 멀쩡한 자식으로서 부모의 그러한 고통을 마냥 외면할 수는 없는 노릇 아닌가.

아마도 자식이라면 누구나 그런 부모의 모습을 보면 애처롭고 측은한 마음이 들 것이다. 누군가의 도움이 절실히 필요하다는 것 또한 깊이 공감할 것이다. 그러면서도 자식들 처지에서는 점차 현실적으로 다가오는 자신의 경제적 부담이 눈에 아른거리기 시작한다. 그리고 자기 집안의 생계를 꾸려가기 위해서는 어떤 형태이든 일을 하지 않을 수도 없다. 내가 할 수 있는 도움이 무엇인지를 따져보기 전에, 나 말고, 다른 형제자매가 나서서 부모를 간병하길 바라게 된다. 나는,

지금 바쁘고, 자식들 교육비 등에 들어가는 돈도 모자라서, 다시 말해, 나 먹고 살기도 벅차서 부모 간병에 필요한 시간도, 경제적 여유도 없다는 게 그 주된 이유다.

그러다 보면, 집안마다 사정이 다르겠지만, 나 자신이 어떤 인간인 지를, 형제자매들이 누구인지를 비로소 제대로 볼 수 있게 된다. 내가 이런 사람이었던가, 저 사람이 내 형, 언니였었나, 쟤가 내 동생이었던 가 하고 새삼스럽게 다시 쳐다보게 된다. 가끔 텔레비전을 시청하다 보면, 병든 노부모를 돌보기 위해 자신이 다니던 직장을 포기하는 사람들도 있다. 정말 대단한 사람들이다. 마치 다른 차원의 세상에 사는 사람들의 이야기로 들린다. 그와 유사한 상황이 닥치면, 나도 그렇게 할 수 있을까? 그러고자 하는 의지가 내 마음이나 몸뚱이 어디 에서도 도무지 느껴지지 않는다. 그래서 내가 형제자매의 누굴 탓하 기도 사실 어렵다.

부모의 노후 간병 문제는 자식들을 비롯한 가족이 관련될 뿐만 아니라, 앞으론 우리 사회의 제도적 장치와도 깊이 연관될 것이다. 요즘 젊은 세대들은 부모가 늙고 병들 때 그에 대한 대처를 사회 제도에 의지하는 걸 당연하게 여기는 경향이 있다. 초고령사회로 접어든 우리나라의 경우, 내 자식 세대들이 부모를 부양할 시기가 되면, 어쩌면 그것은 개인적 선택의 문제라기보다 국가의 존속 차원에서 사회 제도로 접근할 문제가 될지도 모른다. 출산율이 이미 세계 최하위로 떨어진 상황에서 자식이 노부모의 간병까지 떠맡길 기대하는 것도 어찌 보면 무리다.

나는 한국전쟁 후 베이비붐이 일던 시절에 태어난 낀 세대에 속한 사람이다. 나의 세대 사람들은 대체로 노부모에 대한 부양을 자식들 의 책임으로 인식하고 있는 경우가 많다. 그러나 대부분 우리 세대 사람들은 경제적으로 넉넉하지 못하다 보니, 혹자는 지금 젊은 세대보다는 사정이 그래도 더 낫다고 하지만, 형제자매 간에 불화가 불가피하게 발생하게 된다. 나도, 그리고 내 아내도, 각자 본가의 노부모 간병 문제에 봉착해 있다. 본가나 처가의 형제자매 간에 겪는 갈등을 눈으로 보고 몸으로 체험하면서, 이제 머지않아 정작 내가 자식들 간에 그런 갈등을 제공하는 당사자의 위치에 놓이게 될 나이에 다가가고 있기에 마음이 더욱 착잡해진다.

그래서 나는 지금부터라도 자식에 대한 심리적 의존 성향을 내 마음속에서 아예 도려내고자 한다. 이런 내 생각이 실효성을 얻기 위해서는 무엇보다 나의 경제적 자산이 어느 정도 확보되어야 한다. 내가 근검한 생활을 해나가야 할 절대적인 이유이기도 하다. 두어 달 전, 내 아내가 혈액암으로 고생하고 있는 친정아버지를 모시고 병원에 치료차 다녀오더니, 친정아버지 통장에 수십만 원도 아닌, 겨우 몇만 원이 잔액으로 찍혀있는 것을 보았노라고 말끝을 흐린다. 국가유공자로서 의료보험의 혜택을 많이 보고 있지만, 항암 치료에 따른 부대 비용이 얼마 남지 않은 장인어른의 삶에 대한 의지를 덮치고 있다. 그날, 난 장인어른이 느낄 삶에 대한 비애가 그대로 내게 감정 이입되어 마음이 무척이나 아렸다. 근처 은행으로 발길을 향했다. 내 통장의 돈을 조금 보내드렸다. 노후의 삶을 사는 사람에게 통장 잔액이 어떤 무게로 짓누를지를 곱씹고 또 곱씹었다.

내 슬하의 자식들은 현재 우애를 나누며 잘 지내고 있다. 나와 아내가 늙고 병들었을 때, 이들이 모든 일 제쳐두고 서로 발 벗고 나서 간병해 준다면 얼마나 좋겠는가. 앞으로의 시대에서는 그건 언감생심에 지나지 않을 것이다. 내 스스로 노후 간병 문제를 대비하는 게 내 존재의 의미를 지키며 살아갈 수 있는 가장 확실한 대책이다. 그럼으로써 자식들 간에 다툼이 일어나거나 우애에 금이 갈 소지도 그만큼 줄어들 것이다. 아니, 어쩌면 지금 내 세대의 형제자매들이 겪는 반목이나 다툼 자체가 일어나지 않을지도 모른다. 부모에 대한 간병은 간병인들의 문제일 뿐 자신들과는 직접적으로 관련이 없는, 사회 제도적 문제로 치부해 버릴지도 모르는 일이기 때문이다. 내 존재의 의미를 지켜나갈 수 있는 길을 준비하는 데 소홀하지 않기를 거듭 다짐해 본다.

부모의 간병 문제는 자식들 간 우애에 마침표를 찍는 잉크가 될 수 있다.

나의 죽음 이후의 일에 관한 상상

2024년도에 우리나라에서 천만 관객이 몰려 성황을 이룬 영화는 실화를 모티브로 완성되었다는 〈파묘〉이다. 많은 관객이 이 영화를 관람한 데에는 여러 가지 나름의 이유가 있겠으나, 나 같은 경우는 평소에 상례 관습에 관심이 있어 집에서 텔레비전을 통해 감상했다. 애초에 난 이 영화가 우리의 전통 사회에서 애틋한 부부의 사연이 점철된 이야기를 다룬 것으로 짐작했다. 이런 나의 기대와는 달리, 용어도 내겐 생소한 오컬트 미스터리 장르의 영화란다. 솔직히 그 말의 의미를 잘 몰라 인터넷으로 찾아보았더니, 주술이나 유령 등 영적 현상을 조명한 영화라 했다. 어떻든 우리 인간의 내면에 도사리고 있는 종교성을 건드리고 있다는 점에서, 이 영화는 내게 흥미를 당기기에 충분했다.

난 사후에 영혼이 존재한다는 걸 믿지 않는 사람이다. 사람이 죽으면 생명을 유지하던 육체의 기능이 멈추고, 경험 주체로서의 의식 또한 소멸한다고 생각한다. 하지만 집에서 제사를 지내는 대상들과 절차, 부부가 죽은 후에 묻히는 과정이나 방법 등에는 관심이 많다. 인간에게 있는 원초적인 영성이 나의 내부에서도 준동하는 결과일 것이다. 나는 상례 가운데에서도 부부의 '합장'에 특히 관심이 많다. 합장은 주로 한 봉분 속에 하나 이상의 시신을 매장하는 것을 말하는데, 관례적으로는 부부 이외의 경우에는 잘 하지 않는 걸로 알려져 있다. 현재까지의 고고학적 자료에 의하면, 합장은 삼국시대까지 거슬러 올라가며, 〈조선왕조실록〉에도 왕릉의 합장에 대한 기록이 심심찮게 발견된다고 한다.

지난달에 장인어른의 49재가 동작동 국립현충원에서 가족들의 추모 속에 치러졌다. 의례를 마친 후, 잠시 짬이 나서 근처에 있는 역대 대통령들의 묘역을 순회했다. 이승만, 김대중, 김영삼 전 대통령의 묘는 부부가 한 봉분에 합장된 단분이었다. 박정희 전 대통령의 묘는 무덤의 주위를 반달 모양으로 두둑하게 빙 둘러 흙더미를 쌓아 꾸민 묘역에 부인과 나란히 묻힌 쌍분 형식의 합장이었다. 어떻든, 부부가 죽어서도 함께, 혹은 한 묘역에 나란히 묻히는 합장은 부부지간의 애정이 남다르지 않다면 드문 일일 것이다. 살아서 지내는 동안 얼마나 애정이 애틋했으면 그러할까? 살아생전에 부부간 애정이 어떠했는가를 입증하는 최종 증표는 아마도 합장일 것이다. 내가 합장에 관심을 두는 건 이 때문이다.

'2023년 우리나라 사람들의 평균 생존율' 자료에 따르면 60대는 78.29%, 70대는 61.46%, 80대는 40.05%, 그리고 90대는 6.66%이다. 80대에서 90대로 넘어서면, 평균 생존율이 급감하고 있다. 현재 60대 중반인 내가 90대까지 살 것이라는, 혹은 살 수 없다는 절대적 근거는 아직까진 어디에도 없다. 의학의 발달에 따라 앞으로 생존율이 늘어나겠지만 적어도 현재로선, 60대에는 100명 중 80여 명이 생존하고 있지만, 25년 뒤에는 겨우 6명 정도만 살아있을 것이다. 작금의 통계에만 의존하여 나의 남은 생존 기간을 후하게 따져본다면, 20여 년이 아닐까, 추측해 본다. 그렇게 보면, 내가 이 시점에서 죽음 이후의 일에 관하여 상상의 나래를 펼쳐보는 게 그리 헛된 일만은 아닌 것 같다.

우리네 인생은 살기 위해 태어난 것이 아니라, 태어났기 때문에 살아야 하는 운명이다. 우리는 확고한 어떤 목적에 따라 살든, 그저 흘러가는 대로 살든, 혹은 아귀다툼하며 아등바등 살든, 누구나 예외 없이 모두 죽음을 맞는다. 우리가 세상에 태어나 죽음에 이르는 과정 가운데에서 가장 기념비적인 일은 아무래도 배우자를 만나 함께 삶의 서사를 엮어간다는 사실일 것이다. 백사장의 모래알보다 많은 사람 가운데 한 사람과 인연을 맺어 반백 년 이상을 함께 산다는 건 대단한 일이 아닐 수 없다. 더군다나 죽어서 합장되는 부부는 그 살아온 과정이 얼마나 애틋했으면 사후에도 찐득하게 함께 있고 싶어 했을까.

오늘 아침에 일어나 휴대전화로 인터넷 뉴스를 보다 유치원 시절에 처음 만나 50년간을 함께한 네덜란드의 어느 부부가 동반 안락사로 한날한시에 생을 마감했다는 기사를 읽었다. 부부가 한평생 한마음 한뜻으로 산다는 게 그리 쉬운 일이 아님은 결혼해서 살아본 사람은 다 안다. 우리 부부는 보통 사람들보다 더 많으면 많았지, 적지는 않게 갈등을 겪으며 살아왔다. 목숨걸고 싸웠다. 각자의 성격 탓일 수도 있고, 주어진 경제 문화적 환경 탓일 수도 있다. 우리 부부에게는 불행히도 그 두 요소가 시너지 효과를 발휘하는 형국이었다. 그렇게 살아온 나로서는 합장이 쉽게 이해되지 않는 게 당연한 일일 것이다. 그런 실정에서 네덜란드 어느 부부의 동반 안락사 소식은 나에게 또 다른 무거운 생각거리를 던져 주었다.

　죽음은 아마 누구에게나 두려운 대상일 것이 분명하다. 어차피 닥쳐올 일이라 미리 그것을 생각하여 두려워할 필요는 없어 보인다. 내 의지와 상관없는 일이므로, 닥쳐오면 그때 두려워해도 늦지 않을 일이다. 그런데 60대 중반인 내가 지금, 죽음에 관하여, 그것도 합장에 관하여 이야기하는 데는 나름의 이유가 있다. 처음 세상에 태어나는 일은 내 의지와 무관하게 일어났지만, 죽음과 그 이후의 일에 관해서는 나의 의지가 작용할 수 있다. 그런 점에서 내가 내 존재의 의미를 지키는 길은 죽음으로 마무리될 것이다. 나의 죽음 이후의 일이 자식 등 타인에 의해 전적으로 처리되는 것보다는 내 의지에 따라 이루어지는 게 더 좋지 않겠는가.

　사실 나는 죽은 이후 어디에 묻힐 것인가에 대해 별로 관심을 두지 않는 편이다. 죽는 순간 나라는 인간의 모든 기능은 마침표를 찍고, 정신과 육신은 시간의 흐름과 함께 사라진다. 그 방식이 문제일 뿐이다. 부부간 애정의 최종 증표도 그 방식이 여러 가지가 있을 수 있음을 나이가 들어가면서 더욱 현실적으로 체감한다. 우리 부부는 죽음 이후에 어떤 모습으로 인연이 정리될까? 우선은 전통적 방식을 따르는 걸 생각해 볼 수 있다. 내 고향에 있는 문중 선산에는 우리 부부가 죽으면 묻힐 공간이 진즉 마련되어 있다. 내가 먼저 죽어 그곳에 묻히면, 나중에 내 아내는 내 묏자리 옆에 나란히 묻힐까? 내 봉분을 파묘한 후 합장될까? 아니면, 쌍분 형식으로 합장될까? 자식들에게 아버지 봉분에 합장해달라고 아예 미리 유언을 해놓을까? 코로나19 팬데믹 여파로 한때 정부 방침에 따라 매장이 허용되지 않기도 했으나, 화장장이 절대 부족한 현실의 상황을 고려하여 매장이 당분간 허용될 것으로 보인다. 매장이 아니라 하더라도, 화장을 한 후 자그만 묘비 아래에 유골함을 봉안하더라도, 내가 말한 위의 몇 가지 상상은 가능한 일일 것이다.

또 다른 방식을 생각해 볼 수 있다. 최근 한 신문의 보도에 따르면, 가족이 죽으면 화장한 후 오래 기억하고 추모하겠다고 유골을 봉안당에 모셔놓으나 결국엔 아무도 찾는 이 없이 방치되다 사라진다고 했다. 사망한 사람의 유골은 남아있으나 그걸 관리할 산 사람이 없는 경우가 많은 것이 현실이다. 부모의 유골을 수십 년씩 봉안시설에 보관하여 추모하는 장례 방식은 더 이상 지속 가능성이 없어 보인다. 나나 아내가 죽어 봉안당에 유골이 보관되더라도 사정은 크게 다르지 않을 것이다. 내 후손 중 몇 세대까지 나를 추모한다고 찾아오겠는가? 그래서 근래엔 산분장(散紛葬)을 선호하는 사람이 많아졌단다. 그 장소는 주로 숲이나 먼 바다가 된다. 죽으면 흔적 없이 사라지는 것이다.

인간의 몸 속 유전자엔 염분기가 들어있다는데, 유독 내 몸안엔 더 많은 건 아닌가, 하는 생각이 든다. 이승에서의 내 인생이 갯가[浦] 와 깊은 인연이 있어 보이기 때문이다. 내가 태어나 어린 시절을 보낸 섬마을 지명은 '소포(素浦)'이고, 청소년기에는 '목포(木浦)'에서 고뇌의 나날을 보냈으며, 결혼 이후 줄곧 살고 있는 서울의 동네 이름은 '개포(開浦)'이다. 그리고 지금 늘그막에 이르러 살고 있는 서천의 마을은 '장포(長浦)'이다. 모두 지명에 '浦(갯가 포)' 자가 들어 있다. 우연치고는 너무나 기묘한 일이다. 갯가는 내 삶을 종단적으로 꿰고 있는 서사의 배경이라 해도 손색이 없다. 그래서 바다 산분장은 내게 점차 죽음 이후에 사라지는 하나의 대안 방식으로 떠오르고 있다.

현재 내가 생활하고 있는 서천 지역 장포 마을의 작은 어항 옆에는 고운 모래더미가 동서로 기다랗게 펼쳐진 백사장이 있다. 저물녘에 모래 두둑에 앉아 저녁노을을 바라보고 있노라면 그 풍광이 참 아름답다. 그래서 내가 죽으면 시신을 화장한 후 저녁노을이 물들 때 서해면 바다에 뿌려 달라고 자식들에게 유언할까, 하는 마음도 든다. 내 삶의 시작과 끝이 갯가로 일관한다는 의미도 찾을 수 있지 않겠는가. 혹여 나중에 자식들이 아버지가 생각나면 석양 무렵 이곳에 와서 지금의 나처럼 모래 두둑에 앉아 지는 해를 바라보며 추억하다 돌아가면 될 것 아닌가.

아직은 널리 일반화되고 있지는 않으나, 고려해 볼 만한 또 다른 방식이 있다. 동물에겐 귀소본능이란 게 있다. 예컨대, 연어는 수만 리 떨어진 해양에서 생활하다가 자신이 출생한 강으로 돌아와 산란을 마치고 생을 마감하지 않는가. 어느 글을 보니, 요즘엔 남편과 같은 곳에 묻히고 싶지 않다고 말하는 배우자가 많다고 한다. 남편이 살아있을 땐 자식들 생각에, 혹은 지인들 볼 체면도 있고 해서 꾹 참고 살았지만, 죽어서까지 그 곁에 묻히고 싶지는 않다는 것이다. 남편은 본가 선산으로 가고, 배우자는 친정 선산에 있는 자기 부모 곁에 잠드는 것을 더 선호한다고 한다. 우리는 흔히 사람이 죽으면 '돌아갔다'라고 말한다. 부부가 죽으면, 각자 자기의 부모 곁으로 가서 묻히는 것이, 어쩌면 자연으로 '돌아가는' 순서의 시작일지도 모른다. 적어도 세상에 태어난 인연의 끈으로 보면, 그게 순리일지도 모르겠다는 생각이 든다.

부부는 죽으며 살아 생전 나눴던 체온을 자식들의 기억 속에 남긴다. 아무 말도 남겨놓지 않고 우리 부부가 세상을 뜬다면, 자식들은 제 아버지와 어머니가 살아생전 어떻게 살았는지 그 체온을 가늠하여 판단할 것이다, 단분으로 합장할 건지, 바로 옆에 나란히 묻히는 쌍분 형식으로 합장할 건지, 독립된 개별 봉분이나 유골함으로 할 건지, 아니면 아예 각자 본가의 선산에 묻히게 할 건지를. 아니면, 내가 먼저 세상을 뜬 다음, 혹여나 아내가 자식들에게 '네 아버지가 있는 곁으로

가고 싶다'라고 말할지도 모르잖는가? 그 모든 게 살아생전 내가 하기 나름일 것이다.

　나답게 살다가, 나답게 죽는 방식은 무엇일까? 내가 선택하고 결정할 문제인 것 같은데 결코 나 혼자만의 문제로 보이지 않으니, 참으로 신묘한 일이다. 나의 궁상맞은 생각은 그렇다 치고, 아내는 이런 문제에 관하여 어떤 생각을 할까? 궁금하다. 내가 나를 모르는데, 어떻게 아내의 마음을 헤아릴 수 있으랴. 아무리 한 이불 속에서 반 백년 가까이 살아왔다 하더라도, 아내 역시 엄연한 타인이 아닌가. 두 눈 시퍼렇게 뜨고 숨 쉬며 살 때도 자신이 하고 싶은 말을 거리낌 없이 하고, 어떤 사안에 관해 주체적으로 결정을 내리고 행동하던 사람인데, 남편이 이미 죽어 존재도 없는 형편이라면, 누구 눈치 살피며 판단에 주저하겠는가. 스스로 잘 결정할 것이다. 나 또한 그 문제에 관해 이러쿵저러쿵 이야기할 처지도 아니다. 그건 전적으로 아내의 몫이 아닌가.
　언젠가 기회가 되면, 살짝 아내의 의중을 살펴보고는 싶다. 그 대답은 그동안 부부로서 살아온 나의 삶에 대한 최종 성적표일 것이다. 결정적인 어퍼컷을 턱에 얻어맞고 그로기 상태가 될지, 두 팔로 따뜻한 포옹을 받을지, 아니면, 자다가 무슨 봉창 두드리는 거냐며 무시당할지, 솔직히 두렵다. 내가 아내로부터 어떤 결과의 성적표를 받아보더라도, 크게 동요하지 않을 마음의 각오가 갖추어질 때까진 참는 것이 더 좋을 듯하다. 아무래도 그럴 리는 없을 듯한데, 혹여 그사이라도 아내가 먼저 그와 관련하여 말을 꺼낼 기미라도 보이면, 복서들이 클린치하여 잠깐 숨을 돌리듯 다른 화제를 얼른 들이밀어 그 순간을 모면할 참이다. 이 글을 쓰면서도 아내가 나를 대하는 말투나 손길에 신경이 쓰인다.

　부부간의 애정은 죽음 이후에 남기는 흔적의 거리가 입증한다.

음주 유감(有感)

내가 생각하기에, 내 본가의 가족들은 술을 분해하는 생리적 능력을 타고났다. 식구들 가운데 술을 마시지 못하는 사람이 없다. 마시는 양을 따져도 다른 사람들보다 절대 적다고 할 수 없을 것이다. 내가 자랄 때 우리 집 안방 아랫목에는 얇은 이불이 덮인 60~70cm 높이의 술독이 항상 놓여있었다. 어머니가 조반 전에 시아버지에게 막걸리를 한잔 걸러 들이기 위해 준비해 놓은 것이다. 새벽녘에 잠이 깨는 경우가 자주 있었다. 내 잠자리가 부엌으로 나가는 쪽문 가까이 있어 부엌에서 나는 소리가 그대로 문틈 사이를 뚫고 들어왔기 때문이다. 비가 오나 눈이 오나 하루도 빠짐없이 그 시간이면 부엌에서 딸그락거리는 소리가 들렸다. 어머니가 막걸리를 거르는 소리였다. 할아버지는 조반을 드시기 전에 막걸리 한잔을 꼭 드셨다.

그러니까 우리 식구들은 어린 나이 때부터 자연스레 술 익는 소리와 향기에 젖어 자랐다. 나이 든 적지 않은 한국 사람들이 술에 관해 비교적 관대한 태도를 보이는 까닭도 우리 집과 비슷한 문화에 익숙한 탓일 것이다. 집에서 술 담그는 것을 금지했던 시절에도 우리 집에는 걸어서 5분 거리에 있던 동네 양조장에서 사 온 막걸리가 끊이질 않았다. 할아버지 심부름으로 양조장에 가서 막걸리를 사 오는 건 내 일이었으며, 집에 오며 처음엔 호기심으로, 그리고 나중엔 습관적으로 주전자 주둥이를 빨아 막걸리를 홀짝홀짝 맛보는 건 심부름꾼만의 특권이었다.

자고로 술은 동서양을 막론하고 죽음, 병, 신, 감사 등과 연관이 있다. 술을 나타내는 한자는 '酒(술주)'이다. 〈설문해자〉에는 '酉(닭유)' 자가 그 옛날에 술을 담그던 독 모양을 본뜬 것인지는 모르나 밑이 뾰족하고 목이 긴 항아리의 모양에서 따 온 글자로 풀이되어 있다. 이후, 술이 액체라는 점에서 '酉' 자의 좌변에 ' 氵(수)'를 더해 지금의 '酒' 자가 되었다고 한다. 의아한 건, 술을 뜻하는 글자에 '酉' 자가 들어있다는 것이다. '酉' 자는 '의술'이나 '의학'을 뜻하는 '醫(의원 의)' 자에도 들어있다. 도대체 무슨 연유로 술이나 의학을 뜻하는 글자에 닭이 들어 있을까?

호사가들은 대체로 닭이 물 마시듯, 술을 그렇게 조금씩 마셔야 건강을 유지할 수 있다거나, 술은 잘 마시면 약이요 그렇지 않으면 독이라는 뜻으로 해석한다. 내가 어렸을 때 마을 어귀의 바닷가에서 바다에 빠져 죽은 어부의 넋을 끌어 올리는 의식인 '혼 건지기' 굿을 구경한 적이 있는데, 그때 무당은 살아 있는 닭을 용왕의 제물로 바다에 던졌다. 그런 걸로 미루어 보아, 아마도 망자나 병자를 달래는 무속적 행위에 닭이 제물로 사용된 데서 연유한 것일 것이다.

흥미로운 건 서양에서도 '닭'이 의술하고 연관이 된다는 것이다. 우리에게 잘 알려진 이야기처럼, 소크라테스는 독배를 마시고 죽기 전에 친구인 크리톤에게 한 가지 부탁을 하는데, 의술의 신인 아스클레피오스에게 빚진 수탉 한 마리를 갚아 달라는 것이었다. 당시 아테네에서는 환자가 신전에서 치료받고 병이 나으면 그 신전에 최소한 닭 한 마리라도 공물로 바치는 관습이 있었는데, 소크라테스는 죽음을 통해 영혼이 신체의 감옥으로부터 해방되는 치유의 대가로 의술의 신에게 공물을 바치라고 한 것이다. 대개 서양이나 동양 구분할 것 없이 모두 공물로 바쳐지는 제물은 주변에서 쉽게 구할 수 있는 가축들이었다. 우리나라처럼, 당시 그리스에서도 닭이 흔한 가축이어서 그랬을 것이다. 어떻든 술이 병이나 죽음과 연관이 있음을 시사하고 있는 건 분명해 보인다.

아내는 기회만 되면 나더러 술을 끊으라 한다. 거기엔 그럴만한 이유가 있다. 음주로 인해 심각한 사고를 당했던 순간도 있었고, 내려야 할 지하철역을 지나쳐 엉뚱한 곳에서 헤매다 늦은 시간에 겨우 집을 찾아온 때도 있었다. 아내는 내가 기억이 잘 나지 않아 대답을 더듬거리면, 기회다 싶어 알코올성 치매 증상의 초기라며 야단이다. 여기서 더 나아가, 세계보건기구(WHO)가 2023년 1월에 안전한 수준의 알코올 섭취(음주)는 없다고 선언했다, 아세트알데히드는 세계보건기구 산하 국제암연구소가 지정한 1급 발암 물질이다, 술을 마시면 췌장암뿐 아니라 구강암, 식도암, 간암, 직장암을 유발할 수 있다, 등등의 의학적 자료까지 근거로 나열하며 한 방울의 술이라도 마시지 말라고 한다. 그런 말을 들을 때는 난 내심으론 '술이 주는 멋을 모르니 저러지'라며 다른 쪽 귀로 흘려버린다.

술에 관한 글로는 중국 당대의 시선 이백의 '장진주'나 청록파 시인 조지훈의 '주도유단'이 자주 거론된다. 그런데 내가 존경하는 어느 전직 교장 선생님은 어쩌다 술자리가 이루어지면 잔을 높이 들며 "무주(無酒) 강산은 적막강산이요, 유주(有酒) 강산은 금수강산이다"라는 건배사에 이어, 술 예찬론을 늘어놓는다. 내 마음엔 아직도 이들의 예찬론이 인생 찬가로 들린다. 물론, 술에 친화적인 나도, 술독에 빠진 다음 날에는 옆에서 나는 술 냄새가 그렇게 싫을 수가 없다. 그런 날엔 누가 나에게 술을 권하기라고 할라치면 그 사람이 아주 얄밉게 느껴질 정도다. 술 예찬론을 염장(殮葬)하고 싶어진다. 그러다가도 해가 서산에 뉘엿거리는 술시(戌時)가 가까워지면, 입술이 마르며 슬그머니 다시 술이 당긴다. 술은 그렇게 내 마음 안에서 야누스적인 행태를 드러낸다.

생리적으로 술 분해 능력을 타고났고, 술 친화적인 가정 환경에서 성장한 탓도 있지만, 내가 술을 가까이하게 된 결정적인 계기는 교직에 첫 발령을 받은 후 선배들이 베풀어주었던 환영회였다. 난 고교 시절부터 대학을 거치는 동안 끔찍한(지금 생각해 보면) 자폐 스펙트럼 장애를 겪고 있었다. 다른 사람들 앞에 서는 일이 너무나 두려웠고, 누군가와 대화를 나누는 기술이나 예의 또한 갖추고 있질 못했다. 대부분 시간을 나 홀로 살아서 그런 걸 학습할 기회가 거의 없었다.

교단은 당연히 내게 심각한 심리적 두려움의 대상이었다. 발령 이틀 후, 환영회 자리에서 선배들이 권하는 술잔을 한잔 한잔 비우면서 다른 사람과 대화할 수 있는 능력이 내게도 있다는 사실을 난생처음으로 체감하였다. 나도 정상적인 사람이 될 수 있다는 자신감을 얻었다. 세상 살맛이 났다. 초등학생 때 할아버지 심부름하며 막걸리 맛을 보았던 것 외엔, 중고교 시절은 물론 대학을 졸업할 때까지도 난 술 한 모금 입에 대지 않았었다. 어떤 사람은 서점에서 우연히 발견한 책 한 권을 읽고, 또 어떤 사람은 선생님의 지나가는 귀띔 한 마디로 인생이 180도 바뀌었다고 하던데, 내겐 술 한잔이 그랬다. 그러니 술이 내게 다가오는 의미가 남다를 수밖에 없었다.

젊은 시절 한 인간으로서 기능을 상실해 가던 내게 자신감을 일깨워줬던 계기가 술을 마시면서 마련되었던 남다른 서사가 있어 그런지는 몰라도, 난 아직 술과의 이별을 받아들일 준비가 덜 되어있다. 사람은 누구나 자기의 처지를 정당화하거나 합리화하려는 속성이 있다. 자기만의 삶의 기술도 그런 배경 아래에서 발달하기 마련이다. 음주는 적어도 아직까진, 그리고 앞으로 당분간, 나의 존재 의미를 지켜나가는 하나의 방편으로 남아있을 것이다, 지금보다 훨씬 강도가 높은 절제의 미덕을 발휘한다면 말이다.

하지만, 나이가 들어가면서 음주에 대한 나의 감상이 조금씩 변해간다. 젊은 날 가졌던 술에 대한 애틋함이 문득문득 아련한 향수로 느껴지기도 한다. 아내의 득달같은 성화가 아니더라도, 머잖아 내게도 스스로 술잔을 내려놓을 때가 분명히 올 것이다. 가급적 몸이 어쩔 수 없어 그런 선택을 하기 전에, 내 스스로 그런 결정을 하는 순간을 맞이하려 한다. 〈사기〉 '골계열전'편에서도 "술이 극도에 이르면 어지럽고, 즐거움이 극도에 이르면 슬퍼진다"라고 하지 않았던가. 어지럽고 슬퍼지기 전에 말이다.

술은 선도 악도 아니다. 그것은 술을 마신 사람에 의해 정해진다.

둘째

어떻게 살아야 하는지가 나름의 기준으로
정리가 되어서다

인간을 규정하는 말은 많다.
그런데 그 말들을 관통하는 하나의 개념이 존재한다.
그건, 다름 아닌 '학습'이다.
어떤 부모의 슬하에서 형제자매들과 어떻게 성장하였는가는
나중에 그 가족 구성원들이 세상을 살아가는 삶의 방식에
결정적으로 영향을 미친다.

내 의식에 가족의 의미가 두드러져 나타난다

'가족'이라는 이름

최근에 스웨덴의 어느 글로벌 가구 기업이 발표한 '2023 라이프 앳 홈' 보고서에 따르면, 한국인들 10명 중 4명은 집에서 어떤 생산적인 활동을 하기보다는 아무것도 하지 않고 혼자 시간을 보내는 걸 가장 선호하는 것으로 나타났다. 상당수의 한국인은 그냥 혼자 집에서 조용히 쉬는 것을 최고로 여긴다. 집에서 식구들과 함께 웃는 데에서 즐거움을 느끼는 사람은 10명 중 고작 한두 명뿐이다. 우리나라 사람들은 하루 생활에 필요한 에너지 대부분을 외부에서 소비한 탓에 집에 들어와서는 쉬고 싶은 생각이 많아서 그럴 것이다. 하지만, 다른 시각에서 보면, 그만큼 가족 간에 친밀한 대화나 활동이 부족하다는 걸 반증한다.

실제로 오늘날 우리나라 사람들이 가족에 관해 보이는 하나의 경향성을 우리는 젊은이들 사이에서 읽어낼 수 있다. 삶의 기본으로 여겨 왔던 가정과 가족에 대한 욕구가 젊은이들의 관심사에서 멀어지고 있다. 가족을 인간으로 태어나 인간다운 존재로서 살아갈 수 있는 삶의 기술을 터득하는 원천으로 인식하기보다는, 결혼 후에 생길 자녀가 오히려 자기 삶의 안정을 해치는 요인으로 인식하는 문화가 적잖은 젊은이들에게서 생겨나는 추세다. 가족이라는 이름으로 자기를 간섭하거나 훈계하려 드는 상대의 행동을 인내하지 못한다. 당연히 상대방의 행동에 대해서도 간섭하지 않는다. 자신의 관성에 따른 삶만을 온전히 즐기고자 한다. 다른 집에서 따로 살며 때로는 함께 생활하는, '따로 또 같이 부부'가 점차 늘어나는 것도 그러한 경향성을 반영하고 있다고 볼 수 있다.

혹자는 수천 년 인류 역사에서 인용할 사람이 그리 없어 허구한 날 공자, 맹자만 들먹이냐며 읽고 있던 책을 집어 던질지도 모르겠다. 그럼에도 난 여기서 맹자가 말했던 '군자삼락'을 언급하고자 한다. 인간 삶에 얽힌 만고의 진리 가운데 하나는 우리가 자신의 존재 근원을 잊고 살 수는 없다는 점이다. 맹자가 군자삼락 가운데서도 "부모님이 살아계시고 형제가 무탈한 것"을 첫 번째로 꼽았던 건 자신의 존재 근원을 삶의 중심으로 여겼기 때문일 것이다. 가족 중 누군가라도 존재하지 않거나 무탈하지 못하면, 내 존재의 근원 자체가 흔들릴 수 있다. 무슨 일을 하든 삶에 활력이 떨어지고, 그래서 사는 재미 또한 온전하게 느끼기 어렵다. 가족은 내 존재를 지탱하는 초석이다.

역사에서 보듯, 젊은 세대들은 늘 기성세대들과 가치 의식에서 차이를 드러낸다. 젊은이들에게 맹자가 말한 세 가지의 즐거움 가운데 첫 번째를 꼽아보라고 하면 아마도 다른 선택을 할 가능성이 높다. 젊은이들은, 나의 세대도 그러하긴 했지만, 윤동주 시인이 '서시'에서 노래했던 "죽는 날까지 하늘을 우러러/한 점 부끄럼이 없기를/잎새에 이는 바람에도/나는 괴로워했다"라는 시구를 애송한다. 그들은 집단의 일원이라는 집단주의적 사고보다는 독립된 개체로서 자신에게 의미를 더 부여하는 개인주의적 가치 의식이 강하다. 그래서 그들은 맹자가 말한 군자삼락 가운데 두 번째에 해당하는 "우러러 하늘에 부끄러움이 없고/굽어보아 사람들에게 부끄러움이 없는 것"을 첫 번째 낙으로 내세울지 모르겠다. 한 개인의 차원에서 보면, 백번 맞는 말이다. 그런데 우리네 삶은 개인에 국한되지 않는다는 데 담론의 여지가 있다.

가족은 내 존재의 근원이라는 점에서, 사람들 간 '관계'가 시작되는 시발점이 되기도 한다. 관계라는 글자에는 우리가 고대 농경사회 사람들의 생활방식이나 의식을 엿볼 수 있는 단서가 담겨 있다. 맹자가 첫 번째로 가족을 꼽았던 것도 이와 연관이 깊어 보인다. 우리말 한자어 관계(關係)의 '關(관)' 자(字)는 門(문문) 자와 絲(실사) 자, 卝(쌍상투관) 자가 결합한 모습이다. 卝(관)은 문을 잠그는 빗장을 표현한다. 그래서 關(관) 자는 실로 빗장을 묶어 문을 닫는다는 뜻에서 '닫는다', '가두다'를 의미한다. '係(계)' 자는 人(사람인) 자와 系(이을계) 자가 결합한 모습으로, 실로 '매다'나 '잇는다'와 함께 '혈통'이라는 뜻을 나타낸다. 그래서 係(계) 자는 실로 서로 엮여 있는, 곧 혈통이 같은 사람들을 의미한다. 결국, 애초에 '관계'라는 말은 잠긴 문 안쪽에 있는 같은 혈통을 지닌 사람들끼리 맺어진 긴밀한 연결을 뜻한다.

우리가 남한산성과 같은 동서남북에 큰 문이 설치된 성곽을 떠올려 보면, 이를 쉽게 이해할 수 있을 것이다. 문은 기능상 두 가지 역할을 한다. 성문은 필요에 따라 열리고 닫힌다. 그런데, 내가 생각하기에, 문은 열리는 기능보다는 닫히는 기능에 방점이 있다. 늘 열려 있어야 할 곳이라면 굳이 문을 설치할 필요가 없을 것이다. 다시 말하면, 문은 내부를 외부와 차단하여 단속하고자 하는데 그 주된 역할이 있다. 성문 안쪽에 있는 사람들과 바깥쪽에 있는 사람들이 문을 경계로 구분된다. 이렇게 문으로 나뉜 이들은 서로를 타인으로 지목하고, 경계하며, 차별한다. 심지어는 목숨을 걸고 서로 싸우기도 한다. 외부와 경계를 짓는 성을 구축하고 내부에 있는 사람들의 결속과 안전을 도모하는 행위는 동양과 서양 문화에서 공통으로 발달하였다. 그런 점에서 보면, 내외를 구분하는 행위는 수십만 년에 걸친 인간의 진화 과정에서 발달해 온 인간의 본성 중 일부로 굳어졌을 가능성이 크다.

그런데 우리 사회에서 특히 그런 경향이 강하게 나타나는 것이 아닌가 하는 생각에 이르면, 마음이 좀 착잡해진다. 사회집단을 이루는 가장 기본 단위라 할 수 있는 가족이나 마을 단위에까지 그런 폐쇄적 문화가 깊게 스며들어 있다는 점에서 그렇다. 그건, 어쩌면 유교가 창시되었던 지역보다 더 유교적이었던 우리 사회의 독특한 문화적 특성에 따른 결과일 수도 있다. 예컨대, 지역간 갈등의 원인이 되는 지역감정이나 다른 지역으로 이사했을 때 경험할 수 있는 텃세라든지, 부모와 자식은 하나라는 일체 의식 같은 것이 그렇다.

부모와 자식 간 일체 의식의 실태를, 사례를 통해 들여다보자.

가족을 일종의 일체 개념으로 보는 우리 사회의 경향은 자식들이 부모를 존경하고 부모가 자식을 사랑하는, 가족 간의 온정적인 유대감을 형성하는 데 강력한 토양이 된다. 우리나라 부모들이 "빨리 입금하지 않으면 자녀에게 큰 불행이 닥친다"라는 휴대전화 문자라도 보게 되면, 평정심을 잃은 채 전후 사정을 따져보지도 않고 돈을 보내는 등, 전화 금융사기(voice phishing)에 유난히 약한 것도 다 이유가 있다. 아울러 이를 확대하여 적용해 보면, 집 울타리를 경계로 하여 그 안에 있는 가족들을 일체로 보고, 울타리 밖의 사람들을 타인으로 배타시 한다. 오늘날 우리 사회에서 자신이 속한 집단의 이념은 무조건 옳고 다른 집단의 이념은 무조건 배척하는 진영논리가 사회 통합을 해치는 주범으로 작용하고 있는 것도 이러한 일체 의식이 확장되어 집단화한 데에서 그 원인을 찾아볼 수 있다.

하지만 그의 부정적 영향은 여기서 그치지 않는다. 직계존비속 살인사건이 우리나라에서 유독 자주 발생하고 있는 것은 일체 의식에서 비롯하는 바가 크다. 가정이 심각한 경제난에 시달리는 경우, 가족들의 삶이 오로지 자신의 책임 아래 있다는 강박 관념에서 아버지가 가족들을 살해하고 자살하는 일이나, 부모가 자녀들의 행동에 지나치게 개입하여 일거수일투족을 간섭함으로써 자녀가 부모를 살해하는 존속 살해 사건이 자주 발생하는 것도 우리나라 특유의 일체화라는 가족 개념에서 나오는 부정적인 단면이다. 경찰청의 범죄통계에 따르면, 근래 5년간(2013~2018) 한 해 평균 69건의 존속살인이 발생하고 있다. 작년 한 해만 해도 91건이나 일어났다. 존속 살해 사건은 전체 살인 사건의 5%대에 근접하는데, 영국 1%, 미국 2%에 비해 높은 수치이다.

이번엔 서구 사회의 경우를 비교 차원에서 살펴보자. 우리말 '관계'에 해당하는 영어의 'Relation'은 사뭇 다른 의미로 해석된다. Relation은 'Relate'와 '-tion'이 합하여 이루어진 글자다. 'relate'는 '뒤로 혹은 다시(re=back, or again)'와 '나른다(lat=carry)'라는 뜻을 갖는다. 받은 뭔가를 '되 나른다'라는 의미다. 따라서 이 단어는 일방이 아닌 쌍방의 개념을 담고 있다. 영어권 문화에서 상호주의가 일찍 발달한 원인도 이와 연관이 있어 보인다. 이런 유형의 단어는 대개 그 언어를 사용하는 사람들의 사고 행태가 시간이 흐르면서 언어에 반영된 경우가 많다. 're'와 같은 접두사나 접미사는 해당 단어의 어근이 등장한 이후 발달한 것으로 볼 수 있기 때문이다. 아마도 한곳에 정착하여 생활하는 농경사회와 달리 유목문화에서는 이동이 불가피하여 서로 왕래가 잦을 수밖에 없어 형성된 결과가 아닐까, 짐작된다.

　relation에 내포된 그런 의미는 부모와 자식 간에도 적용된다. 영어에는 우리말 한자어 '효(孝)'에 해당하는 단어 자체가 없다. 영어 사전에는 이에 해당하는 단어로 'filial piety'가 올라와 있는데, 'filial'은 자식을, 'piety'는 경건, 신앙심을 뜻한다. 그러므로 이 단어는 생물학적 개념이 아니라 종교적 차원의 개념이다. 인간이 갖는 신에 대한 경건함에서 유래한 것이다. 인간과 신의 관계는 동등한 상호적 개념이 적용될 수 없다는 점에서, 신과 인간 사이에는 relation이라는 단어를 쓸 수가 없을 것이다. 다시 말하면, 우리말 '효'에 해당한다고 사전에 올라와 있는 'filial piety'라는 말은 주로 일방의 측면인 신과의 관계에서 사용하는 말이고, 생물학적 부모와의 사이에서 '관계'를 말할 때는 'relation'이라는 단어를 사용한다. 그럴 경우, 이 단어는 부모와 자녀가 동등한 상호성을 기본으로 하는 관계라는 개념을 그 내부에 품고 있다. 그래서 우리말 '효'를 영어로 번역할 때 'relation'보다는 'filial piety'를 쓰는 경우가 많은데, 엄격히 말하면 우리가 인식하고 있는 효의 개념과는 거리가 멀다.

　우리는 한자 문화권의 사람들이 대체로 갖고 있는 '일체화' 가족 개념과 서구권 사람들에게서 일반적으로 발견되는 '상호성' 가족 개념의 장단점을 융합하는 차원에서 가족의 의미를 재정립해 나갈 필요가 있다. 가족은 자녀들이 하나의 인격적 개체로서 자기 삶을 살아갈 수 있는 자양분을 얻는 원천이어야 한다. 그렇다고 가족이라는 이름의 공동체가 자녀들만 학습하고 배움을 얻는 장소가 절대 아니다. 자식을 키우는 부모라면 다 안다, 자녀들을 키우며 자신 또한 사람다운 사람이 되어간다는 것을.

현실을 들여다보면, '가족'이라는 이름은 양면적인 성격을 지니고 있음을 우리는 금방 알 수 있다. 가족이 있어 안정적인 생활을 할 수 있는가 하면, 가족이기에 가슴 아린 갈등을 어쩔 수 없이 안고 견뎌야 하기도 한다. 중고등학교 시절을 보내면서 누구나 한 번쯤 가족의 굴레에서 벗어나고 싶다는 충동을 경험해 보았을 것이다. 그렇지만 막상 가족을 떠나 홀로 객지에서 살며 인간관계에 지치고 생활고에 시달리다 보면, 그래도 머릿속에 떠오르는 사람은 가족이다. 안유(安遊)와 구속(拘束)이라는 심리적 작용이 씨줄과 날줄로 촘촘히 엮여 있는 인간관계가 다름 아닌 가족이다.

일본의 여류 작가 아키코는 〈가족이라는 병〉의 제목을 단 자신의 책에서 이렇게 말한다. "거짓은 화목하지 않은 가정보다 화목한 가정에 있다." "가족의 '기대'는 최악의 스트레스다. 자신이 아닌 남에게 기대를 품어서는 안 된다. 타인에 대한 기대는 낙담과 불평을 불러오는 최대의 요인이다." 가족을 철저히 남 혹은 타인으로 인식한다. 작가는 그러면서 절대로 자기 부모를 닮고 싶지 않다고 단언한다. 이 작가는 왜 이렇게 '가족'에 부정적일까? 아버지는 수시로 어머니를 폭행하고, 어머니는 자식에 지나치게 집착하며, 형제들 간에는 불화가 자주 일어났던, 온기 있는 가족애를 찾아보기 힘든 가정에서 성장한 배경이 가장 큰 원인으로 보인다. 이처럼, 어떤 가족 공동체에서 성장하느냐는 그 가족 구성원이 나중에 세상을 살아가는 방식을 결정하는 데 있어서 중요한 역할을 한다.

가족이라는 이름에서 우리가 우선으로 기억해야 할 점은 피(혈통)가 아니라 사랑(관계)이다. 같은 핏줄이라는 말을 앞세워, 혹은 가족이라는 이름으로, 서로의 경계를 무시하고 온갖 부당한 행위를 일삼는 사람은 부모든, 형제자매이든, 이미 가족이란 이름의 범위에서 비껴나 있다. 구성원 상호 간에 얼마나 진정한 사랑과 관심을 나누며 사는 가가 가족이라는 이름을 붙일 수 있는 척도일 것이다. 가족이라면 각자의 성향이나 삶의 방식을 인정하고 존중하는 게 기본이다. 하지만 그것이 곧 무관심이라는 말과 동의어는 아닐 것이다. 때로는 서로 간에 간섭을 주고받을 필요가 있고, 하기 싫은 일을 할 때도 있어야 하고, 상대방의 눈치를 볼 줄도 알아야 하며, 조심해서 행동할 줄도 알아야 한다. 그것이 가족이다. 거듭 말하지만, 안유와 구속으로 이루어지는 앙상블이 다름 아닌 가족이다.

가족은 그 구성원들이 인간으로서 삶을 살아가는 데 필요한 기술을 제공해 주는 원천이다.

부모에게 자식이란?

불과 몇십 년 전만 해도 가족이란 주로 혈연으로 이루어진 부모-부부자녀 3세대의 집단공동체 혹은 그 구성원으로 정의하는 데 별 무리가 없었다. 시간이 흐르자, 우리나라도 가족의 형태가 핵가족으로 변화되면서, 가족은 주로 부, 모, 자녀로 이루어진 공동체 혹은 그 구성원을 의미하는 말로 변했다. 그나마 지금부터 30여 년 후에는 부모와 자녀로 이루어진 가구가 우리나라 전체 가구의 17% 수준으로 뚝 떨어진다고 한다. 그때쯤 되면, 자식의 의미에 관한 담론 자체도 세간의 관심에서 많이 비껴서 있을 것이다. 여기에서는, 현재를 살고 있는 나의 관점에서, 핵가족 형태에서의 자식이 갖는 의미에 관하여 언급해 보고자 한다.

　나는 자식으로 아들과 딸을 한 명씩 두고 있다. 결혼 후, 어떤 특별한 목적이나 철학에서 자식을 낳아 키워야겠다는 생각은 없었다. 후손의 번성이라는 생물학적 진화의 관성에서 자식을 낳았다고 말하는 것이 이유라면 이유일 것이다. 그러니 '자식이 나에게 어떤 의미인가'라는 물음에 대해 내가 하는 말은 선험적으로 준비된 것이 아니다. 자식을 낳아 키우면서 나도 모르게 형성된 자식에 대한 여러 생각의 단편들 가운데 그 골간을 이야기하는 것이다. 다시 말해, 본래부터 내가 갖고 있었던 생각이 아니라 나이 들어가며 내가 느낀 인식의 결과이다. 따라서 지금 내가 자식에 관하여 말하는 의미는 세월이 흐르다 보면 또 달라질 수도 있을 것이다.

　현시점에서 생각해 보았을 때, 내 자식들은 부모의 한 사람으로서 내가 삶을 어떻게 살아야 할지 그 길을 처음으로 인식하도록 해준 자극제였다. 만약 내게 자식이 없었다면, 내 삶의 목표나 그 과정에서 겪었을 경험의 내용은 지금과는 사뭇 달랐을 것이다. 나의 이런 생각은 내 아이들이 대학에 진학할 무렵 내가 겪었던 한 가지 충격이 그 발단이 되었다. 그때 나와 아내는 교직에 근무하고 있었다. 부모가 모두 자기 일에 정신을 쏟다 보니, 평소에 자녀들이 인생을 살아가는 데 도움이 될 만한 정보를 솔직하고 허심탄회하게 설명해 주는 데 인색했다. 그러면서도 열심히 공부하라는 협박성 권유만 남용했다. 자녀가 무엇을 바라는지, 어떤 재능이나 능력을 갖추고 있는지에 대해서는 크게 관심을 두지 않았다.

　부모들은 대체로 자신의 욕망을 자녀에게 투사하는 경우가 많다. 그래서 부모는 자기들의 삶의 경험과 세상에 대한 이해를 잣대로 자녀의 삶을 은연중 조정하려 든다. 우리 부부는 가끔 자녀들과 함께 미국,

유럽, 인도 등으로 배낭여행을 다녔다. 여행할 때는 단골 코스로 그 나라가 혹은 그 도시가 자랑하는 유명 대학을 방문했다. 내가 해보지 못했던 유학에 대한 동경 심리가 자식들에게 투사된 것이다. 그날 점심은 가능한 한 그 대학 식당에서 해결하곤 했다. 상대적으로 저렴한 가격에 식사할 수 있을 뿐 아니라 아이들에게 뭔가 자극(?)을 줄 수 있지 않을까, 하는 기대심리가 은근히 작용해서였다.

아들이 고3이 되었을 때, 그제야 나는 그의 실체적 존재를 직시할 수 있었다. 같은 자식이 아니랄까 봐, 딸도 제 오빠와 판박이로 똑같은 과정을 거쳤다. 내가 아들에게 어떤 대학, 어떤 학과에 진학하고 싶으냐고 묻자, 아들은 "하고 싶은 일이 없어요", "모르겠어요"라는 대답만 반복하였다. 하고 싶은 게 뭔지 모르겠다고 말하는 자식을 앞에 둔 난 정말 막막했다. 그동안 난 뭐 하면서 인생을 살았는가 하는 생각이 밀려왔다. 내 딴엔 세상에 대한 시각을 넓혀준다고, 뭔가 원대한 꿈을 가지라고 같이 배낭여행도 다니고, 세계 유수의 대학들을 일부러 찾아다녔는데, 그 결과가 이렇다니. 난 실망감에 한동안 우울했다. 희한하게도, 딸 역시 판박이로 그러했다.

이때 비로소 나는 속으로 아차, 했다. 내가 생각하기에, 촌놈과 비(非)촌놈을 가르는 기준은 시골(촌)에서 자랐느냐 도시에서 자랐느냐가 아니라, 성장 과정에서 앞길에 대해 조언을 해주는 사람이 주변에 있었느냐 없었느냐이다. 휘황찬란한 도시에서 자랐다 하더라도 주변에 조언을 해주는 사람이 없었다면, 그는 촌놈이나 마찬가지다. 반면에 찢어지게 가난한 오지 깡촌에서 성장했더라도 시기에 맞춰 적절한 조언을 해주는 사람이 곁에 있었다면, 그 사람은 촌놈이 아니다. 과거의 내 모습이 불현듯 스쳐 지나갔다. 어렸을 때 할머니가 늘 내게 "애야, 삽 들고 땅 팔래? 펜대 잡고 사무 볼래?" 하시던 말씀과 내가 교단에 서게 된 계기가 사범학교를 나온 작은아버지의 권유 한 마디가 결정적이었다는 사실이 떠올랐다. 그런데 바쁘다는 핑계로 정작 내 자식들에겐 그런 조언에 소홀했으니, 내 자식들은 졸지에 촌놈이 되었던 거다.

부모는 평소에 자녀에게 자신이 살아온 삶의 길목에서 경험했던 나름의 어려움, 기쁨, 희망, 절망, 소망 등을 이야기해 줄 수 있는 절대적으로 유리한 위치에 있다. 아울러 그들의 특기나 취미, 소망 등을 있는 그대로 감지할 수 있는 가장 적실한 사람이기도 하다. 그런데 난 단순히 방과 후 자녀를 이런저런 학원에 보내는 것만으로 부모가 감당해야 할 역할이 끝난다고 판단했다. 내심으론 배낭여행을 통해 자녀에게 식견을 넓힐 다양한 기회를 제공했노라고 뿌듯한 자만감에 빠지기도 했다. 나머진 그들이 알아서 할 일이며, 또한 당연히 그러하리라고 믿었다. 그게 착각이었음을 알아차렸을 때는 이미 중요한 시간이 흘러가 버린 후였다. 우리 부부는 교단에서 다른 아이들에게 그럴듯한 조언을 많이 했지만, 막상 우리 자녀들에겐 침묵으로 일관했다.

만시지탄이긴 했으나, 그 일은 내 인생의 일대 전환점이 되었다. 미국의 시인이자 사상가였던 에머슨은 성공한 삶이란 자신이 한 때 이곳에 살았음으로써 단 한 사람의 인생이라도 행복해지는 것이라 했다. 그 일을 계기로 나는 어떻게 인생을 살아야 할 것인지를 성찰하는 데 시간을 할애하기 시작했다. 그 결과, 내가 세상에 존재하는 중대한 의미 하나를 발견할 수 있었다. 내 아이들의 불분명한 목적의식은 오히려 내 삶에 생기를 불어넣어 준 활력소였다. 우리 부부가 가진 지적, 정서적, 인적, 물적 자산을 총체적으로 활용하여 내 아이들이 자신의 삶을 준비해 가는 데 도움이 되도록 해야겠다는 의지가 생겼다. 그들이 살면서 자신의 길을 찾아가는 데 자그마한 도움이라도 주고 싶었다. 그 생각은 지금까지도 나에게 삶의 의욕을 끊임없이 샘솟게 하는 원천이 되고 있다. 이후, 그것은 내가 삶을 사는 중요한 하나의 이유이자 어떻게 살아야 할 것인가를 일러주는 지침으로 자리 잡았다.

내 주변의 친구나 지인들에게 나의 이런 깨달음(?)을 밝히면, '네 인생은 네 인생이고, 자식 인생은 자식 인생'이라고 핀잔 어린 충고를 아끼지 않는다. 백번 옳은 말이다. 나 또한 자녀를 내 마음대로 구속할 수 있는 존재로 생각하지 않는다. 그들의 삶에 지나치게 개입하려는 의지 또한 갖고 있지 않다. 관심은 두되, 간섭은 하지 않는다는 원칙을 고수한다. 자기들이 좋아하는 일을 하며, 가고자 하는 길을 찾아서 잘 살아가길 바랄 뿐이다. 다만, 내가 경험하며 축적했던 자원을 그들과 공유하고 싶은 것이다.

자녀의 인생은 부모가 결정할 수 없고, 부모가 대신 살아줄 수도 없다. 인생을 살아가다 마주하는 길목마다 하는 선택과 그 결과는 오롯이 자녀의 몫이다. 하지만 선택을 할 수 있는 시각과 실천 능력을 계발하고 확장할 수 있도록 정성을 다해 이끌어 주는 일은 부모의 몫이다. 자녀들이 자신의 의지로 세상에 태어난 것은 아니지 않은가. 그러면서도 자식의 선택에 웃고 울지 않을 용기도 있어야 한다. 함께 있어 서로 상처만 주는 부모 자식 관계라면 차라리 단절하고 사는 것이 더 나을지도 모른다. 부모와 자녀는 개별적 인격을 지닌 서로 다른 사람이다. 서로 존중해야 할 대상이다. 소유하지 않는 인연이 더 아름다울 수 있다. 그러면서도 부모와 자녀의 관계에는 친(親)함이 있어야 한다는 걸 늘 염두에 둔다.

자식이 있어 부모는 어른이 되어간다는 말을 난 전적으로 신뢰한다. 언젠가 인터넷상에서 작자 미상의 사람이 쓴 '아버지는 누구인가'라는 제목의 글을 가슴 뭉클하게 읽은 적이 있다. 그 글에 "아버지란, 돌아가신 후에야 보고 싶은 사람이다"라는 대목이 나온다. 자녀를 낳아 길렀다고 해서, 먹여 살렸다고 해서, 그 자녀들이 커서 아버지가 죽은 뒤에 다 보고 싶어 하는 건 아닐 것이다. 살아서 같이 지낼 때 서로 간에 온기가 오가야 한다. 그 온기는 재산에서 나오는 것이 아니요, 부모가 성취한 지위나 명예에서 나오는 것 또한 아니다. 부모와 자녀가 서로를 한 사람의 인격체로 존중하는 마음과 행동거지에서 비롯할 것이다. 그러려면 부모 먼저 자녀를 마음대로 할 수 있다는, 소유의 시각이 아닌, 서로 도와서 함께 존재한다는 공존의 시각에서 바라보는 자세가 중요해 보인다.

나에게 자식은 내 삶의 나아갈 길을 일깨워 준 자극제다.

어머니가 기다리는 '고도'

최근에 사무엘 베케트의 '고도를 기다리며'라는 연극이 많은 사람으로부터 다시 관심을 받았다. 거기엔 몇몇 이름난 원로 배우들이 이 연극을 주도했던 것도 한 요인이 되었던 것 같다. 줄거리만 놓고 보면 이 연극은 자칫 지루할 수 있다. 이 연극의 골간은 두 방랑자가 앙상한 가지의 나무 한 그루와 바위 하나만 덜렁 놓여있는 황량한 어느 시골 길에서 아무런 실체도 없는 인물 '고도(Godot)'를 하염없이 기다리며 맥락이 불분명한 단편적 대사를 반복하는 것이다. 이들은 "그만 가자", "가면 안 되지", "왜?", "고도를 기다려야지", "참, 그렇지"라는 대사를 되풀이한다. 그들은 고도가 누구인지, 어떻게 생겼는지, 심지어 고도가 실존하는지도 확신하지 못한 채 기다린다.

내가 지금 말하고자 하는 것은 이 연극 자체가 아니다. 두 방랑자처럼, 뭔가를 애타게 기다리고 있는 내 어머니에 관한 이야기를 하고 싶은 것이다. 내 어머니는 '어서 저승으로 가자'라고 하다가, 다시금 '아냐, 지금 가면 안 되지'를 반복하며 살고 계신다. 위에서 말한 극 중의 두 방랑자가 노래의 후렴구처럼 되풀이하는 대사를 내 어머니는 실존 상황에서 지금도 계속 독백하고 있다. 연극에서 '고도'는 사람들이 놓인 처지에 따라 자유, 구원, 죽음 등으로 해석될 수 있다. 하지만 내 어머니가 애타게 기다리는 고도는 그 실체가 명확하다. 그건, 바로 10여 년 전에 돌아가신 당신 남편, 곧 내 아버지의 부름이다.

2011년 목련이 필 무렵, 아버지가 세상을 뜨셨다. 그날은 아버지와 어머니가 결혼 60주년을 기념하여 자식들과 함께 회혼식을 올린 지 꼭 보름만이었다. 이후 어머니는 시골에서 홀로 생활하고 계신다. 하반신에 번졌던 대상포진이 만성 신경통으로 발전하여 지금은 어머니가 거동이 매우 불편한 지경에 이르렀다. 다행히 집이 마을 회관 바로 뒤에 있어서 경로당에 나가 동네 노인들과 함께 시간을 보내는 날이 많다. 군이나 면에서 파견된 관계자들로부터 치매를 예방하는 인지 활동이나 운동도 배운다. 점심 식사도 그곳에서 자주 한다.

일본의 핀웰 연구소는 몇 년 전에 60대 고령자 6천여 명을 대상으로 은퇴하고 나서 누구랑 사는 게 노년기의 행복을 높이는 데 도움이 되는지를 조사하여 발표한 바가 있다. 그에 따르면, 60대 이후 고령자는 배우자와 함께 살 때 가장 행복감을 느끼고, 삶에 더 많은 가치를 부여하며 산다. 반면에 혼자 사는 독거노인들은 건강, 인간관계, 직장, 자산 등 모든 측면에서 삶의 만족도가 평균에 미치지 못해 격차가 컸다. 고령 독신자는 건강관리가 잘되지 않아 아프기 쉽고, 사회와 단절되어 고독사하는 경우가 많았다. 다만, 독거노인이라도 부모 혹은 자녀와 함께 살면 사정이 더 나았다. 이런 면에서 보면, 홀로되신 어머니가 오랜 세월을 함께 보내온 마을 어른들과 같이 어울리며 생활할 수 있다는 사실이 자식의 처지에서 보면 그렇게 다행스러울 수가 없다.

　그런 환경 속에서 어머니는 아버지의 부름을 애타게(?) 기다린다. 적어도 내가 느끼기엔 그렇다. 60년을 함께 살았던 남편은 이미 떠나고 곁에 없다. 마음 붙일 가족은 오로지 5남매 자식들뿐인데, 자식들은 객지로 모두 나간 후 바쁘다는 핑계로 자주 찾아오지도 않고, 전화마저도 잘 하지 않는다. 경로당에 가면, 다른 노인들이 도시에 사는 자식들이 가져왔다면서 맛있는 과일이며 음식을 내놓고 자랑한단다. 그럴 때마다 어머니는 슬그머니 집으로 와서 자식들 가운데 그나마 당신의 호소를 잘 들어주는 막내딸에게 전화한다. 다른 말도 하지 않는다. "잘 있냐?"하고는 그냥 끊는단다. 자식 목소리만 들어도 막혔던 가슴이 조금은 뚫리는가 보다.

　퇴임한 요즘엔 일 년이면 서너 차례 난 어머니를 찾아뵈러 간다. 다음 날 아침, 난 어머니를 모시고 문중 선산에 있는 아버지 묘소를 찾는다. 다리가 불편하신 어머니는 내 손을 꼭 잡아야 그나마 발걸음을 조심조심 뗄 수 있다. 선산 주차장에서 내려 10여 미터 거리의 약간 경사진 언덕을 오르는 일이 어머니에겐 에베레스트를 정복하는 것보다 더 힘들다. 내가 아버지 묘소 옆에 어머니를 앉혀드린 후 아버지에게 재배를 올릴 즈음이면, 어머니는 늘 봉분 위에 나 있는 잡초를 한 손으로 움켜 잡아뽑으며 "애들 아버지, 내가 두 다리로 걸어 다닐 수 있을 때 얼른 나 좀 데려가 주쇼"라고 카랑카랑한 목소리로 혼잣말을 되뇐다. 아버지의 부름을 청하시는 것이다. 어머니는 당신 남편의 환영(幻影)을 붙잡고 '그만 갑시다', '어서, 저승으로 갑시다' 하시는 것 같다. 자식으로서 듣기가 편치 않음은 물론이다.

자동차에 올라 서울로 향할 때면, 형제자매들이 서로 돌아가며 어머니를 자주 찾아뵈면 허전함이 훨씬 덜할 텐데 하는 아쉬움에 가슴이 아리다. 멀리서 사는 자식은 너무 멀다고, 가까이서 사는 자식은 할 일이 많다고, 서로 미룬다. 멀리서 살고 있다는 것이나, 바쁘다는 것은 좋은 핑곗거리는 될 수 있으나 충분한 이유는 되지 못한다. 이제 노모가 원하는 건 많은 돈도 아니요, 팔팔한 활력도 아니다. 자식들이 자주 찾아오는 것뿐이다. 방문한다는 것은 당신을 그리워하고 걱정해 주는 자식들이 있다는 사실을 상기시켜 드리는 일이다. 자식들의 마음속에 당신이 존재한다는 사실을 어머니가 두 눈으로 확인할 수 있게 하는 것이다.

아버지 기일이나 당신 생신 때 자식들이 모이면, 어머니는 늘 "정신이 말짱할 때 너희들 고생 안 시키고 가야 할 텐데…"라고 하신다. 그러고는 이어서 "어쩌든지 화목해라. 형제간에 싸우지 말고 화목하게 지내거라, 그것이 내 소원이다"라는 당부를 꼭 덧붙인다. 안타깝게도 형제자매들은 부모의 재산 증여 문제로 이미 서로 껄끄러운 관계가 형성되어 있다. 그전까지는 관계가 다른 집안 자식들 부러워할 것도 없이 친함이 있었다. 그놈의 돈이란 것이 인간의 정서적 상태를 있는 대로 뒤틀리고 꼬이게 만드는 데 강력한 힘을 발휘한다. 내 형제자매들도 그 괴물의 마력에 여지없이 희생된 것이다.

어머니가 자식들이 모인 자리에서 '화목'이라는 단어를 자주 사용하는 까닭도 그런 낌새를 몸으로 느꼈기 때문이다. 어머니의 그런 당부는 그런데 오히려 자식들의 입가에 냉소적인 웃음만 머금게 하는 애처로운 상황이 되고 말았다. 어머니는 날카로운 송곳니를 입술 뒤에 숨긴 채 이야기를 나누는 자식들의 속내를 두 눈으로 똑바로 보고 계셔서 차마 아직 눈이 감기지 않는 것이다. 황천길에 올라 저승에서 남편과 상면할 때, 어머니가 뭔가 기쁘게 전해줄 소식이 없다. 자식들이 화목하게 잘살고 있다며 자랑해야 할 텐데, 빈손으로 황천길을 떠나야 할 처지이다.

가끔 자식들이 입술을 치켜올려 송곳니를 드러낼 때, 나는 어머니 얼굴을 슬쩍 쳐다본다. 어머니는 눈을 지그시 감는다. 그리고 그와 동시에 미간이 서서히 찌푸려진다. 아마도 어머니는 그 순간, 아버지를 부르실 거다. 그리고는 '어서 날 데려가 주쇼' 하다가, '아냐, 지금 가면 안 되지'를 되풀이하실 거다. 우리 형제자매들은 이제라도 어머니가 편히 남편 곁으로 가실 수 있도록 놓아드려야 할 때가 아닌가, 하는 생각이 든다. 어머니가 '고도'를 만나는데 더 이상 마음에 거리낌이 없도록 자식들이 서로 이해하며 화목한 모습을 보여드려야 하지 않을까. 하루하루 나이가 들어갈수록 나에게 하나의 소망으로 다가온다.

밥을 먹고 살 수 있는 자식들이라면 노부모의 마지막 길을 편하게 해드려야 한다.

장인어른의 뒷모습

우리가 어떤 사람을 머릿속에 떠올리면, 보통은 그 사람의 얼굴을 중심으로 앞모습이 나타난다. 이후 그 사람이 즐겨 입는 옷, 머리 스타일, 제스처, 목소리 등이 겹쳐 영상화된다. 카페에서 차를 마실 때도, 누군가와 이야기할 때도 우린 서로 얼굴을 쳐다보며 한다. 뭔가를 요청하거나 거절할 때도 서로 상대의 얼굴을 바라보면서 눈빛 변화에 따라 말의 강도나 감정을 조절한다. 찬란한 영광의 박수를 받는 것도, 스포트라이트를 받는 것 또한 우리의 앞모습이다. 그래서 앞은 항상 화려하고 때론 거만하기까지 하다.

하지만, 세상만사가 대부분 다 그렇듯이, 사람에게도 앞모습만 있는 것이 아니라 뒷모습도 있다. 한데 우린 그 뒷모습엔 별로 신경을 쓰지 않는다. 외출할 때도 거울에 비친 앞모습을 요리조리 뜯어보며 머리카락이나 옷매무시를 다듬다가 나가기 직전 훔쳐보듯 슬쩍 쳐다보고 마는 게 바로 뒷모습이다. 우리는 자신의 뒷모습을 일부러 보려고 해도 보기가 쉽지 않다. 그래서 뒷모습은 우리에게 어둠의 지대로 여겨진다. 누군가에게 뭔가 들고 있던 것을 숨기려 할 때, 우리는 자기도 모르게 그걸 몸 뒤로 가져간다. 그래서 어떤 작가는 앞모습은 보여주는 것이고, 뒷모습은 들키는 것이라 했다.

우리는 흔히 '간다'라는 말보단 '온다'라는 말에 반색한다. 가수 백설희가 부른 '봄날은 간다'라는 노래에서 느껴지듯, '봄이 온다'라는 말과 '봄이 간다'라는 말에서는 뭔가 다른 뉘앙스가 풍겨 나온다. '간다'라는 말은, 물론 어떤 사람에게는 지긋지긋한 상황이 종료되었다는 사실에서 오히려 시원하다는 생각이 들 수도 있겠지만, 대체로 아쉬움, 이별, 쓸쓸함, 고독, 죽음 등과 연결된다. 뒷모습은 바로 그런 단어들이나 감정과 겹친다. 그래서 사람의 뒷모습에 관한 이야기는 듣는 이로 하여금 왠지 쓸쓸한 감성을 불러일으킨다. 아마도 나로부터 멀어져 갈 때의 모습이라서 그럴 것이다.

늙어 가고 병들어 가는 부모는 우리 곁을 시나브로 떠나가고 있다. 눈빛의 총기가 흐려지고 음성이 푹 가라앉으며, 다리 근육에 힘이 달려 평지에서도 걷는 걸 힘들어한다. 그러면서도 곁에서 붙잡아드리려는 자식들의 손을 혼자 걷겠다고 뿌리친다. 부모를 앞서 걷는 것은 예(禮)가 아니라는 전통 예법이 아니라도, 혹여 걷다 넘어지실까, 자식은 한 걸음 뒤에서 따라 걷는다. 느릿한 부모의 뒷모습을 바라보고 있노라면, 그동안 침묵으로 덮어놓은 당신들의 가슴 아린 사연들이 희미한 그림자로 뒤를 따른다. 부모의 뒷모습은 그래서 바라보는 자식에게 슬픈 여운을 남긴다.

프랑스 소설가 미셸 투르니에는 〈뒷모습〉에서 "등은 거짓말을 할 줄 모른다"라고 썼다. 화려하게 꾸민 앞모습과 달리, 등은 너무 단순하고 밋밋해서 무슨 말을 할 수 있을까 싶은데도 사실은 그 사람에 관한 가장 진솔한 서사를 들려준다고 하였다. 아니, 뒷모습은 아무도 못 볼 것으로 짐작하여 굳이 꾸밀 필요를 느끼지 못해 날 것 그대로 두어서 그럴 것이다. 작가의 말을 부연한다면, 자식들은 부모의 뒷모습에 어린 침묵의 서사를 읽어낼 수 있어야 한다. 부모는 등 뒤에 차곡차곡 쌓아둔 이야기가 있지만, 자식에게 흠 될 일이나 부담을 지울 일은 차마 말하지 않기 때문이다.

중국 당나라 때 관리를 선발하는 기준이었다고 하는 '신언서판(身言書判)'이라는 말은 한때 우리나라에서도 사람을 판단하는 기준으로 자주 사람들의 입에 오르내렸었다. 젊은 시절의 내 장인어른은 옛사람들이 훌륭한 장정이 갖추길 기대했던 그런 네 가지 조건을 모두 갖추고 있었다. 한창 남아의 기백을 떨치며 진주농림고등학교에서 학업에 열중할 때 한국전쟁이 발발하자, 교복을 입은 채 국토의 최후 방어선인 낙동강 기계 전투에 참전하여 싸웠던 국가유공자이다.

몇 년 전부터는 병색이 완연한 노구를 이끌고 진주를 수십 차례 왕래하며 진주고, 진주농림고, 진주사범학교의 학적부를 뒤져 당시에 참전했던 학도병들의 이름을 한 사람 한 사람 찾아냈다. 지자체의 지원을 받아 이미 고인이 된 분들과 생존해 있는 분들까지 152명의 이름을 새겨 '명비'를 세우는 데 결정적 역할을 하기도 하였다. 당신이 눈을 감기 전에 이 세상에 남겨놓고 싶었던 마지막 삶의 흔적이자 인생 과업이었다. 장인어른이 보인 마지막 앞모습이었다.

사람은 누구나 말 못 하는 사연을 한두 가지쯤은 갖고 있을 것이다. 그동안 별 탈 없이 잘 지내던 자식들이 아웅대기 시작하는 경우는 대개 부모가 가진 재산에서 불거진다. 처가도 예외는 아니었다. 장인어른이 젊으셨을 때는 제법 경제적 부를 축적하고 사셨다. 내가 처가의 맏이이자 장녀인 아내와 결혼할 무렵부터 가세가 기울고 있었다. 좁은 면적의 집에서 살다가 조금이라도 넓은 곳으로 이사 가면, 사는 재미가 쏠쏠하게 느껴진다. 하지만, 넓은 면적의 집에서 살다가 좁은 곳으로 이사 가면, 산다는 것이 그렇게 각박하게 느껴지는 일도 드문게 우리네 인생살이다. 처가가 꼭 그랬다. 이제 당신들에게 남은 재산이라고는 살고 있는 자그마한 아파트 한 채가 전부이다.

처가의 자식들은 모두 결혼한 후 분가하여 나름 잘살고 있다. 다만, 막내딸만 아직 경제적 기반을 다지는 데 어려움이 있어 자기 집을 소유하지 못하고 있다. 돈벌이를 위해 가족들이 열심히 뛰고 있지만, 집값은 그들의 노력보다 훨씬 가파르게 치솟는다. 장인어른에게는 그런 막내딸이 목구멍의 가시처럼 마음에 걸린다. 살고 있는 당신의 아파트라도 막내딸에게 넘겨주고 싶은 거다. 하지만 그 문제가 자식들 간에 원만하게 합의에 이르지 못하는 것 같다. 어쩌다 장인과 장모를 모시고 아내와 넷이 식사하다 보면, 장인어른은 그 문제를 슬쩍 화제로 올리곤 하신다. 등에 짐으로 남아있다는 방증이었다.

장인어른의 뒷모습을 바라보고 있노라면 또 한 가지 어두운 그림자가 어려있다. 장인어른에게는 아들이라곤 내 손아래 처남 하나뿐이다.

그런데 부자지간이 원만치 못하여 내가 처가 사위가 된 이래로 살가운 대화가 오가는 모습을 본 적이 없다. 부자가 어쩌다 만나 대화를 나누다 보면, 아버지는 아버지대로, 아들은 아들 대로, 거의 예외 없이 볼멘 큰소리가 오간다. 이제는 어떤 사안에 관해 차분한 대화가 어려운 상황에까지 이르렀다. 아내에게 그 원인에 관하여 묻곤 하지만, 집안 나름의 말 못 할 사정도 있을 수 있어 난 그만 입을 닫는다.

이제는 저만치 삶의 종착지가 보이는 장인어른의 뒷모습을 보고 있노라면, 내 마음이 무겁다. 장인어른은 아버지로서 아들에 대해 어떤 회한을 곱씹고 있을까를 내게 감정 이입하면 참으로 안타깝다. 가시는 길목에서 아들에게 '아들아, 미안하다. 내가 뭔가 잘못한 게 있다면 이제 모두 용서하거라'라고 화해의 말씀이라도 전하면 어떨까, 하는 생각이 든다. 아들도 아버지를 향해 '아버지, 그동안 제가 죄송했습니다. 제가 갖고 있던 서운한 마음도 이제 모두 다 풀렸습니다. 마음 편하게 가셔요. 사랑합니다'라고 응답하며 화해의 눈길을 주고받는다면 얼마나 좋을까. 장인어른의 등이 한결 편안하게 펴지지 않을까? 아들 또한 아버지에 대한 부담을 떨치고 홀가분한 마음으로 인생을 살아가지 않을까?

사람이 나이 들어간다는 건 자신의 뒷모습을 정돈해 간다는 것이다.

주말 부부의 함정

지금은 주 5일 근무가 일반적이고 주 4일 근무 안이 심심찮게 거론되는 시대지만, 불과 20여 년 전까지만 해도 직장인들은 토요일 오전까지 일했다. 지금으로부터 20년도 훌쩍 지난 이야기다. 어느 평일 저녁, 지방에 있는 대학의 연구실에서 시간을 보내던 중에 서울집에 있는 아내로부터 전화가 왔다. 수화기를 타고 아내의 흐느낌과 함께 다짜고짜 집으로 와달라는 목소리가 다급하고 거칠게 흘러나왔다. 그 까닭의 대강을 물으니, 아들 녀석한테 맞았다는 말 외에 더 이상 말을 잇지 못했다. 바로 서울집으로 향했다. 운전하는 도중 내내 아들 녀석이 괘씸하다는 생각을 좀처럼 떨칠 수가 없었다. 어찌 자식이 부모를 친단 말인가. 집에 도착하여 자초지종을 들어본즉슨, 아내가 아들과 학교생활 문제로 언쟁을 벌이던 중, 갑자기 아들 녀석으로부터 가슴팍을 떠다박질려 뒤로 나자빠졌다는 것이다. 혼자 삭이기엔 너무 억울해 나에게 전화했다고 했다.

주말 부부는 삼대가 덕을 쌓은 결과라 조상님께 감사드려야 한다는 우스갯소리가 있다. 우리 부부는 만 29년 동안 주말 부부로 살았다. 조상님께 감사를 드려도 몇 번을 드려야 할 것이다. 그런데 나이가 들어가면서 주말부부로 살았던 지난 세월을 돌이키며 손익계산을 해보면, 아쉬움, 후회, 그리고 아찔함이 감사함보다 몇 배 더 크게 느껴진다. 찰리 채플린은 '인생은 가까이서 보면 비극이지만 멀리서 보면 희극이다'라고 했다. 하지만 주말부부의 삶은 가까이서 보면 희극이나, 멀리서 보면 비극이다. 결단코, 희극은 분명히 아니다. 당시 주어진 여건상 어쩔 수 없다면 그런 생활을 선택해야 하고, 또한 대부분 그래서 주말부부로 생활할 것이다. 그러나, 나이 들어가며 느끼는 건데, 할 수만 있다면 부부는 같이 사는 게 인생의 손익계산에서 유리하다. 특히 남자에겐!

몇 가지 사례를 들어본다.

대체로 가족과 떨어져 사는 사람은 남편이다. 처음에는 혼자 생활하니 홀가분한 기분이 들어 좋다. 아내의 잔소리를 듣지 않아도 되고, 아이들 건사하는 수고로움도 없으며, 잡다한 집안일을 거들어야 하는 귀찮음도 없으니 이 얼마나 자유로운 일인가. 하지만 자연인과 같은 그런 즐거움은 얼마 가지 않는다. 직장에서 일을 마치고 집으로 돌아가도 반겨주는 사람이 없어, 혼자 연구실에 앉아 책을 보거나 근처 산을 오르내리며 무료한 시간을 보내기 일쑤다. 동료가 곁에 있으면 함께 식사도 하고 차라도 마시지만, 그렇지 않으면 허름한 식당 구석 자리에 앉아 혼자 밥을 먹는다. 해가 뉘엿뉘엿 거리는 시간대에 홀로 허름한 식당 골목을 거닐며 뭘 먹을까 고민하는 자신이 처량하게 느껴지는 경우도 허다하다.

내겐 아침 식사가 가장 고역이었다. 주말 부부 생활이 어느 정도 익숙해질 무렵, 아내는 아침 식사로 간편하기도 하거니와 영양도 만점이라며 마트에서 사 온 선식 재료를 내게 잔뜩 안겨 주었다. 한동안 선식을 했다. 아내가 한 추천의 말 그대로였다. 아침 식사가 채 5분도 안 걸렸다. 이보다 더 이상 간편한 식사가 없다. 봉지에 쓰인 내용물의 영양가도 더 이상 뭘 첨가할 필요가 없어 보였다. 그런데, 그러던 어느 날 아침, 홀로 부엌 싱크대 앞에 서서 손바닥 크기 정도의 둥근 플라스틱 통에 선식 재료를 담고 바텐더가 칵테일 섞듯이 위아래로 몇 번 흔든 후 마시는데, 갑자기 '맛있는 음식을 좋은 사람들과 함께 먹는 것도 인생의 즐거운 일 가운데 하나일진대, 지금 내가 뭐 하고 있는 거야?'라는 생각이 번개처럼 뒤통수를 때렸다. 그 즉시 바로 선식 재료들을 봉해 수납장에 넣어버렸다. 그다음 날부터 선식을 중단했음은 물론이다.

서두에서 언급했던 아내와 아들 간의 갈등 사례도 내 마음속에 지워지지 않는 하나의 검은 점으로 박혀있다. 아내 혼자서 사춘기에 접어든 아이들을 챙기는 일은 쉽지 않다. 사춘기의 아이들이 성인기에 진입하는 과정에서 겪는 다양한 심리적 갈등을 풀어가는 데는 엄마와 함께 아빠라는 존재 역시 필요하다. 아빠가 집에서 함께 생활하고 있는 경우와 그렇지 않은 경우는 성장기의 아이들이 느끼기에 뭔가차이가 있을 수 있다. 특히 사춘기에 접어든 아이들은 성적 정체성을 완성해 가는 단계인지라, 아빠와 엄마는 그 존재 자체로 딸과 아들에게 나름의 의의가 있다. 주말부부로 살면, 그런 측면에서 가족 모두에게 매우 불리하다. 주말에 가족과 만나지만, 어떤 때는 집에 들어선 이후에도 한참 동안 하숙집 같다는 느낌이 들기도 한다. 주말이면 이런저런 밀린 일들이 많아 막상 가족과 함께하는 시간도 그리 많지 않다.

지금은 은퇴하고 아내와 함께 살고 있지만, 주말부부 시절을 반추해 보면 아찔했던 순간들이 많다. 무엇보다 술을 절제했어야 했다. 술을 좋아하는 사람은 '누구나', '반드시' 실수를 저지른다. 예외가 없다. 그 실수는 주로 본인에게서 비롯하지만, 타인에 의해 일어난 일로 그에 엮일 수도 있다. 가족들과 함께 살 때는 동료나 친구들과 술을 마시더라도 시간이 늦으면 귀가해야 한다는 생각에 술을 덜 마시게 된다. 물론, 늦은 시간까지 술자리를 하는 때도 있지만, 대개는 자리에서 일어서야 한다는 심리적 압박감을 은근히 느끼게 된다. 그래서 아무래도 술을 덜 마시게 된다. 하지만 혼자 생활하는 경우는 사정이 다르다. 집에 일찍 들어가야 한다는 생각이 차츰 퇴화한다. 옆자리에 있는 주당들이 '집에 들어가도 어차피 혼자인데'라고 부추기는가 하면, 본인도 같은 생각에 술자리는 길어진다. 마시는 술의 양도 그만큼 많아진다. 그러다 보면 실수를 저지르게 된다. 음주 운전, 마약, 폭행

등의 행위는 그 곁에 술이 있을 확률이 매우 높다.

담배가 만병의 근원이라면, 술은 만악의 근원이다. 타지에서 혼자 생활하다 보면 주변에 사람들이 있어도 외롭다. 더욱이 홀로 있을 때면 쓸쓸하기까지 하다. 금강이 내려다보이는 도시 근교의 한적한 카페 창가에 앉아 커피라도 한잔 마시고 있을 때 바람에 낙엽이 흩날리는 모습을 보면, 외로움은 막무가내로 자아를 뒤흔든다. 그래서 괜스레 술을 찾게 되고, 그러다 보면 이성과 어울리는 기회가 생기게 된다. 한두 번 그렇게 어울리다 보면 서먹함이 사라지고, 거기다가 술이라도 곁들이면 경계심은 쉽게 무너질 수 있다. 자칫 원래대로 되돌아가기 힘든 상태에 빠져들 수 있다. 유흥업소에 출입할 기회가 늘어가면서 외지에서 혼자 사는 외로움을 달랜다는 명목으로 유혹을 자초할 수도 있다. 술에 장사가 없다는 말은 누구나 술에 굴복당할 수 있다는 경구다. 잊지 말아야 할 것이다.

나이 든 사람이 젊은 사람보다 더 외로움을 탈 것 같은데, 한 자료에 따르면, 그렇지 않다. 영국방송공사(BBC)가 영국 대학교 3곳의 학자들과 전 세계 5만 5천 명을 대상으로 외로움에 대한 온라인 설문조사를 공동 진행한 결과를 발표했는데, 75세 이상 노인은 27%만이 자주 외로움을 느낀다고 답변한 것에 반해 16~24세 젊은 층은 무려 40%가 자주 외로움을 느낀다고 답했다. 노인보다 젊은이가 더 외로움을 자주 느낀다는 것이다. 나이 든 사람은 그런 감각마저 퇴화하여 그런지도 모르겠다. 실제로 배우자와 떨어져 혼자 사는 주말부부는 대체로 은퇴가 아직 먼 중장년층에 속한다. 외로움을 자주 느끼는 연령층이다. 음주는 그 외로움에 기름을 퍼붓는 것과 다름없다.

우리가 자주 듣는 '부부유별(夫婦有別)'이라는 말이 있다. 사람들은 보통 이를 남편과 아내가 영역을 나누고 간섭하지 않는다는 뜻으로 풀이한다. 곧, 남편과 아내의 도리는 서로 침범하지 않음에 있다는 것을 강조한 도덕규범으로 받아들인다. 그런데 다산 정약용 선생은 부부유별이란 각기 제 짝을 배필로 삼아 난잡하지 않은 것이라고 풀이했다. 그 말은 성역할을 구분하는 데 초점이 있는 것이 아니라 부부가 서로 지켜야 할 성 윤리라는데 방점을 둔 것이다. 성역할을 구분하는 것은 수단에 불과하고, 근본적인 목적은 성 윤리를 확립하는 데 의의가 있다고 말했다. 오늘을 사는 우리에게도, 특히 주말부부에겐, '부부유별'의 도덕규범은 여전히 유효하다.

희미한 가로등 불빛도 주말부부에겐 치명적인 유혹이 될 수 있다.

자녀의 인생길과 부모의 역할

[1] 1990년대의 마지막 해이자, 20세기를 마감하고 새로운 밀레니엄 시대가 열리기 몇 달 전이었던 1999년 8월 중순, 나는 미국 조지아대학교에 방문 교수 자격으로 1년 머무르고자 가족과 함께 대학도시인 에덴스로 출국했다. 미국에 도착했을 때 나의 아들은 초등학교 5학년 1학기, 딸아이는 3학년 1학기를 우리나라에서 이미 마친 상태였다. 그런데 조지아주의 학제는 초등학교가 5년이고 9월에 새 학기가 시작되는 관계로, 딸아이는 초등학교 4학년으로, 그리고 아들은 바로 중학교 1학년으로 입학하게 되었다. 아들은 초등학교 6학년 과정을 건너뛰고 졸지에 중학생이 된 것이다. 같은 학년으로 입학하여서 한 학기를 더 다니도록 할 것인지를 놓고 고민했지만, 애들이 바라는 대로 결정한 결과였다.

딸아이는 예상과 달리 학교생활에 적응하는 속도가 빨랐다. 친구도 금방 사귀며 학교생활에 재미를 붙여나갔다. 그런데 중학생이 된 아들은 기대와 영 딴판이었다. 갑자기 하루아침에 중학생이 되어 그런지, 아들은 학교생활에 잘 적응하지 못했다. 중학교 교육과정도 버거웠던지 잘 따라가지 못했다. 학교생활에서 재미를 느끼지 못하다 보니, 여동생은 가끔 친구를 집으로 데려오기도 하였는데, 아들은 늘 혼자였고, 얼굴에 고단한 기색이 역력했다. 힘드냐고 물어보았더니, 아들은 학교에 가면 벽을 보고 앉아있는 느낌이라며 하소연을 늘어놓았다.

그로부터 서너 달이 지난 어느 날, 아들이 다니던 중학교 교무 담당 선생님에게서 연락이 왔다. 부모 중 한 사람이 학교로 나와달라 했다. 학교의 호출을 받은 것이다. 예감이 좋지 않았다. 학교에 가서 들은 전말은 이렇다. 그 전날 점심시간에 학교 식당에서 다른 학생들과 둥근 식탁에 앉아 점심을 먹는 도중에 내 아들과 흑인 아이가 싸움을 벌였고, 그 과정에서 내 아들이 상대의 배를 발로 가격했다는 것이다. 학교에서는 내 아들에게 폭력 행위에 대한 벌로 1주일간 학교 출입을 금하는 정학 처분을 내린다고 했다. 집에서 부모가 학업 지도 등 모든 훈육을 대신 담당해야 한다고 했다. 교무 선생님은 그러면서 그 학교의 규칙이 앞뒤로 깨알처럼 인쇄되어 있는 B4 크기의 용지를 내게 내밀었다, 이미 학부모들에게도 다 통보된 내용이라는 말과 함께. 학기 초에 아들이 학교에서 가져와 보여주었으나 대충 큰 활자만 훑어보고 '학교 규칙이 왜 이리 많나?' 하며 귀찮은 심정에서 던져 놓았던 기억이 언뜻 떠올랐다. 뭐라 할 말이 없었다. 그러잖아도 학교생활에 재미를 붙이지 못하고 있는데, 아들이 왠지 더 측은해 보였다.

[2] 자녀를 둔 부모라면 누구나 그러듯이, 자녀가 고3이 되면 왠지

조바심이 든다. 대학입시라는 거대한 쓰나미가 기다리고 있기 때문이다. 그걸 잘 극복하고 나가야 한다는 강박 관념에 휩싸인다. 나 역시 그러하였다. 어느 날 시간을 내어 상담차 아들 담임 선생님을 학교로 찾아뵈었다. 아들에게 어떤 학과를 지망하고 싶으냐고 물으면 모르겠다는 답만 돌아왔기 때문이다. 부모 처지에서 보면, 그것처럼 답답한 일도 드물 것이다. 어떤 아이들은 부모의 반대에도 불구하고 자신이 가고 싶은 대학을 고집한다는 데…. 담임 선생님은 아들이 공부하는 교실 복도로 나를 조용히 안내했다. 점심시간인데도 학생들은 교실에서 자기 일에 열중하고 있었다. 그때 담임 선생님은 교실 뒤편에 있는 빈자리를 가리키며 "저 책상이 아드님 자리입니다"라고 하셨다. 아들 자리만 비어 있었다. "아마도 아드님 혼자 운동장에서 공을 차고 있을 겁니다"라는 말씀이 이어졌다. 복도를 걸어 나오는 동안 머리가 멍했다.

며칠을 고민하던 나는 아들의 대학 진학이 난망함을 직감하고 다른 대안을 모색했다. 아들을 데리고 집 근처에 있는 동네 검도장을 찾았다. 학교 공부에 그렇게 관심이 없다면, 차라리 일찍 검도를 배우며 정신 수양을 하고, 혹시 적성에 맞으면 나중에 도장을 운영할 수도 있지 않겠나 하는 생각에서였다. 검도 사범과 내가 나누는 대화를 듣고 있던 아들은 전혀 그런 일에 관심이 없다며 손사래를 쳤다. 집에 돌아와, 전에 담임 선생님한테 들은 이야기도 있고 해서, 체육을 전공하는 대학에 진학하면 어떻겠냐고 했다. 중국 한나라의 개국시조인 유방의 손자였던 유안(劉安)은 〈회남자〉에서 "나무로는 가마솥을 만들 수 없다"라고 했다. 나무는 나무대로, 철은 철대로 각기 그 나름의 쓰임이 있다. 그렇게 대학의 진로가 결정되었고, 그것이 아들의 미래를 결정짓는 계기가 되었다.

[3] 군 복무와 대학을 마치자, 아들은 영국에 유학하겠다면서 영어

공부를 할 수 있는 학원을 좀 보내달라고 하였다. 그동안 공부에 취미가 없어 보였던 터라, 반신반의하면서 학원 등록비를 지원해 주었다. 그리고 영국유학자격시험인 아이엘츠(IELTS)를 통과해야 했기에 혼자 공부하며 지낼 수 있는 별도의 작은 공간도 마련해줬다. 아들은 그 자격시험이 요구하는 네 가지 영역 가운데 '쓰기' 영역의 기준 점수를 번번이 넘지 못하고 9번 낙방했다. 난 아들을 불러 다른 일에 관심을 가져보면 어떻겠느냐고 조심스레 의사를 물었다. 아들은 딱 한 번만 더 시험을 치러보겠다고 했다. 다행히 거짓말처럼 10번째 시험에서 기준 점수를 겨우 넘어섰고, 영국 유학의 길에 오를 수 있었다.

　아들은 체육 분야로 특화된 영국 중부 지역에 소재한 대학의 석박사 통합 과정에 입학하였다. 2년의 석사과정을 마치고 곧바로 박사과정으로 진급하여 보건 관련 논문으로 박사 학위를 취득하였다. 나는 아들이 유학 자격시험도 겨우 통과한 실력으로 어떻게 그 짧은 기간에 학위과정을 마칠 수 있었는지 정말 궁금했다. 당시에 나는 중국 베이징사범대학에서 방문 교수로 연구 활동을 하고 있었다. 나는 아들에게 석사 학위 논문을 이메일로 보내달라고 했다. 영어 논문을 어쩜 이렇게 매끄럽게 잘 썼는지, 9번이나 낙방했던 쓰기 영역인데, 감탄하지 않을 수 없었다. 귀신이 곡할 노릇이었다.

　어느 일요일 오전, 난 아내와 함께 내가 주말부부로 주중에 거주하고 있던 지역의 공중목욕탕에 갔다. 늘 그랬듯이, 그날도 밖에서 만나기로 한 약속 시간보다 일찍 내가 먼저 목욕을 마치고 주차장에 세워둔 자동차 안에서 아내가 나오길 기다리고 있었다. 얼마 후 아내가 나오는데 표정이 심상치 않아 보였다. 자동차 안에서 자초지종을 듣고, 난 그만 아연실색하였다. 아내 휴대전화로 영국에 유학 중인 아들이 결혼하겠노라고 문자를 보낸 것이다. 사전에 아무런 귀띔도 없었는데, 도대체 이게 웬일이란 말인가. 난 곧장 아들에게 문자를 보냈다.

그리고 공부하라고 유학 보냈더니 공부는 뒷전이고 연애에 신경 썼느냐는 호통과 함께 그동안의 내막을 자세히 이메일로 보내라 했다.

다음날, 아들로부터 답장이 왔다. 상대는 영국 여인이며, 대학의 석박사 과정에 입학할 무렵 그 대학교에서 유학생들을 위해 운영 중인 '유학생 생활 안내센터'의 소개로 알게 되어 결혼을 결심했다는 내용이었다. 나는 당장 비행기표를 구해 영국으로 날아갔다. 아들을 만나 설득할 요량이었다. 런던 히스로 공항에서 만난 후 우린 다시 비행기를 타고 아일랜드로 향했다. 아들이 결혼하겠다고 생각하는 여인을 만나기 전에 아들을 설득하기 위해 미리 우리 둘만의 별도 여행 일정을 마련해 놓았었다. 2박 3일 동안 망망대해의 대서양을 바라보며, 저녁이면 맥주도 한잔하면서 이런저런 이야기를 나눴다.

결혼 상대는 비슷한 문화에서 성장한 사람이 나중에 친구처럼 잘 지낼 수 있어 좋다는 것이 나의 주된 설득 카드였다. 하지만, 아들은 뜻이 단호했다. 지금까지 자기가 사귀어 본 여자 친구 중에 제일 낫다고 확신하고 있었다. 아울러, 자신이 알아서 잘 헤쳐 나갈 수 있다며 나더러 걱정을 내려놓으라 했다. 나는 이제 아들이 자기 일은 자기가 알아서 할 나이가 되었다는 믿음이 들었다. 비로소 그제야 내 예비 며느리가 어떤 사람일지 궁금해졌다.

지금, 아들네 식구들은 영국에 살고 있다. 아들은 여러 차례의 실패를 이겨내고 영국의 보건 업무를 전담하는 직장에서 일하고 있다. 며느리는 지난여름에 영국에서 박사 학위를 받았다. 난 만사를 제쳐놓고 졸업생당 축하객으로는 단 2명씩만 입장이 허용되는 학위 수여식에 참석해 축하해 주었다. 아들 녀석이 짧은 기간에 그렇게 매끄러운 영어 논문을 작성할 수 있었던 것에 대한 의문이 마침내 풀렸다. 석사과정에 입학하자마자 밀려드는 리포트를 감당하기 어려워 대학의 유학생 생활 안내센터에 도움을 요청했고, 그때 같은 대학의 학부

과정에서 아시아 문화에 관심이 많던 며느리를 안내센터로부터 소개를 받게 되면서 인연이 시작되었다고 했다. '그래, 그것도 능력이지' 하며 속으로 웃었다.

자식은 부모의 소유물이 아니다. 그들은 그들의 삶이 있다. 자식은 부모의 도움으로 성장하지만, 그들의 세상은 부모의 세계와는 전혀 다른 곳이다. 걸어가는 인생길이 부모와 다를 수밖에 없다. 부모는 그저 그들이 걷는 길가에 간혹 설치되어 있는 난간과 같은 존재일 뿐이다.

부모는 자식이 자신의 길을 찾아 나서는데 어둠을 덜어주는 가로등으로 제 역할을 다한다.

물려받은 유산, 남기고 싶은 자산

부모자녀유친(父母子女有親)

엊그제 지하철을 타고 가다 헌법재판소가 '친족상도례(親族相盜例)' 조항, 즉 직계혈족(부모·자식)이나 배우자, 동거 친족·가족 등이 범한 절도·사기·횡령 등의 재산범죄에 대해 형을 면제하는 특례가 헌법과 불합치한다는 결정을 내렸다는 인터넷 뉴스 기사를 휴대전화로 보게 되었다. 이제부턴 부모라 하더라도 '가족이라는 이름'으로 자식의 재산을 임의로 사용할 수 없게 되었다는 것이다. 흔들리는 지하철에 몸을 맡긴 채 가만히 눈을 감고 있었더니 한 가지 기억이 떠올랐다. 근래에 어느 유명 운동선수가 자기 아버지와 재산 문제로 싸운다는 언론 보도를 접했던 적이 있었다. 그땐 그 집안 가족들 간에 국한된 문제로만 치부하여 관심을 두지 않았었다. 헌법재판소가 내린 결정의 의미를 되돌려 보자, 보통은 부모의 재산으로 인해 자식들과 분란이 생기는데, 자식이 재산이 많아도 부모와 갈등이 일어난다는 사실에 그만 눈이 떠졌다. 이래저래 그놈의 재물이 문제로다!

예로부터 부부는 인륜이나 부모와 자식은 하늘의 인연으로 정해진 '천륜'으로 인식되어 결코 어기거나 끊을 수 없는 관계로 여겨져 왔었다. 하지만 나이가 들어가면서 '부모와 자식 간에도 사랑보다 재물이구나'라는 생각이 점점 더 무게를 갖는다. 요즘 세태를 들여다보면, 자식들에게 전해진 부모의 온정과 재물이 어떻게 조화를 이루느냐에 따라 부모와 자식 간의 관계가 돈독해지거나 찢기거나 아예 끊어지는 등 결국엔 천당과 지옥으로 갈리는 것 같다는 느낌이 든다. 특히나 그 두 요소가 조화를 이루지 못하면 심할 땐 지옥도 그런 생지옥이 없는 철천지원수 관계로 전락함을 주변에서 심심찮게 볼 수 있다.

내 집안 사정을 들여다본다. 10여 년 전에 아버지가 돌아가신 후, 어머니는 시골집에서 홀로 사신다. 열아홉에 시집와서 눈이 먼 시할머니 수발을 들며 열두 식구 대가족 살림을 돌보아야 했다. 어머니가 첫아들을 낳은 지 일 년이 채 안 돼 같은 집에서 시어머니가 막내아들을 낳았다. 어머니는 당신 자식은 제쳐놓은 채 빨빨거리고 기어다니던 어린 시동생들을 둘러업고 논밭 일을 하였고, 염전이 널려있던 마을이라 장날이면 소금 자루를 머리에 이고 짭짤한 소금기가 섞인 땀을 연신 훔치며 20리 길을 걸어 장에다 내어 팔기도 했다. 겨울이면 어머니의 지휘 아래 온 식구가 일사불란하게 바다의 김을 뜯어서 말린 후 수협 공매 때 내다 팔았다. 그렇게 해야 그동안 빌렸던 빚을 갚을 수 있었단다. 그러다 봄이 되면 다시 빚을 내 생활하는, 허리 펼 날 없는 고된 인생살이를 해왔다.
어머니는 도시에 뿔뿔이 흩어져 살고 있는 자식들이 어쩌다 한곳에 모이면, 당신이 겪어왔던 시집살이에 얽힌 서사를 자식들에게 하소연하고 싶어 했다. 그 시절에 살았던 나의 부모 세대는 거의 예외 없이 누구나 굴곡진 삶을 살았을 것이다. 그래서 당신들이 살아온 고달팠던 삶을 이야기하기 시작하면, 동지섣달 긴긴밤이 그저 짧을 뿐이다. 그런데 내 바로 밑의 여동생인 큰딸은 어머니가 당신 삶의 서사를 풀어낼 조짐이 보이기라도 할라치면 유난히 화를 버럭 냈다. 어머니는 서운함이 가득한 눈빛으로 "니들이 내 속을 알랴"라고 혼잣말을 흘리며 이내 입을 다문다. 그런 어머니를 향해 큰딸은 "엄마 나이에 그만큼 고생 안 한 사람 있으면 나와보라고 해"라고 쏘아붙이기까지 한다. 그래서 남은 가족들은 어머니와 딸의 눈치를 번갈아 보며 어머니가 옛 시절을 소환할 기회를 만들지 않으려 애쓴다.

거기엔 아들들과는 다른, 속 모를 남다른 서사가 숨어 있다. 특히 큰딸의 삶은 집안의 살림 밑천 이외에 그 어떤 의미를 부여하기가 어려웠다. 집안의 온갖 일을 도맡아 하며 중학교 근처조차 가지 못했던 여동생에겐 어머니가 곧 삶의 굴레였던 셈이다. 어머니의 처지에서는 당신이 낳은 5남매 자식들에게 손길을 뻗치기 전에 시할머니, 시부모, 어린 시동생들과 남편을 건사해야 했기에 허리 펴고 편히 숨 한 번 쉬기가 어려웠다. 어머니가 마음 편히 자신의 수족처럼 부릴 수 있는 만만한 식구는 큰딸이 유일했다. 둘째 딸은 다리가 불편했기 때문이다. 교육은 남자 식구들의 전유물이라 아예 논외 거리였다. 언젠가 여동생은 어머니한테 "왜 중학교도 안 보내주고 나만 그렇게 일을 시켰소?"하고 눈을 치켜뜨며 따져 묻자, 시집오면서부터 정신없이 대가족 식구들의 의식주를 마련하느라 얼마나 지쳤는지 "너마저 없으면 내가 못살 것 같아서 그랬다"라며 한탄인지 자조인지 모를 회한을 내뱉으셨다.

둘째 여동생은 언니와 삶의 궤적이 달랐다. 같은 집에 살던 큰오빠와 그보다 한 살 어린 막내 삼촌이 어른들이 집을 비운 사이에 이제 갓 돌이 지난 둘째 여동생을 데리고 놀다 땅에 떨어뜨린 사고가 발생했고, 여동생은 그 사고로 오른쪽 다리 무릎을 다쳤다. 이후 어머니는 시어머니에게 사정사정하여 곡식 몇 되를 받아 장에 가서 돈으로 바꾼 후 당시 시골의 변변치 못한 의원이나마 수소문하여 찾아다니며 수년 간 어린 딸의 무릎을 고치려고 나름대로 애를 썼다. 그러나 결국 정형외과 병원에서 오른쪽 무릎을 십자 모양의 쇠막대로 고정하는 수술을 받았고, 그로 인해 무릎을 오므릴 수 없는 장애를 갖게 되었다. 어머니는 딸을 치료하는 데 매우 헌신적이었던 반면, 아버지는 애정을 보였던 큰딸과 달리 상대적으로 둘째 딸에겐 듣기에 서운한 말을 자주 했던 것 같다.

두 딸은 부모에게 두 가지의 공통적인 불만을 품고 있다. 교육받을 기회가 없었다는 것과 부모의 재산 분배 과정에서 자신들이 철저히 배제되었다는 것이다. 그럼에도 두 여동생 간에는 미묘한 정서적 차이가 있다. 내가 '부모 자녀 간에는 친함이 있어야 한다'라는 신념을 갖게 된 계기도 바로 이 부분에 있다. 첫째 딸은 아버지 제사에 꼬박꼬박 참여하면서도 어머니에겐 냉소적이다. 하지만 둘째 딸은 지금까지 아버지 제사에 참석하지 않으면서도 어머니에겐 친화적이다. 왜 그럴까? 공부할 기회와 재물의 분배에 대해선 가슴속에 서러움을 공유하고 있으면서도 부모의 은근한 차별적 사랑에서 서로 간에 정서적 차이가 유발된 것으로 보인다.

내 경우를 보자. 여동생들이 어머니의 행태를 비판할 때면 난 주로 어머니 쪽에 서는 편이다. 그때 내가 취하는 태도를 대충 나열하면 다음과 같다. 우리가 어머니의 입장을 좀 더 이해하자, 그때 당시엔 어머니로서도 어쩔 수 없지 않았겠느냐, 어머니에게 무슨 권한이 있었겠느냐, 자식들은 지금 그래도 먹고 사는 데 큰 지장은 없지 않냐, 어머니 성격이 불같은 면이 있다는 걸 다 잘 알지 않으냐, 어머니가 자존심이 강하다는 걸 우리가 모르지 않지 않느냐, 그래도 어머니가 큰소리치시는 데는 나름의 타당성도 있지 않느냐, 어머니는 생각이 이미 굳어져서 바꾸기가 쉽지 않으므로 우리가 그런 사정을 고려하자, 등등이다.

내가 어머니에 대해 이처럼 긍정적인 태도를 지니게 된 데에는 여동생들과는 다른 서사가 얽혀 있기 때문이다. 나는 섬에서 중학교를 졸업한 후 육지로 유학하여 고교 시절 내내 혼자 자취생활을 했다. 학교 도서관은 밤 10시에 문을 닫았다. 그러면 난 도서관에서 나와 학교 뒷산 구릉지에 있던 자취방을 향해 지친 몸을 이끌고 터벅터벅 걸어갔다. 가로등 하나 없는 골목길을 걷다가 골바람이라도 얼굴을 스치고 지나가면 멀리서 보이는 불 꺼진 자취방 창문이 그렇게 쓸쓸해 보일 수가 없었다. 따스한 사람의 온기가 서럽게 그리웠다.

그런데 여느 날처럼 귀가하다 자취방에 필라멘트 백열전구가 희미하게 켜져 있는 것을 볼 때가 있다. 그땐 가슴이 쿵쾅거리기 시작한다. 틀림없이 어머니가 와 계실 것이라는 확신이 들기 때문이었다. 나의 발걸음이 종종걸음으로 바뀐다. 그리고 그 확신은 현실이 된다. 주저리주저리 반찬을 보자기에 싸서 여객선과 버스를 바꿔 타고 한 나절이 걸려 온 것이다. 그날 밤은 내 마음이 그렇게 따뜻할 수가 없었다. 그리고 다음 날 아침은 모처럼 어머니가 지어주신 따뜻한 밥과 익숙한 맛의 반찬으로 식사할 수 있었다. 밥이 그렇게 맛있을 수가 없었다.

그때의 어머니 마음은 지금도 변함이 없다. 아흔이 넘은 연세에도 스티로폼 상자에 아들이 좋아하는 굴젓과 앞마당의 손바닥만 한 뜰에서 가꾼 달래, 무, 배추, 그리고 장날 읍내에서 한두 마리씩 사서 냉동실에 모아둔 돔, 병어, 갈치 등의 생선까지 골고루 넣어 서울로 보내주신다. 아무리 만류해도 어머니는 그 일을 그만두지 않는다. 하고 싶어서, 자식에게 주고 싶어서 그러신다는 데엔 더 할 말이 없다. 내가 어머니를 대하는 기본적인 마음가짐은 이런 서사의 결과에서 나온 것이다.

  '효'라는 심성은 부모와 자녀 간에 '친함[有親]'이 있을 때 자연스럽게 길러진다는 것을 이 나이에 이르면서 절실히 깨닫게 된다. 세상의 부모들은 기회 있을 때마다 자식들에게 '화목하게 살거라' 하고 당부한다. 그런데 내가 자식의 한 사람으로서 나이가 들고, 내 자녀들 또한 성장하여 결혼하고 손자녀를 두게 되자, 그런 당부가 예전과 다르게 다가왔다. 부모와 자녀 간에 친함이 있어야 한다. 그러려면, 부모가 먼저 자식에게 잘해야 한다. 여기서 '잘 한다'라는 말은 재산을 많이 물려주어야 한다는 게 아니라, 있으면 있는 대로, 없으면 없는 대로, 자식들에게 골고루 나눠줘야 한다는 의미다. 물론, 부모가 잘했다고 모든 자식이 화목하고, 부모가 못했다고 모든 자식이 원수처럼 지내지는 않을 것이다. 만사가 그렇게 잘 풀린다면, 세상 사는 재미도 덜할 것이다.

  우리 속담에 '밤 잔 원수 없고, 날 샌 은혜 없다'라는 말이 있다. 아무리 미운 일이 있다 하더라도, 혹은 어떤 은혜에 깊이 감사한다고 하더라도, 사람은 시일이 지나면 원수나 은혜는 쉬이 잊힌다는 말이다. 부모와 자식은 원수나 은혜라는 단어로 설명될 수 없는 운명적인 관계이다. 천륜이라 하지 않는가. 하지만, 언론에 보도되는 것을 보면, 부모와 자식 간의 관계가 반드시 그러해 보이지는 않는다. 아무리 그렇다 하더라도 부모와 자식은 최소한 원수지간의 관계는 피해야 하지 않겠는가. '부모가 잘해야 효자 난다'라는 속담이 있듯이, 굳이 누가 먼저여야 하는가를 따진다면, 부모가 먼저 자식에게 어려서는 생리적으로, 커서는 심리적으로 온기를 전해야 한다고 믿는다. 그리고 늘그막에 이르면 많든 적든 갖고 있는 재물을 골고루 나눠주어야 할 것이다.

　형제자매간의 우애는 부모의 당부나 훈시만으로 생겨나지 않는다. 부모의 사랑이 현명하게, 그리고 재물이 균형 있게, 자식들에게 골고루 전해져야 한다. 즉, 부모의 재물과 사랑이 자식들 간에 조화를 이루도록 해야 한다. 부모의 유산은 자식 사랑의 증표이기도 하지만, 자식들이 우애 있게 지내는 데 결정적인 걸림돌이 되기도 한다. 쇠처럼 단단했던 형제자매간의 우애도 재물이 얽히게 되면 쉽게 녹슬어 부서지고 흐트러진다. 이는 어느 집안의 사람들이나 거의 예외가 없어 보인다. 어떨 땐, 형제자매는 한 뿌리에서 양분을 섭취하다 때가 되면 흩어져 제각기 새로운 뿌리가 되어 성장하는 민들레 홀씨와 같다는 느낌이 든다.

　그렇다고 모든 귀책 사유가 부모에게 있는 건 아닐 것이다. 〈논어〉에 '색난(色難)'이라는 말이 나온다. 제자인 자하가 효에 관해 묻자, 공자는 술이나 음식이 있을 때 부모에게 먼저 대접하는 그런 행동만을 어찌 효로 여기겠느냐라고 반문하며 '색난', 즉 '얼굴빛을 온화하게 유지하기가 쉽지 않다'라는 말로 대신한다. 자식들이 부모에게 불만이 있더라도 부모 앞에서 얼굴빛을 온화하게 하라는 경책이다. 자식의 처지에서 마음에 불만이 가득한데 부모를 대하는 얼굴빛을 어떻게 온화하게 유지할 수 있단 말인가. 오죽하면 공자 자신도 그렇게 하는 일이 쉽지는 않다고 덧붙였을까. 하지만, 나는 나이가 들어가며 효란 무엇일까를 생각할수록 '색난'이란 이 말이 가슴에 와닿는다. 그리고 어머니 앞에서 이를 실천하려고 무던히도 애쓴다.

　형제자매들 또한 나름대로 유념하고 노력해야 할 부분이 있다. 내 여동생들은 집안에 행사가 있으면, 크던 작든 간에 경제적 부담을 떠안으려 하지 않는다. 부모로부터 재산을 물려받은 아들들이 전부 부담하라는 논리다. 난 그들의 말에 이의를 제기하지 않는다. 그리고

여유 있는 자가 한 푼이라도 더 베풀어야 한다고 생각한다. 여기서
'여유'란 형제간에 상대적인 의미다. 과거에 부모로부터 재산을 누가
얼마나 더 많이 혹은 적게 물려받았느냐가 아니라, 현재 다른 형제와
비교하여 경제 형편이 나은 사람이 조금이라도 더 부담하는 게 옳다는
생각이다. 얻고자 하는 부모와의 관계에서와 달리, 형제자매와의 관
계에서는 주고자 하는 온정이 재물보다 우위여야 한다고 생각한다.

효는 부모자녀유친의 토양에서 자라나는 미덕이다.

자녀들에게 물려 주었어야 할 것

자식을 둔 부모는 누구라도 자식에게 도움이 되는 것이라면 뭐든
주고 싶어 한다. 그것은 땅이나 돈, 주식과 같은 경제적인 재화일 수도
있고, 공예나 전통춤과 같은 무형적인 기능일 수도 있으며, 고서나
그림과 같은 지적 자산일 수도 있다. 부모가 살아오면서 축적한 것이
무엇이냐에 따라, 혹은 평소에 중요하게 생각하는 것이 무엇이냐에
따라 자식에게 물려 주는 것이 다를 것이다. 물론 자식에게 줄 어떤
재화나, 기능이나, 지적 자산과 같은 것이 없는 부모도 있을 수 있다.
하지만 우리가 알아야 할 분명한 사실은 어느 부모나 의식적이든 무의
식적이든, 눈에 보이는 것이든 보이지 않는 것이든, 자식에게 뭔가를
'물려 주고' 있다는 것이다.

흔히 부모가 자식에게 줄 수 있는 것에 관한 담론은 경제적 자산으
로 쏠린다. 요즈음 부모들은 대체로 자신이 가진 재산을 '증여'라는

수단을 통해 자식들에게 나눠준다. 한때는 자식들의 혼사를 모두 치르고 그들에게 살 수 있는 공간을 마련해 준 것으로 부모로서 내가 해야 할 일을 다했다는 뿌듯한 마음을 가졌던 적이 있었다. 그것은 내가 그런 혜택을 부모로부터 받지 못했던 것에 대한 일종의 대리만족이었다. 그런데 나이가 들어가면서 내가 미처 생각지 못했던 일을 목격하곤 한다. 주말 같은 날 결혼한 자식들과 같이 시간을 보내며 비로소 깨닫게 된 것이다. 정말로 자식들에게 물려 주어야 할 소중한 것이 있었구나, 하는 자책감이 들었다.

내가 자식들에게 물려 주었어야 할 건 다름 아니라 좋은 언어 습관이었다. 혹자는 습관이란 당사자가 오랜 시간에 걸쳐 형성하는 행동 방식인데, 그걸 부모가 어떻게 물건 주듯이 물려줄 수 있느냐고 의문을 가질지 모르겠다. 부모는 자식의 거울이라 하지 않던가. 자식들은 부모의 행동을 보고 배우기 마련이다. 자식들이 관심을 두고 있는 일이라면 더 빨리, 더 확실하게 습득할 것이다. 부모는 날마다 의식적이든 무의식적이든 자식들에게 뭔가를 보여주고 있다. 그건 생각일 수도 있고, 행동일 수도 있다. 자식들은 무의식중에 그걸 학습한다. 그런 점에서, 자식들이 갖는 습관은 부모가 물려주는 것이나 마찬가지라 할 수 있다.

난 내 자녀들이 성인이 될 때까지도 자기 엄마에게 높임말을 잘 쓰지 않던 언어 습관을 매우 못마땅하게 여겼었다. 몇 번이나 지적했지만, 이미 입에 붙은 습성이라 그런지 영 고쳐지질 않았다. 그래서 습관의 위력이 얼마나 강력한지 익히 체감하고 있던 터라, 손자들한테는 아주 갓난아기 때부터 높임말 사용을 몸에 배게 하도록 나부터 가급적 높임말을 썼다. "우리 아기 일어났어요?", "맘마 먹을까요?"와 같은 식이었다. 지금은 외손자가 제법 자기 의사를 표현하는 나이가 되었다. 여전히 나는 그 녀석에게 높임말을 쓴다. 그렇게 하나씩 하나씩 배워 높임말을 익혀가는 기회를 마련해주고 싶어서다.

그런데 어느날, 딸아이는 최근에 텔레비전을 통해 집안 형제자매들 사이의 갈등이나 결혼한 부부 간의 갈등에 대한 상담으로 명성을 얻고 있는 어느 여의사가 하는 이야기를 들었다며 나의 높임말 사용에 대해 우려를 나타냈다. 어른이 아이에게 높임말을 쓰면 아이의 서열 의식이 발달하지 못해 나중에 사회적 관계성을 형성하는 과정에서 곤란한 문제들에 봉착할 수 있다는 것이다. 그 말을 듣자, 오래전에 이규태 선생이 〈한국인의 의식구조〉란 책에서 한국인은 서열 의식이 너무 강하다고 지적했던 말이 언뜻 떠올랐다. 난 딸아이에게 다른 견해를 말해주었다. 어린아이에게 서열 의식을 심어주는 일보다 더 앞서야 하는 건 사람을 존중하는 마음을 길러주는 것이라 일렀다. 습관이 들면 어린아이라 하더라도 높임말을 쓰면서 상대방을 함부로 대하기는 어렵기 때문이라는 이유도 그에 덧붙였다.

내 딸은 대학 졸업 후 혼자 알아서 본인이 전공한 분야의 직장에 들어갔다. 이삼 년이 지난 어느 날, 집에서 다른 일로 대화를 나누던 중에 딸은 직장에서 겪는 인간관계에 애를 먹는다며 내 앞에서 눈물을 쏟아냈다. 그런데 그때 난 딸로부터 내심 큰 충격을 받았다. 감정이 격화되자, 아버지 앞에서 직장 상사를 향해 비속어들을 거침없이 뱉어내는 것이 아닌가. 하이데거는 "언어는 존재의 집"이라 했다. 각자는 자신의 언어로 자기 존재를 구축한다. 그래서 그가 어떤 존재인가는 그가 사용하는 언어의 면모를 살펴보면 알 수 있다. 아차 싶었다. 사랑스러운 내 딸아이의 언어가 그렇게 거칠고 품위가 없었는지 예전엔 미처 몰랐다. 그 이전에도 그런 낌새를 풍기는 용어들을 몇 번 사용한 적이 있었지만, 난 그때는 그 심각성을 깨닫지 못했었다. '이미 성인인데… 차츰 조심하겠지' 하고 넘어갔다. 그러나 그건 내 오산이었다.

딸이 결혼을 한 지 몇 년 후, 나는 내 자녀에게 좋은 언어 습관을 물려주지 못한 대가를 톡톡히 치르는 상황을 맞이하였다. 결국 사달이 벌어지고 만 것이다. 딸아이는 서울 인근의 모처에서 결혼한 대학 친구들과 부부 동반하여 1박 2일 모임을 가졌다. 저녁에 친구들 부부와 가진 술자리에서 딸아이는 과음했고, 그런 모습을 싫어했던 사위는 거기 모인 다른 부부들에게 자기 아내, 곧 딸아이의 단점 등을 꼬집었다. 급기야 부부간 다툼이 벌어졌고, 딸아이는 남편에게 난폭한 언어로 대항했다. 술을 별로 좋아하지 않는 사위가 딸아이를 차에 태워 밤늦은 시간에 자기들 집이 아닌, 처가인 우리 집으로 데리고 왔다. 주차장으로 내려가 딸아이를 인계(?)받은 아내는 사위로부터 딸이 술에 너무 취해 데리고 왔다는 말을 들어야 했다. 마치 딸을 처가에 애프터서비스 맡기는 모양새가 연출된 것이다. 다음 날 아침 딸과 대화를 나눈 아내로부터 이야기를 듣고 보니, 다분히 내 딸의 잘못된 언어 습관이 그 사달의 주요 원인이었다.

이틀 후, 사위와 딸아이는 미안한 마음이 들었는지 우리 집으로 와서 나와 내 아내에게 엊그제 일을 용서해달라며 그날 일어났던 일의 자초지종을 털어놓았다. 내가 사위로부터 들었던 딸아이에 대한 불만은, 이미 예상은 하고 있었지만, 아버지로서 나의 삶을 되돌아보게 하기에 충분했다. 평소에 좀 언짢은 일이 생기면 딸아이한테서 거침없이 나오는 막말에 자존감이 너무 상한다는 하소연이었다. 딸이 자기 남편에게까지 비속어를 사용할 줄은 전혀 예상치 못했다. 정말이지 그건 내게 너무나 충격적이었다.

난 사위와 딸아이에게 인생의 선배로, 사위의 장인으로, 딸의 아버지로서 몇 마디 충고했다. 사위에겐 어떤 이유에서든 다른 사람들 앞에서 자기 배우자의 단점을 지적하는 것은 좋지 않다고 했다. 자기 얼굴에 침을 뱉는 거나 마찬가지임을 강조했다. 그리고 결혼했으면, 부부간에 일어나는 일은 부부가 알아서 해결해야지 처부모의 힘을 빌리려 하는 것은 책임을 회피하는 일이라는 충고도 잊지 않았다. 딸아이에겐 만시지탄의 감이 없지 않지만 언어 습관에 대해 강하게 질책했다. 회사에서의 인간관계에 따른 어려움을 토로했을 때 그런 부분을 지적하고 바로잡을 수 있도록 관심을 가졌어야 했다는 아쉬움도 함께 덧붙였던 건 물론이다.

그 일을 계기로 나는 내 자신의 언어 습관 또한 꼼꼼히 되돌아보았다. 딸아이가 때때로 보이는 무례한 언어 사용은 온전히 혼자만의 잘못으로 돌릴 일은 아닐 것이다. 평소에 부모가 사용하는 언어들이 아무래도 거칠었다는 방증이다. 자라면서 누구의 언어를 가장 많이 배웠겠는가? 말하나 마나 그건 부모일 것이다. 일찍이 언어 습관의 중요성을 인식하지 못했던 나 자신을 먼저 탓할 수밖에 없었다. 언어는 힘들이지 않고 사람을 추하게 만드는 괴력을 지니고 있다. 아울러 언어는 온도를 지니고 있다. 따뜻한 말이 있는가 하면, 살얼음이 낀 말도 있다. 그 온도는 상대에게 금방 전달된다.

언어는 생각의 알이다. 그러니 언어가 거칠다는 것은 곧 생각의 결이 어긋나 있다는 것을 의미한다. 좋은 언어 습관을 가지려면 우선 생각을 바르게 다듬어야 한다. 감정이 격해졌을 때 최대한 순화된 용어를 골라 사용하며, 부정적인 말보다는 긍정적인 언어를 쓰는 습관은 하루아침에 다져질 수 없다. 어려서부터 부모를 보고 배우며 본인 스스로 꾸준하게 노력해야 가능한 일이다. 왜 진즉 그런 엄중한 진리를 깨닫지 못하고 살았을까? 후회가 막심하다. 그 사람이 하는 말을 들으면, 그 사람이 어떤 사람인지를 짐작할 수 있다. 말은 곧 그 사람의 인격과 직결된다. 자녀의 좋은 언어 습관은 부모가 자녀에게 물려줄 수 있는 소중한 자산이라 확신한다. 지금부터라도 품격있는 언어를 사용하는 부모가 되고자 힘쓰려 한다.

언어 습관은 그 사람이 지닌 인품의 본모습을 그대로 드러내 준다.

자녀들에게 바라는 것

아마도 형제간 갈등의 필연성을 이야기할 때 자주 인용되는 사례로는 구약성경 창세기에 나오는 카인과 아벨의 이야기가 꼽힐 것이다. 아담과 이브가 인류 최초의 부부이므로, 아벨의 형 카인은 인류가 낳은 최초의 사람인 셈이다. 인류 최초의 형제인 카인과 아벨은 처음엔 우애가 좋았으나 나이가 들면서 사이가 벌어졌다. 결정적 계기는 어느 날 두 형제가 하나님에게 곡물과 양을 제물로 바쳤던 일이었다. 하나님은 양을 바친 아벨의 제사에만 응했다. 그 일로 카인은 동생 아벨을 돌로 내리쳐 죽였다. 사람들은 형제간의 갈등이 어제오늘에 이르러 일어나는 일이 아니라 태초에 이미 그 필연성이 내재되어 있다는 의미로 이 이야기를 자주 원용한다.

진화생물학적 이론이나 경험에 의하면, 부모가 자녀를 위해 희생할 준비가 되어있는 정도는 어떤 한계가 있다. 자녀들을 위해 비용을 쓰는 것은 부모로서 생물학적 이득이 있기 때문이지만, 그렇다고 무한정 자식을 위해 희생할 수는 없다. 하지만 자녀들은 성장하면서 점점 더 부모의 자원을 요구하게 되는데, 이는 부모가 제공할 수 있는 능력 이상으로까지 이어질 수 있다. 미국의 진화생물학자인 트리버스는 기본적으로 형제자매는 자신이 살아남으려면 서로의 희생을 은근히 기대할 수밖에 없다고 말한다. 한정된 부모의 자원을 독차지하려는 성향은 치열한 형제간 갈등을 유발한다는 것이다. 굳이 이러한 설명이 아니더라도, 우리는 현실에서 어렵지 않게 이를 경험할 수 있다. 멀리 갈 것도 없이, 내 자녀들의 경우를 사례로 들어본다.

아들은 국내 대학에서 학부를 마친 후 영국으로 유학을 갔다. 석박사 통합 과정을 마치고 박사 학위를 취득하는 데까지 5년이 소요되었는데, 그 기간에 들어간 학비와 생활비 일체는 부모인 우리 부부가 전적으로 부담해야 했다. 5년째로 접어들자, 공부 기간이 더 길어진다면 우리 가계의 운용 방식을 축소 지향적으로 다잡아야 하지 않나 하는 위기의식이 조금씩 들기 시작했다. 그즈음, 딸은 자기 전공과 관련이 있는 직장에 들어가서 자신의 성격대로 열심히 일하고 있었다.
어느 날 오후, 딸아이로부터 전화가 왔다. 피곤하니 퇴근 무렵에 아버지인 나더러 차를 가져와 집으로 데려다 달라고 했다. 당시에 딸아이는 미혼이라 우리와 함께 지내고 있었다. 나는 지친 딸에게 밥이라도 사 줄 겸해서 아내도 태우고 함께 갔다. 식당 의자에 앉은 딸아이의 표정이 예사롭지 않게 보였다. 아니나 다를까, 모처럼 부모와 하는 저녁 외식인데도 음식을 입에 대지 않고 묵묵히 앉아있기만 했다. 직장에서 무슨 일이 있었나 궁금했지만, 기다려 보기로 했다. 딸이 드디어 입을 열었다. 그 내용인즉슨, 직장에 같이 입사했던 동기나 이후에 들어온 후배들이 하나둘 사표를 내고 유학을 떠나는데, 자기도 유학을 가겠다고 했다. 그냥 있으면 자기 미래의 삶이 너무 뻔히 보인다는 것이다. 오빠처럼, 자기도 지원해달라고 했다.

딸아이는 중고교 때 그런대로 공부를 잘한 편이었다. 어학 능력도 괜찮아 보였다. 딸아이는 대학 2학년을 마치고 교환학생으로 미국 미네소타 대학에서 1년간 공부하고 돌아왔다. 난 출국할 때 딸아이에게 "앞으로 2년 후 네가 유학을 가면 어떤 분야를 공부할지 잘 살펴보고 오라"고 당부했었다. 나는 딸이 대학을 졸업하면 미국이든 어디든 해외로 유학하여 공부를 계속하길 내심 바랐다. 제 오빠는 그때 대학 졸업 후 군에 입대해 근무하고 있었다.

그런데 귀국 후 대학 학부 과정을 모두 마치고 졸업 시즌에 들어설 무렵, 난 딸로부터 의외의 말을 들어야 했다. 유학에 대한 의사를 묻자, 딸아이는 다시는 해외로 공부하러 가기 싫다고 했다. 너무 외롭고 무섭다는 이유에서였다. 딸아이에게는 2년 전 미네소타 대학에서 교환학생으로 생활했던 경험이 마음이 여리고 섬세한 성격에 오히려 역으로 작용했던 것 같았다. 자식들이 원대한 꿈을 갖길 바라며 해외여행을 나갈 때도 늘 방문지에 있는 유수의 대학들을 찾아다녔건만, 그리고 아들은 공부에 뜻이 없어 보여 딸이 그런 부모의 뜻을 펼쳐주길 은근히 기대했건만, 세상일이란 참 오묘하다. 내가 기대했던 바와 정반대였다.

식사를 잠시 중단하고, 나는 딸아이에게 그 의견에 동의하기 어렵다고 말했다. 졸업할 무렵에 나와 나눴던 대화를 소환하며, 딸에게 반대한다는 뜻을 분명하게 전했다. 딸은 왜 안 되느냐, 오빠는 왜 허락했느냐 하며 따졌다. 학부를 마치자마자 유학한다고 했으면 그땐 나도 무척 환영했을 것이다. 내가 먼저 권유도 했었다. 하지만 지금, 이 시점에서 잘 다니던 직장을 접고 유학하여 공부를 시작한다면, 내 딸의 성격을 고려해 볼 때 삶이 너무 고달플 수 있어 그렇다고 했다. 내 딸은 지구력이 약해 오랜 시간에 걸쳐 어떤 일을 진득하게 해내는 성격이 아니었다.

그와 함께 또 다른 이유 하나를 부연했다. 당시 우리 가계에는 아들 유학 관련 경비로 인해 노란 경고등이 켜진 상태였다. 여기에 딸의 유학 경비까지 조달해야 할 경우엔 그 하중을 견디기 어려울 것 같았다. 나는 자식이 공부한다는 데 그걸 도와주는 것은 부모의 의무이기도 하지만, 부모도 살날이 아직 많이 남았는데 엄마, 아빠 월급을 몽땅 쓸어 담아 너희들에게 보낼 수는 없지 않으냐고 설득했다. 경제적인 사정을 고려하지 않을 수 없다는 이야기를 솔직하게 했다. 딸아이는 더 이상 말이 없었다. 그날 우린 식사를 어떻게 마쳤는지 별로 기억이 없다.

　이후, 난 이런 일로 딸이 자신을 오빠와 비교하며 어떤 차별감을 느끼지 않기를 바라고 있다. 나는 본가의 내 여동생들이 부모 슬하에서 어떻게 자랐는지 두 눈 똑바로 뜨고 바라보며 살았다. 그리고 성인이 된 이후 여동생들과 부모의 관계가 어떻게 꼬여갔는지를 생생하게 기억하고 있다. 타산지석이었다. 그런 영향인지는 모르지만, 나는 어떤 사안에 대해 아들과 딸을 차별하여 판단하지는 않는다. 아들이라고 유학을 허용하고, 딸이라서 그걸 말리지는 않는다. 부모로서 자식을 키우며 체득했던 각자의 성격과 당시 우리 집의 가계 상황, 그리고 유학이 끝나고 귀국한 이후 우리 사회에서 적응할 수 있는 능력 등을 따져 나름대로 판단한 것이다.

　카인이 동생 아벨을 살해한 원인이 어디에 있는지는 하나님과 그의 피조물인 사람 사이의 관계라는 점에서 물음 자체가 성립되지 않겠지만, 부모와 자식 관계에서는 갈등이 일어나는 근원이 어디에 있는지 따질 수 있다. 같은 자식들인 형제자매들 간의 다툼은 대체로 부모의 사랑이 자식들에게 골고루 베풀어지지 않을 때 발생하는 경우가 많다. 물론 열 손가락 깨물어 아프지 않은 손가락이 없다고들 하지만, 부모도 인간인지라 자식들의 행실에 따라 사랑에 차등이 생길 수도 있을 것이다. 그래도 부모는 자식들을 모두 끌어안아야 한다. 부모의 차등적 사랑이 자식들 간 갈등을 일으키는 심리적 근원이 될 수 있기 때문이다. 부모 노릇을 하는 게 그래서 만만치 않은 일이 아니겠는가.

지금까지는 남매지간에 별다른 심리적 장벽은 없어 보인다. 아직도 딸아이 가슴엔 유학에 대한 미련이 남아있어서 그러는지, 한 달에 두세 번 시내 어학원에 나가 원어민과 공부하고 있다. 능숙한 영어 실력을 갖추고 딸아이가 직장에서 필요한 인재로 성장하길 기대한다. 아울러 바람이 있다면, 부모인 우리가 세상을 떠난 후에도 아들네 가족과 딸네 가족이 최소한 지금처럼만이라도 시기나 질투보다는 서로의 안녕을 기원하며 살았으면 하는 것이다. 부모와 자식 간에 공유할 시간이 아직 많이 남아있는데, 자식들하고 관련한 일들을 부모인 우리가 앞으로 어떻게 처리하는가에 따라 내가 바라는 바도 판가름이 날 것이다.

바람은 본래 존재하지 않는다. 기압의 차이 때문에 생겨날 뿐이다.

자녀 부부에게 전하고 싶은 말

결혼하여 부부로 사는 사람들 앞에 항상 꽃길만 있는 것이 아니다. 때로는 갈등과 다툼이 앞을 가로막기도 한다. 내 자녀도 거기서 예외일 리 없다. 이 글은 내 자녀들과 그들의 배우자들이 이런저런 일로 갈등을 겪고 어두운 마음의 터널을 걸을 때 아버지로서, 시아버지로서, 그리고 장인으로서 전하고 싶은 말을 적은 것이다.

"사람이 온다는 건/실은 어마어마한 일이다//그는/그의 과거와/현재와/그리고/그의 미래와 함께 오기 때문이다//한 사람의 일생이 오기 때문이다//" 정현종 시인의 '방문객'이란 시 일부다. 방문객은 외부로부터 내게 온 타인이다. 나의 세계에 발을 디뎌놓는 외부자이다. 부부란 서로에게 외부자이며 타인이다. 그런 두 사람이 한 공간에서 같이 밥을 먹고, 잠을 잔다는 것은 서로 다른 과거의 추억, 현재의 실존, 미래의 기대가 교차하며 빚어내는 수많은 서사를 공유하는 일이다. 서로에게 외부자인 두 사람이 부부라는 이름에 어울리는 사람이되려면, 상대의 과거, 현재, 미래를 온전히 품어 안을 수 있어야 하고, 서로의 가족과 가풍마저 이해의 울타리 안으로 끌고 들어올 수 있어야한다. 정말이지 그건 한 사람의 일생이 오는 어마어마한 일이다. 같이살아보면 안다.

요즘 결혼하는 젊은이들 사이에는 "사랑이라는 말로 간섭하지 않고, 부부라는 이름으로 강요하지 않겠습니다. 따로, 또 함께 행복하겠습니다"라는 말이 꽤 널리 익숙해진 것으로 보인다. 지인들의 자녀 결혼식에 가보면, 가끔 위 인용구가 혼인하는 신랑 신부가 하객들 앞에서 서약하는 문구로 사용되는 것을 본다. 좋은 말이다. '좋다'는 건 그만큼 어려움이따른다는 것을 반증한다. 실제로 누구나 할 수 있는 일이라면, 굳이그렇게 '서약의 지위로까지 추켜세워지지는 않았을 것이다. 어떻든'따로, 또 함께'가 결혼 서약의 구호로 등장하는 현실은 '사랑이 있어간섭하고, 부부이기에 강요도 한다'라는 인식이 내 세대의 다수 사람에게 당연한 일로 받아들여지는 것과는 분명히 차이가 있다.

사람마다 부부에 관한 관점이 다르다. 어떤 이는 부부란 개인적영역을 포기하고 배우자와 완전한 합집합으로 사는 사람들이라고 생각하고, 또 어떤 이는 부부란 독립적인 개인인 바, 인격적 개인으로서의 존재를 위협하는 모든 간섭을 해서는 안 된다는 신념을 갖고 있다. 나의 결혼 생활 경험으로 미루어 볼 때, 이는 개인적인 성격적 특성에

서 비롯한다. 첫 번째 관점의 부부상에 어울리는 부부가 있고, 두 번째
가 오히려 이상적인 부부상으로 어울리는 부부가 있다. 우리가 천생
연분이라 말하는 부부는 자신이 생각하는 부부상과 맞는 상대를 만난
경우를 말할 것이다.

그런데 부부는 애초에 서로 외부자이자 타인이기에 가치관, 성격적
특성, 가족 간 우애, 가풍 등에서 결이 다른 부분이 있기 마련이다.
천생연분의 부부가 그리 많지 않다는 말이다. 마치 지구를 둘러싼
크고 작은 여러 개의 판이 서로 다른 방향과 속도로 움직이며 지각
변동을 일으키듯이, 서로 다른 부분들이 충돌하며 부부 사이에 이런저
런 갈등을 일으킨다. 대부분 부부는 정도의 차이가 있을 뿐, 대체로
비슷한 상황일 것이다. 부부는 서로 인고의 시간을 감내하며 그에
적절한 나름의 삶의 기술을 개발해야 한다. 그런 번거로움이나 고통
이 싫어 이혼하고자 구실을 찾는다면, 어쩌면 그 사유에 해당하지
않는 일이 없을지도 모른다.

나의 관점에서 볼 때, 부부가 가까워진다는 것은 두 사람이 하나가
되는 것을 의미하는 게 아니다. 사랑이건 우정이건 두 사람이 친밀해
지는 데 필요한 것은 서로 상대가 나와 다른 사람이란 사실을 인정하
고 존중해 주는 일이다. 부부는 서로가 타인의 영역에 발을 디뎌놓은
사람들이다. 그러므로 내가 생각하는 이상적인 부부상은 서로의 영역
을 함부로 침범하지 않으면서 서서히 자신의 세계를 열고 상대를 수용
해 나가는 사람들이다. 곧, 생각의 공유면적을 넓혀가는 사람들이다.

결혼한 지 40여 년이 지나며 내가 터득한 나름의 삶의 기술이 있다.
혹여 내 자녀 부부에게 도움이 될 수 있으려나 해서 글로 옮긴다.
애초에 생물학자였다가 나중에 발달심리학자로 명성을 떨쳤던 피아

제는 스위스의 호숫가에 살고 있던 다슬기를 관찰한 후 인간 발달에 관한 자신의 이론을 피력했다. 그 핵심은 동화와 조절의 과정에 있다. 인간을 포함한 생물체는 기본적으로 이 과정을 통해 발달한다는 것이다. 동화란 기존의 자기 사고방식으로 세상을 이해하는 것이고, 조절이란 그것이 한계에 이르면 새로운 사고방식을 구성하는 것이다. 부부가 함께 지내다 보면, 부득이하게 이런저런 갈등을 겪게 된다. 그럴 때, 나의 경우에는 이 두 가지의 개념이 갈등을 이해하고 풀어가는데 많은 도움이 되었다.

'동화'는 자기가 갖고 있는 사고의 구조(생각의 틀)로 주변에서 일어나는 일들을 이해하고 해석하는 과정을 말한다. 연애할 때는 대개 이 과정이 중심을 이룬다. 여러 사람 가운데 왜 유독 어떤 사람이 마음에 들까? 우린 흔히 그럴 때 '마음이 통하기 때문'이라 말한다. 마음이 통한다는 건 동화의 과정이 작용한다는 의미다. 말하거나 행동하는 매너, 옷 입는 스타일, 소비하는 패턴, 추구하는 가치 등이 자신에게 익숙한 사고방식에 잘 들어맞아 쉽게 받아들여진다. 데이트할 때 상대가 사랑스럽게 보이는 것도 이런 동화의 과정에서 나오는 결과이다. 동화의 과정이 두 사람 간의 대화나 행동에서 중심을 이루는 부부도 있다. 우린 그런 사람들을 천생연분이라 말한다. 서로 생각이 비슷하고 취미도 유사하며, 심지어 음식 취향도 같은 사람들이다.

그렇지만 외부자이자 타인인 사람들이 서로의 영역을 침범하여 함께 생활하는데 갈등의 여지가 없는 경우는 매우 드물 것이다. 동화의 과정이 한계에 봉착하게 된다. 콩깍지가 씌어져 보이지 않았던 어긋나 있는 심리적 결들이 드러나기 시작한다. 서로가 자신에게 익숙한 사고방식에 상대가 맞춰주길 바란다. 소위 말하는 부부싸움이 시작된다. 이때 필요한 대처가 '조절'이라는 심리적 과정이다. 조절은 자기에게 익숙한 생각의 틀로만 눈앞의 갈등을 이해하고 해석하는 사고방식에 얽매이지 않고 형편과 사정에 따라서 그 적용 방식을 달리해보려는 시도이다. 부부싸움에도 수준이 있다.

부부 간의 갈등에서 가장 먼저 생각해 볼 수 있는 조절의 기술은 서로 처지를 바꿔서 생각해 보는 '역지사지'라 할 수 있다. 성장 과정에서의 문화적 차이 등으로 자신이 경험하지 않았거나 미처 생각해 보지 않았던 일로 갈등이 발생할 경우, 상대방의 처지에서 생각해 보니 옳거나 좋은 일임을 인정할 수 있는 일들이 있다. 상대방이 하는 말이나 행동이 처음엔 마음에 들지 않아 기분이 언짢았지만, 가만히 생각해 보니 그게 옳은 것이라는 생각이 들어 군말 없이 상대의 견해를 따르는 경우가 이에 해당한다.

가장 하급의 부부간 다툼은 대개 이러한 역지사지의 기술마저 무시하는 경우이다. 얄팍하고 알량한 자존심 때문이다. 예컨대, 가사의 분담은 가끔 부부 사이에 갈등 요인으로 작용한다. 만약 한 사람이 가사에 소홀할 경우, 다른 상대방은 집안일에 대한 중압감으로 자기의 삶을 송두리째 잃고 사는 것처럼 느껴질 수 있다. 거기에서 상대에 대한 불만이 샘솟는다. 그때, 처지를 바꿔서 성역할에 관한 자기 기준이 편협한 건 아닌지, 아니면 자존심 때문인지 등을 성찰해 본다. 만약 그런 측면이 있음을 인정한다면, 마땅히 상대방의 의견을 존중해야 할 것이다. 그러면 신기하게도 조금 전까지 심각하게 느껴졌던 일이 별거 아닌 것으로 보인다. 그런데도 깃털보다 가벼운 자존심에 눌려 그런 시도를 무시하고 벌이는 언쟁은 가장 수준이 낮은 부부싸움이라고 할 수 있다.

부부가 어떤 사안에 관해 심각한 갈등을 빚는 경우는 역지사지라는 조절의 기술만으로는 해결이 어려울 수 있다. 한 차원 높은 삶의 기술로서 조절의 과정이 필요하다. 서로, 혹은 누군가가, 자기에게 익숙한 사고의 틀 자체를 변형해야 문제가 해결될 수 있다. 이건 기존에 갖고 있던 자신의 사고방식을 파괴해 버린다는 게 아니다. 〈데미안〉으로 우리에게 널리 알려진 독일 문학의 거장 헤르만 헤세는 태어나려는 자는 하나의 세계를 깨뜨려야 한다고 했다. 하지만 인간의 의식이나 사고는 폐쇄된 공간을 파괴하고 나오는 것과는 다르다. 더 멀리, 더 넓게, 더 깊게, 생각하려는 시도를 통해 기존의 틀을 확장해 나가는 것이다. 그러다 보면, 시간이 지나며 이전에 가졌던 자기의 생각이 짧고, 좁고, 얕았다는 것을 알게 된다.

자기 생각의 틀을 변형하는 조절의 과정은 생각만큼 그리 간단치 않다. 실제로 쉬 이루어지지 않는다. 깊은 고뇌와 번민의 질곡을 거쳐야 조금씩 변형되기 시작한다. 부부싸움 후 이혼을 포함한 다양한 대안을 모색하며 깊은 수렁에 빠지는 것도 이런 조절의 과정을 거치는 시간이라 할 수 있다. 아무리 처지를 바꿔서 생각해 보더라도 상대방의 주장을 수용하기 어려울 때 요구되는 삶의 기술이다. 대개 부부가 이혼에 이르는 경우는 한 차원 높은 이러한 조절의 과정을 아예 시도하려 하지 않거나 실패했을 때 일어난다.

그럴 때 '보편화 사고'라고 하는 조절의 기술을 활용해 볼 것을 권유한다. 서로 현재 이해하거나 수용할 수 없는 견해를 사고의 한계나 범위를 뛰어넘어 바라보는 것이다. 예컨대, '그래, 이 사람은 이런 사람이구나. 난 이 사람의 저런 사고방식을 받아들이기 어려워하는구나. 근데 모든 사람이 다 나처럼 저 사람의 사고방식에 동의하지 않을까? 혹은 모든 사람이 다 저사람처럼 생각할까? 현재 상황에서 대부분 사람이 수용할 수 있는 관점은 무엇일까?'라고 고민해 본다. 이런 사고의 기술은 좀 더 객관화된 위치에서 내 생각이 혹여 편협되어 있는 건 아닌지를 성찰하고자 할 때 유익하다. 대부분 사람이 인정할 수 있을 것 같은 일이라면 그 생각을 따르는 것이 더 합리적일 수 있다. 그리고 생각이 이에 이르면, 서로가 모두 그에 따를 용의가 생기기 쉬울 것이다. 이후에 그와 유사한 일이 벌어져도 과거와 달리 심리적 갈등을 덜 겪게 되면 기존의 자기 사고 구조가 변형되었다는 방증일 수 있다. 마음이 넓어진 것이다. 그럼으로써 기존에 미처 생각하지 못했던 측면들이 이제 눈에 들어오기 시작한다. 이전보다 좀 더 다양한 관점에서 상황을 바라보게 된다. 새로운 차원의 관점을 갖게 된 것이다.

여느 부모들처럼, 나 또한 내 자녀 부부들이 행복한 결혼 생활을 이어가길 바란다. 그렇지만 어찌 사람 사는 일에 갈등이 발생하지 않을 수 있겠는가. 다만, 갈등이 발생할 때 바로 이혼을 머릿속에 떠올리기보다는 이와 같은 동화와 조절의 기술을 통해 해결의 실마리를 찾길 바란다. 상대방의 처지에서 생각해 보거나, 지금 내가 하는 주장이 대부분 사람이 인정할 수 있는 것인가 하고 반문해 보는 습관을 지녔으면 한다. 사고의 틀을 변형해 가는 데는 아픔이 따른다. 기꺼이 자신의 성장통으로 받아들여 주었으면 한다. 서로 타인으로 만난 내 자녀 부부들이 서로의 과거, 현재, 미래를 포용하며 자신들만의 고유한 서사를 엮어나가길 기원한다.

결혼 생활이란 서로 타인이었던 부부가 자신들만의 고유한 서사를 엮어가는 과정이다.

글자를 하나라도 더 배운 사람이 할 일

[1] 결혼 초기에 서울에서 생활하던 우리 부부는 일 년에 두어 번 시골에 계신 부모님을 찾아뵈었다. 주로 명절이나 가까운 친인척의

대소사가 있을 때 내려갔다. 1990년대 초 어느 해에도 설날을 맞아 관례로 부모님을 뵈러 시골집에 갔다. 저녁이 되자, 우리 가족은 모처럼 둘러앉아 부모님과 함께 식사하였다. 때도 때이니만큼, 어찌 술이 빠질 리가 있겠는가. 그날은 아버지가 반주로 소주를 드셨는데, 난 아버지가 따라주시는 술을 사양하지 않고 꼬박꼬박 받아 마셨다. 그런데 아버지가 서너 잔 하시고 나더니, "술은 음식이란다. 그리고 남자는 자고로 술을 마실 줄 알아야 한다"라면서 마시고 난 당신 잔에 한두 방울 남은 소주를 내 옆에 앉아 밥을 먹던 네 살배기 손자에게 먹이려고 하시는 게 아닌가. 난 얼른 아버지 손에 들린 잔에 한잔 가득히 술을 따라드리면서 위기를 모면할 수 있었다.

하지만 바로 옆 다른 밥상에서 어머니와 식사하던 아내가 이 광경을 목격했다. 아내는 술을 전혀 못 마시지는 않지만 좋아하지 않는 취향이다. 더군다나, 그동안 시댁 사람들의 술 문화를 보고 그러잖아도 못마땅하게 생각하고 있던 터였는데, 할아버지가 어린 손자에게 술을 먹이려 하는 모습을 보고 어떠했겠는지 짐작이 가고도 남을 일이다. 아내는 무슨 말도 못 하고 기겁한 표정으로 시아버지의 행태에 안절부절못하고 있었다. 나도 어릴 때 지금은 이미 고인이 되신 할아버지로부터 잔에 남은 막걸리 몇 방울을 받아 마시며 컸었다. 내 입안에 처음 술이 들어오게 된 경우도 그런 방식이었다.

나의 처가 가풍은 우리와 전혀 딴판이다. 내가 결혼한 초창기 한때는 장인어른도 호쾌하게 술을 잘 드셨다. 어느 해 설인가 추석인가는 불분명하지만 명절 때였던 건 분명하다. 장인은 사위인 나를 술상 앞에 불러 앉히고 단둘이 마주 앉아 정종 대병 한 병을 깨끗이 비운 적도 있었다. 장모의 곱지 않은 시선과 만류하는 언사에도 불구하고 장인은 사위 술잔이 빌 때면 곧장 정종을 그득히 따라주셨다. 장모의 시선을 피해 내 허벅지를 쿡쿡 찌르시며 얼른 마시라 한다. 술을 좋아하는 나로서는 그런 자리가 은근히 좋으면서도 겉으론 여간 불편한 게 아니었다. 하나 있는 처남이라도 같이 자리하면 좋을 텐데, 술과는 담을 쌓고 사는 사람이라 그런 자리엔 근처에도 오지 않는다. 이후에도 사위인 내가 처가를 방문하면 으레 나를 앞에 앉히고 술잔을 기울였었다. 지금은 건강이 좋지 않아 잔을 놓으신 지 몇 년이 되었다. 장인어른의 건강이 악화하는데 내가 일정 부분 책임이 있는 것 같아 죄송하다.

이튿날 아침, 아내는 짐을 챙겨 서울로 가자고 날 재촉했다. 그날 승용차로 올라오면서 우리 부부는 대판으로 싸웠다. 그 발단이야 뻔한 일 아닌가. 도대체 시아버지는 어떤 사람이냐, 어떻게 이제 겨우 네 살배기 손자 아이에게 아무리 한두 방울이라도 술을 마시게 하려 하느냐, 그 앞에 있던 남편은 왜 그런 아버지의 행동을 제지하지 않았느냐, 부전자전이다, 앞으로 시댁에 가자고 말도 꺼내지 말라 등등, 난 그날 차 안에서 아내로부터 온갖 바가지를 긁혀야 했다. 아무리 내가 '그건 좋던 싫던 시댁의 문화'라고 항변해도, 귀신 씻나락 까먹는 소리 그만하라는 핀잔만 돌아왔다.

[2] 내 본가의 부모 슬하에서 자란 형제자매들은 결혼하여 출가하기 전까지 집에서 누구도 생일을 축하하는 밥상을 받아본 적이 없다. 가족들이 빙 둘러앉아 생일 케이크에 촛불을 켜고 함께 생일 축하 노래를 부르는 그 흔한 광경의 문화 자체가 우리 집에는 존재하지 않았다. 생일은 그저 태어난 날이란 사실 외에 그 어떤 의미도 없었다. 그런 집안 문화에서 자란 탓인지, 난 지금도 내 생일뿐 아니라 부모 생신 날짜가 언제인지 흐릿하기만 하다. 결혼한 이후 처음으로 아내로부터 생일을 축하한다는 말과 노래를 들었고, 반짝반짝 빛나는 촛불

을 입으로 훅 불어 꺼보기도 했다. 그런 행동이 쑥스럽기 이루 말할 수 없었다.

반면에, 내 아내는 나와는 전혀 다른 문화에서 자랐다. 우리가 오늘날 흔하게 보는, 가족들이 어린 자녀의 생일을 축하해 주는 그런 가정환경에서 성장하였으니, 결혼 후 남편에게 생일 축하를 기대하는 건 당연지사였다. 그런데 난 그런 개념 자체가 없었다. 신혼 초인데도 난 아내의 생일이 언제인지도 몰랐고, 선물을 준비해야 한다는 의식조차도 없었다. 그러니 아내가 자기 생일날 아침에 맞았던 지극히 조용한 일상의 모습에 얼마나 내심 황당했을까 짐작이 간다. 1년 중 하루 있는 그날 아침, 아내의 표정이 밝을 리가 만무했다.

내 아내의 심기가 불편했던 데에는 그만한 이유가 또 하나 있었다. 내 생일과 아내의 생일은 음력으로 같은 달에 있다. 내가 아내보다 9일 앞선다. 이렇게 또렷이 기억할 수 있는 건 같은 달이기 때문이기도 하지만, 그동안 아내로부터 겪었던 수많은 우여곡절과 고초 덕분이다. 내 생일날 아침이 되면, 시골에 계시는 어머니는 나에게 미역국을 먹었느냐며 전화하신다. 세상의 어머니들은 참으로 위대하다. 평생한 번도 아들 생일을 챙겨주지 않으셨던 분이지만, 아들 생일 날짜를 세월이 지나도 정확히 기억하고 계셨다. 한두 해 거른 것 외에는, 결혼 이후 지금까지도 생일날 아침이면 전화하신다. 그런데 9일 후에 있는 아내 생일날 아침은 집안의 전화기가 적막에 잠겨있다. 어머니는 며느리 생일을 축하한다는 전화를 하신 적이 없다. 지금까지도 그렇다. 그래서 난 내 생일날 아침에 오는 전화를 받기가 거북스럽다. 아내의 눈치가 보이기 때문이다. 아내는 시가의 그런 문화에 넌더리를 내오다가 지금은 그마저도 완전히 포기했다.

[3] 대체로 섬사람들은 투박하다. 소금기 있는 바닷바람에 시달려서

그런지 피부도 가무잡잡하고, 말씨도 상당히 직설적이며 거칠다. 상대방의 심중을 헤아려 단어를 선택하는 일은 그들에겐 사치다. 내 바로 아래의 여동생도 그랬다. 초등학교만 겨우 졸업한 후, 결혼하여 출가하기 전까지 한창나이 때는 부모님을 도와 농사일이나 바닷일은 물론, 집안의 온갖 대소사를 도맡아 해야만 했다. 무슨 일이든 똑 부러지게 하는 성격이라 마을의 아버지 친구들로부터 귀여움을 많이 받았다. 두 아들을 두고 남편과 건강하게 잘 살던 내 여동생은 십여 년 전에 뜻하지 않게 갑상선암 진단을 받고 수술을 받았다. 지금은 다행히 더 이상의 전이 없이 잘 관리하며 살고 있다.

몇 해 전, 아버지 기일에 우리 형제들은 집안의 장남인 형님 댁에 모두 모였다. 그 무렵 한 달 전쯤에 내 아내는 서울에서 운전하던 자동차 엔진이 반파되는 제법 큰 교통사고를 당했다. 다행히 몸에 심각한 외상은 입지 않았으나, 그 후유증으로 매일 통원 치료를 받고 있었다. 아버지 기일에 제사상을 물린 후 설거지할 때 일이 벌어졌다. 아내는 몸이 편치 않아 식사를 마친 후 거실 벽에 기대어 앉아있었다. 설거지하는 사람이 아무도 없었다. 그러자 내 여동생은 싱크대로 걸어가며 누구나 들리게 불만을 토했다. 첫째 며느리는 제사를 준비했으니, 설거지는 둘째 며느리가 해야 하지 않느냐고 했다. 시누는 친정 일에 왔으니 당연히 열외라는 인식에서 나오는 불만이다. 서해안의 밑자락 지방에선 그런 인식이 일반적이었다.

그런데 내 여동생의 말이 문제를 더 크게 만들었다. "그까짓 게(교통사고) 무슨 대단한 사고라고, 암으로 수술받은 사람도 있는데"라고 만인이 들을 수 있는 크기의 혼잣말을 곁들이며 설거지를 시작했다. 어찌 보면, 참으로 매정한 말이다. 암 수술을 받았지만 이젠 걱정하지 않아도 된다는 의사의 판정을 받았고 시일 또한 상당히 지났으니, 작은 올케 몸은 어떠냐고 물으며 제사 후일을 손수 처리할 수도 있었을 것이다. 우리 식구들은 그런 투박하고 무례하기까지 한 말투에 너무나 익숙해 있다. 그래서 아마도 우리 본가 식구 중 누군가였다면 아마 똑같은 말투로 대꾸했을 것이다. 예컨대, "무슨 암 수술받은 걸 큰 벼슬이나 되는 것처럼 말하네"라고 말이다. 별일 아니다. 우리 가족들뿐만 아니라 이 지역에 사는 사람들의 언어문화가 대체로 비슷하다. 그렇지만 시누이의 그 말은 내 아내의 가슴에 대못처럼 박혔다. 다음 날 아침, 집으로 돌아오며 아내가 인정머리 없는 식구들이라며 울분을 쏟았던 것은 물론이다.

사람은 개인마다 살아온 과정이 다르다. 서로 다른 생물학적 요인이나 시공간적인 환경적 차이는 개인의 가치관 형성에 지대한 영향을 미친다. 그런 요인들 가운데에는 개인이 통제할 수 있는 요인도 있지만 통제할 수 없는 요인이 사실은 더 많다. 그런 점에서, 예컨대 내 여동생이 자주 퉁명한 말투를 쓰거나, 내 형제들이 모이면 으레 술을 즐기는 일이라든가, 가족의 생일을 챙기지 않는 등의 문화는 어느 개인에게 그 책임을 온전히 귀속시키기엔 무리가 있을 것이다. 부부가 성장 과정에서 경험한 지역 특성이나 가풍 등이 서로 다를 경우, 결혼 생활을 하는 데 어려움이 있을 수 있다. 우리 부부가 대표적인 그런 사례에 속하지 않나 하는 생각이 들 정도다.

그런 점에서 우리 부부는, 이해관계를 아예 끊고 서로 접촉하지 않는 경우라면 몰라도, 가족이라는 이름으로 관계를 맺고 있는 처지인지라 개인적인 가치관의 차이에서 오는 문제를 서로 현명하게 극복해 나갈 수 있는 삶의 지혜를 찾아나갈 필요가 있었다. 아내가 날카로운 비판의식과 분석 능력을 동원하여 내 부모나 여동생의 투박한 행동을 요리조리 조목조목 따지며 열을 내면, 내겐 침묵 외에 달리 묘책이 없었다. 앞의 사례들에서 보았듯, 어떻게 합리적으로 그런 상황을 설명할 수 있겠는가? 그저 고개를 숙이고 '내 운명이려니' 하며 무슨 질책이든 듣는 수밖에.

군이 변명을 하자면, '로마에 가면 로마의 법을 따르라'라는 속담이 있듯이, 지역적 특성과 더불어 가풍에는 그 집안 사람들의 생활습성이 배어있기 마련이므로 본가에서는 본가의 가풍을, 처가에서는 처가의 가풍을 될 수 있으면 존중하는 게 좋지 않을까, 하는 생각이 든다. 이에 따라 내가 꺼내 들 수 있었던 최선의 묘책은 오직 하나였다. 난 결혼 생활을 하면서 아내에게 줄기차게 그리고 일관되게 해오는 말이 있다. 글자를 하나라도 더 배운 사람이 이해하자는 것이다. 그게 나의 유일무이한 변명이자 항변이다. 내 여동생들은 중학교 문턱에도 가보지 못했고, 내 부모 또한 공식적인 배움의 기회를 얻지 못했던 분들이다. 지금 와서 어쩔 것인가. 내가 현시점에서 할 수 있는 일이 무엇이겠는가? 내 부모 형제의 가치관을 이제 와서 내가 고칠 수 있겠는가?

사람이 사람다운 품격을 갖추는 데는 반드시 공식적인 학교 교육, 그것도 고등교육이 필요한 건 아닐 것이다. 학교에 한 번도 드나든 적이 없었지만, 훌륭한 인격을 갖춘 사람들을 우리는 주변에서 자주 볼 수 있다. 내가 아내에게 하고자 했던 말의 뜻은 아무래도 더 배운 사람이 사고를 폭넓게 할 개연성이 높을 것이기에, 교육 기회가 없었던 그들의 행동을 포용하면 어떻겠느냐 하는 것이었다. 나는 지금도 더 배운 사람이 덜 배운 사람을 이해하는 편이 그 반대의 경우를 기대하기보다는 훨씬 더 쉽고 합리적이라고 믿는다. 외부의 조건이 변화 불가능하다면 내 마음의 기준을 변화시키는 것 또한 하나의 방법이 되지 않겠는가. 어디까지나 내가 처한 불리한 상황을 호전시키기 위한 전략에서 출발한 생각임을 부인하지는 않지만 말이다.

문화의 차이에서 오는 행동은 합리성에 앞서 이해심이 요구된다.

가짜 할아버지와 할머니

　나와 아내는 서울의 같은 초등학교에서 교사로 근무하다 만나 부부의 인연을 맺었다. 우린 결혼하여 아들과 딸을 낳은 이후 줄곧 서울에서 살고 있다. 내 부모가 시골에 계시는 까닭에, 내 아이 둘은 초등학교에 입학하기 전까지 서울에 사는 처부모의 보살핌 속에서 자랐다. 첫째 아이인 아들이 유치원에 입학할 때까지, 우리 부부는 출근하며 처부모에게 아이들을 맡긴 후 퇴근하면서 우리 집으로 데려왔다. 그래서 가급적 처부모가 계시는 곳과 가까이 우리의 거처를 정하였고, 비록 2년이 채 안 되는 짧은 기간이었지만 어떤 때는 한 집에서 같이 지내기도 했다. 순전히 육아 문제 때문이었다.

　나의 부모는 가끔 일가친척의 대소사가 있을 때 서울에 오셨다. 대개 주말인 경우가 많았다. 장인어른은 시골 내 부모에게 관심이 많으셨다. 어느 날, 난 내 부모와 처부모 네 분을 모시고 잠실의 석촌 호숫가로 나들이를 갔다. 그때만 해도 호숫가 옆에는 넓은 공터가 여기저기 있었다. 우리 일행이 그곳에 자리를 잡고 앉자, 장인어른은 내 어머니에게 남도의 육자배기를 한 수 뽑아보라고 하시는 게 아닌가? 그렇게 어려운 관계라는 안사돈한테 창을 부탁하는 것이다. 사돈지간에 막걸리 한 잔씩 걸치며 창을 한다는 것은 쉬운 일이 아닐 것이다. 옆에 앉아있던 장모는 장인에게 핀잔을 주며 말렸지만 이미 소용없는 일이었다. 머뭇거리던 어머니가 나지막하게 "산이로구나 헤~~~" 하며 육자배기 한 수를 벌써 뽑고 계시는 게 아닌가.

　장인어른은 내 부모를 만날 때마다 하시는 말씀이 있다. "사돈어른, 우리는 가짜 할아버지와 할머니여요. 진짜 할아버지와 할머니는 사돈 두 분입니다" 하시며 껄껄 웃으셨다. 이후에도 비록 기회는 많지 않으나 네 분이 서로 상면할 때면 늘 같은 농담을 하셨다. 그때 당시에는 장인의 그 말씀이 그저 일종의 조크로만 들렸다. 사돈과 한자리에 앉아있는 그 시간이 영 서먹해서 장인이 그런 우스갯소리를 건네는 것으로 여겼다. 아마 그런 의미도 없잖아 있었을 것이다.

세월이 한 참 흘러, 처부모가 보살펴 주시던 내 아이들은 별 탈 없이 자라 결혼을 하고 출가하여 자녀들을 낳고 나름 잘살고 있다. 이젠 할아버지, 할머니가 된 나와 아내는 지난 시절에 처부모가 그러하였듯이 손자녀들을 돌보고 있다. 내 아들은 결혼한 이후 영국에 거주하고 있다. 나에겐 손자가 되는 아들 녀석만 둘을 두었다. 눈에 넣어도 아프지 않다는 손자들을 한 해에 기껏해야 두세 번 보게 된다. 가까이서 돌봐주지 못하는 게 매우 아쉽고, 어떤 때는 아들네 식구들이 측은하다는 생각도 든다. 장인의 말씀대로라면, 진짜 할아버지와 할머니가 제 역할을 다하지 못하고 있는 것 같아 늘 안타깝다.

내 딸은 결혼하여 우리 집 가까이에 살면서 외손자 하나를 낳았다. 그 녀석은 이제 만 2세가 갓 넘었다. 출산 후에 지혈이 되지 않아 산모인 내 딸은 늦은 밤에 근처의 종합병원으로 긴급 이송되었고, 수술 처치 후 중환자실에서 사흘을 지내다 퇴원했다. 갓난아이는 황달이 심해 또 다른 종합병원으로 이송되어 인큐베이터에서 역시 사흘을 지내야 했다. 출산하자마자 부모와 아이는 사흘 동안 이산가족이 된 셈이었다. 친정엄마인 내 아내는 산모가 수술받는 병원 지하 주차장에서 밤새 뜬눈으로 무사를 기원해야 했다. 다행히 산모와 아이는 별다른 후유증 없이 건강하게 잘 지내고 있다. 딸은 둘째를 갖고 싶어 하지만, 한번 위험을 넘긴 경험이 있어 쉽게 결정하지 못하고 있다고 했다.

나는 외손자를 보면 내 아이들을 키워주셨던 처부모가 자주 생각난다. 한 녀석도 아니고 두 아이나 돌봐주셨으니, 지금 생각하면 참으로 고마운 일이다. 내 딸은 산후조리원에서 며칠 지내다가 친정집인 우리 집으로 들어와 한 달 정도 함께 지냈다. 난 외손자가 울거나, 잠을 자야 할 시간이 되거나, 귀여워 보일 때면 두 팔로 안고 집안 이곳저곳을 걸어 다녔다. 안고 있을 때 아이의 눈망울을 쳐다보면 그렇게 까맣고 예쁠 수가 없었다. 갓난아이인데도 잠시 안고 있으면 팔이 저리고 어깨와 허리의 근육이 약간씩 욱신거리기 시작했다. 급기야 난 근처 병원에 통원하며 보름 동안 허리 치료를 해야 했다. 병원 침대에 누워 있다가 보면, 처부모가 내 아이들로 인해 고생이 많았겠다는 생각이 절로 들었다. 고맙고, 감사할 따름이다.

내 딸의 시댁은 인천에 있다. 사위는 집안의 장남이라 자주 어머니에게 손자를 안겨드려야 할 처지다. 오래전에 남편과 사별하고 혼자 생활하시는 안사돈이라, 얼마나 손자가 보고 싶겠는가! 사위는 주말이면 처가인 우리 집과 인천 본가를 번갈아 방문하느라 바쁘다. 언젠가 우리 집에서 외손자 녀석이 가족들과 함께 식사하던 중 뜬금없이 내 아내를 보고 '외할머니'하고 불렀다. 외할머니를 '외할머니'라 부르는데 그게 무슨 잘못이겠는가. 아버지를 아버지라 부르지 못하는 홍길동 처지도 아니지 않는가! 그런데, 그런데…. 외손자 녀석이 부르는 그 호칭이 지극히 올바른데도 왜 그런지 가슴에 형용하기 어려운 묘한 감정이 스쳐 지나가는 것이 아닌가!

이제 두 살 된 외손자 녀석이 어떻게 '외할머니'라는 호칭을 알게 되었는지 궁금증이 일었다. 딸의 말에 따르면, 사위가 외손자 녀석에게 인천 할머니는 '친할머니'이고 서울 할머니는 '외할머니'라고 일러 주었다는 것이다. 우리나라 민법에 따른 올바른 호칭을 가르쳐준 것이다. 그런데 외손자가 '외할머니'하고 불렀을 때, 그 옛날 나의 장인이 당신 자신을 '가짜 할아버지'라고 하셨던 농담이 떠올랐다. 이제야 그때 장인이 그런 농담하셨을 때 어떤 기분이었을까가 조금은 이해되었다. '외할머니' 호칭은 외손자란 멀리서 지켜봐야만 하는 존재임을 일깨워 주는 말로 들렸다. 이런 감정은 나만의 좁은 마음에서 비롯한 것일까? 아니면, 나 역시 유교 이데올로기의 희생양일까?

'외(外)' 자는 '처가', '외가'와 함께 '바깥', '남'을 뜻한다. 지금은 잘 쓰이지 않는 것 같지만, 얼마 전까지만 해도 나이 든 사람들은 부부를 서로 '안사람', '바깥사람'으로 불렀다. 우리나라 사람들의 생활을 오랫동안 지배해 왔던 유교는 사람들이 사는 이치를 자연법칙에서 가져왔다. 우리가 잘 알고 있듯이, 애초에 음과 양, 안(내)과 밖(외)의 가치는 등가적이다. 어느 것이 더 좋다, 우월하다고 말할 수 없다. 그런 점에서 보면, '외'자가 붙은 호칭이라고 하여 특별히 의미가 줄어드는 건 아니다.

유교의 원리가 시대적 상황에 따라 정치적으로 악용되면서 '부자유친'이란 말이 부모와 자식은 서로 친밀함이 있어야 한다는 쌍방적 의미의 개념보다 자식은 부모에게 효도해야 한다는 일방적 의미의 개념으로 변질되었던 것처럼, '친가'와 '외가'라는 말의 본래 의미도 많이 훼손되었다. 중앙집권적 정치 상황을 강조하는 과정에서 가부장적 이념은 중요한 수단이 되었으며, 본가는 주류요, 외가는 비주류라는 비틀어진 인식이 자리 잡게 되었다. 다행히 요즘 젊은 세대들에게서는 남편과 아내의 위치를 밖과 안으로 구분하는 그런 인식을 찾아보기 어려워 격세지감이 느껴진다. 가짜 할아버지와 진짜 할아버지라는 농담 속에 깃든 남성 중심의 차별적 의식이 이제는 저 먼 역사의 뒤안길로 사라지고 있다. 한 세대 만에 말 그대로 '격세지감'을 느낀다는 게 참 재밌다.

부부의 가족관계 간 호칭은 동등한 무게의 가치를 지녀야 한다.

나의 마지막 강의 날

   2023년 5월 31일 수요일 오후 2시, 이날은 나에겐 잊을 수 없는 날이다. 40여 년의 교단생활을 마무리하는, 내 생애 마지막 강의 날이었다. 조교 선생한테만 이날 내가 마지막으로 강의할 예정이라고 알렸다. 한낱 기우에 불과했겠지만, 내가 소속한 과학생들이나 교수들이 혹여 나의 퇴임 강의에 신경이 쓰일지도 모른다는 노파심에서 한 조처였다. 그래서 우리 과교수들은 그 사실을 전혀 몰랐고, 그날 내 강의를 듣는 학생들 또한 단순히 한 학기 강좌의 강의가 끝나는 것으로 알고 있었다. 하지만 나는 그 강의 시간을 위해 특별히 며칠 동안 상당한 시간을 들여 준비해 왔다.

   드디어 당일 아침, 난 집에서 출발하기 전에 아내에게 말했다. 오늘은 내가 40여 년의 교직 생활을 마무리하는 날이니, 강의 끝난 후 집에서 둘이 치맥으로 자축하자고 했다. 아내도 흔쾌히 그러자고 하며 문간 앞에서 생전 하지 않던 포옹 동작도 취해주었다. 학교에 도착한 후 시간이 되자 나는 연구실에서 긴 호흡을 몇 번 하고 강의실로 향했다. 강의실을 향할 때 설레는 마음은 여전했다. 잠시 마음을 가다듬고 강의실 문을 열었다.

   그런데 이게 웬일인가. 학생들은 문을 열고 들어서는 날 전혀 의식하지 않은 채 뭔가에 열중하고 있었다. 분위기가 여느 때와는 사뭇 달랐다. 강의를 시작하겠다고 말해도 학생들은 전혀 관심이 없어 보이는 태도였다. 앞자리에 앉은 학생들에게 무슨 일이 있느냐고 물으니, 내 강의가 끝나는 바로 다음 시간에 다른 과목의 시험이 있어서 그렇단다. 순간적으로 나의 뇌리에서는 당황과 실망이 동시에 교차했다. 특별히 오늘의 이 강의를 위해 나름 준비해 왔는데, 그리고 내 생애 마지막 강의인데, 하는 생각에 그런 사실을 알 리 없는 학생들과 다음 시간의 강의 담당 교수에게 서운한 마음이 덮쳐왔다. 한참의 시간이 지나서야 강의를 시작할 수 있었다.

그날 나는 '인생을 잘 사는 사람'이라는 제목으로 강의했다. 물론 나 혼자 그렇게 주제를 정한 것이다. 그 핵심은 미국심리학회 회장을 역임하기도 했던 칼 로저스의 인본주의 이론을 중심으로 내가 평소에 생각해 오던 나름의 신념을 다섯 가지로 요약한 것이었다. 대강 말하면, 자신에게 주어진 운명을 기꺼이 맞이하라, 지금-이곳의 삶에 충실하라, 자신을 신뢰하라, 자신이 추구하는 가치를 실현할 수 있는 삶의 길을 선택하라, 자신과 세상에 도움이 되는 일을 하라는 것이었다. 학령인구가 줄어들면서 교사 자격증을 취득해도 발령이 잘 나지 않는 시대 상황으로 교육대학 학생들의 사기가 많이 떨어져 있음을 고려한 것이기도 했다. 지금까지의 다소 딱딱했던 주제들과는 다른 강의라서 그런지, 다행히 학생들이 차츰 하나둘 관심을 보이기 시작하였다. 나름 흐뭇했다.

강의를 다 마친 후, 나는 강의실을 빠져나가는 학생들과 한 사람 한 사람 악수를 청해 나눴다. 한 학기 동안 강의를 열심히 들어주고 질문도 했던 학생 몇 명과는 포옹도 했다. 학생들은 교수가 악수를 청하고 포옹까지 하니 의아해하는 모습이 역력했다. 게 중엔 "다음 학기에 또 봬요"라고 인사하며 나가는 학생도 있었다. 나에겐 아쉬움과 후련함이 교차하는 시간이었다. 서너 명의 학생은 강의실을 나가다 말고 내게 다가와 여느 때와는 다른 강의 내용이나 태도에 뭔가를 말하려는 눈치를 보이며 머뭇거리기도 했다. 무덤덤해 보이는 학생들 가운데에서도 이처럼 감수성이 예민한 학생들이 있다.

바로 그때였다. 강의실 밖으로 나가는 학생들을 헤집고 강의실 안으로 웬 중년의 남성들과 여성들 십여 명이 "선생님!"하고 외치며 성큼 뛰어 들어오는 것이었다. 이게, 웬일인가! 내가 초등학교에 근무할 때 선생과 학생으로 인연을 맺었던 제자들이 아닌가! 그들이 아저씨, 아주머니가 되어 내 생애 마지막 강의를 하는 날 나를 찾아온 거다. 커다란 꽃다발을 내 가슴에 안긴다. 우린 누가 먼저랄 것도 없이 한데 어울려 감싸안았다. 짧은 순간에 만감이 교차하였다. 강의실을 미처 빠져나가지 못했던 학생들은 그 모습에 의아해하다가 이내 내막을 알고 손뼉으로 자신들의 감동을 전했다. 가슴이 울컥했다. 잠시 진정하고 고개를 드니 강의실 출입문 저 발치에서 조교 선생이 붉어진 얼굴로 입가에 미소를 머금은 채 두 손을 맞잡고 이 광경을 바라보고 있었다.

우린 함께 내가 귀촌하여 생활하고 있는 서천으로 향했다. 치맥을 들고올 남편을 기다리던 아내는 갑자기 찾아온 중년 제자들을 보고 나보다 더 반겼다. 차 한잔씩 마시며 담소를 나누다, 화제가 자연스럽게 어떻게 알고 이날 나를 찾아오게 되었는지로 옮겨갔다. 이날 내가 마지막으로 강의한다는 사실을 아는 사람은 나, 아내, 조교 선생뿐인데 참으로 신기한 노릇이었다. 찾아온 제자 중에는 나와 같은 지역에 귀촌하여 농사를 짓는, 당시 초등학교 때 학급의 반장이었던 자가 있었다. 내 인생의 서사를 되돌리면 자주 등장하는 L 제자이다. 올해 내가 정년퇴임을 한다는 사실을 알고 미리 조교 선생한테 엠바고를 전제로 마지막 강의 날짜, 시간, 강의실을 알아낸 후, 친구들에게 연락하여 그날 시간이 되는 자들이 오게 되었다고 했다.

이 제자들은 그동안 나와 특별한 관계를 유지하고 있었다. 이들은 내가 초등학교 교사로 첫발을 내딛고 3년째 되던 해인 1981년에 5학년 담임을 맡았을 때의 아이들이었다. 그들과 나는 나이 차이가 12살밖에 나지 않는다. 그들은 성인이 되자 20여 년 전부터 연말이면 '반창회' 모임을 하기 시작하였다. 지금까지 한 번도 거르지 않고 날 부른다. 내 일정에 맞춰 자기들의 모임 날짜를 정한다. 그 임무는 당시에 반장 역할을 했던 L 제자가 맡는다. 남자 제자와 여자 제자가 엇비슷한 숫자로, 12~3명이 모인다. 술이 몇 순배 돌면, 남자 제자들은 내 어깨에 손을 얹으며 '형님'이라 부르기도 하고, 여자 제자들은 제 남편 대하듯 내 머리 모양이나 옷 입는 매무새를 갖고 너도나도 한마디씩 해댄다. 실제로 내 나이 또래의 남편을 둔 제자도 있다.

서천 지역은 바다 위에 석양이 깔리는 모습이 특히나 아름답다. 그래서 그 시간에 맞춰 바닷가 도로를 따라 근처 음식점으로 저녁 식사를 하러 갈 참이었다. 그런데 오늘의 주동자인 L 제자가 자꾸 미적거리며 시간을 늦춘다. 한 친구가 회사 일로 늦어 조금 후면 도착한다는 이유에서다. 잠시 후, 어디로부턴가 전화를 받더니, 밖으로 나가 늦게 도착하는 제자를 반기자며 같이 자리에서 일어서잔다. 트럭 한 대가 집 마당으로 들어왔다. 한 제자가 늦게 도착한다는 건 핑계였고, 정작 이들이 기다리고 있던 것은 바로 그 트럭이었다. 트럭 운전자는 농사지을 때 사용하는 농기계인 관리기를 집 마당에 내려놓는 것이 아닌가. 이건 또 무슨 일이란 말인가! 제자들이 L군으로부터 내가 은퇴 후 농사짓겠다는 말을 듣고 십시일반 해서 이 농기계를 구매하여 나에게 선물하는 거란다.

나는 제자들이 사 준 관리기로 집 옆에 있는 100여 평의 밭을 처음으로 일궜다. 그동안 힘에 부칠 것 같아 동네 형님뻘 되는 분에게 대리 경작을 부탁했었던 밭이었다. 그리고 그곳에 고구마를 심었다. 이런 장면들을 하나하나 휴대전화 카메라로 찍어 제자들에게 전송했다. 9월 하순께 고구마를 캤다. 제자들과 함께 캐려고 했지만, 그들도 가족을 건사하고 직장 일도 해야 하는 관계로 시간을 내기 어렵다고 하여 나와 아내 둘이 작업을 했다. 우린 제자들 덕분에 처음으로 우리 밭에서 지은 농산물을 수확할 수 있었다. 마음이 한없이 풍요로웠다. 마당에서 하루 동안 햇볕에 말린 후, 몇 끼 쪄서 먹을 수 있는 양을 담아 우체국에서 제자들에게 택배로 보냈다. 인사치레인지 모르겠으나, 모두 맛있다고 인증 사진을 찍어 보내주었다. 올해는 고구마를 더 많이 심고, 이번엔 시간이 허락하는 제자들과 수확의 기쁨을 나누고 싶다. 나이가 들어가며 사는 재미란 바로 이런 거구나, 하고 느낀다. 사람들이 한 데 어울려 마음을 모아 어떤 행동을 한다는 건 이런 묘미를 선사한다. 인연이 깊어 가는 제자들은 내 삶에 활력을 주는 귀중한 유형의 자산이다.

오늘 만나는 사람에게 다하는 정성은 내일 내가 느끼는 재미의 실마리가 된다.

셋째

사람들은 대상과 상황에 따라 마음의 작동 방식을 달리한다는 걸 알아서다

사람의 마음에는
태어날 때부터 주어진 본성이 있다.
그러다 한 세대쯤 지나다 보면
후천적으로 형성된 사회적 규범 의식이
또 하나의 특성으로 본성 곁에 자리를 잡는다.

이후,
사람의 마음은 상대와 상황에 따라
본성이나 규범의식 중 하나의 특성이 주로 작동하거나
그 둘이 균형적으로 상호작용하며 작동한다.

사람들의 마음이 작동하는 방식

대인관계에서 내 마음이 작동하는 방식

지난해 연말에 영국을 방문할 기회가 있었다. 일부러 시간을 내어 런던의 교외에 있는 프로이트 박물관을 찾았다. 그곳은 그가 구강암으로 고생하던 말년에 막내딸 안나와 함께 집 뒷마당의 넓은 뜰을 거닐며 단란한 시간을 보내기도 했던 생전의 집이다. 나를 가끔 몰아의 지경으로 빠뜨리는 사색의 화두를 던져 준 사람이자 개인적으로 흠모하는 인물이라 그의 체취를 느껴보고 싶은 마음에서 방문했다. 20세기에 가장 영향력 있으면서도 또한 가장 많은 논란을 불러일으킨 인물 가운데 한 명을 꼽으라면, 난 주저없이 프로이트를 든다. 나이를 먹어갈수록, 인류의 문명이란 성적 및 공격적 욕망을 억제하는 데에서 오는 것이라 했던 그의 말이 특별히 내게 의미 있게 다가온다.

한 가지 재밌는 일은 그런 주장을 펼쳤던 그가 처제와 오랫동안 모호한 관계를 유지해 왔다는 소문이 학계를 중심으로 끊이질 않는다는 것이다. 전기 작가들은 두 사람이 스위스, 이탈리아 등으로 10여 차례 장기 여행을 한 건 사실이지만 불륜 관계는 아니었다고 말한다.

그런데 2006년 12월 25일 뉴욕타임스 인터넷판은 두 사람이 밀월 관계를 맺고 있었다는 사실을 스위스 알프스 지역의 한 호텔에 묵었던 숙박부에 기재된 프로이트 친필 사인(당시 42세 프로이트와 33세 처제)을 찍은 사진 한 장을 그 증거로 제시했다. 평소에 '성은 모든 행복의 원천'이며 '혼전 섹스를 하지 말라'는 성서의 내용은 잔혹하다고 했던 성향으로 보아 여러 생각이 든다. 저 위대한 인물이 다시 깨어나 이런 논란을 본다면, 뭐라 말할까?

뉴욕타임스에 보도된 기사의 사실 여부를 떠나, 여기서 우린 한 가지 가정을 해볼 수는 있을 것이다. 만약 프로이트가 처제와 실제로 밀월 관계를 맺고 여행을 자주 했다면, 그럴 때 그의 마음은 어떤 상태였을까? 그리고 사람들에게 성적 및 공격적 충동을 억제하는 정도에 따라 개인의 인격과 사회의 문명 수준이 결정된다는 자신의 이론을 타자기 자판을 꾹꾹 누르며 정립했을 땐, 그의 마음은 어떤 상태였을까? 다시 말해, 전자와 후자의 경우에 그의 마음이 작동하는 방식은 어떤 점에서 차이가 있을까?

이 물음은 한동안 내 사색의 화두였다. 내 생각이 다다랐던 결론의 대충을 말한다면, 사람의 마음은 두 가지의 특성이 자유자재로 맞물려 작동하는 체계를 갖추고 있다는 것이다. 사람이라면 누구나 태어날 때부터 주어진 선천적인 본성이 마음에 들어있다. 그러다 한 세대쯤 인생을 살다 보면, 그 본성 옆에 후천적으로 형성된 사회적 규범의식이 또 하나의 특성으로 똬리를 트고 자리를 잡는다. 이후, 사람의 마음은 마주하는 상대가 누구냐, 혹은 상황이 어떠냐에 따라 마음속에서 본성과 규범의식이라는 두 특성이 적절하게 맞물려 작동하며, 우리가 하는 행동이라는 것은 대체로 그런 결과로 나온다.

나는 텔레비전을 통해 한옥이 해체되는 과정을 시청하다가 마음의 작동 방식에 관한 힌트를 얻었다. 전통 한옥의 특징 가운데 하나는 아무래도 나무만으로 기둥과 벽체, 지붕을 짜맞춘다는 데 있는 것이 아닌가 한다. 필요한 개수만큼 기둥을 세우고, 기둥과 기둥 사이에는 여러 보를 수평으로 가로질러 기둥에 가해지는 무게를 분산한다. 우리가 흔히 아는 대들보는 보 중에서도 중심 기둥 사이에 놓인 걸 일컫는다. 목수들은 기둥과 보를 연결할 때 못을 사용하지 않고, 두 나무를 '凹(오목한 요)' 자 모양과 '凸(볼록한 철)' 자 모양으로 깎거나 너비를 달리하여 둘 다 '凹' 자 모양으로 깎아 서로 맞물려 잇는다. 노련한 목수일수록 맞물리는 두 나무 사이의 틈새가 너무 좁아 끼임이 어렵거나 넓어서 헐렁하지 않도록 깎아 연결한다.

이런 지혜는 사람의 됨됨이를 말할 때도 원용되고 있다. 예컨대, 우리말 한자어 '인격(人格)'은 인간의 '품격'을 뜻하는데, 이 가운데 '格(격)' 자는 '木(나무 목)' 자와 '各(각각 각)' 자가 결합하여 이루어졌다. 왜 '나무'와 '각각'이라는 글자가 합쳐져 '격'자가 되었을까? 나는 이를 전통 한옥에서 보았던 오목하고 볼록한, 혹은 둘 다 오목하게 깎인 나무가 서로 맞물린 모양새를 의미하는 걸로 이해한다. '格(격)' 자는 그렇게 두 나무가 폭과 깊이가 꼭 들어맞게 맞물린 상태를 가리킨다. 우리의 아름다운 한 채의 한옥은 나무들이 그렇게 서로 맞물려 지어진다.

〈논어〉에 보면, 공자가 덕치에 관하여 말하는 대목이 있다. 공자는 "사람들을 덕으로써 인도하고 예로써 다스린다면 잘못을 저질렀을 때 수치심을 느끼고 제자리로 돌아간다"라고 하였는데, 그 마지막 어구 "수치심을 느끼고 제자리로 돌아간다[有恥且格]"에 '格(격)' 자가 나온다. 그 글자는 '착해진다', '바르게 된다', 혹은 '선(善)에 도달한다'라는 의미로 풀이된다. 난 이 글자를 같은 맥락에서 이해한다. 국어사전에서 인격을 '사람의 됨됨이'로 풀이하고 있는데, 이는 사람의 마음에 들어있는 두 가지 특성이 적절하게 서로 맞물려 작동하는 상태를 뜻한다고 보는 것이다.

우리가 말하는 훌륭한 인격자는, 기둥과 보가 서로 맞물려 한 채의 한옥이 지어지듯이, 대상과 상황에 따라 본성과 사회적 규범의식이 중용의 도에 맞게 맞물려 작동하는 마음의 구조를 갖춘 사람이라고 볼 수 있다. 그래서 인격을 갖춘 사람은 대하는 사람에 따라 그리고 주어진 상황에 따라 매번 행동이 다르나, 거기에는 '중용(넓지도 좁지도 않음)'이라는 하나의 일관하는 도가 존재한다. 대체로 사람들은 대상과 상황에 따라 본성과 사회적 규범의식이 맞물려 움직이는 마음의 방식들이 상호 연결되어 생각의 틀 혹은 사고의 구조를 형성하며, 그것은 곧 그 사람을 이루는 인격의 요체가 된다.

우리의 마음속에 있는 두 가지 심리적 특성을 간략히 언급해 보자.

인간의 본성에 관한 철학적 담론은 이미 수천 년 전에 동양의 경우에는 맹자와 순자, 서양의 경우에는 홉스나 루소 등에 의해 제기된 바가 있다. 여기서 새삼스럽게 그들의 담론을 재론할 필요는 없을 것이다. 그들의 말도 일면의 타당성을 지니고 있을 뿐, 절대적인 진리로 받아들이기에는 뭔가 찝찝하다. 오히려 중국 명나라 때 홍자성이 했던 말이 내겐 더 설득력 있게 들린다. 그는 〈채근담〉에서 악을 행하고서 사람들이 알까 두려운 것은 악한 속에 아직도 선으로 향하는 마음이 있기 때문이며, 선을 행하고서 사람들이 알아주기를 서두는 것은 선한 속에 악의 뿌리가 있기 때문이라 하였다. 가만히 내 마음속을 들여다보면, 그의 말에 고개가 끄덕여진다. 인간을 선과 악의 두 극단으로 딱 잘라 구분하는 것보다 훨씬 더 그 실상을 그럴듯하게 말해준다.

그런 점에서, 마음의 본성에는 선과 악이라는 성정이 동전의 양면처럼 들어있다는 견해에 동의한다. 누구나 선한 행동을 할 수 있고, 악한 행동 또한 할 수 있다. 그리고 본성에는 그런 성정을 움직이게 하는 에너지로서 본능이란 것이 더불어 존재한다. 우리는 이를 욕구라 말하기도 하는 데, 본성을 움직여 행동으로 나타날 수 있도록 추동하는 힘이자 능력이다. 잠자고 싶고, 먹고 싶고, 쉬고 싶고, 사랑하고 싶고, 인정받고 싶고, 뭔가를 실현하고 싶고, 하는 등등의 욕구는 선성(善性)을 움직이는 본능이다. 시기, 질투, 폭력 등은 악성(惡性)을 추동하는 욕구 본능으로 이 또한 본성 안에 존재한다. 어린아이일수록 본능의 동력에 따라 행동을 하기 쉽다. 자기의 본능을 제어할 수 있는 사회적 규범의식을 아직 갖추지 못했기 때문이다.

이와 함께, 어떤 사회든 구성원들이 본능적 욕구를 서로 안정적으로 추구할 수 있도록 누구나 지킬 것을 바라거나 강제하는 사회적 규범을 마련하고 있다. 만약 그런 규범들이 지켜지지 않을 경우, 사회는 이기적 욕망과 폭력이 난무하는 혼란에 직면할 수 있다. 사회적 규범의식은 사회가 안정적으로 유지되는 데 있어서 사회구성원들에게 요구되는 하나의 심리적 특성으로, 본성과 쌍립을 이루게 된다. 본성을 움직이는 동력이 욕구 본능이라면, 사회적 규범의식을 움직이는 동력은 의지이다. 사회마다 교육기관을 설립하고 구성원들을 교육하는 건 어찌 보면 이런 의지를 그들에게서 키우는 작업이라 해도 절대 틀린 말은 아닐 것이다.

다음의 사례를 통해 타고난 본성과 후천적인 사회적 규범의식이라는 두 특성이 인간의 마음속서 어떻게 맞물려 작동하는지 살펴보자.

독일 출신의 홀로코스트 생존자이자 작가, 정치 이론가였던 한나

아렌트는 예루살렘에서 나치 전범 아이히만에 대한 공개 재판 과정을 기록하고 자기 생각을 그에 덧붙였다. 그는 아이히만이 악한 사람(본성/악성)이어서 그런 행동을 한 게 아니라 자기에게 주어진 명령을 따른 것(사회적 규범의식)뿐이라는 점에서 누구나 그럴 가능성이 있음을 내비쳤다. 또한 미국의 심리학자인 에바 포겔만은 나치의 위협에 처한 이웃에게 도움의 손길을 내밀었던 사람들을 대상으로 연구한 결과, 그들이 영웅심리에 사로잡혔거나 투철한 희생정신(사회적 규범의식)이 있어서 그런 것은 아니라고 했다. 누구든 그 자리에 있었다면 마찬가지로 그렇게 행동했을 것(본성/선성)이라 믿는다.

아렌트와 포겔만의 담론은 선악의 본성이 사회적 규범의식과 맞물려 작동하는 방식이 평범한 누구나의 가슴속에 유사하게 들어있음을 강력히 시사한다. 즉, 전자는 사회적 규범의식이, 그리고 후자는 인간의 본성이 상대적으로 강하게 추동된 사례이다. 앞서 언급했던 홍자성의 말이 자연스럽게 소환된다. 오늘날까지 많은 사람 사이에 회자하고 있는 프로이트도, 뉴욕타임스의 보도가 사실이라면, 본성과 사회적 규범의식의 극단을 오갔던 사람으로 볼 수 있다. 그건 어떤 특별한 사람들에게서만 나타나는 마음의 작동 방식이 아니다. 나도, 너도, 그리고 우리는 같은 범주의 인간에 속하지 않는가.

이제, 내 생각을 정리할 단계이다. 사람은 태어나면서 본성을 지니고, 이후 무리에 속해 성장한다. 어린이집, 유치원, 초등학교, 중등학교, 대학, 직장인 등으로 삶을 이어가면서 평생 무리 속에서 산다. 노동 현장에서 퇴임할 때까지 그렇게 생활하다 보면, 사람들은 마치 사육에 길든 동물처럼 자신의 타고난 본성을 억제하는 기술을 터득하기도 하고, 본성에 충실한 나름의 비결을 축적하기도 한다. 그 과정에서 사람들은 두 가지의 심리적 특성을 극단으로 하는 하나의 넓은 스펙트럼 가운데 어느 한 곳에서 자아를 형성하게 된다. 자기 자신에게 주어진 본성을 존중하는 삶을 중시하느냐, 아니면 사회의 질서 유지를 위한 규칙이나 규범에 자신을 일치시켜 사는 삶을 중시하느냐에서 서로 간에 크거나 미세한 차이를 보인다. 그 둘 가운데 어느 하나의 방식이 옳다고 말할 수는 없다. 더군다나 그 삶의 양식이 완벽하게 구별되지도 않는다.

그럼에도 분명해 보이는 한 가지 사실은 삶에 관하여 나 자신만의 고민이 필요해 보인다는 것이다. 왜냐하면 어떤 관점에서 어떻게 살아갈 것인가 하는 문제는 나의 몫이기 때문이다. 내세를 믿지 않는 나 같은 사람에게는 단 한 번의 기회밖에 없는 삶이다. 그리고 누가 내 삶을 대신 살아줄 수도 없다. 어쩌겠는가. 기왕 그렇다면 나답게 잘 살아야 하지 않겠는가? 잘 산다는 건, 기둥과 보가 꼭 맞게 맞물리듯, 내 마음 안에서 본성과 사회적 규범의식이 내 삶의 정체성에 맞는 중용의 도를 찾아 서로 적절하게 맞물려 작동함으로써 사람다운 '격'을 갖춰 산다는 걸 의미할 것이다. 근데, 이게 어디 하루아침에 이루어질 수 있는 일이겠는가? 그래서 사는 게 재밌는 일일 것이다.

나의 행동은 본성과 사회적 규범의식이 마음 안에서 어떻게 맞물려 작동하는가에 의존한다.

사람들의 행태에 관한 단상

사람들은 태어날 때 오직 선악의 가치 의식을 요체로 하는 본성과 그에 부속하여 그걸 움직이도록 만드는 욕구 본능을 지니고 있다.

그래서 아기들은 본능적인 욕구가 충족되지 않으면 큰 소리로 울거나 떼를 쓰는 등 본성의 일단을 드러낸다. 그러다 부모나 보호자의 훈육 등으로 차츰 본성을 제약하는 사회적 규범의식이 생기기 시작하며, 학교 교육이 끝날 즈음만큼의 세월이 흘러 지나가면 그간의 교육과 인간관계를 통해 익힌 사회의 도덕이나 규칙, 규범들에 대한 의식이 또 하나의 심리적 특성으로서 본성과 쌍벽을 이루게 된다. 그럼으로써 사람은 비로소 주체적인 한 인간으로 기능할 수 있는 요건을 갖추게 된다.

우리 마음속에 있는 두 심리적 특성은 한 번 맞물리면 고정되는 물리적인 형태가 아니라 수시로 그 지점과 폭과 깊이를 달리하는 특징이 있다. 그래서 인간이 보이는 행태는 그야말로 천태만상이다. 나이가 어지간히 든 사람들은 어느 정도 일관된 행태를 보이긴 하지만, '과연 나는 어떤 행태를 보이는 사람인가?'라고 자문하면, 자기 자신도 딱 부러지게 '난 이런 사람이야'라고 말하기 어려울 것이다. 그만큼 한 개인도 다양한 유형의 행태를 보이기 쉽다는 말이다. 본성과 사회적 규범의식을 양극단의 특성으로 하는 하나의 스펙트럼을 가정할 때, 두 특성의 강도가 엇비슷하게 작동함으로써 상호 균형을 유지할 수 있는 지점이 중용의 도에 가까울 수 있다. 그렇지 않고 어느 한쪽의 특성이 지나치게 강하게 작동함으로써 다른 쪽의 특성이 작동하는 것을 억제하거나 방해할 때는 자칫 편협된 행동이 나타날 수 있다.

예컨대, '자아 성찰형' 마음의 작동 방식을 지닌 사람은 본성과 사회적 규범의식이 비슷한 강도로 서로 맞물려 균형적으로 작동할 개연성이 높다. 두 특성이 상호 견제와 협력을 통해 균형적으로 작동한다. 늘 자기의 행동을 돌아보며 이기심에 끌려 충동적이지는 않았는지, 배려가 지나치지 않았는지, 타인의 인격을 무시하진 않았는지 등 나름의 기준에 따라 자기 행동을 성찰한다. 천부적으로 주어진 인간 본성의 측면에서 사회적 규범의 타당성이나 정당성을, 혹은 사회적 관점의 측면에서 자기가 행동으로 드러낸 본성의 가치를 평가하며 중도의 도가 어디쯤인지를 찾고자 노력한다.

반면에, 마음의 두 특성이 힘의 균형을 잃고 어느 한쪽으로 치우친 마음의 작동 방식을 지닌 사람들은 편협된 행동을 하는 경향이 있다. 예컨대, '사회적 은둔형'의 마음의 작동 방식을 지닌 사람은 본성의 작용은 활발하지만 맞물려 있는 사회적 규범의식은 그 작동의 힘이 매우 미미하다. 이런 사람들은 인간관계에 지쳐서 다른 사람들과 담을 쌓고 주로 혼자 생활하는 시간이 많아 다른 사람과의 관계에 필요한 마음 씀씀이나 행동에는 관심이 적고, 사회적 활동도 미약하여 법이나 규범 따위에 신경을 별로 쓰지 않는다. 하지만 홀로 생활하더라도 선이나 악에 관한 의식과 본능적 충동은 여전히 작동하고 있다. 에너지가 이런 본능적 충동에 집중되면 예상치 못한 행동이 나올 수 있다.

'규범 순응형' 마음의 작동 방식을 지닌 사람도 한쪽의 특성으로 편협되어 있기는 마찬가지다. 이들은 사회적 규범의식을 철저히 준수하는 것을 행동의 첫째 원칙으로 삼는다. 자기의 본성이 외치는 소리보다 규범에 내포된 의미를 더 중요하게 여긴다. 한 생물체로서 생명을 유지하는 데 필요한 본능적 욕구조차도 억제하는 경우가 있다. 어떤 면에서 보면, 인간미나 재미가 없어 보이는 사람이다. 외부의 권위나 규범, 규칙을 존중하는 행태를 선호함으로써 자칫 주체적이지 못하고 사회의 외적 규제에 의존하는 행동을 보이기 쉽다.

내가 여기서 주목하고자 하는 것은 후안무치한 행태를 보이는 사람이 갖고 있는 것으로 보이는 마음의 작동 방식이다. 난 이를 '이기적 탈규범형'이라 이름하는데, 이 역시 균형적인 마음의 작동과는 거리가 있다. 이는, '사회적 은둔형' 마음의 작동 방식과 같이, 본성은 활발히 작동하나 맞물려 있는 사회적 규범의식은 극히 미약하게 작동한다는 점에서 같은 유형에 속한다고 볼 수 있다. 하지만 사회적 은둔형처럼 개인에게만 국한되지 않고 다른 사람들과의 관계에 많은 영향을 미친다는 점에서 차이가 있다.

인간에게 선천적으로 주어진 본성에는 성선과 성악의 성정이 동시에 존재한다. 그런데 이와 같은 마음의 작동 방식에선 성선의 성정은 억제되고 성악의 이기적 성정만 활발히 작동한다. 더 나아가 익명성이 보장되든 그렇지 않든 크게 상관하지 않고 자신의 이기적 욕망을 충족하는 과정에서 사회적 규범의식이 마음에서 고개를 내밀 때마다 이를 억압하며 애써 무시해 버린다. 그리하여 다른 사람들에게 그 폐해가 고스란히 전이된다는 점에서 사회적으로 문제가 될 수 있다.

청나라 말기의 교육자이자 문필가였던 리쭝우(李宗吾)가 쓴 〈후흑학〉이란 책에 "하늘이 사람을 낼 때 낯가죽 속에 뻔뻔함을 감출 수 있게 해주었고, 또한 마음속에 음흉함을 감출 수 있게 해주었다"라는 대목이 나온다. 제목의 '후'는 얼굴이 두껍다(面厚)는 뜻이고, '흑'은 마음이 시커멓다(心黑)는 의미이다. 그래서 '후흑'이란 말을 풀면 '면후심흑'이 된다. 그는 중국 역사에 나오는 영웅호걸들이란 다름 아닌 낯가죽이 두꺼운 '면후'와 속마음이 시커먼 '심흑'을 교묘히 이용한 자들에 불과하다고 했다. 그러면서 맹자와 순자가 말하는 성이 선하다느니 악하다느니 하는 논설은 둘 다 궤변이라고 일갈했다.

이기적 탈규범형 마음의 작동 방식을 지닌 사람에게서는 본성 가운데 선성(善性)이 평소에는 보통 사람들과 같이 작동하나 결정적인 순간에는 아예 존재감조차 느껴지지 않을 정도로 바짝 엎드린다. 심하면 반사회적, 충동적인 행동을 하고 타인의 생각이나 감정을 원천적으로 무시한다. 우린 이런 사람을 염치가 없는 사람이라 이른다. 염치가 있는 사람은 선성이 작동하여 잘못한 일이 있으면 부끄러워한다. 반면에 염치를 파괴한 사람을 우린 파렴치한 자라 하고, 염치가 아예 없는 사람을 몰염치한 자라 한다. 이들에게선 악성(惡性)이 주도적으로 작동한다. 예컨대, 동료들 가운데는 자기가 아무런 공헌을 하지 않은 일에서 어떤 성과가 나올 경우, 그에 따른 보상을 일정 부분 챙겨 가지려는 사람이 있다. 그건 애쓴 사람들이 받는 밥상에 자기 숟가락 하나 더 얹으려 하는 파렴치한 짓이다. 그런 사람은 자기의 이익이 보이는 곳에서는 금방 얼굴빛이 변하며 시커먼 마음을 드러낸다. 아울러 행동이 돌변한다.

사람들은 '고마워'라는 말은 쉽게 한다. 자기 자신을 비굴하게 하는 말이 아니기 때문이다. 그런데 '미안하다'라는 말은 자기의 잘못을 인정할 때 나온다. 그 말을 내뱉지 않는 사람은 자신에게 잘못이 있다는 점을 인정하고 싶지 않은 것이다. 자신이 잘못해 놓고도 '미안하다'라는 말을 절대 하지 않는다. 그 말을 하는 순간, 자기가 모든 책임을 뒤집어서 쓴다는 인식에서 그러하다. 표정 관리에 바쁘다. 얄팍한 자존심에 굴복한 결과이다.

그런 사람은 시간이 지나면 이전에 자신이 했던 행동에 대해선 아무런 사과의 말도 없이 피해를 당한 자에게 호의적인 행동을 보이곤 한다. 그런 행위는 상대의 마음을 헤아려서 한다기보다 자기의 자존심을 지키는 데 방점이 있다. 자존심으로 자신을 방어하면서 남에게 호의를 베푸는 행위는 진정성이 없을뿐더러, 알량한 자기 본위의 우월의식만 드러낼 뿐이어서 역겹기까지 하다. 이런 사람은 용기가 없는, 그래서 비굴한 사람이다. 겉으론 흠결이 없는 사람처럼 면모를 갖추려 한다. 상당 기간 그와 관계를 맺어 온 경험이 없는 사람들은 일종의 가스라이팅 피해자가 될 수 있다.

지인들 가운데는 이런저런 일로 돈을 빌려 가는 사람이 있다. 사람 사는 곳에서는 얼마든지 일어날 수 있는 일이다. 문제는 그 사후 처리 다. 돈을 빌려 갔던 사람은 본인의 경제적 사정이 나아지면 빌린 돈을 조금씩이라도 갚아가려는 의지와 태도를 가져야 할 것이다. 그런데 자신이 빌린 돈을 모두 갚으려는 그런 노력이나 자세를 보이는 사람이 매우 드물다. 대부분은 마치 아무런 일이 없었던 것처럼 태연하게 지낸다. 그러면서 자신이 필요한 곳에는 돈을 잘 쓴다. 옛말에 '앉아서 돈을 빌려주고 서서 받는다'라고 했다. 돈을 빌릴 때는 그런 마음이 안 들었을는지 모르겠지만, 막상 돈을 갚으려 할 때는 아까운 마음이 앞서서, 마치 자기의 생돈을 쓰는 것 같아서 그럴 것이다. 후안무치한 행태라 아니할 수 없다.

밤알을 꺼내먹으려는 사람은 밤송이를 감싸고 있는 가시를 조심해 야 한다. 조금만 방심해도 가시에 제 손을 찔리기 쉽다. 사람들과의 관계에서 본성의 한 부분에 매몰되어 자기 이익만을 위해 행동하는 사람은 결국 다른 사람들에게 염치없는 자로 낙인찍히기 쉽다. 어떤 이익이 되는 일에는 밤송이를 감싸고 있는 가시처럼 사람들의 시선이 라는 가시에 둘러싸여 있다. 그래서 섣불리 그 이익을 취하려 든다면, 그 가시에 찔린다. 가시에 찔려 나온 핏방울은 다른 사람들의 뇌리에 부정적인 인상으로 각인되어 남게 된다. 그를 아는 주변 사람들에게 서 그의 사람 됨됨이가 절대로 잊히지 않는다.

다른 사람들과 더불어 살아가는 관계에서는 늘 나의 본성과 사회적 규범의식이 균형적으로 작동하고 있는지를 살펴보고, 혹시 내가 나만 의 이익을 우선하여 행동하고 있는 건 아닌지 성찰해야 할 것이다. 살다 보면, 당연한 이런 이치를 우리가 잊어버리기 일쑤다. 면후심흑의 기술로 인생을 살 것인가, 면박심백(面縛心白)의 기술로 삶을 살 것인지 문제는 전적으로 개인의 몫이다. 어떤 길을 가느냐는 각자의 가치관이나 세계관에 의존한다. 이기적 탈규범형의 행태를 보이는 마음의 작동 방식을 갖고 산다는 것은 몸체를 바닷물에 숨긴 채 잠망경만 물 위에 올려 사방을 두리번거리며 잠행하는 잠수함 같은 어두운 인생일 것이다.

마음의 작동 방식은 밖에서 변형할 수 없다. 오직 자신만이 안에서 바꿀 수 있다.

틈과 금이 빚어내는 결말의 거리

흔히들 부부는 '일심동체(一心同體)'라고 말한다. 결혼식장의 주례 사들을 모아 많이 하는 말의 빈도를 통계 내 본다면, 아마도 이 말이 단연 으뜸이 아닐까 한다. 그런데, 내가 보기엔, 사실 그 말에는 인생을 살아 본 사람들이 그동안 마음속에 품었던 '그러했으면 좋겠다'라는 소망이 강렬하게 담겨 있다. 서로 모른 채 살아왔던 두 사람이 어느날 부부로 만나 살아 보니, '어차피 같이 사는 부부라면 살아온 시공간적 환경이 유사하고, 서로 생각이나 취향이 비슷하고, 지향하는 삶의 방향성이 같았다면 살면서 그만큼 갈등의 소지가 줄어들지 않았을까'하는 바람을 에둘러 그렇게 표현한 것으로 짐작된다.

부부가 서로 일심동체로 산다면 최상일 것이다. 그러나, 내 생각엔, 많은 부부가 '이심이체(二心異體)'의 상태로 살고 있다. 부부란 일심동체라는 말이 오래 전 우리 사회에서 하나의 덕목으로 받아들여졌던 데에는 여성의 희생이 전제되었다고 보아야 할 것이다. 서로 다른 타인이 한 사람처럼 살려면, 두 사람 중 누군가는 상대의 바람대로 맞춰주며 살아야 할 텐데, 거기엔 누군가의 희생이 따를 수밖에 없다. 수백 년 지속되었던 남성 위주의 가부장적 사회에서 부부 중 누가 그래야 할 것인지는 명약관화한 일이 아니겠는가. 여필종부를 필두로 하는 사회제도의 거대한 쓰나미 앞에서 숨죽이며 억압된 삶을 살았던 사람들이 있었기에 그런 말이 근래까지도 결혼식장에서 회자하였을 것이다.

우리도 서로 인정하는 이심이체형 부부에 속한다. 난 신혼 초부터 "우린 달라도 너무나 달라. 도대체 맞는 부분이 없어"라는 아내의 들릴 듯 말 듯 내뱉는 불만 섞인 혼잣말을 수없이 듣고 살았다. 대개 아내는 뭔가 속이 뒤틀렸을 때 이 말을 내뱉곤 한다. 어느날 우연히 내 심정을 그대로 담고 있는 시 한 수를 읽고 마음 한편이 헛헛해졌던 기억이 있다. 시인 장문석은 자신의 시집 〈잠든 아내 곁에서〉에서 귀가할 때면 육아에 지쳐 늘 잠들어 있기 일쑤였던 아내를 바라보며 "우리는 서로가, 서로의 세계로 하나가 되는 것을 고집했다. 부부는 결코 하나가 되어서는 안 되는 것을 현악기의 화음이 서로 다른 음색의 정겨운 손잡음임을 몰랐다"라고 고백했다. 우리 부부처럼 교직의 고된 삶에 파묻혀 살던 시인은 부부가 된 이후 고뇌의 모퉁이를 굽이굽이 돌며 이심이체의 현실을 절절하게 체감했을 것이리라. 그러나 어쩌랴. 돌이키기에는 이미 늦었다. 같이 살아야 한다. 그러니 아마도 차선책으로 다름은 반목의 원인이 아니라 화음의 기초라며 체념으로 훈제된 '화음'을 들고 나왔을 것이다.

나 역시 차선으로 내 처지를 정당화할 삶의 기술을 찾아 나섰다. 우리는 흔히 자기가 원하는 것에 욕심을 내어 집착하기 쉽다. 사소한 일에도 쉽게 상대방에게 성을 내고, 미워하며, 시기 질투한다. 이런 악성은 다른 사람이 아닌 '나'로부터 나온다. 녹이 쇠에서 생겨나 쇠를 갉아 먹듯, 악성은 내 마음에서 일어나 나를 해친다. 누군가 "평화란 남이 내 뜻대로 되어주길 바라는 마음을 그만둘 때"라고 말하지 않던 가. 가정의 평화는 부부가 서로 자기 뜻대로 되어주길 바라는 마음을 접을 때 깃들게 된다. 그런 마음은 '상대방은 나와 다르다'라는 사실을 인정하는 것에서 출발한다. 그리고 그곳이 도착점이기도 하다.

난 이를 '금'과 '틈'이라는 말로 되새겨본다. 부부 사이엔 '금'이 생길 수도 있고, '틈'이 존재할 수도 있다. 그런데 금과 틈이 빚어내는 결말의 거리는 하늘과 땅 차이만큼 멀다. '금'이란 갈라지지 않고 터지기만 한 흔적이다. 우리가 일상생활에서 '금이 갔다'라고 하는 경우는 서로의 사이가 벌어지거나 틀어졌음을 말한다. 부정적인 의미가 강하다. 항아리에 금이 가면 물이 새어 쓸모가 없어진다. 아무리 값비싼 도자기도 금이 가는 순간 그 가치는 저 밑으로 추락한다. 우정에 금이 가면 둘 사이가 틀어진다. 원수가 될 수도 있다. 부부 사이에 금이 생긴다는 것은 서로에 대한 신뢰가 무너져 내리고 있음을 방증한다. 그리고 한 번 생긴 금은 다른 사소한 일로도 쉽게 번져간다.

자동차의 앞 유리에 금이 생기면 하루 이틀 사이에도 쩍쩍 벌어져 나간다. 자동차 유리 수리공은 더 이상 금이 진행되는 걸 막기 위해 금이 간 끝 쪽 부분에 둥근 구멍을 일부러 만든다. 원심력이 분산되어 더 이상 금이 진행되는 것을 막기 위해서다. 일종의 틈 역할을 한다. '틈'은 벌어져 사이가 난 자리를 일컫는다. 유리 수리공이 만든 둥근 구멍과 같은 이치다. 어느 한 방향으로 힘이 작용하지 않도록 해준다. 길거리를 포장하는 인부들은 넓은 바닥에 깐 시멘트에 일부러 일정한 간격으로 틈을 만든다. 금이 생기지 않도록 하기 위해서이다.

틈이 생명체에 활기를 불어넣어 준다는 사실을 우린 주변에서 쉽게 발견할 수 있다. 토기장이의 손에 빚어진 항아리와 같은 질그릇은 숨을 쉰다고 하지 않은가. 그릇 자체의 미세한 틈 사이로 공기가 통해 음식물을 자연 발효시켜 맛과 신선도를 장기간 유지해 준다. 벼농사를 지을 때도 벼를 너무 빽빽하게 심으면 공기가 잘 통하지 않아 병이 발생한다. 벼와 벼 사이의 공간을 알맞게 띄워 벼를 심는 것이 병해 피해를 줄이는 최선의 길이다. 사과나 배 같은 과수를 전정할 때도, 그 핵심은 틈새를 두어 가지들이 햇빛과 바람을 골고루 받을 수 있도록 하는 데 있다.

부부 사이의 틈은 서로가 신뢰하고 존중할 때 존재할 수 있는 심리적 공간이다. 신뢰라는 벽돌이 서로 맞물려 힘의 균형을 이룬다. 힘의 균형이 무너져 어느 한쪽으로 기울면, 그리고 그렇게 세월이 흘러가다 보면, 하중이 한곳으로 쏠려 다른 한쪽의 신뢰에 금이 가게 된다. 결국엔 둘 사이가 갈라지게 된다. 하지만 틈은 서로를 향한 구심력을 제공해 줌으로써 부부간에 안정이 유지된다. 각자 배우자의 생각이나 행동의 공간, 곧 틈새를 인정해 준다. 예컨대, 배우자의 친구 관계나 취미 생활, 의복이나 머리 스타일 등과 같은 일정한 공간에 대해 간섭하려 들지 않는다.

한 재혼정보회사가 전국의 재혼을 희망하는 이혼 남녀 516명(남녀 각각 258명)을 대상으로 한 설문조사는 부부가 일상의 삶을 살면서 유의해야 할 요소가 무엇인지를 시사해 준다. 결혼해서 사는 사람이라면 누구나 피할 수 없는 일들이 있다. 이를 나열해 보면, 자녀 양육, 가사 분담, 부모 부양, 돈, 건강(질병), 폭언·폭행, 성역할 행동, 종교, 소비 행태 등이 대표적이다. 이런 요소들은 부부가 어떻게 인식하고 행동하는가에 따라 결혼 생활을 건강하게 하는 틈이 될 수도 있고, 파탄에 이르게 하는 금이 될 수도 있다. 우리 부부 사이에 일어났던 수많은 다툼도 바로 위에 나열한 것들로부터 생겨났다. 서로 틈을 허용하지 않으려는, 곧 내 뜻대로 모든 것이 이루어져야 한다는 태도가 근원이었다.

부부 사이에 적절한 심리적 공간이 유지되고 있느냐는 부부간 삶의 질을 결정하는 중요한 요소이다. 틈은 힘이 골고루 가해져 균형을 이루고 안정적이지만, 금은 양쪽에서 잡아당기는 힘이 끊임없이 작용한다. 서로 자기 쪽으로 힘의 중심을 끌어오려는 것이다. 틈과 금은 상대를 향한 마음의 작동 방식에서 근원적으로 차이가 있다. 틈은 서로에 대한 신뢰와 사랑을 바탕으로 마음이 작동하지만, 금은 서로에 대한 미움이나 증오에서 마음이 작동한다. 따라서 틈과 금이 빚어내는 결말은 전혀 다른 세계로 이끈다.

틈과 금의 차이는 상대를 대하는 마음 자세에서 비롯한다.

잠재의식 속 내 수치심의 근원

내 잠재의식에는 평소엔 활동이 잠잠하다가도 기회만 되면 활화산처럼 쉼 없이 꿈틀거리며 나의 행동을 제어하는 것이 존재한다. 그건 수치심이다. 잠재의식은 무의식과 의식의 중간쯤에서 작동한다. 수치심은 그에 도사리고 있어 평소엔 의식이 되지 않다가도, 어떤 단서가 의식의 스크린에 잡히면, 나를 조종하는 하나의 심리 장치로 작용한다. 정신 분석론자들이나 발달심리학자들의 말을 따르면, 수치심은 초기 아동기인 2~4세에 배변 훈련 과정에서 형성된다고들 한다. 그런데 아무리 생각해도, 내 수치심의 원형은 그보다 훨씬 후인 청년 초기 무렵의 대학 시절에 겪었던 화장실 변기 사용 문제에서 비롯한 것으로 여겨진다.

[1] 대학 다니러 서울이란 곳에 처음 올라온 후, 나는 방배동 남쪽 끝 산자락 언저리에 부엌과 화장실을 주인집 사람들과 같이 사용하는 자그만 방 하나를 구해 자취했다. 주인아주머니와 같은 공간에서 밥을 짓고 설거지하는 일도 그랬지만, 더욱 고역스러웠던 건 화장실을 사용하는 일이었다. 네모난 10여 평 남짓의 마당 가장자리를 따라 '기역(ㄱ)' 자를 좌우로 뒤집은 형태의 집이었는데, 주인 식구들이 거주하는 가로 형태의 공간과 내 자취방이 있던 세로 형태의 공간이 만나는 지점에 부엌이 있었다. 그리고 화장실은 주인 내외가 사용하는 안방과 자녀들이 쓰던 오른쪽 작은 방 사이에 있었다. 화장실엔 양변기 하나가 설치되어 있었다.

주인 내외, 초등학교 다니는 두 자녀, 그리고 나까지 다섯 명이 모두 한곳의 화장실을 이용해야 했다. 그래서 화장실에 한번 가려면 늘 주인집 식구들의 동태를 살펴야 했다. 그러던 어느날 아침, 으레 그렇듯 나는 용변을 마치고 내 방으로 들어와 학교 갈 준비를 서두르고 있었다. 그때 주인아주머니가 큰 소리로 날 밖으로 불러내었다. 조금 전 화장실을 사용하지 않았느냐고 다그쳐 물었다. 내가 그만 변기에 물을 내리는 걸 깜빡 잊고 나온 모양이었다. 양변기에 익숙하지 않은 탓이었다. 잠시 후, 40대 초반의 주인아주머니한테서 듣기 민망한 호된 질책을 들어야만 했다.

당시에 나는 학생군사교육단 소속으로 검정 베레모에 군청색 학생용 제복을 입고 학교에 다니고 있었다. 그런데 그런 일이 있고 난 후부터 제복을 입고 거울에 비친 내 모습을 보면, 나 자신이 너무 창피스럽게 보였다. 자존감이 말이 아니었다. 남이 모르는, 그러나 누군가는 알고 있는, 나의 숨기고 싶은 행동이 검은 베레모와 영 어울려 보이지 않았다. 주인아주머니로부터 당했던 그날 아침의 창피함이 수치심이 되어 가슴 한복판으로 파고들어 올 땐 애꿎은 베레모를 벗어 방바닥에 내팽개치곤 했다.

[2] 불과 몇 년 전, 나의 형제자매들은 어머니를 모시고 신안 바닷가에 있는 어느 리조트에서 1박 2일을 보냈다. 구순을 맞은 어머니를 축하하기 위한 가족 나들이였다. 준비한 의례와 함께 그동안의 회포를 나누고 우리는 잠자리에 들었다. 난 늘 그렇듯이 그날도 어김없이 새벽에 화장실을 다녀왔다. 저녁에 과식했던 탓으로 용변량도 많았을 것이다. 아침이 되자, 내가 사용했던 화장실에 들어간 누군가가 기겁하여 큰소리를 질러댔다. 누가 용변을 보고 변기의 물을 내리지 않았다고 난리다. 범인은 나였다. 내가 물을 내리는 걸 깜빡한 것이다.
그것도 습관에서 나온 행동이었다. 서울 우리 집의 안방에 딸린 화장실의 변기는 용변을 마치고 일어서면 자동으로 물이 내려간다. 여자의 예감은 신의 예지를 뛰어넘는 것 같다. 내 아내는 가끔 나에게 집에서 용변 보는 습관으로 혹시 어디 가면 변기 물 내리는 걸 잊지 말라고 당부하곤 했다. 그런데 결국 그날 사달이 나고 만 것이다. 그곳에 있던 모든 식구가 날 쳐다보며 한심하다는 듯, 이제 노인 다 됐다고 한마디씩 해댄다. 나는 서울집을 핑계 삼아 둘러댔지만, 아무도 그에 귀 기울이지 않았다.

[3] 옛 직장 동료이기도 했던 내 친구가 엊그제 부부 동반으로 내 귀촌 집을 방문하기로 했다. 며칠 아내와 함께 서울집에서 지내다 내려가는 길이라 집 근처 해안가에서 미리 만나 산책하며 바다 구경을 한 후 집으로 가기로 했다. 넷이 바닷바람을 맞으며 백사장을 잠시

걸은 후 집으로 향했다. 내가 마당에 차를 주차하자마자 아내는 용변이 급하다며 후다닥 뛰어 먼저 집 안으로 들어갔다. 내가 친구 부부를 안내하며 집 안으로 들어섰을 때, 아내는 눈에 보이지 않았다. 잠시 후 화장실 문을 열고 나왔다. 심상찮았다.

친구 부부와 차를 마시며 담소를 나눈 후, 친구 부부는 사위에 어스름이 내려앉는 것을 보고 서둘러 자리에서 일어섰다. 잠시 후, 아내는 볼멘 얼굴을 하고 나를 노려보았다. 제발 용변을 볼 때 휴대전화를 들고 들어가지 말라고 쏘아붙인다. 이번엔 휴대전화가 문제의 발단이었다. 며칠 전 서울로 올라가기 직전에 용변을 보며 휴대전화의 가십거리를 읽다가 그만 변기 물 내리는 걸 깜빡했던 모양이다. 이번에도 그 못된 습성 때문에 아내로부터 곤욕을 치러야 했다.

[4] 아내는 나의 화장실 변기 사용 방식에 대해 불만이 많다. 변기 테두리나 주변 바닥에 소변 자국이 많이 남는다고 잔소리를 해댄다. 변기에 앉아 용변을 보고 있는 중에도 냄새가 난다며 도중에 물을 빼라는 주문도 어김없이 날아든다. 용변을 마치고 일어설 때는 물이 내려가기 전에 뚜껑을 닫으란 성화도 이어진다. 뚜껑을 열어둔 채로 물을 내리면 세균이 공기 중으로 새어 나온단다. 아내는 나에게 화장실 청소를 자주 하게 한다. 본인이 화장실용 세제를 세면기와 변기에 뿌린 후, 솔과 걸레로 닦는 일은 꼭 나에게로 떠넘긴다. 난 군말 없이 아내가 시키는 대로 한다. 왜냐고? 화장실 변기를 청소할 때, 나는 사실 나의 잠재의식 속에 붙박여 있는 수치심을 씻는다고 생각하기 때문이다. 아내는 자기가 시키는 대로 내가 변기만 씻고 있는 줄로 알 것이다.

일반적으로, 어떤 잘못을 저질렀을 때 갖게 되는 죄책감은 그 행동에 대해 사과하거나 용서를 받으면 슬그머니 사라진다. 그러나 수치심은 그 사람의 품성 전체와 엮여서 치유가 간단치 않다. 자기가 스스로 자신을 포용해 주거나 인정해 주지 않으면 쉽게 사라지지 않는다. 밖으로 밀어내거나 추방하려고 할라치면 더욱 깊숙이 잠재의식을 잠식하며 파고들어 온다. 그리고 적절한 자극이 주어지면 언제든 다시 고개를 들이민다. 따라서 잠재 의식화된 수치심을 줄이거나 사라지게 하려면 차라리 의식의 세계로 그걸 끄집어내어 조목조목 따져 들어 인정할 건 인정해 주는 과정이 필요해 보인다. 그래야 담장에 쓰인 붉은 페인트 글자가 시간이 지나면서 휘발되어 흐려지고 나중엔 알아볼 수 없게 되는 것처럼, 수치심의 굴곡에서 차츰 벗어날 수 있는 것 같다. 그렇지 않으면, 수치심은 자기 자신을 숨게 만든다. 다른 사람 앞에 노출되는 게 싫어 사람들로부터 도망가게 한다.

잠재의식에 똬리를 틀고 있는 수치심은 은근히 나에게 일종의 결벽증 증세를 보이게 한다. 비록 내가 이 방면을 전공한 사람은 아니지만, 자신의 정신적인 측면에서 나오는 어떤 징후는 당사자 본인이 제일 잘 알 수 있다고 생각한다. 예를 들면, 아내는 침대 밑이나 장롱과 벽 사이의 좁은 빈 곳에 이런저런 잡동사니들을 잘 넣어 둔다. 그런데 집안의 잘 보이지 않는 곳에 물건이 있으면 난 이를 두고 보지 못한다. 싱크대에 설거지를 하지 않은 채 식기 등을 늘어놓는 걸 스스로 용납하지 못한다. 바로 씻어 놓아야 한다. 싱크대 하수구 뚜껑과 그 밑이 지저분한 것 또한 참지 못한다. 철 수세미로 박박 문질러야 속이 풀린다.

그렇다고 내가 평상시에 외모나 의상을 깨끗하게 갖추는 성격도 아니다. 이상하게도, 보이지 않는 곳이 청결해야 한다는 강박관념이 내겐 유독 강하게 작동한다. 특히 침대나 소파 밑은 먼지가 자리를 틀고 앉기 전에 청소기로 흡입한 후 걸레로 말끔히 씻어낸다. 누군가 외부 사람이 우리 집에 왔을 때 우연히 사각지대를 볼 수도 있다는 노파심이 작용하는 것 같다. 나의 잠재의식에 도사리고 있는 수치심을 닦아내는 보상 심리에서 나오는 행동일 수도 있을 것이다. 이는 분명히 수치심이 무의식중에 나의 행동을 조종하는 것으로, 결벽증의 한 증표가 아닌지 의심스럽기까지 하다.

수치심 외에도 잠재의식 속에는 나를 움직이는 수많은 작동장치가 존재할 것이다. 중요한 것은 수치심을 포함하여 잠재의식 속에 도사리고 있는 어떤 심리적 요소들이 나의 행동을 조종하도록 내버려둘 것이 아니라, 어떻게 하면 나 자신이 성장하는 데 긍정적으로 작용할 수 있도록 의식의 세계로 끌어올려 그것들을 조종할 수 있는가 하는 게 문제이다. 수치심이 잠재의식에서 발동하면 가급적 의식의 세계로 끌어 올리려 노력한다. 그러고는 포용하고 감싸주려고 한다. 잠재의식에 갇혀 자신을 옭아매고 은둔생활을 하도록 만드는 행태를 방지하는 것이다. 난 그것이 본인 자신의 노력으로 얼마든지 가능하다고 믿는다.

사람은 실수할 수 있다. 그러나 그 실수에 지배당하는 건 더 큰 실수이다.

평생 친구로 나아가는 길

하버드대 조사 연구팀은 '그랜트 연구'라는 85년 장기 프로젝트를 통해 '무엇이 좋은 삶을 이루는가?'와 '삶을 향상하는 조건이 무엇인가?'를 알아보았다. 거기에서 도출된 결론은 인간이 느끼는 행복의 비밀은 좋은 인간관계에 있다는 것이었다. 굳이 그런 거대한 발표가 아니라도, 우리는 경험적으로 누군가와의 관계를 통해 행복감을 느낀다는 걸 알고 있다. 물론 인간관계에 실패한 사람도 얼마든지 행복감을 느끼며 삶을 잘 살 수 있을 것이다. 반드시 누군가와 함께 생활해야만 행복한 건 아니기 때문이다. 행복한 감정을 느끼는 원천이 다를 뿐이다.

그런데 다른 사람들과의 관계에서 얻는 행복감에 대해 경제협력개발기구(OECD)에서 발표한 '2022년 글로벌 행복지수'라는 자료는 우리에게 한 가지 흥미로운 정보를 제공해 준다. 세계인들과 우리나라 사람들 간에는 행복감을 느끼는 인간관계의 요소에서 인식의 차이를 드러내고 있다. 세계인들은 가족과 친척들과의 관계에 이어 '친구 관계'를 행복과 삶의 만족감을 얻는 주요 요소로 꼽았다. 그런데 우리나라 사람들은 가족과 친척들과의 관계에 이어 '동료 관계'를 우선순위로 꼽고 있었다. 이는, 한국인들의 경우, 근친성이 삶의 만족감을 느끼는 데 상당한 영향을 미치고 있음을 보여준다.

나 역시 한국인이라 그런지, 그런 경향성에서 벗어나 있지 않은 것 같다. 실제로 내가 삶을 살면서 의지하거나 행복감을 느끼는 경우의 빈도수도 위 자료와 일치한다. 친구는 대부분 내가 시간상으로 여유가 있거나 술 한 잔이 생각날 때 이외엔 특별히 의식의 세계로 자주 떠오르는 건 아니다. 아마도 우리나라 사람들이 세계인들과 그런 차이를 보이는 데는 어린 시절과 학창 시절의 청소년기를 지나친 경쟁풍토에서 보내고, 이후 활동력이 가장 강한 젊은 시절에도 하루의 대부분을 직장에서 보내는 현실이 큰 영향을 미쳤을 것으로 짐작이 된다.

그런데 나이가 들어보니 그런 인식에서도 변화가 일어난다. 공유하는 마음의 면적이 넓어 이런저런 이야기를 스스럼없이 나눌 수 있는 가까운 친구가 점차 그리워진다. 행복감의 요소로 앞선 순위에 있던 동료 관계는 그 자리를 친구 관계에 넘겨 준다. 동료 관계는 퇴직과 동시에 금방 시들어진다. 업무로 공유되었던 일정한 목적 아래서 맺어진 관계라는 그러한 한계에서 오는 결과일 것이다. 그래서 친구가 그리워지기 시작한다. 친구도 친구 나름이긴 하다. 책장 속의 수많은 책 가운데 고전이 그러하듯이, 가슴 저 언저리에 언제나 같은 모습으로 서있어 내게 든든한 심력을 안겨주는 그런 친구가 그리워진다.

결혼도 하고, 어느 정도 경제적 형편도 자리를 잡은 나이가 되자, 어릴 적 시골에서 초등학교를 같이 다녔던 친구들이 궁금해졌다. 처음엔 동창 두세 명이 모여 타지인 서울에서 술잔을 기울이며 회포를 푸는 정도였다. 그러다 어느 날 모임에서, 술이 얼큰해진 누군가가 좀 더 많은 친구를 찾아보면 어떻겠냐고 제안했다. 그렇게 해서 모인 시골 초등학교 동창 친구들이 십여 명에 이르렀다. 우리가 다녔던 시골 읍내의 초등학교는 학년당 한 학급이었고, 겨우 18명 정도가 한 학급을 이루고 있었던 아주 작은 사립학교였다. 그러니 십여 명이 모였다는 것은 거의 모두 모인 것이나 매한가지였다.

셋만 모이면 조직의 이름과 직책을 정하는 게 한국 사람의 특징이 아닌가. 우리에게도 한국인의 피가 엄연히 흐르고 있었다. 어릴 적 다니던 초등학교의 이름을 따서 조직의 이름을 정하고, 회칙도 정했으며, 그에 따라 임원도 지명했다. 이만하면, 웬만한 기업이 부럽지 않은 조직을 갖춘 셈이다. 정해진 회칙에 따라 우린 모임을 유지해 나갔다. 주로 토요일에 을지로에 있는 음식점에서 만나 저녁을 먹고, 근처 호프집에서 술도 몇 잔 기울이며 타향살이의 외로움을 달랬고, 자기 집안의 이런저런 이야기도 함께 나누며 우정을 나눴다. 그런 시간이 어느덧 30여 년 흘렀다.

그런데 우리가 육십갑자를 한 바퀴 돌고 나면서부터 친구들 사이에 이전과는 다른 기류가 감지되기 시작했다. 대폿집에서 술 한잔씩 하다 보면, 친구들의 대화 중에 누구, 누구에게 서운하다는 말이 언뜻언뜻 들렸다. 친구 간에 생긴 그런 감정의 기류가 어디에서 비롯한 것일까? 그 시점을 전후로 하여 친구들 간에 심리적 균열이 봇물 터지듯 불거져 나오기 시작했다. 누구는 불평불만이 많아 왠지 불편하고, 누구는 음식 메뉴를 정할 때조차도 자기주장이 너무 강하여 말 붙이기 어렵고, 누구는 술을 너무 많이 마셔 꼴 보기가 싫고, 누구는 친구들을 위해 돈 쓰는 걸 너무 아까워하며, 등등의 불만이 모임 때면 봄날 비 온 뒤 고사리 올라오듯 여기저기서 불거져 나왔다.

왜, 나이가 든 이제 와서 친구들은 삼삼오오 분열할까? 나는 동서양을 대표하는 철학자들 중 아리스토텔레스와 공자가 했던 말 가운데서 그 단서를 찾는다.

아리스토텔레스는 우정을 유난히 강조했는데, 친구와 우정에 대해 다음과 같은 말을 남겼다. "가난과 같은 역경이 닥쳤을 때, 사람들은 자신이 유일하게 기댈 곳은 친구라고 느낀다. 친구는 젊은 시절에는 나의 잘못을 바로잡아 주고, 나이가 들어 약해졌을 때는 나를 챙겨주는 존재이다. 한창 전성기 때는 위대한 업적을 이루는 동반자가 된다. 생각하고 행동하는 데 있어 언제나 둘이 하나보다 낫기 때문이다." 그래서 그는 진정한 친구를 둔 사람이 행복한 인생을 사는 사람이라 했다.

그는 우정에 세 종류가 있다고 했다. 첫 번째는 상호 이익을 위해서 관계를 유지하는 친구다. 이해관계에 민감하여 득실을 따진 후 관계를 유지할 것인지를 결정한다. 사업 상대나 고객들이 그런 친구들이다. 그러다가 득 될 일이 없으면 만날 이유가 없어진다. 당연히 친구 관계도 사그라져 소멸하고 만다. 두 번째는 취미가 같아 관계를 유지하는 친구이다. 이들은 골프나 등산, 연극, 여행 등 같은 취미 생활을 하며 즐거움을 공유한다. 취미란 것이 금방 바뀌지 않는 특성이 있어, 이런 친구 관계는 서로 경제적 부담을 공평하게 분담한다면 비교적 오래간다. 세 번째는 서로 추구하는 가치의 방향성이 일치하는 관계로 맺어진 친구이다. 그 가운데서도 보편적 선을 지향하는 가치가 다른 무엇보다 앞선다. 이들은 말하지 않아도 서로 상대의 선한 의지를 읽고 마음이 겹치는 부분을 확장해 나간다.

공자도 친구에 대해 언급한 바가 있다. 그런데 공자가 친구와 관련하여 한 말 가운데 내가 선뜻 이해하기 어려운 부분이 있긴 하다. 자기보다 나은 사람을 친구로 선택해야지, 자기보다 못한 사람과는 친구 하지 말라는 말이다. 공자는 왜 자기보다 못한 자와는 친구 하지 말라고 했을까? 그에게는 배울 것이 없기 때문이란다. 가능하면 배울 점이 많은 자와 벗을 하는 것이 유익할 것이다. 그런데 우리가 이 말을 가만히 되뇌어 보면, 금방 그게 모순임을 알 수 있다. 자기보다 못한 사람을 친구로 두지 않는다면, 자기와 친구인 사람은 자기와 수준이 같거나 자기보다 나은 사람일 텐데, 자기보다 나은 사람은 왜 자기를 친구로 삼았겠는가, 아무것도 배울 점이 없는데. 이에 대해 주자(朱子)는 이 원칙이 자기보다 뛰어난 사람과 친구 하기를 추구하되 자신보다 못한 사람이 자신에게 배우고자 찾아올 때는 그를 내쳐서는 안 된다는 의미라고 했다. 이건 또 무슨 말인가? 공자의 말을 둘러대는 것 같아 그 진의를 이해하는 데 별반 도움이 되지 않는다.

나는 공자가 했던 말을 내 나름으로 해석한다. '나보다 못한 사람과 친구 하지 말라(無友不如己者)'는 말에서 '如(같을 여)' 자에 주목한다. 난 이 글자를 '~보다 더'가 아닌, '같다, 비슷하다'라는 의미로 해석한다. 그래서 '나보다 못한 자'가 아니라 '나와 같지 않은 자'로 받아들인다. 전자는 우열의 개념이요, 후자는 동류의 개념이다. 무엇이 나랑 같지 않은 사람일까? 난 그것을 '삶에서 추구하는 가치'로 본다. '나와 추구하는 가치가 같지 않은 사람과는 친구 하지 말라'라는 뜻으로 받아들인다. 다시 말해, 특별한 지식이나 능력을 따져 나보다 나은 사람을 친구로 사귀라는 의미라기보다는 가치의 측면에서 동의하거나 공유할 만한 면이 있는지에 따라 친구로 사귈 것인지를 구분하라는 뜻으로 이해한다.

아리스토텔레스와 공자의 언설은 내게 친구 관계를 구분하고, 더 나아가 인간관계를 유지하는 하나의 준거가 되고 있다. 추구하는 가치가 일치한다면 친구로 사귀고, 서로 다르다면 같이 협력할 건 하면서 데면데면한 관계로 지낸다. 가치의 지향점이 다르다고 굳이 만남을 피하거나 거부할 필요까지 있겠는가. 다른 사람에게 예의를 갖추라는 사회적 규범을 무시할 필요는 없다. 공자도 '군자는 서로 어울리되 패거리를 짓지 않고, 소인은 패거리를 짓되 서로 화합하지 못한다'라고 하지 않았던가. 추구하는 가치가 같은 사람끼리 어울리게 되면, 자연스럽게 담론의 주제가 같을 것이요, 논쟁이 벌어지더라도 대화의 내용은 그 범주 안에서 이루어지게 될 것이다. 그들 사이에는 인간애에서 나오는 친분이 돈독해져 친구로서의 정분이 자연스레 두터워진다.

인간관계는 난로처럼 대해야 한다는 말이 있다. 사람은 너무 가깝지도, 너무 멀지도 않게 사귀는 게 최선이라는 것이다. 하지만 가깝거나 멀다는 것은 거리 개념에서 나온 말이다. 그건 지인과의 관계나 사업상의 관계에서 요구되는 법칙이라 할 수 있다. 하지만 평생 친구 관계는 가깝거나 먼 그런 거리 개념과는 성격이 다르다. 서로 추구하는 가치가 같거나 유사하여 생각이나 행동이 늘 같은 범주의 공간에 있다.

　오래 만났던 친구들이 점차 흩어지는 이유는 그전까지는 이득을 얻을 수 있거나 취향이 비슷해 관계를 유지했으나, 결국은 추구하는 가치가 서로 다른 데 그 원인이 있다. 나이가 들어감에 따라 서로가 추구하는 가치 의식은 자연스럽게 드러나기 마련이다. 자녀들 혼사가 모두 끝나고 부모도 돌아가시고 나면, 더 이상 얻을 도움이나 이익도 없고, 나이 들면서 자신의 경제적 혹은 건강상의 이유로 취미도 달라지니, 의미를 부여하는 삶의 지향점이 같지 않다면 친구 관계는 자연스럽게 소원해지게 된다. 아리스토텔레스와 공자의 혜안에 그저 감탄이 나온다.

　친구 관계는 추구하는 가치가 같을 때 더욱 돈독해질 수 있다.

내 마음을 두근거리게 하는 사람들

　[1] 1985년 2월 10일, 지금은 흔적도 없이 사라진 서울 강남에 있던 모 예식장에서 나는 결혼식을 올렸다. 여느 신혼부부들처럼, 우리 부부도 결혼식이 끝나면 당시 신혼여행지로 각광받던 제주도로 향할 예정이었다. 그 당시 서울의 청계천 전자상가에서 제법 잘 나가고 있던 내 초등학교 동창 친구는 결혼식이 끝나면 우리 부부를 드라이브 겸 김포공항까지 배웅해 주겠다고 했다. 그런데 사실은 그 친구가 제의하기 전에 고교 시절 내가 자취하던 집의 옆집에 살았던 고교 동창 친구가 이미 그 수고를 해주겠노라고 했었다.

　결혼식이 끝나고 주차장으로 내려오니 울긋불긋한 풍선과 오색 테이프로 장식한 자동차 두 대가 대기하고 있지 않은가. 난 순간적으로 당황했지만, 아무 일도 없는 것처럼 초등학교 친구가 준비한 차를 타고 아내와 공항으로 갔다. 고교 친구에게 사전에 그런 사정을 말하지도 않았다. 신혼여행을 하고 온 후에도 그 친구에게 사과 한마디 하지 않았다. 이 글을 읽는 사람이라면 이런 나의 태도를 도무지 이해하지 못할 것이다. 그런데 그 당시의 '나'는 그런 사람이었다. 마음의 문을 모두 꼭꼭 닫고 사는, 그렇게 폐쇄적인 사람이었다. 결혼을 할 수 있었던 것도 기적에 가까운 일이었다.

그로부터 10여 년의 세월이 흐른 후, 난 여러 자료를 뒤지며 '나'라는 사람이 어떤 사람인지 분석하기 시작했다. 그런 작업을 통해 그때 당시의 내 정신 상태가 어떠했는지를 대충 짐작할 수 있었다. 결론적으로, 나는 심한 이명과 더불어 자폐성 스펙트럼 장애에 시달렸던 것으로 추측되었다. 대학에 입학할 무렵, 이명은 절정에 달했다. 눈을 뜨고 있는 시간에는 어김없이 귓속에서 굴착기로 콘크리트를 뚫는 소리, 숟가락으로 스테인리스 그릇을 빡빡 긁는 소리, 스티로폼으로 유리창을 비비는 소리가 그치질 않았다. 귓속에 사는 매미 소리는 그저 아름다운 선율로 들렸다. 뇌가 산산조각으로 분해될 듯한 고통이 나를 짓눌렀다. 그때마다 난 인위적으로 머릿속에 부드러운 솜이나 스펀지, 캐시밀론 이불을 떠올리며 그 굉음을 상쇄시키려 몸부림쳤다.

대학 생활은 엉망진창이 되었다. 도저히 강의를 듣거나 책을 볼 수가 없었다. 책만 보면 그 증세가 심해져, 인쇄된 글은 무엇이든 의식적으로 멀리했다. 하다못해 신문도 가까이 하지 않았다. 지금처럼 인터넷이 발달한 시대가 아니었기에 당시엔 신문을 보지 않으면 눈을 감고 귀를 닫은 상태로 세상을 사는 거나 매한가지였다. 아무 생각 없이 멍하니 있는 게, 요즘 말로 멍때리는 게 그나마 최선이었다. 그렇게 황금 같은 대학 시절을 보냈다. 그때는 물론 병원에 가서 정확한 진단과 치료를 받으려는 생각조차 하지 못했다. 경제적 상황을 돌아볼 형편 자체가 못 되었었다. 고통을 온전히 몸으로 받아냈다.

나는 초등학생 때부터 부모 곁을 떠나 시골 읍내로 전학하여 고등학생인 형과 함께 자취하였다. 형은 친구들과 어울리느라 늘 저녁 늦은 시간에 들어왔다. 그동안 난 낯선 자취방에서 혼자 시간을 보내야 했다. 그런 생활에 익숙해진 나는 중학교에 들어가서도 친구들과 어울리는 대신 혼자 자취방에 있는 걸 좋아했다. 그러다 고등학교 때부터는 목포로 유학하여 혼자 자취방을 구해 지냈다. 학교 도서관 문을 닫는 밤 10시에 집으로 돌아오는 생활을 다람쥐 쳇바퀴 돌 듯 반복했다. 자취방은 쥐 죽은 듯 늘 괴괴했다. 돌이켜보면, 중세를 인류 역사의 암흑기라 말하듯, 고교 시절은 다름 아닌 내 인생의 암흑기였다.

그렇게 학창 시절을 지내다 보니, 무엇보다 친구를 사귀며 폭넓게 교류할 시간적 여유나 기회를 얻지 못했다. 같은 반에서 공부했던 학우들 가운데에서도 극히 소수하고만 교류했다. 그것도 밥을 같이 먹거나 운동을 함께하는 것이 아니라 그저 몇 마디 말을 섞는 정도였다. 그렇지 않아도 시골티가 철철 넘치는 면모에서 오는 자괴감으로 자신감이 위축되어 있는데 편협되고 경직된 사고는 그런 나를 더욱 단단히 옭아매 갔다.

타인의 감정 상태에 대해선 차갑게 무관심하고, 내가 살아갈 수 있는 생존의 길 외에는 신경을 쓰지 않았다. 늘 긴장 상태에 신경이 예민해져서 예상치 못한 일이 발생하면 범상치 않게 감정적으로 반응하였다. 오직 나만의 세계에 강박적으로 갇혀 지냈다. 같은 반 학우뿐만 아니라 가족, 친지, 친구, 선생님 등 다른 사람들과 상호 작용을 하는 데 어려움이 많았다. 성장 과정에서 삶의 기술을 누구로부터도 배우지 못했다. 당시의 난 전형적인 '은둔형'의 행태를 보이는 마음의 작동 방식에 따라 움직였다.

많은 부분 자연 치료가 되었으나, 여전히 지금도 과거와 같은 행동들이 단발적으로 나에게서 나타난다. 난 내 안에 그 증후가 잔존하고 있음을 인정한다. 20여 년의 세월이 흐른 후에서야, 문득문득 결혼식 날 나를 위해 자동차를 치장하고 기다렸던 고교 시절 친구가 떠올랐다. 동토 같던 내 가슴속에서 봄날에 땅위로 새순이 올라오듯, 미안한 감정이 서서히 피어올랐다. 내 마음의 문이 서서히 열리기 시작한 것이다. 그 친구를 찾았다. 그 친구는 그런 나의 행동에 대해 아무런 질책도, 서운함도 일절 표현하지 않았다. 옛날 고교 시절의 그 친구 그대로였다. 자취할 때 여러모로 도움을 주었던 친구 가족들도 저간의 사정을 알고 있는지 모르는지 아무런 불편한 기색 없이 나를 반갑게 맞이해 주었다. 난 조금씩 사람의 모습으로 돌아오고 있었다. 아니, 처음으로 사람이 되어가고 있었다.

장자는 군자의 사람 사귐은 물처럼 담백하기에 더욱 가까워지는 법이고, 소인의 사람 사귐은 단술처럼 달콤하기에 결국 끊어지는 법이라 하였다. 물은 깨끗한 곳, 지저분한 곳, 평평한 곳, 움푹진 데를 가리지 않고 흐른다고 하여 '최고의 선(上善若水)'이라 하지 않던가. 그 친구가 그러하다. 그는 담백하기가 물과 같아 부담이 없다. 그와 함께 있을 때는 우쭐대거나 굽실댈 필요가 없다. 일부러 있는 척, 고상한 척, 잘난 척 꾸미지 않아도 된다. 그냥 나 본래의 모습대로 있어도 된다. 그는 나의 겉과 속을 너무 잘 알고 있어서이다. 더 이상 가까워지거나 멀어질 여지가 없다. 친구를 만나면 '마음이 편하다'라는 말은 바로 그런 의미일 것이다. 하지만, 어찌 내게서 이전에 했던 행동이 잊힐 리 있겠는가. 난 지금도 그 친구를 만나면, 옛날 고교 시절 내가 보였던 자폐성 행동으로 친구가 쓸어 안았을 아픔에 대해 미안함을 가슴에 안고 마주한다.

[2] 여느 날처럼, 난 등산 복장과 도구를 갖추고 집 앞에 있는 구룡산을 오르기 시작하였다. 엊그제 내린 눈이 산길에 아직 군데군데 쌓여 있어 아이젠을 착용하고 걸었다. 산속의 공기는 차가움을 넘어 매섭기까지 했지만, 기분은 상쾌했다. 그런데 20여 분쯤이 지날 무렵, 등에 멘 배낭에서 카톡의 신호음이 울리더니 그 소리가 1~2분 간격으로 계속 이어졌다. 카톡 내용이 궁금하기도 했지만, 모처럼의 겨울 풍광을 감상하는 즐거움을 방해받고 싶지 않아 산행을 마친 후 집에 도착해서 확인할 심산으로 걸음을 재촉했다.

오호통재라! 집에 돌아와 카톡에 올라온 내용을 확인한 나는 순간적으로 눈을 의심하지 않을 수 없었다. 그와 동시에 내 목구멍에선 얕은 신음이 새어 나왔다. 이게 웬일이란 말인가? 시골뜨기였던 내가 서울이라는 낯선 곳에 올라와 이명과 자폐성 장애에 시달리며 대학 생활을 시작할 때 도시 사람들의 생활 방식을 몸소 하나하나 보여주며 일러주었던 절친 중의 절친이 세상을 떠났다는 것이다. 그동안 대학 동기 중에 세상을 떠난 친구들이 몇 명 있어 조문을 간 적이 있었으나, 오늘처럼 나의 의식이 이렇게 무겁고 혼란스럽지는 않았다. 입술이 반쯤 열리며 신음으로 사르르 떨린다.

그 친구와 내가 가까워질 수 있었던 것은 순전하게 그의 포용력 덕분이었다. 대학에 입학할 당시, 나의 사회적 관계성은 거의 정신병적 수준에 이르러 있었다. 누굴 만나고 싶은 생각도 없었고, 만나서 이야기하는 요령도 갖추지 못하고 있었다. 낯선 사람과 마주 앉으면 머릿속이 하얗게 변했다. 무슨 말을 먼저 해야 할지 몰랐다. 한마디로, 다른 사람들과 같이 어울려 지내는 삶의 기술을 전혀 익히지 못한 상태였다. 그런 나의 모습은 영국의 철학자 홉스가 말하는 이기적 본성에서 비롯한 반사회성의 성격적 결함이라기보다, 소심하고, 위축되고, 자기 방어벽이 두꺼워 친사회적이지 못한 비사회성의 성격적

특성에서 나온 결과에 더 가까웠다. 그는, 그런 나에게 보인 너털웃음
이 백만 불짜리인 친구였다. 그런 나를 이해해 주고 자기 가족들이며
친구들을 소개해 주었던 당시에 유일한 사람이었다. 그야말로 어린아
이가 엄마 뒤를 졸졸 따라다니듯, 난 그 친구를 이리저리 따라다니면
서 처음으로 세상에 발걸음을 내디딜 수 있었다.

그 친구가 올해 1월, 65년 전 이 세상으로 나왔던 날짜에 저세상으
로 돌아갔다. 장례식장에 마련된 영정 사진을 보자 나도 모르게 눈물
이 안면을 뒤덮었다. 10여 년 동안 신장 투석으로 고생해 왔던 친구다.
바쁘다는 핑계로 얼굴을 본지 오래되었다. 친구가 영면에 들기 1주일
전에 했던 통화가 마지막이 되고 말았다. 친구 내외가 1박 2일 일정으
로 내 귀촌 집에 놀러 오기로 했었다. 그런데 예정일 하루 전날 친구로
부터 문자메시지가 왔다. 사정이 있어 다음으로 미루자는 것이었다.
난 친구에게 "좋은 일이지? 그래, 다음에 만나자"라는 답글을 보냈다.
본능적으로 뭔가 예감이 좋지 않았다.

나중에 친구 아내로부터 사정을 듣고 보니 예감과 다르지 않았다.
다음날 병원에 입원했고, 그것이 이 세상에서의 소풍을 마감하고 저세
상으로 가기 위한 마지막 준비였다. 가까이 지내던 친구들 몇 명과
운구하며 마지막 길을 함께 하는 것으로 절친과의 이승의 인연을 마무
리했다. 두어 달 후, 난 아내와 함께 친구의 유골이 안치되어 있는
납골당을 찾았다. 서울 북부지역과 인접한 경기도의 산자락에 자리하
고 있었다. 환하게 웃고 있는 손바닥만 한 크기의 사진이 유골함에
기대어 놓여있었다. 친구가 보였던 국보급 너털웃음 소리가 금방이라
도 내 귀에 들려올 듯했다. 편히 잘 쉬시게!

[3] 오늘 오후에는 서울대입구역 근처에 있는 대폿집에서 존경하는
선배 두 분과 사랑하는 친구를 만나는 날이다. 이 세 사람과는 시차를

두고 같은 초등학교에서 근무했었다. 선배 두 분은 내가 지금까지 이 세상을 살면서 보아왔던 사람 가운데 '선한 사람이란 이런 사람을 두고 하는 말'이라고 믿고 있는 자들이다. 내 마음속에선 '선임 친구'로 여긴다. 그리고 사랑하는 친구는 대학 동기이다. 40여 년이 넘었지만, 무슨 노래 가사처럼, 보고 있어도 보고 싶은 사람들이다. 친구란 친함을 오래 간직하고 있는 사이를 말하지 않던가. 이들을 만나기 위해 약속 장소로 나서는 시간은 설렘으로 가슴이 두근거린다. 세월이 흘러도 그 두근거림이 사그라지지 않는다. 만날 생각만 해도 미소가 머금어진다. 동성 간의 만남에서도 이런 감정의 흐름이 있다는 사실에 그저 감사할 따름이다.

이 사람들에 대해서는 어떤 기대를 하지 않는다. 다만, 서로 신뢰할 뿐이다. 기대할 어떤 필요가 없다. 없는 것은 서로 찾지 않는다. 이 사람들을 만날 때 가만히 속을 들여다보면, 사람들 간에 기대할 만한 것들이 이미 거기 다 있다. 선배이든 후배이든 상관없이 상대방을 존중하는 태도가 체질화되어 있다. 자신이 어떤 곤란함을 겪을 때는 아무 말이 없다. 시간이 흐른 후에서야 그때 그랬노라고 말하며 웃는다. 상대방에게 어떤 바람을 갖게 하지 않도록 자신을 스스로 절제한다. 그래서 상대방에게 실망할 기회가 없다.

맹자는 벗을 사귄다는 것은 그 사람의 덕을 사귀는 것이라 했다. 덕은 하루아침에 형성되지도 않을뿐더러 어느날 갑자기 사라지지도 않는다. 그것이 덕의 본질이다. 우린 어쩌면 서로의 덕에 취해 있는지도 모른다. 어느 시인은 나지막한 목소리로 "내 모습 전부를 보여주고/ 돌아서서 후회라는 단어 떠올리지 않아도 될/괜찮은 사람 하나 있었으면 좋겠네"라고 말한다. 이들은 그런, 참 괜찮은 사람들이다. 그 시인은 같은 시 마지막에 고맙게도 내 마음을 그대로 옮겨주고 있다, "그리고 나도 그런 사람에게/참 괜찮은 사람이었으면 좋겠네"라고 말이다.

술을 같이 마셔보면, 그 사람이 어떤 사람인지 상당 부분 알 수
있다. 그 사람이 친구 할만한 사람인지도 가늠할 수 있다. 술은 감춰진
내면을 속절없이 드러내는 마력이 있어서다. 술로 친구가 되는 게
아니라, 술이 있어 친구가 될 사람이 누구인지를 알 수 있다. 우린
대폿집에서 그런 검증의 과정을 40여 년째 이어오고 있다. 아무런
탈이 없다. 아울러 우리는 동시대를 살아온 추억을 공유하고 있다.
그래서 부모나 아내, 자식에게 털어놓지 못할 속내도 부담 없이 드러
낼 수 있다. 상대방에게 아부할 것도, 부끄러워할 것도, 자랑할 것도,
눈치 볼 것도 없다. 대화가 재밌는 건 하소연하는 내용들이 서로 매우
유사하다는 것이다. 공감 백배. 상대방의 호소에 추임새로 보탤 말
이 서로 대기 중이다. 그러다 보면, 우리는 어느새 서로 온기를 느낀
다. 내가 혼자가 아님을 지각한다.

가슴을 두근거리게 하는 친구는 내게 세상을 걸어가는 힘이다.

정말 괜찮은 사람

이탈리아 피렌체에 있는 우피치 미술관에는 독일 화가 루카스 크라
나흐가 성경 속에 나오는 인류 최초의 인물들인 아담과 이브를 각각
따로 그린 기다란 액자 두 개가 '아담과 이브'라는 제목으로 마치 선악
과를 사이에 두고 서로 바라보고 있듯이 나란히 걸려있다. 오른쪽
팔을 들어 머리 뒤쪽을 긁고 있는 것 같은 아담과 오른쪽 팔을 겨드랑
이에 붙인 채 손바닥에 붉은 사과 하나를 치켜들고 있는 이브가 똑같

이 왼손으로는 작은 나뭇잎들이 몇 개 붙어 있는 가지로 부끄러운 신체 부위만을 겨우 가리고 있다. 어쩌면 아담과 이브가 보인 그런 가림 모습은 인류가 사용하기 시작한 가면의 원류일지도 모른다.

우린 인류의 발달사를 통해서도 가면의 성격을 짐작해 볼 수 있다. 원시 사회에서 인류는 사냥감이 될 만한 동물에 몰래 다가서기 위해 자기를 감추는 분장을 할 필요성을 느꼈고, 가면은 그런 수단의 일종으로 만들어졌다. 그런 측면에서 가면은 누군가에게 자신을 감추거나 속이고자 하는 데서 비롯되었던 것으로 보인다. 그럼으로써 가면이라는 말은 거짓, 꾸밈, 위선, 속임 등의 말과 연결되고, 소설이나 연극 등에서 이중적인 인간을 묘사하는 도구로 자주 사용됨으로써 부정적 이미지가 덧씌워졌다. 인간을 가면과 엮어 묘사하는 글은 그래서 주로 그의 부정적 측면에 방점을 두고 있다. 사실, 그건 그만큼 인간이 가면의 속성에서 벗어나기 어렵다는 사실을 보여주는 것이라고 볼 수도 있다.

우리는 세상을 살아갈 때 타고난 천성대로 살 수만은 없다. 욕망덩어리인 우리가 그것을 숨기고 산다는 것은 불가능한 일에 가깝기 때문이다. 적절히 세상과 타협하면서 가능한 순간에 욕망을 찔끔찔끔 충족한다. 그 충족 방식은 사람마다 주어진 환경이 달라 서로 조금씩 차이가 있기 마련이다. 그런 점에서, 내가 볼 때, 가면은 자신의 욕망을 적절히 가리고 열어주는 개폐 도구이다. 사람은 누구나 나름의 그런 도구를 갖추고 있다. 그렇지 않으면 세상 살아가기가 버겁다. 자신은 가면이 없다고 말하는 사람이 있다면, 그 사람이야말로 정말 심각한 가면을 쓰고 있는 것이 분명하다.

우린 가면에 빗대어 사람들의 양면성을 이야기한다. 주로 그 사람의 위선이나 가식을 지적하고자 할 때 그렇다. 예컨대, 자신의 영달을 위해 남을 속이고, 이용하고, 탄압하는 그런 악심을 뒤에 숨겨 놓았다가 상황이 자신에게 유리하게 호전되면 언제든 그런 악심을 드러낸다면, 혹은 늘 호의를 보이며 친절한 태도로 대하는 지인이지만 오래전에 도와달라는 자신의 요청을 거절했던 기억을 가슴에 꼭 간직하고 있다가 내가 결정적인 어려움에 봉착했을 때 옛날 그 순간을 소환하며 복수한다면, 우리는 그런 사람을 두 얼굴을 가진 사람이라며 멀리하려 한다. 왜냐하면 그런 사람들은 철저히 자신의 실체를 가면 뒤에 숨겨두고 가식적으로 관계를 유지해 왔다고 우린 여길 것이기 때문이다. 가면에 관한 부정적인 이야기는 이처럼 수없이 많다.

그러나 가면 뒤의 실체가 반드시 그렇게 부정적이지만은 않다. 가면에는 신원이나 신분을 가리고 인간 본연의 자세에서 본성적 욕망을 발산하고자 하는 긍정적 측면도 내포되어 있다. 우리 조상들이 탈을 쓴 채로 맘껏 흥을 발산하면서 은근히 사회의 부조리를 고발하고자 췄던 탈춤은 우리가 그런 맥락에서 이해할 수 있다. 또한 주지하다시피 쾌걸 조로, 배트맨, 스파이더맨 등은 사회의 정의를 실현하는 선한 영웅들로, 모두 가면을 쓰고 활동한 공통점이 있다. 그 밖에도 가면 페스티벌, 가면무도회 등의 이름으로 열리는 축제는 그동안 감춰두고 있던 자신의 본능적 욕구를, 가면을 이용하여 한껏 뽐내기도 한다.

군이 그런 영웅적인 인물들의 행동이나 문화적 차원이 아니라 하더라도, 우리는 가면 뒤의 모습을 통해 인간적인, 지극히 인간적인 면모를 발견할 수 있음을 직시할 필요가 있다. 내가 말하고자 하는 바는 바로 이 대목과 연결되어 있다. 가면 뒤에는 자존감을 지키고자 하는, 사람이라면 누구나 간직하고 있을 인간으로서의 보편적인 특성이 들어있기도 한다. 예컨대, 이기적 욕망은, 정도의 차이는 있겠지만, 사람이라면 누구에게나 있다. 가면이 있어서 우리는 적절히 그런 욕망을 감출 수 있다. 그럼으로써 우리는 다른 사람과 원만하게 어울릴 수 있고, 심리적 평온을 유지한다. 가면은 삶에 유용한 도구인 셈이다.

가면의 뒤에는 그 사람이 밖으로 드러내고 싶지 않은 일체가 그가 살아온 세월만큼 켜켜이 쌓여있을 수 있다. 거기엔 누군가를 등쳐먹고 싶은 사기성과 그럴듯하게 자신을 돋보이고 싶은 위선적 태도와 같은 그런 부정적인 욕망만이 있는 게 아니라, 다른 사람들에게 보이고 싶지 않은 자신의 결점, 감추고 싶은 자신의 서사, 악화한 상태를 원상태로 회복시킬 수 있는 능력이 부족한 데서 오는 자괴감 등등과 같은 한 인간으로서 최소한의 자존감을 보존하고 유지하고자 하는 욕구 또한 들어있다. 이를 적절히 가릴 수 있는 가림막이 필요하다. 가면은 그럴 때 존재감이 빛난다.

〈명심보감〉에 서로 얼굴을 아는 사람은 세상에 많으나 마음을 아는 사람은 과연 몇 명이나 되겠느냐는 말이 나온다. 사람들 가운데는 권력, 재산, 가문, 학식 등을 보고 친구를 사귀는 경우가 없잖아 있다. 권력욕이나 명예욕에 눈이 먼 사람은 그러할지도 모를 일이긴 하다. 대개 그런 사람들은 자신의 목표가 달성되거나 도저히 이룰 수가 없다고 판단되면, 이전과 완전히 다른 행동을 하는 경향이 있다. 하지만 대개 우리는 서로의 어떤 인간적 매력에 끌려 가까운 사이가 된다. 어느 순간 갑자기 부는 바람에 살짝 벗겨진 가면의 뒤에 있는 모습까지 힐끗힐끗 훔쳐보며 서로 점차 가까워진다. 그렇게 하며 우린 관계의 폭과 깊이를 차츰 더해간다.

정말 괜찮은 사람은 상대가 쓰고 있는 가면 뒤의 실체를 이해하고, 가면 뒤의 그 모습까지도 존중해 주는 사람이 아닐까? 아마도 그런 사람이 내 마음을 알아주는 사람일 것이다. 대개는 세월이 흐르면서 차츰 그 사람의 가면 뒷모습을 보게 되거나, 짧은 기간이라도 어떤 계기로 가면이 벗겨져 그 뒤의 민낯이 드러날 때, 사람들은 그 사람의 실체를 알게 되고 실망한다. 그리곤 저만치 멀어져 간다. 사실은 본인도 그렇게 가면과 민낯 그 둘 모두를 갖추고 있으면서 말이다. 자식을 둔 부모는 남에게 큰소리 못 친다는 속담이 있다. 자기 자식도 언제, 어디서, 사람들로부터 손가락질당하는 행동을 할지 모르기 때문이다. 사람은 누구나 이기적 욕망의 충동으로 잘못을 할 수 있고, 약점을 갖고 있으며, 그걸 감추고 싶고, 이해받고 싶어 한다.

그런 점에서, 가면 뒤의 민낯이 평소에 겉으로 보이던 지인의 모습이 아님을 보고 실망감이 들 때, 우리는 혹시 그의 행태가 자신의 약점, 결점, 부끄러웠던 행동 등을 감추고 싶어 하는, 인간의 보편적인 특성에서 나온 것은 아닌지 잘 판단해 보아야 할 것이다. 만약 사람으로서 최소한의 자존감을 지키고자 하는 동기에서 비롯한 것이면, 우리는 그 사람의 민낯에 고개를 돌리기 전에 한 번 더 생각해 볼 필요가 있다. 아니, 지인의 그 민낯마저 우리가 자신을 미루어 존중하고 이해할 줄 아는 사람이 되어야 하지 않을까?

나나, 그나, 우리는 AI가 장착된 로봇이 아닌, 사람이다. 사람이라면 누구나 자기의 약점을 숨기고 싶고, 다른 사람에게 노출당하고 싶지 않은 자기만의 서사가 있을 수 있음을 이해하자는 것이다. 예컨대, 돈은 사람의 마음을 움직이는 마력을 지니고 있다. 아무리 가까운 사이의 친구라 하더라도, 돈거래가 이루어지는 순간, 둘의 사이는 갑과 을의 관계로 전락하고 만다. 주인과 머슴 사이가 된다. 돈이 개입되면 인간관계가 질적으로 변한다. 아무리 친한 관계도 예외가 아니다. 그런데 누군가는 많든 적든 예전에 빌렸던 돈을 돌려주고 싶으나 현실이 아직 허락하지 않아 늘 미안한 마음을 간직하고 있을 수 있다. 언젠가 형편이 되면 반드시 갚는다는 마음을 잃지 않고 있다. 그럴 경우, 돈을 빌려주었던 사람은, 생활에 크게 지장을 받는 불가피한 상황이 아니라면, 그를 이해하고 더 기다리며 포용해 줘야 하지 않을까? 그도 어쩔 수 없는 상황이니까 말이다.

내 지인에게서 들은 이야기다. 한때 잘 나가던 어릴 적 친구가 회사를 접어야 하는 아픔을 겪었다. 그 친구는 한동안 절망과 회한의 늪에서 벗어나지 못하고 힘든 시간을 보내야 했다. 내 지인에게 경제적 도움을 요청했다. 큰돈은 아니었지만, 지인은 가능한 자기의 능력 범위 내에서 융통해 주었다. 그런데 지금까지 돌려받지 못하고 있다고 했다. 그 친구의 형편이 나아지지 않고 있기 때문이다. 그들은 아무런 일이 없었던 것처럼, 가끔 만나 술 한잔한다고 했다. 지인은 그 친구에게 실망을 많이 하기도 했다고 한다. 지인이 실망했던 건 그가 사업에 실패했다는 사실 그 자체가 아니라, 실패 이후에 이전의 허상에서 벗어나지 못하고 장기간 헤매는 모습을 보였던 그의 행동 때문이었다. 하지만 지인은 그와 관계를 접고 싶은 마음은 없다고 말했다. 그의 가면 뒤에 있는 모습이 자신 역시 그러했다면 크게 다르지 않았을 것이기 때문이란다. 지인은 그 친구가 지닌 인간다운 덕을 좋아했고, 지금도 그건 변함이 없어 여전히 자기 친구란다.

'소나무와 잣나무의 푸른 기상은 겨울이 되어야 비로소 알 수 있다'라는 말은 흔히 군자가 곤궁과 환난에 처해서도 지조를 바꾸지 않고 절개가 굳음을 상기시키고자 할 때 자주 인용되곤 한다. 그런데 난 이 말을 친구 간의 우정을 이해할 때 자주 떠올린다. 많은 사람은 "함께 웃은 사람은 잊어도, 어려울 때 도와준 사람은 잊지 못한다"라고 말한다. 친구가 어려움을 겪고 있을 때 도와주는 일은 우정의 기본일 것이다. 평소 좋을 때는 모두 좋은 친구처럼 보인다. 하지만 정작 찬 바람이 몰아치는 곤란에 처하면, 내 곁에 남은 사람이 없다. 그때 내 곁에 있는 사람이 진정한 친구임을 알 수가 있다는 것이다. 옳은 말이다.

그런데 나이 들어가면서 이 말은 내게 결이 좀 다르게 다가온다. 육십갑자 인생을 한 바퀴 돌아오다 보면, 거의 누구나 한두 번은 친구로부터 돈을 빌려달라는 부탁을 받는다. 하지만, 정말로 괜찮은 친구는 부탁하지 않는다. 기쁨은 나누되, 어려움은 홀로 삼킨다. 질곡의 시간이 훑고 지나가도 친구에게는 고민이나 우려를 끼치지 않으려 한다. 그러므로 서로 간에 실망도 하지 않는다. 난 그것이야말로 '세한지송백(歲寒知松柏)'의 진정한 뜻이 아닐지, 하고 생각한다.

우리는 가까이 있는 사람이 가면을 썼는지에 민감하다. 근데 난 그것에 그렇게 예민할 필요가 없다고 본다. 그보다 더 중요하고 긴요한 것은 가면 뒤의 모습을 볼 수 있는 통찰력과 그것을 안을 수 있는 포용력을 기르는 일이다. 그 사람이 진정성을 갖고 살아가는 모습을 보인다는 전제가 충족된다면, 우정엔 아무런 장애가 되지 않는다. 그 사람의 가면 뒤의 모습까지 보듬어 안을 수 있다면, 난 그를 정말 괜찮은 사람이라고 말하고 싶다. 순간적인 판단이나 착각으로 어떤 커다란 실수를 저질렀거나, 의도치 않게 뭔가 남에게 깊은 상처를 남겼다 하더라도, 그의 가면 뒤의 모습에서 사람에 대한 기본적인 존중감을 잃지 않고 있고, 누군가를 수단으로 이용하고자 하는 후안흑심의 처세술이 도사리고 있지 않다는 걸 발견할 수 있다면, 정말 괜찮은 사람은 가면 뒤에 숨겨놓은 나머지 일들에 대해서까지도 관대할 것이다. 왜냐하면 그게 자신을 포함한 사람들의 일반적인 모습이라고 믿을 것이기 때문이다.

누군가의 가면 뒤의 모습까지 사랑할 수 있다면, 그는 정말 괜찮은 사람이다.

사람들의 속내가 보이기 시작한다

부모의 언설이 설화(舌禍)가 될 때

아마도 상당수의 사람은 누군가의 자식으로 태어나 한평생을 살면서, 그런 부모의 자식이라는 사실에 우울해질 때가 한두 번은 있었을 것이다. 나의 경우, 우울을 넘어 슬픔을 느낄 때도 자주 있었다. 어머니의 언설이 설화가 되어 내 귓전을 울릴 때 그러했다. 어머니가 하는 말이 형제자매 간에 이런저런 갈등의 씨앗이 되기 때문이었다. '어서 죽어야지', '형제간에 우애 있게 지내거라'를 입에 달고 살면서도, 정작 당신이 가족들 간의 갈등을 촉발하는 진원지가 된다는 사실을 전혀 의식하지 못한다는 사실이 슬펐다. 그러잖아도 형제자매들 간에 재산 분배 문제로 우울한 날이 많은데, 어머니의 말을 두고 나오는 형제자매들의 볼멘소리는 내 속을 뒤집어놓기에 충분했다. 부모의 언설은 자식들의 우애에 양날의 칼이다. 그런데 내 어머니의 언설은 자식들의 우애를 돈독히 하는 데 작용하는 한쪽 날은 무디지만, 자식들의 우애를 갈라치는 다른 쪽 날은 예리하게 갈려있다.

지난주에는 오랜만에 형님과 함께 시골에 계시는 어머니를 뵈러 다녀왔다. 서울에 있는 아내가 주섬주섬 싸준 음식과 시골 읍내 농협 마트에서 산 막걸리로 모처럼 어머니와 두 아들이 함께 둘러앉아 저녁 식사를 했다. 저녁상을 물리자마자 어머니는 두 아들을 앉혀놓고 옷장 서랍의 옷 무더기 속을 이리저리 뒤지더니 한껏 구겨진 누런 봉투 하나를 꺼내셨다. 그러고는 머지않은 당신 생일날 사용하라며 두 아들 앞으로 돈 1백만 원을 내밀었다. 생일날에 서로 돈 모으려 하지 말고 5남매 내외가 모여 뭐든 맛있게 먹고 즐겁게 시간을 보내라는 것이다. 그러자 형님의 안색이 순식간에 변하며 윽박지르듯 어머니더러 당장 그 봉투를 다시 집어넣으라고 했다. 거기엔 내가 몰랐던 저간의 사정이 있었다.

우리 두 형제는 다음 날 아침 약 한 시간 거리에 있는 목포 형님댁으로 향했다. 형님은 그동안 누구에게 말 못 할 어머니에 대한 서운한 마음을 풀어놓기 시작했다. 아버지 기일에 기어코 사달이 벌어졌단다. 그날 우리 내외는 오래전에 지인들과 함께 예약을 해놓았던 해외여행 일정으로 인해 제사에 참여할 수 없었다. 우리 내외는 해외로 떠나기 전에 시골에 들러 자초지종을 말씀드린 후, 어머니를 모시고 아버지 산소에 다녀왔다. 미리 아버지 기일에 참석하지 못함을 고하고 죄송스러운 마음으로 재배를 올렸다. 하지만 어머니는 마음이 편치 않은 기색이 역력했다. 둘째 아들 내외가 아버지 기일에 참여하지 못한다는 사실이 속으론 용납이 되지 않았던 거다.

평소 어머니의 습성으로 미루어 사건의 전모를 상상으로 재현해 본다. 아버지 기일 날 아침, 어머니는 당신 남편 제사를 모시는 큰아들 집으로 가야 하는데, 거동이 불편하다는 사실을 잘 알면서도 자식들 가운데 누구도 시골에 홀로 있는 당신을 모시러 오지 않은 현실에 심기가 불편해졌다. 괴씸한 마음을 누르며 어머니는 대문을 나섰다. 섬에 있는 시골 마을에서 버스를 타고 읍내로 간 후, 다시 목포행 시외버스로 갈아타고 한 시간 정도를 더 가야 한다. 그러면 버스터미널에서 큰아들이 기다렸다가 택시로 모시고 간다.

구순이 넘은 연세에다 넓적다리에서 시작하여 종아리까지 번진 대상포진이 악화하여 고통에 시달리는 어머니에겐 분명히 쉽지 않은 일이다. 그렇게 당도해 보니, 큰며느리만 덜렁 앉아있는 게 아닌가. 다른 자식들은 어디에 있느냐고 큰며느리한테 다그쳐 물었다. 두 딸 내외는 사정이 있어 참석하지 못하고, 승용차로 20여 분 거리에 있는 막내아들은 퇴근하면 곧바로 올 거라고 대답했다. 이미 심기가 불편할 대로 불편해진 어머니에겐 막내아들이 도착하는 시간이 유독 느리게 느껴졌다.

어머니는 기다리다 못해 막내며느리한테 전화했다. 그러자 제수씨가 아들이 퇴근하면 바로 가도록 하겠노라고 하면서 자신은 다른 일이 있어 참여하지 못하겠다고 했다. 어머니는 그 순간 "시어머니도 여기까지 왔는데, 엎드리면 코닿을 곳에 있으면서, 시아버지 제사에 오지 않는다고?"라며 화를 버럭 내셨다. 막내아들 내외는 어머니의 호통에 모든 일을 접은 채 부랴부랴 형님 댁으로 와 제사에 참석했다.

다음 날 아침, 막내며느리는 서둘러 남편과 집으로 향해야 할 일이 있었다. 안녕히 가시라는 막내며느리의 인사말이 떨어지기가 무섭게, 소파에 비스듬히 기대고 있던 어머니는 마음 저 깊은 곳에 며칠 전 둘째 아들 내외가 다녀간 이후부터 쌓인 자식들에 대한 불만을 일시에 터트렸다. 막내며느리를 향해 차마 해서는 안 될 욕설을 내뱉고 말았다. 거기엔 자식들에 대한 당신의 불편한 마음이 응축되어 있었다. 아무리 그렇다 하더라도, 나중에 들어보니, 그 언설은 너무 심했다. 내 동생은 말할 것도 없고, 나 또한 앞으로 제수씨를 무슨 낯으로 볼 수 있을까?

내가 운전하던 승용차는 어느덧 영암 금호 방조제를 지나고 있었다. 형님은 어머니의 설화에 얽힌 이야기를 계속 이어나갔다. 형님네 큰 아들, 즉 내 장조카는 서른 후반에 이르러서야 좋은 배필을 만나 연말에 혼인할 예정이다. 장조카는 신부 될 사람을 데리고 시골 할머니에게 인사를 드리러 갔다. 내 어머니는 친손자 예비 신부에게 풍성한 덕담과 함께 절값으로 20만 원을 건넸다. 그러고는 그 사실을 온 동네, 온 자식들에게 자랑삼아 말했다. 집안의 대를 이을 장손자가 드디어 결혼한다 하니 무척 마음이 들뜨신 거다.

그런데 어머니는 당신 딸네들의 외손자들이 결혼을 앞두고 예비 신부를 데려와 인사드렸을 때는 절값으로 그 절반을 주었던 사실을 잊었던 모양이다. 아니, 내 어머니는 그 사실을 생생하게 기억하였더라도, 그에 전혀 개의치 않고도 남을 분이다. 감히 출가외인인 딸자식들 손자하고 집안의 대를 이어갈 장손을 어찌 동등하게 대우한단 말인가. 하지만 딸들은 장손 예비 신부의 절값 이야기를 어디선가, 누군가로부터 전해 듣고, 당장 어머니에게 전화하여 왜, 같은 손자며느리인데 차별하느냐며 따져 물었다. 더 나아가 여동생들은, 그러잖아도 부모의 재산 분배에서 배제되었다는 소외감이 깊던 터에, 형님 내외에게 전화해 딸이라 차별받는다며 울분을 삭이지 못했다. 앞으로 어머니 관련 일은 모두 아들들이 알아서 하라는 호통과 함께.

우리 형제자매들이 듣기 민망하기도 하고 서로 눈치 보게 하는 어머니의 설화는 자식들이 드리는 용돈에서 그 절정에 이른다. 자식들은 이런저런 일로 시골집에 들렀다 가면서 어머니에게 형편대로 용돈을 드리곤 한다. 그러면 어머니는 다른 자식들에게 전화해서 누가 얼마를 주고 갔다고 이야기한다. 누구는 당신에게 자주 들르고, 누구는 잘 찾아오지 않는다는 말은 덤으로 따라붙는다. 내 형제자매들은 그럴 땐 꼭 나더러 어머니 입단속 좀 시키라며 내 목에 방울을 단다, 둘째 아들인 내가 말씀드리면 그나마 잘 따른다는 당근을 쥐여주며. 내가 어머니에게 자식들 이간질하는 것이므로 그러지 말라고 아무리 말씀드려도 소용이 없다. 어머니가 때와 상황에 따라 아는 것도 모른 척, 모른 것도 아는 척하며 인자한 얼굴로 자식들을 대하면 오죽 좋을까. 망각의 피안에 묻혔던 소망 하나가 슬쩍 스쳐 지나간다.

어머니가 당신 생신 때 쓰라며 내놓은 봉투에 그처럼 민감하게 반응했던 형님의 행동이 이해가 갔다. 과연 어머니 생신이라고 자식들이 몇이나 기쁜 마음으로 모일까? 어머니는 원초적 감정이 이성을 지배하는 심리적 특성에다가 연세가 많아지면서 '내가 집안의 어른이다'라는 자존심마저 거기에 날개를 달았다. 구순이 넘었지만, 심사가 뒤틀리면 그렇잖아도 카랑카랑한 목소리가 대꼬챙이처럼 날카로워진다. 목소리에 기운이 서려 있어 자식의 처지에선 한편으론 안심이 되면서도 착잡한 심정은 더욱 깊어진다. 내 어머니의 언설은 자식들의 우애에 상처를 내는 예리한 칼날이다.
어느덧 형님 댁에 도착했다. 이래저래 오늘은 우울한 날이다.

자식들이 부모에 대해 갖는 존경심은 부모가 하는 말의 무게에 의존한다.

고독과 자유로움의 사이

사람들은 거의 예외 없이 주변의 사람들과 원만한 관계를 유지하며 지내기를 바란다. 그런데 어디 세상일이 항상 마음먹은 대로 이루어지던가? 자신이 바라던 대로 일이 잘 풀리지 않을 때 느끼는 감정을 우리는 '실망'이라 한다. 실망에는 어떤 대상이 존재하기 마련이다. 주로 그건 잘 아는 사람이거나 우리가 정성을 다해 이루고자 하는 어떤 일인 경우가 많다. 한데 때로는 일면식도 없는 사람에게서도 우린 실망감을 느끼기도 한다. 예컨대 용모나 말씨에 매료되어 평소 선망하고 있던 인물이 자신의 기대와 어긋난 행동으로 뭇사람들의 질타를 받을 때, 우린 그 사람에 대해 실망감을 감추지 못한다.

또한 아주 사소한 일상의 일로부터도 우린 실망할 수 있다. 큰 기대를 하며 바다로 낚시를 갔다가 망둥이 한 마리도 낚지 못했을 때, 저녁 해 질 무렵 펼쳐지는 석양의 장관을 사진에 담기 위해 출사를 나갔다가 갑자기 밀려온 구름으로 낭패를 볼 때 등등 그 사례를 일일이 열거할 수 없을 정도로 다양하다. 그런데 이런 일들로부터 오는 실망은 '다시 하면 된다'라고 마음을 다잡으면 금방 잊고, 그 사람에 대한 애정을 거둬들이면 그만이다. 마음에 어떤 상흔이 오랫동안 남아있지 않는다.

하지만 그 대상이 동료나 친구일 경우에는 사정이 다르다. 그들에 대한 실망은 단순히 지지하고 선망하던 대상이나 일에서 오는 실망과는 비교되지 않을 만큼 그 상처가 깊고 그래서 또한 오래간다. 한때는 믿고 의지하던 사람들이었기에 그로부터 오는 실망감은 자신에게 견디기 힘든 시간을 안겨준다. 예컨대 내 시간을 피곤하게 만들거나, 나에게 불쾌감을 자주 주거나, 사사건건 따지고 덤벼들거나, 내 감정을 자유자재로 갖고 놀거나, 뒤에서 나를 조종하거나, 나를 위한 것이었다고 했는데 나중에 보면 결국 자신을 위한 행동이었음이 드러나거나 등등. 한때는 내 모든 걸 내주거나 보여주었던 사람으로부터 이런 일을 당하면, 우리는 마음의 상처를 입고 깊은 나락에 빠진다.

그런데 실망이라는 감정을 곰곰이 생각해 보면, 우린 재미있는 부분에 닿을 수 있다. 내가 보기에, 우리가 실망하게 되는 원인은 인간이 근원적으로 결핍성과 의존성을 지닌 존재라는 데에 있다. 인간은 누구나 모든 걸 다 갖출 수는 없다. 누구에게나 뭔가 부족한 부분이 한두 가지는 있다. 그래서 사람은 자기 이외의 누군가, 그것이 신이든, 자연이든, 타인이든 간에, 와 함께 어울리며 자신의 결핍된 부분을 메꿔나간다. 사람에게 타인의 존재가 필요하고, 그래서 서로 의존하게 된다는 건 지극히 자연스러운 일이다. 실망은 바로 그 지점에 도사리고 있다. 만약, 우리가 다른 사람에게 아무런 기대를 안 하거나 전혀 의존할 필요가 없다면, 실망 그 자체가 존재하지 않을 것이다. 그런 점에서, 실망이라는 감정은 우리에게 인간의 근원적 존재 의식에 대한 통찰을 요구한다.

내가 친구나 동료에게서 실망을 느끼는 까닭은 반드시 그의 잘못이 있어서만은 아니다. 내가 그에게 그런 원인적 단서를 제공했을 수도 있다. 예컨대, 동료와의 관계에서 일어났던 사적인 일을 내가 다른 사람에게 발설하거나 동료의 단점을 들춰내는 경우, 당사자인 친구나 동료는 나에 대해 괘씸한 마음이 들 수 있다. 그러면 그 역시 나에게 깊은 실망감을 느꼈을 수 있다. 그러므로 우리가 동료에게 실망감을 느꼈을 때는 우선 먼저 나로 인해 친구나 동료가 그런 행위를 했는지 전후 사정을 냉철하게 검토하여 그 원인이 누구에게 있는가를 따져볼 필요가 있다. 그런 후, 그에 상응하는 대응 방책을 마련하는 것이 순서이다.

실망한 채로 그대로 머물러 있거나 그에 빠져서 헤어나지 못하고 원망과 비난을 일삼는 것은 자신의 정신건강에 좋을 리 없다. 내가 그 원인을 제공했다면, 당연히 그 상대에게 사과하고 용서나 이해를 구해야 한다. 그런데 명확히 자기 잘못이라 할 수도 없고, 그렇다고 상대방이 잘못했다고 단언할 수도 없는 때가 있다. 그럴 때 섣부른 판단은 위험하다. 친구나 동료와의 관계를 유지하고 발전시킬 수 있는 생산적 방안을 궁리해 보는 것이 유용한 선택지가 될 수 있다. 최선의 경우는 실망을 통해서 더욱 새롭고 깊은 인간적 유대를 이루는 계기가 되도록 하는 것이다. 그러기 위해서는 상대를 이해하고, 수용하고자 하는 태도를 보이는 것이 중요하다. 다시 말해, 내 마음의 문을 최소한 바람이 통할만큼은 열어 놓을 필요가 있다.

그런데 이런 경우가 있을 수 있다. 내 스스로 어떤 원인적 단서를 제공한 경우가 아님에도 그를 이해하고 포용하려 노력하는데 친구나 동료가 계속 나를 실망하게 하는 일이 일어난다면, 건강하게 관계를 다시 정립하는 것이 서로에게 더 나을 수 있다. 그럴 땐 우선 일정 기간이라도 그 사람과 감정적으로 거리를 두고 지내는 것도 하나의 방책이 될 수 있다. 그 사람으로부터 한 발짝 떨어져서 바라보는 것이다. 그럼에도 여전히 실망감을 떨쳐낼 수 없다면, 상대가 내 뜻대로 달라지기를 바라는 희망 사항과 작별하고, 상대를 있는 그대로 받아들인다. 우리는 실망을 통해 자신의 위치를 냉정하게 바라볼 수 있고, 상대의 본래 모습 또한 제대로 볼 수 있다. 그럴 때 우린 비로소 상대를 바라보는 객관적 눈을 가질 수 있다. 그리고 친구나 동료와의 관계로부터 스스로 자유로워질 수 있다. 그동안 내가 그에게 기대했던 것들이 모두 착각이었음을 자각하고, 환상으로부터 현실로 귀환하는 것이다. 그럼으로써 실망은 소모적 관계로 일그러진 관계망의 구속으로부터 자신을 해방해 줄 수 있다.

그렇다고 문제가 다 해결되는 것은 아니다. 가까이 지내던 친구나 동료와 관계를 단절하게 되면, 잠깐은 구속으로부터 해방감을 느낀다. 하지만 그동안 마음속에 차지하고 있던 그 사람의 공간이 텅 비게 됨으로써, 그 공간에 '외로움'이라는 감정이, 연탄아궁이에서 일산화

탄소 가스가 방문의 문틈 사이로 스며들 듯이, 자신도 모르는 사이에 마음의 창틈으로 스며든다. 우리는 결핍성과 의존성이라는 인간 본래의 특질에서 벗어나기 어렵기 때문이다. 그리하여 외로움을 이겨내기 힘든 사람은 관계에 집착하게 된다. 미련에서 벗어나지 못하고, 실망했던 그 사람에게 다시 다가선다. 그리고 실망과 번민과 다가섬을 되풀이하는 소모적 관계가 이어진다. 그러는 사이에 자신의 영혼은 점차 피폐해진다. 대신, 외로움은 이제 독버섯이 되어 자신의 정신세계에 우울증과 같은 질환을 일으키는 원인이 된다.

각자는 서로에게 타인이다. 인간은 어느 사람과도 완전한 합일체가 될 수 없다. 기질이나 품성은 저마다 서로 다르다. 함께 어울리다 보면, 그래서 필연적으로 부조화가 일어나기 마련이다. 실망은 숙명이다. 세상에 홀로 떨어져 나 혼자 있는 상태는 고독이요, 홀로 있다는 데서 오는 쓸쓸한 감정은 외로움이다. 본래 결핍성과 의존성을 지닌 인간은 그래서 부족한 부분을 채우고자 누군가를 찾는다. 어쩌면 사람이 성숙하는 데 요구되는 필수적인 심력(心力)일 수도 있다. 사랑을 외치는 것도 이런 역설에서 나오는 것이다. 갈등, 실망, 소망, 고독, 외로움, 사랑, 미련 등의 단어들은 동일한 선상에서 오간다.

한 통계자료에 따르면, 외로움을 지속해서 느끼는 사람은 우울증이나 불안장애 같은 정신질환을 겪고 있을 확률이 30%에 달한다. 외로움이 한 사람의 몸과 마음을 파괴할 수 있다는 이야기다. 뒤틀린 외로움은 다른 사람들과 함께하는 활동을 어렵게 만들어 구성원 사이의 신뢰와 질서를 무너뜨릴 수 있다. 여기에서 그치지 않고 외로움은 자칫 약물복용 등으로 사회적 안녕이라는 공적 영역을 침범할 수도 있다. 세계보건기구(WHO)는 외로움이 매일 담배를 15개비씩 피우는 것만큼 건강에 해로우며, 외로움으로 인한 건강상의 위험이 비만이나 신체활동 부족에서 오는 위험보다 훨씬 더 크다는 연구 결과를 내놨다. 영국 정부가 고독사를 사회구조적 문제로 규정하고 2018년에 정부 산하에 '외로움부'를 신설했다는 사실은 우리에게도 시사하는 바가 크다. 외로움은 이제 개인의 주관적인 감정 상태로 치부되는 것이 아니라 국가 차원에서 해결해야 하는 사회구조적 문제로 인식되기에 이르렀다.

　나는 실망과 외로움의 문제를 사회적 문제로 인식하는 그러한 경향과는 다소 다른 각도로 바라본다. 외로움이라는 게 인간의 본질적인 특질에서 나오는 문제라는 점에서 그렇다. 따라서 개인이 이를 어떻게 해석하고 대처할 것인지의 차원에서 자신의 관점을 정립하는 일이 우선되어야 할 것으로 생각된다. 실망은 관계의 구속에서 벗어나게 해준다. 그리고 외로움은 자신이 무엇을 추구하고, 어떻게 살아야 할 것인가를 성찰하게 해주는 최고의 정서이다. 그런 점에서 우리는 외로움이라는 정서를 사유 차원의 고독으로 승화시킬 필요가 있다.
　쇼펜하우어가 말했던 것처럼, 마음의 근본적인 평화, 즉 건강 못지않게 소중한 마음의 평정은 오직 고독 속에서만 가능하다. 그때 우리는 비로소 '자유'라는 또 하나의 세계에 진입할 수 있게 된다. 무소의 뿔처럼 혼자 가는 자유가 얼마나 소중한지를 경험할 수 있다. 그런 점에서 고독은, 그리고 외로움은, 그 안에 우리가 진정한 나를 찾을 수 있는 자유로움을 머금고 있다. 사실, 고독과 자유로움의 사이는 종이 한 장보다 가깝다. 고독을 비추면 자유가 보이고, 거꾸로 자유를 바라보면 그 위로 고독이 어린다. 그것들이 우리의 삶을 풍요롭게 하는 원료임을 깨닫는 것 또한 나이 들어 느끼는 재미 중 하나이다.

　실망과 고독의 너머에는 자유가 존재한다.

배신감에서 헤어나는 기술

　지난 2015년 10월에 내가 소속한 대학에서는 간선제 방식을 통해 총장을 선출하였다. 선거에 출사표를 던졌던 난 그날 아침에 담담한 마음으로 학교로 향했다. 연구실에 도착한 후 여느 날처럼 책상 위에 있는 컴퓨터를 켰다. 투표권자들 앞에서 대학 발전 계획에 관한 소견을 발표할 자료를 최종 점검하기 위해서였다. 그런데 웬일인지 컴퓨터가 작동하질 않았다. 컴퓨터 전원엔 불이 들어오는데, 모니터의 화면이 시커먼 채로 그대로 있었다. 순간적으로 당황했고, 예감이 불길했다. 결국, 탈락의 고배를 들어야 했다.

　선거가 끝난 다음 날, 오전에 강의를 마치자마자 나는 홀로 승용차를 운전하여 근처 바닷가로 향했다. 울적한 마음을 달래보려는 심산에서였다. 운전하는 도중에 내 머릿속에서는 그동안 준비하는 과정에서 힘들었던 온갖 일들이 두서없이 떠올랐다 사라지기를 반복했다. 몇몇 장면에서는 나도 모르게 탄식과 신음이 새어 나왔다. 자동차는 어느덧 '유난히 봄이 길다'하여 이름이 붙은 춘장대 해수욕장에 다다랐다. 백사장 서쪽 끄트머리 부근의 모퉁이에 있던 등나무 아래 벤치에 앉아 확 트인 바다를 보니 답답했던 가슴이 좀 풀렸다.

　무연히 바다를 바라보며 앉아있었다. 이내 정신이 들자, 속이 출출한 느낌이 들었다. 철 지난 해수욕장 바닷가 근처라서 그런지 요기할 만한 곳이 눈에 띄지 않았다. 근처 마량포구로 향했다. 입구에 있던 허름한 식당에 들어가서 백반을 주문하고, 목구멍으로 밥을 꾸역꾸역 쑤셔 넣었다. 몸속의 창자는 분명히 비어 있는데도 밥숟가락의 움직임은 더디기만 했다. 음식 맛도 뇌에서 버무려 나온다는 사실을 비로소 알았다. 미국의 힐러리 클린턴 전 국무장관이 대통령 선거에 떨어진 후 화장기 없는 얼굴로 어느 호텔 식당에 홀로 앉아 식사하는 모습이 담긴 사진을 해외 토픽 기사에서 보고 괜스레 내가 짠했던 기억이 겹쳤다.

나는 선거를 준비하면서 인간 군상의 실체를 직접 경험할 수 있었다. 아마 선거를 해본 사람이라면 무슨 말인지 금방 알아챌 것이다. 작은 조직에도 다양한 군상이 존재하는 것을 보고, 인간 유형의 스펙트럼이 참으로 넓다는 것을 실감했다. 이것이 그동안 내가 기울였던 노력의 대가이자 얻은 교훈이라고 생각한다. 리더에겐 권모술수가 필요하다며 이를 부추기는 권력 지향형, 어떤 일이 있어도 나를 지지하는 자신의 신념이 흔들리지 않을 것이라는 소신형, 뭐든 칭찬하며 치켜세워 주는 아부형, 자기 생각은 딴 데 있으면서 호응하는 척하는 카멜레온형, 노골적으로 자신의 요구를 제시하며 대가를 바라는 거래형, 아무런 관심이 없고 어떤 가치판단도 귀찮아하는 무관심형, 이쪽 저쪽 간을 보다가 어느 쪽이 강한 기미가 보이면 재빠르게 그쪽으로 달라붙는 눈치형, 이쪽과 저쪽에 한 다리씩 걸쳐 보험을 드는 양다리 보험형 등등, 참으로 다양했다. 함부로 '누구를 안다'라고 말하는 게 얼마나 위험한 일인가를 선거의 실패를 통해 경험했다.

내가 신뢰했던 사람이 사실은 그러하지 않은 사람이란 사실을 왜 알지 못했을까? 나의 판단을 왜곡된 길로 안내한 실체는 무엇이었을까? 사람은 자신이 간절히 바라는 바가 있으면 잘 속아 넘어가기 마련이다. 믿고 싶은 것들이 있어서 그렇다. 나는 강의 시간에 인간이란 자신의 관심 혹은 필요에 따라 선택적으로 지각하는 존재라는 사실을 심리학 이론에 기대어 여러 차례 강조했었다. 나에게 당장 필요한 것, 내가 의욕을 갖고 있는 것, 관심을 두고 있는 것은 전경으로 등장하고, 나머진 모두 배경으로 물러난다는 구체적인 사례를 들면서 말이다.

흔히 사람들과의 관계에서 실망하면, 우린 '배신'이란 단어를 입에 올린다. 배신의 글자는 '背(등배)' 자와 '信(믿을신)' 자가 합해진 것이다. 등은 우리 몸의 뒤쪽을 가리킨다. 잘 보이지 않는다. 그래서 우리가 뭔가를 숨기고자 할 때 그걸 몸 뒤로 가져간다. '信(신)' 자는 '사람(人)'과 '말(言)'의 두 글자가 합쳐진 것인데, 원래 동양철학에서는 말(言)이란 하늘의 진리로서 인간의 생각에 내재해 있다고 말한다. 그런 진리로서의 생각이 곧 '얼', '알'을 의미하며, 그것이 밖으로 나오는 것을 '말'이라 했다. 그래서 배신이라는 글자는 사람의 말, 곧 진리의 반대편 쪽을 뜻한다.

그런데 〈중용〉에 보면, 사뭇 다르게 표현된 문구가 나온다. 진실한 건 하늘의 도이고, '진실해지고자' 하는 건 사람의 도(道)라는 구절이 있다. 이 문구는 사람이 하는 말에 항상 진리가 내재해 있는 건 아니라는 사실을 시사한다. 사람의 생각이 언제든 진실하지 않을 수 있음을 명심하라는 경구로 들린다. 결국, 우리가 하는 생각이란 것이 하늘의 진리와 그대로 일치하는 게 아니라, 그러해지고자 부단히 성심껏 노력했을 때 가능하다는 의미로 받아들이는 것이 타당해 보인다.

사람은 그러니까 진리가 아닌 말, 진리와 배치되는 말을 얼마든지 할 수 있는 존재이다. 그런 맥락에서 유추해 볼 때, 인간에겐 어쩌면 애초에 배신이란 없는 것인지도 모른다. 내가 상대방의 말이나 행동을 나의 필요와 관심에 따라 재단하여 믿었던 것뿐이다. 즉, 나에게 유리하게 해석하거나 선택하고 평가해서 듣고 판단했던 것에서 나온 결과다. 그는 변함이 없이 본래 그대로다. 내 마음과 시선이 올바로 작동하지 못한 채 보고 싶고, 듣고 싶은 것만을 선별적으로 기억한 것이다. 인간은 눈앞에 있는 이익을 보면 진실과 다른 생각이 앞선다는 사실을 내가 놓친 것이다. 사람은 누구나 생각이 진실에만 머물 수는 없다. 얼마든지 그 뒤쪽에도 이를 수 있다. 그가 나를 배신한 것이 아니다. 그가 어떤 사람인지를, 아니, 사람이 어떤 속성을 지니고 있는지를 내가 단지 몰랐을 뿐이다. 그러므로 실망의 대상은 상대방이 아닌 바로 나다. 선거 과정에서 만났던 그들을 통해, 살면서 노력하고 극복할 것이 내겐 여전히 많다는 것을 깨달을 수 있었다.

어떻든, 실패한 나로서는 일상으로 복귀하는 일이 무엇보다 중요했다. 그 과정에서 짧은 시간에 어떻게 나 자신의 현실을 합리화할 것인가, 이것이 내가 풀어갈 당면 문제였다. 나 자신을 다잡을 필요가 있었다. 후회나 분노의 시간이 길면 내가 너무 피폐해질 것 같아서였다. 대충은 이러했다. 되는 것이 있기에, 안되는 것도 있다. 장자 말처럼, 쓸데없는 것이 있기에, 쓸 데 있는 것이 있지 않겠는가. 내가 걷는 발걸음이 닿는 땅만 있다면, 내가 걸을 수 있겠는가? 내 발이 닿는 면적보다 비교할 수 없을 만큼 많은, 쓸데없는 땅이 있기에 내가 균형을 잡고 걸을 수 있지 않는가. 모든 일이 내가 바라는 대로, 필요한 대로 이루어질 수만은 없는 노릇 아닌가.

대학의 장을 뽑는 선거에 출마하겠다고 마음을 결정할 때, 난 한 가지 분명한 각오가 있었다. 선거가 끝나는 날로부터 그때까지와는 전혀 다른 삶을 살겠다는 것이었다. 당선되면 행정가로서 최선을 다하는 삶을 살 것이요, 낙선하면 오직 학자로서의 본분에만 충실하게 살겠다는 것이었다. 이제 후자에 어울리는 삶의 길을 걸어가야 할 운명에 놓였다. 긴 호흡을 가다듬고 마음을 정리해 나갔다. 그런데 그게 마음처럼 쉽지 않았다. 새벽 두세 시경이면 눈이 떠졌다. 아무리 나의 낙선을 합리화해도 평정심을 되찾기가 어려웠다.

아픈 기억은 지우려 할수록 더욱 선명해진다. 몸에 난 상처가 아물기 전에 자꾸 만지고 물로 씻으면 오히려 상처가 덧나기 십상이다. 아픈 기억은 더욱 깊게 파고들고, 또 다른 기억들이 꼬리에 꼬리를 물며

환부 주변으로 몰려든다. 그러므로 정작 지우고자 하는 아픔이나 고통이 있다면, 그것을 잊는 가장 좋은 방법은 그냥 내버려두고 생각하지 않는 것이다. 그래야 그곳에 먼지들이 켜켜이 쌓여 차츰 내 기억에서 사라질 수 있다. 그럼에도, 그렇게 하는데도, 연기가 문틈으로 새어 나오듯, 빼꼼히 고개를 내밀고 나오는 선거 과정에서 겪은 아픈 기억들이 있었다.

이에, 난 잡생각에서 탈출할 잡다한 방책을 궁리했다. 그렇게 하여 시작한 일이 번역 작업이었다. 솔직히 말해, 내가 학자로서 학문적 열정이 넘쳐 번역을 시작한 건 아니었다. 그런데 막상 시작해 보니, 번역 작업은 당시의 나에겐 최고의 안성맞춤 탈출로였다. 새벽에 눈을 뜨고 있는 나에게서 다른 생각할 겨를을 앗아가 주기 때문이었다. 내가 번역을 위해 맨 처음 채택한 책은 인간의 죄의식에 관한 것으로, 선거 이후 일부 동료들이 보인 두꺼운 낯[面厚]을 접하고 사람이 어떻게 저럴 수 있을까, 하는 심정이 많이 작동했다. 번역하는 과정에서 '내가 과연 최선을 다했는가?'라는 자책도 중간중간 무의식적으로 튀어 올라왔다. 아직 정화되지 않은 마음 상태에서 번역을 시작했다는 것을 보여주는 증표였다.

이후, 미국의 젊은 철학자가 인간의 품성을 다양한 심리실험 사례로 보여준 책을 선택했다. 그는 나의 번역작업을 응원하며 출판 비용까지 보내주었다. 난 책을 번역해 가는 시간의 흐름 속에서 내 마음의 평정심을 차츰 되찾아 갔다. 후속 작업으로 영국 케임브리지대학에서 윤리학자이자 심리학자로 오래 재직하다 퇴임한 교수가 썼던 인간의 도덕성이 어디에서 비롯하는 것인지를 성찰한 책을 번역 출간했는데, 내가 비로소 평정심을 되찾은 순수한 학자의 자세에서 작업했던 책이었다. 그리고 정년을 앞둔 시점에서 그동안 나의 학문적 관심과 성과를 총정리하는 마음으로, 인간의 도덕성에 대해 제기되는 논제들을 정리하여 학자로서의 마지막 저서로 세상에 내놓았다. 책의 수준이 질적으로 향상될수록 내 마음속의 아픈 상흔은 그에 비례해 사라져갔다. 내가 선거에 출마하며 다졌던 각오를 실천한 셈이다.

공자는 〈논어〉의 학이편 머리 문장 중 하나로 "사람들이 알아주지 않아도 화를 내지 않으니, 이 또한 군자가 아니겠는가?"라고 했다. 이를 인생의 세 가지 즐거움 중의 하나로 꼽은 것이다. 사실 이 말에는 천하를 돌아다녔지만 자기를 알아주는 군주가 없다는 사실을 직시하고 공자 자신을 위로하고 달래는 씁쓸한 마음이 함축되어 있을 것이다. 어쩌겠는가! 아무도 자신을 알아주지 않는 데서 오는 허무함, 허전함, 쓰라림을 무엇으로 달랠 것인가? 그런 공허한 마음을 즐겁다고 했으니, 역설도 가히 으뜸이라 할 수 있겠다. 공자와 같은 대인도 그러했거늘, 나와 같은 소인배야 무슨 할 말이 있으랴. 그저 정신을 딴데 두고 사는 수밖에!

인간에겐 배신이란 없다, 단지 내가 그 사람을 잘 몰랐을 뿐이다.

악평보다 절교

몇 달 전에 아내와 함께 바람도 쐴 겸 여행차 경남 함양 지역을 다녀왔다. 근처 산청에서 종교적 영성을 함양하며 생활하고 있는 아내의 대학 후배도 만날 겸하여 나들이를 한 것이다. 예전부터 내겐 함양(咸陽)이라는 고을 이름이 매우 정겹게 느껴졌다. 빛이 두루 미치는 곳이란다. 얼마나 고운 햇살이 구석구석 살포시 내려오길래 생명체가 활기차게 숨 쉬며 살만한 좋은 곳으로 정평이 나서 그런 이름이 지어졌을까 궁금했었다. 넓고, 단정하게 잘 정리된 공원에 누각 하나가 유난히 눈에 띄었다. 신라 시대 때 최치원이 고을 수령으로 지내며 지었다는 '학사루(學士樓)'였다. 나는 공원을 한 바퀴 돌아본 후 누각의 기둥에 기대어 잠시 눈을 감고 역사 산책에 빠졌다.

〈열하일기〉, 〈허생전〉 등으로 우리에게 잘 알려진 연암 박지원은 1792년에 함양 위쪽에 자리한 이웃 고을인 안의 현감으로 부임했을 때 함양 군수를 지내던 윤광석과 교류했다. 이 두 사람은 한 때는 술잔을 나누고, 베개를 나란히 베며, 담소를 나누고 서로 추종하면서 같이 지냈던 사이였다. 그들은 4년 동안 서로 이웃이 되어 피차의 한계를 두지 아니하고, 친구라 해도 틀리지 않을 만큼 가까이 지냈다.
하지만 박지원은 나중에 윤광석이 자기 조상을 모함하고 욕보이며, 급기야는 자기 행동까지 다른 사람들에게 욕되게 말하는 것이 원통해 그에게 편지를 보낸다. 실용적인 사고를 강조했던 학자답게, 박지원은 장문의 편지에서 그 끝에 "지금 나는 그대에게 원한이 이미 깊어졌고 사귐도 이미 끊어졌소. 그래도 속마음을 다시 털어놓는 것은 '절교해도 악평은 하지 말라'는 그 뜻을 삼가 스스로 따르고자 하기 때문이오"라고 썼다. 인간관계에서 우리가 기억해 둘만한 삶의 기술이다.

좋은 동료 관계를 오랫동안 유지하기란 생각만큼 그리 쉽지 않다. 지나치게 허물없이 말했다가 오해를 낳을 수 있고, 너무 말없이 지내도 금방 관계가 소원해질 수 있다. 만사가 그렇듯이, 아무리 가까운 동료 사이라 하더라도 적당한 틈이 있어야 그 관계가 건강하게 지속될 수 있다. 〈장자〉에 보면, 한 제자가 "산속의 재목이 되지 못하는 나무는 쓸모가 없어서 타고난 수명을 다 누리는데, 울지 못하는 거위는 아무 쓸모가 없어서 죽임을 당했습니다. 어떻게 처신해야 하나요?"라고 묻자, 장자는 "나는 그 중간에서 처신하겠다. 도와 덕이 행해지는 곳에서만 제대로 지낼 수 있다"라고 대답하는 대목이 나온다. 장자가 중간에서 처신하겠다는 건 무도하게 구는 사람들로 넘쳐나는 속세에 얽매이지 않고 저 자연의 도(道)에 맞게 살겠다는 뜻일 거다.

그럼, 도와 덕이 행해지는 곳이란 과연 어디일까? 노자나 장자와 같은 위대한 선인들이라면 그런 곳이 어디 한정되어 있을까마는, 나와 같은 범인에게는 모두 그런 곳일 수는 없지 않겠는가. 내가 생각하기엔, 세상일에 관해 이야기할 때 서로 다른 견해를 밝히더라도 그에 크게 개의치 않는 정신적 여유를 가진 사람, 서로의 인간적 공간을 인정하고 그 틈을 존중해 주는 사람과 함께 있는 곳이 아닐까 한다. 그런 곳에서는 서로가 자신이 가진 덕에 충실하고, 상대의 덕을 존중하며, 이치에 어긋난 행동을 삼갈 것이다.

누구나 또한 언제나, 그런 곳에 머물며 지낼 수 있는 건 아니다. 옛글에, 먼 길을 가봐야 말의 힘을 알 수 있고, 알고 지낸 날이 오래되어야 사람의 마음을 볼 수 있다고 했다. 평소에 별다른 일이 없다면, 동료와의 관계도 물 흐르듯 지나간다. 하지만 명예든, 돈이든, 권력이든 뭔가 이득이 될 만한 일이 생길 경우엔 이전과는 다른 양상이 벌어질 수 있다. 그런 때 평소에 볼 수 없었던 그 사람의 마음이 나타난다. 그동안 본성에 감춰져 있던 악한 성정이 사회적 규범의식을 옭아맨다는 의미다. 어떤 사람은 열심히 노력한 사람의 공을 빼앗으려 하고, 또 어떤 사람은 다른 사람들에게 그의 공을 깎아내리는 악평을 늘어놓기도 한다. 본디 자신의 심성을 올곧게 단도리를 하며 사는 사람이 아니라면 자연스런 일이기도 하다.

나의 경험상, 동료들과의 관계에서 다음의 두 가지는 삼가야 한다. 우선, 본인의 어떤 사소한 이익을 위해 가까운 동료를 모함하거나 그의 단점을 긁어모아 침소봉대하여 퍼트리는 행위다. 그런 행위는 가까운 동료에게 마음에 깊은 상처를 주게 되고, 그동안 함께 해왔던 지난 시간이 너무나 허무하게 느껴지게 한다. 그 사람에게 보였던 자신의 순수한 마음이 오히려 부끄럽게 여겨지며 그것을 후회하게 한다. 다음으로, 동료를 일방적으로 대하지 않아야 한다. 어떤 관계든 관계의 속성은 쌍방향성의 특징을 지닌다. 동료 관계는 더더욱 그렇다. 나이가 좀 많다고, 지위가 좀 높다고, 입사가 좀 빠르다고, 재력이 좀 있다고, 인기가 좀 많다고, 출신학교의 선배라고, 상호협력이 필요한 어떤 일을 자기 혼자 일방적으로 정하거나 처리하도록 떠넘기는 행위는 상대를 무시하고 있다는 증표이다.

　　대체로 이 두 가지를 잘 지키지 않는 사람은 자신의 무능을 감추고 위신이나 체면을 세우기 위해 과시하는 성향을 지닌다. 이런 사람들이 동료의 험담을 지어내기 쉽다. 때론 물질적 공세를 통해 자신의 약점을 상쇄시키려 한다. 동료와 마음이 맞지 않아 자주 다툼이 일어나면 서로가 관계에서 피로감을 느끼게 된다. 그럴 때면 관계를 잠시 접고, 혼자만의 시간을 갖는 것도 유용한 하나의 삶의 기술이다. 조바심에 자신을 다잡으며 해결책을 찾으려 덤벼들 경우, 오히려 더 큰 스트레스와 좌절감에 실망할 수 있다. 처음부터 맞지 않았던 사람이라면 관계를 그만두는 일도 생각해 볼 필요가 있다.

　　〈사기(史記)〉에도 보면, '군자는 서로 좋은 말[言]을 보내고, 소인은 서로 재물[財]을 보낸다'라는 말이 나온다. 가까이 지냈던 사람이 어깃장을 자주 놓거나, 무엇보다 나 모르게 다른 사람들에게 험담을 늘어놓는다면, 그 사람은 좋은 사람이 아니다. 그런 관계는 이미 가치를 상실한 것이다. 모든 일에 인정을 남겨두면 훗날에 좋게 만나는 수가 있을 수 있다. 상대를 험담하거나 악평을 삼가는 것도 그런 사정과 맥이 닿아 있다. 그런데 악평은 그 기반을 깡그리 무너뜨린다. 연암 선생의 말처럼, 차라리 절교를 택하는 것이 낫다. 헤어짐을 두려워할 필요가 없다. 그것이 서로에게 더 큰 불화를 그나마 줄일 수 있다.

사람은 혼자 있을 때 마음의 여유를 찾고, 스스로 돌아보면서 지치고 찢긴 자신의 심신을 보듬어 안고 달래줄 수 있다. 그런 재미를 선인들은 독락이라 했다. 독락은 글자 그대로 혼자서 즐긴다는 뜻이다. 홀로 있음에 고독을 즐기는 사람이 있는가 하면, 외로움에 심신이 황량해지는 사람이 있다. 사람 나름이다. 조선시대의 성리학자 이언적은 벼슬을 그만두고 고향으로 돌아와 경주 옥산서원 가는 길에 있던 선친의 집을 독락당(獨樂堂)이라 이름짓고 그곳에 기거했다. 그는 당호에 어울리게 세속의 일에서 벗어나 자신의 도를 즐겼다. 혼자 있어도 그 가운데 즐거움이 있음을 선인들은 삶을 통해 그렇게 보여주었다. 이는 올바름에 목숨까지 기꺼이 바치는 조선의 선비들이 보여줬던 정신의 맥과도 상통한다.

오는 사람 막지 말고 가는 사람 잡지 말라는 말이 있다. 동료들과의 인연도 그렇다. 거기에 더할 것도, 뺄 것도 없이 그대로 인정하면 된다. 같이 있으면 대화할 수 있어 좋고, 혼자 있으면 혼자 있는 대로 즐기면 된다. 독락을 즐길 줄 아는 사람은 곁에 동료가 있든 떠나든 별반 다르지 않다. 자신을 스스로 사랑하며 당당하게 세상을 향해 두 팔을 벌린다면, 세상천지 어디에서든 혼자서도 떳떳하게 자신의 길을 걸을 수 있다. 그런 사람은 변명하지 않으며, 다른 사람들로부터 관심받으려고 애쓰지도 않는다. 미련은 마음에 또 다른 상처를 남길 수 있다. 서산의 가야산 기슭에 있는 마애여래삼존상 입가의 미소처럼, 그냥 그렇게 조용히 웃으며 산다. 그 가운데 진정한 재미가 있음을 깨친다.

독락은 고립과는 다르다. '고립(孤立)'의 '孤(고)' 자는 '외롭다', '멀리 떨어지다', '버리다', '저버리다', '벌하다'의 뜻을 담고 있다. 고립은 세상으로부터 격리된 것이요, 버림받은 것이다. 내 아내는 우스갯소리로 시골로 거처를 옮겨 생활하는 귀촌 생활은 귀양살이의 사촌 격에 해당한다고 말하곤 한다. 그만큼 시골은 적적하다. 그런데 시골 생활은 고립과는 다르다. 고립은 타인(들)의 강제에 의한 것이다. 하지만 독락은 자청하여 즐기며 사는 삶이다. 혼자 있는 시간에 익숙해지면 인생을 바라보는 내공을 키워갈 수 있다. 사람을 일부러 멀리하지 않는다. 곁에 사람이 있으면 같이 즐긴다. 그래서 독락은 동락(同樂)과 함께 또 하나의 긴요한 삶의 기술이다.

서두에서 언급했듯, 동료가 자신에 대해 악평한다는 사실을 다른 사람을 통해 전해 듣고 분노했던 연암 선생은 그 동료에게 차라리 절교를 하지 악평은 하지 말라는 서신을 보내지 않았던가. 내 경우, 동료와의 관계에서 마음이 지칠 때면 습관처럼 집에서 가까운 산을 찾았다. 혼자서 서너 시간을 걷다 보면, 복잡했던 심산에 안개가 걷히며 내가 어떻게 해야 할지가 차츰 가지런히 정리되는 경우가 많다. 그런 사람과는, 도종환 시인이 말했듯, 강물에 담갔던 그림자 가져가는 달빛처럼, 흔적 없이 유유자적하게 멀어지는 편이 서로에게 좋다고 마음을 다잡는다.

누군가를 악평하느니 차라리 그와 절교하는 편이 낫다.

간과 동료 관계

내가 태어나 자란 섬마을의 지명이 '소포(素浦)'인데, 염전을 일궈 하얀 소금을 생산하는 포구 마을이란 뜻이다. 한때 300여 가구가 소나무들로 우거진 산자락 밑에 옹기종기 모여있던 마을은 동쪽에서부터 남쪽을 빙 둘러 서쪽 끝으로 감고 도는 염전이 말 그대로 파노라마처럼 펼쳐져 있었다. 내 어릴 적만 하더라도, 한 여름날엔 시간의 흐름에 따라 염전에 담아놓은 바닷물의 농도가 달라지며 하얀 소금의 결정체가 희끗희끗 여기저기 드러나는 광경은 그야말로 장관이었다. 여름날 무더위를 피해 뒷산에 올라 소나무 그늘에서 마을을 내려다보면, 우리 마을은, 흰 천에 격자무늬가 그려진 앞치마를 두른 듯, 염전에 널린 하얀 소금들로 둘러싸여 반짝거렸다. 그런 추억들이 있어서 그런지, 소금은 나에게 의미 있는 인생 물질 중의 하나이다.

'소금'은 순우리말이다. 그만큼 소금이라는 말에는 우리 조상들만의 남다른 삶의 애환이 짙게 배어있다고 볼 수 있다. 그래서 우리말 어원에 호기심이 갔다. 관련 자료를 찾아보니, 12세기 고려시대에는 '소감(蘇甘)'이었으며, 15세기 고어는 '소곰'이었다 한다. '소금'의 어원에 대해 국어학자들도 통일된 견해를 내놓고 있지는 않다. 그런데 하얀 옷을 소복(素服), 고기를 안 넣은 흰 국수를 소면(素麵), 화장하지 않은 민얼굴을 소면(素面), 내 고향 마을의 이름인 소포(素浦)는 모두 앞에 '素(소)' 자가 들어있다. '희다'라는 뜻이다. 또한, 순우리말 '금' 자는, 농부가 "오늘 양파 금이 좋아요?"라고 묻는 말에서 알 수 있듯이, 시세나 흥정에 따라 결정되는 물건의 값이란 뜻이다.

이를 종합해 볼 때, 소금(素金)은 화폐처럼 물건의 값을 결정해 주는 하얀 결정체의 물질을 일컫는 말로 쓰이다가, 무슨 이유인지는

모르나, 한자어 '素' 자가 생략되고 순우리말로 고착된 것이라 짐작이
된다. 현재 우리가 사용하고 있는 우리말 중에는 순우리말과 한자어
가 결합하여 된 것들이 찾아보면 꽤 있다. 예컨대, '판박이'는 '판(版)+
박이', '텃세'는 '텃+세(勢)'가 결합하여 된 말이다. 세월이 더 흐르다
보면, 여기서 한자어(版, 勢)가 사라지고 '판박이'와 '텃세'가 순우리말
로 남을지도 모른다.

　소금은 우리 고유의 문화층에 독특한 하나의 결을 남겨놓고 있다.
예컨대, 일상생활에서 소금이 연관된 다양한 이야깃거리들이 오간다.
몇 가지 사례를 들어본다.

　순우리말인 '간'은 음식물의 짠맛 정도를 일컫는다. 소금이 들어있는
농도를 일컫는 말인데, 재미있는 건 이 말이 사람들의 마음을 읽는
자료로도 활용된다는 것이다. 간이 맞지 않으면 음식의 맛이 제대로
나지 않는다. 소금의 양이 적으면 음식이 싱거워 맛이 나지 않고, 소금을
조금이라도 더 넣으면 음식이 짜서 먹기가 어렵다. 싱겁지도 않고 짜지도
않게 간을 잘 맞춰야 음식의 본래 맛을 즐길 수 있다. 이런 뜻을 빗대어,
요즘 언론에 중요한 직책의 인사와 관련하여 '간 본다'라는 말이 심심찮게
나온다. 사람들의 의중을 떠본다는 뜻이다. 그 사람이 그 자리에 적절한
자격을 갖추고 있는지, 그 자리가 요구하는 일에 합당한 능력을 갖춘
인물인가를 사전에 정보를 흘려 슬쩍 떠본다는 의미다. 대중의 반응이
괜찮으면, 그 사람이 그 자리에 합당한 값어치를 지닌 인물로 평가된다고
보는 것이다. 소금이 '물건의 값을 결정하는 흰 물질'이라고 보았을
때, '금'의 의미가 이에 원용되는 경우가 아닐까, 생각한다.
　간과 관련하여 우리가 일상에서 자주 사용하는 비유는 매우 많다.
어떤 사람을 지칭할 때 '싱거운 사람'이란 말을 자주 쓴다. 이 말이

줄어서 된 것인지는 불분명하나, 우리말에는 그런 사람을 일컫는 말로 '신건이'라는 단어가 있다. 무엇보다 '고드름장아찌'라는 순우리말은 그런 사람을 멋들어지게 표현해 준다. 장아찌는 짭짤한 맛이 생명이다. 그런데 고드름을 장아찌와 함께 두면 고드름이 녹으면서 장아찌는 싱거운 맛을 내게 될 것이다. 결국, 맹물 같은 사람을 빗대는 말로 발전했을 것이다.

어떤 사람의 말이나 행동이 상황에 어울리지 않고 다소 엉뚱한 느낌을 줄 때, 우리는 그 사람을 일러 '싱거운 사람'이라 한다. 뭔가 잔뜩 기대하고 물었는데 너무나 뻔하게 대답하거나, 별로 웃을만한 일이나 상황이 아닌데도 괜히 잘 웃을 때, 대수롭지도 않은 일에 공연히 놀라거나 겁을 내서 떠들썩할 때, 밥을 산다고 해놓고 언제 그랬느냐는 듯 빤히 쳐다볼 때, 어떤 말을 들릴 듯 말 듯 내뱉어놓고 곁에 있던 사람이 무슨 말을 했느냐고 물으면 별거 아니라며 끝을 흐릴 때, 우린 그런 사람을 향해 '싱거운 사람'이라고 핀잔 아닌 핀잔의 눈길을 준다. 내 개인적으로는 누군가와 악수할 때 맞잡은 손에 그 사람의 힘이 전혀 느껴지지 않으면 참 싱거운 사람이라는 느낌이 든다.

짜다는 건 간이 너무 많이 되었다는 뜻이다. 이런 속성 또한 사람에게 비유하여 자주 표현되고 있다. 돈이나 재물 따위를 쓰는 데에 지나치게 인색한 사람을 우리는 왕소금보다도 더 짠 구두쇠라고 한다. 구두쇠는 돈을 허투루 쓰지 않는다. 수십 년 동안 같은 옷을 입거나, 집에 있는 물건을 함부로 내다 버리지 않는다. 장아찌나 간고등어도 그 원리에서는 같다. 짠 음식은 조금씩 먹을 수밖에 없다. 풍성하게 한입 먹을 수 없다. 소금을 겹겹이 친 음식을 곁에 두고 조금씩 먹는 모습이 짠돌이로 보이기도 했을 것이다. 요즘엔 당구장이나 기원에서도 이런 표현을 자주 들을 수 있다. 당구나 바둑 게임에서는 지는 사람이 비용을 내는 게 관행이다. 그런데 게임을 할 때마다 늘 이기는 사람이 있다면, 상대적으로 지는 사람들은 그를 가리켜 당구나 바둑이 '짜다'라고 말한다. 게임을 즐기면서도 그에 상응하는 비용은 내지 않는 그의 행태에 대한 핀잔의 의미가 함축되어 있다.

동료 관계도 가만히 들여다보면, 그 이면에 간이 작용하고 있음을 알 수 있다. 동료 가운데에서도 유독 더 가깝게 느껴지는 사람들이 있다. 유난히 가까운 동료들은 다른 말로 간이 맞는 사람들이라 할 수 있다. 그 말은 동료가 나에게 어느 정도 값어치가 있는지, 내가 동료에게 어떤 값으로 평가받고 있는지, 곧 짜고 싱거운 정도가 어떤지를 서로 맛보고, 그 정도가 유사한 사람들끼리는 관계의 밀도가 더 높다는 뜻과 별반 다르지 않다. 간이 맞아야 음식맛이 제대로 살아나는 것처럼, 같은 공간에 있는 동료들과의 관계도 서로 간이 맞아야 하는 일이 재밌게 느껴지고, 커피 한잔을 마셔도 그 달콤함이 더하다. 간이 맞는 동료들끼리는 다소 정도를 벗어난 농담도 수용된다. 왠지 그 사람을 보면 마음이 편안해진다. 간이 맞다는 건 서로 간에 그 농도가 비슷하다는 뜻이다. 그러니 어느 한 쪽으로 쏠리지 않는다. '마음이 통한다'라는 말도 가만히 생각해 보면 '간이 맞는다'라는 말과 상통한다.

그럼, 어떤 동료와 간이 맞을까? 두 가지 측면에서 생각해 볼 수 있다. 우선, 서로 취향이 유사한 사람들이다. 운동, 음주, 등산, 바둑, 게임, 낚시, 포커 등을 좋아하거나, 쇼핑을 즐기거나, 찻집에서 독서나 조용히 담소를 나누는 걸 좋아하는 사람들은 서로 간이 맞을 수 있다. 취향이 같은 사람들끼리의 동료 관계에서는 대체로 '좋음'과 '감성'이 주류를 형성한다. 이들은 타고난 본성의 측면에서 공유하는 부분이 많을 수 있다. 서로 간에 심리적 유대감이 매우 강하다. 그래서 역설적으로 사소한 일로도 갈등이 자주 일어난다. 갈등의 봉합도 비교적 쉽게 이뤄진다. 취향의 바탕에서 형성된 동료 관계는 삶을 즐기는 데 이바지하는 장점을 갖고 있다. 하지만 취향이 맞지 않는 사람들과는 시간을 함께 보내기가 어렵다. 대화거리도 매우 제한된다.

또 한 가지는 단순한 취미를 넘어 추구하는 가치가 비슷한 사람들이다. 예컨대, 권력을 지향하거나 부를 축적하는 일, 봉사 활동이나 사회의 부조리를 개선하는 일에 헌신하거나, 정치활동이나 종교 생활에 가치를 부여하는 사람들은 그들끼리 관계를 형성하는 경우가 많다. 그들은 서로 경쟁하기도 하지만 함께 어울리는 공생관계를 이룬다. 추구하는 가치가 같은 사람들끼리는 늘 진지한 분위기가 흐르는 경향이 있다. 대체로 '옳음'과 '이성'의 작용이 관계의 주류를 형성한다. 취향이 같은 사람들의 관계에서와 달리, 가치의 동질성을 바탕으로 형성된 관계에서는 대화가 사뭇 이성적이다. 시간상으로 볼 때 관계가 비교적 오래간다. 하지만 추구하는 가치에 대한 해석에서 차이가 생기거나, 기존의 가치와 배치되는 가치를 추구할 때는 관계가 심각하게 틀어질 수 있다. 취향이 달라져서 멀어진 경우보다 관계의 회복이 더 어려울 수 있다.

취향과 추구하는 가치가 모두 일치하는 동료들은 끈적끈적한 관계로 발전한다. 그런데 취향은 같으나 추구하는 가치가 서로 어긋나는 사람들끼리는 어떤 목표를 위해 일시적으로는 친밀도를 유지하는 일이 가능하겠지만, 지속해서 밀접한 관계를 유지하기는 어렵다. 묵은 된장이나 간장이 음식 고유의 맛을 내는 간을 지긋하게 잡아주듯이, 가치의 지향점이 같은 동료와 생활할 수 있다는 건 서로의 삶에 최적의 간을 유지해 주기에 그 자체로 행운이다.

간이 맞는 동료는 추구하는 가치의 지향점이 서로 같은 경우가 많다.

이성 친구 관계와 인격적 정체성

빌 클린턴, 존 F. 케네디, 엘리엇 스피처, 존 에드워즈, 엘리자베스 테일러, 찰스 왕세자, 휴 그랜트, 코비 브라이언트. 이들의 이름을 보면 무슨 생각이 떠오르는가? 부정행위로 인해 인격적 정체성에 치명적인 손상을 입은 인물들이다. 디지털 문화의 발달로 우리의 인격적 정체성을 위협하는 요인들은 다양해지고 있다. 애슐리 매디슨 (Ashley Madison)이라는 웹사이트는 기혼자들을 대상으로 '인생은 짧다. 바람을 피우자'라는 구호를 내세우며 혼외정사 홍보를 해왔다. 그 웹사이트는 2002년 이후 이용자가 5천1백만 명이라고 자랑한다. 미국의 젊은 철학자 크리스찬 B. 밀러 교수가 쓴 〈인간의 품성〉이란 책에 나오는 내용이다.

누구나 가까이 지내는 친구 중에는 이성이 있다. 물론, 앞으로 '이성'에 관한 관념은 빠른 속도로 어떤 변화가 예상되기는 하다. 독일의 경우에는 전문가의 소견 없이도 스스로 자신의 사회적 성(젠더)을 바꿀 수 있는 법이 통과되었다. 그럼으로써 섹스는 바꿀 수 없지만, 젠더는 자신의 성 정체성을 어떻게 느끼느냐에 따라 정해질 수 있다. 성 관념은 그렇게 빠르게 바뀌고 있다. 그래서 혹자는 굳이, 친구 관계에서 이성을 구분할 필요가 있느냐고 반문할지 모른다. 하지만 내가 생각하기엔 구별해야 할 까닭이 분명히 있다. 이는 각자의 인격적 정체성과 깊숙이 관련되어 있기 때문이다. 그 한 가운데에는 성 문제가 자리하고 있다.

프로이트는 인간의 모든 성장과 행동을 활성화하는 데 필요한 에너지는 무의식에 들어 있는 원초적인 본능의 충동에서 나온다고 했다. 인간의 원초적 본능에 해당하는 성적 욕망과 파괴적 충동은 인간의 전 생애를 통해 욕구를 충족하고자 끊임없이 꿈틀댄다. 원초적 충동은 이성과는 거리가 멀다. 즉, 옳고 그름에 관한 사회적 통념과는 아무런 관련이 없다. 오로지 충동을 충족하는 데서 오는 쾌락만을 추구할 뿐이다. 따라서 우리가 우아한 인간으로 존재하기 위해서는 이런 본능의 충동을 억눌러야 한다. 그리고 그 과정에서 끊임없이 우리는 긴장과 고통을 감내해야 한다. 문명화된 삶을 포기하지 않는 한, 그와 같은 고통은 어쩔 수 없이 지급해야 하는 값이다.

마신 물로 꿀벌은 꿀을 만들고, 뱀은 독을 만든다. 물은 꿀이 될 수도 있고 독이 될 수도 있다는 말이다. 성(性)도 마찬가지다. 그것은 우리에게 행복을 선사할 수도 있고, 불행을 안겨줄 수도 있다. 우리가 성을 어떻게 인식하고 행동하는가에 따라 행복, 꿀이 되기도 하고, 불행, 독이 되기도 한다. 성이 독으로 작용할 경우, 그 사람의 인격은 철저히 파괴되어 자신이 누구인지에 관한 인격적 정체성이 뿌리째 상실되기 쉽다. 반면에, 성이 꿀로 작용할 경우, 그 사람은 온전한 인격의 바탕 위에서 자신이 누구인지에 관한 정체성을 분명하게 가꿔갈 수 있다.

미혼자들의 이성 관계는 여러 가지 측면에서 기혼자들의 그것과 다르다. 미혼자들에게 있어 성 문제는 자기 결정권에 대한 상호 존중과 신뢰를 바탕으로 풀어갈 성질의 것이다. 하지만 기혼자들의 경우에는 사정이 다르다. 동료나 친구 관계에서의 성 문제는 자기 결정권에 대한 상호 존중과 신뢰의 문제가 충족된다고 하더라도 각자의 배우자가 존재하기 때문에 자신뿐만 아니라 배우자의 인격적 정체성에 심각한 손상을 초래할 수 있다. 더 나아가 송두리째 파괴될 수도 있다는 점에서 매우 엄중한 일이다.

플라톤의 〈국가론〉 초반부에 보면, 아테네의 유명한 부호였던 케팔로스가 소크라테스에게 나이 든다는 것은 어떤 면에서는 좋은 일이라 말한다. 그건, 육체적 욕망이 쇠퇴하여 절제가 그만큼 쉬워지기 때문이라 했다. 우리가 주의할 것이 있다. 누구나 나이 들면 케팔로스 노인처럼 절제가 저절로 가능할 것으로 생각한다면 큰 착각이다. 심장이 박동하는 한, 인간의 원초적 욕망은 뱀의 혀가 끊임없이 날름대듯이 가슴속에서 살아 꿈틀댄다. 눈에 흙이 들어갈 때까지 노력해야 하는 덕목이 바로 절제이다. 특히 진화생물학적으로 볼 때 모든 정신적 및 육체적 활동이 종의 번식에 맞춰지는 남성들의 경우엔 더욱 그렇다.

자신을 성적 본능에 취약한 사람이라고 평가한다면, 두 가지 행동 요령을 고려해 봄 직하다.

하나는 서두에서 언급했듯이, 누군가가 지켜보고 있다는 생각으로 이성을 대하는 것이다. 쇼펜하우어와 같은 철학자도 〈인생론〉에서 언제나 사람들이 보고 있다고 생각하라고 충고하였다. 사람들이 자신을 관심 있게 지켜보고 있다고 생각하는 이는, 비록 외부에서 주어지는 강제적 성격이지만, 생각이 깊다는 것이다. 그는 사방에 눈이 달려 있어 나쁜 행동은 언제나 폭로될 위험이 있음을 안다. 그래서 혼자 있을 때도 마치 온 세상이 자기를 주시하고 있는 듯 행동하게 된다고 했다. 우리 조상들이 홀로 있음에도 자신을 다스리는 '신독(愼獨)'을 중히 여겼던 것 또한 같은 맥락일 것이다.

내가 초등학교 교사로 처음 부임하여 지낼 당시에 어느 선배가 나에게 이런 조언을 해주었다. "교실에서는 네가 어떻게 수업하던 상관이 없다. 왜냐하면 보는 사람이 없기 때문이다. 하지만, 운동장에서 하는 수업은 교실에 있는 동료 교사들뿐만 아니라 주변 아파트에 있는 학부모들도 보고 있어서 연구수업 하듯이 조심스럽게 해야 한다." 선배의 조언은 이후 내가 교사 생활을 하는 동안 하나의 중요한 지침이 되었다. 내가 어떤 행동을 하기 전이나 실제로 할 때, 누군가가 나를 주목하고 있다고 생각하면 한 번이라도 더 생각해 보게 되었다. 비록 '시선'은 외부의 힘을 빌리는 것이지만, 난 그것이 본성에 있는 본능적 욕구의 충동을 억제하는 하나의 유용한 수단이 될 수 있다고 믿는다.

심리학자들의 심리실험 결과를 보더라도, 사람은 타인을 의식하거나 누군가가 관찰하고 있음을 인지하면 혼자 있는 경우와 다르게 행동한다. 실제 누군가 존재하지 않더라도 사람의 눈 그림이나 눈과 유사한 그림이 감시 단서가 되어 우리는 올바른 행동을 하게 된다. 등산객이 많이 다니는 등산로 입구에 거울을 걸어놓고 '산에서 양심껏 행동합시다'라는 표어를 붙여 놓은 까닭도 그와 연관이 있다. 자기의 눈으로 자신의 인품을 확인하는 기회를 제공하는 것이다. 그럼으로써 우리는 범해서는 안 될 쾌락에 대한 욕망을 절제함으로써 새로운 차원의 정제된 쾌락을 경험할 수 있게 된다.

또 하나의 행동 요령은 성적 본능에 취약한 자신을 지켜줄 수 있는 상황이나 장소를 미리 선택하고 행동하는 것이다. 앞서 말한 밀러 교수도 자신의 책 〈인간의 품성〉에서 이를 적극 추천하고 있다. 인간은 대체로 원초적 본능의 유혹에 취약하다. 특히 남자는 나이, 지위, 학력을 불문하고 기회가 되면 언제든 성적 충동의 노예가 될 수 있다. 남성들은 '하지 못한 성관계'를 더 후회하고, 여성들은 '한 성관계'를 더 후회한다는 말이 있다. 진화심리학자들은 성 구매자가 대부분 남성이라는 사실은 남성이 가능한 한 많은 상대와 성관계를 추구하게끔 진화했음을 보여준다고 말한다. 그런 점에서, 남성이라면 특히 올바른 행동을 하도록 고무하는 상황이나 장소가 아니면 아예 피하는 게 좋다. 유혹과 함정으로 둘러싸인 상황을 의도적으로 피하는 것이다. 그것이 최상책이다.

내 주변에 있는 한 친구는 이를 모범적으로 실천하고 있다. 동료들과 회식할 때도, 그는 종교적인 신념에서 술을 입에 대지 않는다. 동료들이 저녁 식사를 마치고 노래방이나 유흥 시설에 갈 경우에도, 그는 같이 어울리지 않는다. 언젠가 내가 그 친구에게 그 이유를 물었던 적이 있다. 그러자 그는 "나도 유흥적 분위기를 좋아한다. 하지만 그렇게 행동하다 보면 실수한다. 그래서 아예 그런 자리에 가지 않는다"라고 하였다. 10여 년을 같이 지내면서 보건대, 그는 꾸준히 자기 신념을 행동으로 실천하고 있었다. 참 대단한 사람이다. 의도적으로 상황을 선택하는 습성은 하루아침에 이뤄지지 않는다. 그 친구처럼 꾸준한 실천이 요구된다.

진화 철학자들은 말한다, 자연은 음식을 먹고 자식을 낳는 일 외에는 거의 모든 일에 신경을 쓰지 않는다고. 봄, 여름, 가을, 겨울의 사계절이 있고, 날씨나 기온 등이 변화하는 것은 모두 생물체의 번식을 돕는 외적인 조건을 최적화하게 한다는 데 의의가 있다는 것이다. 그들의 견해에 따르면, 자기 씨앗을 가장 효과적으로 퍼뜨린 생물이 가장 많은 자손을 낳으므로, 세대를 거듭하면서 성적인 본능은 점점 그 위력을 강화해 왔다. 그리하여 식욕, 수면욕 등 기본적인 욕구가 충족되면, 성적 충동의 에너지인 리비도는 여지없이 우리의 영혼을 장악하게 된다. 그럼으로써 대부분 남자는 파블로프의 개처럼 자동으로 이성(異性)에 반응하게 된다.

그리스도교의 위대한 철학자이자 사상가였던 아우구스티누스는 〈고백록〉에서 이성을 향한 정욕에 사로잡혀 올바른 삶을 살지 못했던 시절을 후회한다고 말하고 있다. 당시의 관습이었다고는 하지만, 실제로 그는 어린 여자아이를 데리고 생활하기도 했다. 인도의 꺼지지 않는 영혼이라는 칭송을 받는 마하트마 간디도 성 문제에서 예외가 아니었다는 사실은 우리에게 시사하는 바가 크다. 그의 〈자서전〉 초반부에 보면, 욕정을 이기지 못하고 아내가 거처하는 방에 갔다가 아버지의 임종을 지키지 못한 자신을 탓하며 이후 아내와의 성관계를 아예 영원히 끊겠다고 다짐하는 대목이 나온다. 성적 충동은 사람이라면 누구에게나 일어날 수 있는 원초적 본능이다. 그렇게 보면, 그들이라고 해서 그런 행동이 새삼스러운 것도 없다. 그렇지만, 나와 비교할 수 없을 정도의 엄중한 의지력과 실천력의 소유자인 그들의 고백은 나 같은 사람에게는 커다란 울림이자 날카로운 가시로 다가온다.

이성 친구와의 관계에서 각자의 인격적 정체성은 도끼의 칼날 위에 서 있다.

편견의 감옥에 갇힌 정치적 문해력

난 가끔 판단 불가능의 사회에서 살고 있는 건 아닌지 하는 착각에 빠진다. 나이가 들어갈수록 사회적 현상을 꿰뚫어 볼 수 있는 혜안을 갖추어 가야 하는데, 이상하게도 유독 정치 사회적 이슈와 관련해서는 인지력에 뿌연 안개만 더 짙어진다. 더 큰 문제는 그런 이슈와 관련하여 친구, 동료는 물론 지인들과 이야기하기가 쉽지 않다는 데 있다. 선뜻 어떤 사안에 대해 내 자신의 견해를 밝혔다가는 분위기가 순식간에 살풍경스러워질 때가 있다. 상대의 생각과 다른 주장을 펴는 순간, 로마의 루비콘강을 건너는 꼴이 되어버린다.

피카소는 "나는 보는 대로 그리는 게 아니라, 생각하는 대로 그린다"라고 했는데, 우리나라 언론은 사실대로 쓰는 것이 아니라 언론사가 생각하는 대로 쓴다. 마치 언론사들이 사회구성원들을 노예나 인질로 취급하고 있는 건 아닌지 의심마저 들 정도다. 휴대전화의 뉴스앱을 도배하는 언론사들의 기사는 독자들의 균형 감각을 여지없이 말살한다. 어느 한쪽을 선택하도록 강요한다. 이런 경향은 시간이 흐를수록 더 강화되고 있다. 누군가는 나의 이런 넋두리에 '균형은 무슨 얼어죽을 균형?'이라며 정신 나간 사람 취급할지도 모른다. 답이 뻔한데 무슨 소리냐고 힐난의 목소리를 높일 것이다.

이와 관련하여 간혹 일부 논자들은 흥미로운 주장을 내놓는다. 그들은 국내외 여론조사기관의 통계자료를 내밀며 세대 혹은 연령층에 따라 '문해력(literacy)'에 차이가 있다고 말한다. 예컨대, OECD가 발표한 '국제 성인 역량 조사(PIAAC) 결과'나 한국갤럽에서 발표하는 '데일리 오피니언' 등의 여론 조사 결과들이 흔히 그 근거로 활용된다. 전자의 자료를 보면, 나이가 낮을수록 한국인들의 언어능력은 OECD 평균보다 높으나 고령층으로 갈수록 그 수준이 평균치 이하로 곤두박질한다. 후자의 대통령 직무 수행에 대한 우리나라 사람들의 평가 자료에서도 60대 이상과 그 이하는 뚜렷한 차이를 보인다. 일정 부분 수긍이 가는 측면이 있긴 하다. 70%가 대학에 진학하는 우리나라는 OECD 회원국 중에서 25세에서 34세 사이의 청년층만 놓고 보면 가장 고학력인 나라이다.

그렇다고 OECD나 갤럽 등에서 발표한 앞의 자료들을 '정치적 문해력'의 잣대만으로 해석하는 데는 고개가 갸우뚱 해진다. 과연, 일부 논자들의 주장처럼, 고연령층(60대 이상) 사람들의 정치적 문해력이 젊은 층과 비교하여 떨어진다고 말할 수 있을까? 문해력은 간단히 말해 글을 읽고 해석하는 능력이다. 1945년 해방 직후 우리나라의 문맹률(비문해율)은 80%에 가까웠으나 1950년 의무교육을 시행한 이후 10년도 채 안 되어 4%대로 떨어졌다. 현재 80세 이상 초고령층의 극히 일부를 제외하면, 우리나라 사람들은 글을 읽을 수 있는 능력을 갖추고 있다는 말이다.

물론, 젊은 세대와 노령층 간에는 디지털정보를 소화하는 능력에서 차이가 있을 수 있다. 젊은 세대는 정보의 바다에서 자기가 필요한 것을 찾아내는 디지털 시대에 태어나 살고 있다. 정보의 양도 절대적으로 많을뿐더러, 실시간으로 세상에 쏟아지는 질 높은 정보를 한쪽에 치우치지 않고 비교적 쉽게 손에 넣을 수 있다. 반면, 노년층 세대는 성장 과정에서 유용한 정보를 담은 종이책이 절대적으로 부족했을뿐더러 한편으로는 정보가 통제되거나 편향적으로 제공되기도 하는 시대를 겪으며 현재를 살고 있다. 순수한 문자적 정보를 소화하고 해석하는 능력에서 차이가 있을 수는 있을 것이다. 그런 점에서 특히 OECD 자료는 우리가 이해할 수 있는 측면을 담고 있다.

하지만 갤럽의 통계자료는 우리에게 다르게 해석할 수 있는 여지를 충분히 담고 있다. 이를 좀 더 자세히 들여다보면, 노년층이 정치적 문해력에 약하다는 일부 논자들의 주장은 선뜻 수긍이 안 된다. 한국 갤럽조사연구소에서 발표한 '최근 6개월 동안 윤 대통령 직무 수행 평가[데일리 오피니언 제573호(2024년 2월 1주)]를 보면, 지역별과 세대별로 '잘하고 있다'라는 평가에서 큰 차이를 보인다. 예컨대, 대전/세종/충청은 33%, 광주/전라는 8%, 대구/경북은 50%, 부산/울산/경남 41%였다. 세대별로 보면, 18~29세 19%, 30대 26%, 40대 22%, 50대 29%, 60대 43%, 70대 이상 65%로, 60대 이상 노년층과 젊은 세대 간에 유의미한 차이가 있다.

우리는 이런 현상을 어떻게 해석할 수 있을까? 노년층은 눈으로 보이지 않고, 귀로 들을 수 없는 걸 읽어낼 수 있는 경험을 축적하고 있다. 다양한 경험은 지혜로 농축되어 문해력으로 커버할 수 없는 행간의 의미까지도 끄집어낼 수 있다. 정치적 현안에 대해선 살면서 겪었던 수많은 정치적 우여곡절로 갈리고 닦인 나름의 관점이 확고하다. 더군다나 의무교육의 혜택을 받지 못해 문해력에 한계를 지닐 수 있는 80세 이상의 초고령층은 조사 대상에 포함되지 않았을 것이다. 따라서 정치적 현안에 대해 노년층이 젊은 세대와 유의미한 차이를 보인다고 해서, 그 결과를 단순히 정치적 문해력이 낮은 것으로 설명하는 건 아무래도 무리가 있다.

젊은이들은 정보를 균형적으로 수집하고 객관적으로 읽는 눈이 노년층과 비교하여 상대적으로 잘 발달했다. 반면에 노년층은 정보의 수집 능력도 문제지만 무엇보다 선입견이라는 또 하나의 변수가 작동한다는 사실을 고려해야 한다. 물론 정치적 사안을 선입견에 이끌려 판단한다는 그 자체가 정치적 문해력이 떨어진다는 걸 방증한다고 말할 수는 있다. 하지만 노년층과 젊은 층 간의 인식 차이를 실체적으로 설명하지는 못한다. 노년층과 젊은 층 간에는 마음의 작동 방식에서 차이가 있다고 보아야 할 것이다.

사람들은 어떤 대상이나 현상에 직면하면 아무 생각 없이 그냥 바라보지 않는다. 어려서부터 성장하는 과정을 거치며 경험이나 학습을 통해 나름대로 생각의 틀을 갖추게 된다. 그 틀에 맞춰 세상을 이해하고, 해석하고, 판단하며, 행동한다. 성장 과정에서 정보를 제공하는 주변 인물들이 누구이고 환경이 어떠하였느냐에 따라 그 틀의 모양은 많은 영향을 받는다. 그리고 그 틀을 통해 직접 경험하지 않은 대상이나 현상에 대해서도 나름 해석하게 된다. 선입견, 고정관념, 편견은 바로 그런 차원에서 나온 대표적인 견해나 관점이라 할 수 있다.

선입견(先入見)이란 말 그대로 이미 자신의 의식 속으로 들어와 있는 견해이다. 사람은 누구나 처음엔 그러한 선입견으로 사물이나 대상을 바라보고, 현상을 이해하려 한다. 몇 번 유사한 사례에서 자신의 선입견으로 해석한 결과가 들어맞으면 선입견이 확신으로 발전하여 의식 속에 '고정관념'으로 자리를 잡는다. 그런데 그게 의식 속에서 순수하게 인지적 수준에만 머물지 않는다. 사람은 감정의 동물이다. 세월이 흐르면서, 자석에 쇳가루가 달라붙듯, 고정관념에 감정이 덧붙는다. 고정관념에 감정이 덧씌워지게 될 경우, 우린 그런 견해를 '편견'이라 한다. 편견에 사로잡힐 경우, 이성은 감정의 위력 앞에서 맥을 못 춘다. 편견은 긍정적인 방향보다는 부정적인 방향으로 작용하는 경우가 훨씬 더 많다. 우리 인간에게 부정적인 감정이 더 잘 발달해 있는 것을 보면 짐작이 간다.

그런 점을 고려할 때, 일부 논자들이 주장하는 '노년 세대는 정치적 문해력이 떨어진다'라는 주장은 '편견에서 해석하는 경향이 강하다'라는 표현으로 대체되는 게 더 타당해 보인다. 예컨대, 윤 대통령에 대한 긍정적인 평가가 광주/전라 지역에서는 8%, 대구/경북지역에선 50%로 나타난 사실과 18~29세에서는 19%지만 70대 이상에서는 65%로 나타난 현상을 교차적으로 따져보면, 정치적 문해력으로는 해석하기가 어렵다. 어느 세대, 어느 지역의 사람들이 정치적 문해력이 높거나 낮다고 말할 수 있겠는가? 그런 점에서 특히 세대별로 나타나는 두드러진 편차는 정치적 문해력이 편견의 감옥에 갇혀있음을 보여준다고 해석하는 게 더 타당하다. 사회에서 벌어지는 정치적 현상을 해석할 때 감정이 짙게 덧씌워진 편견이 마음의 작동 방식을 좌우하는 주도권을 쥐고 있다고 보아야 할 것이다. 여기에 개인의 편견과 비교할 수 없는 강력한 힘을 발휘하는 지역감정까지 고려한다면, 노년층의 정치적 문해력에 관한 해석은 더더욱 신중할 필요가 있다.

편견이 강하게 작용한 판단의 결과는 사실을 왜곡하기 쉽다. 물론 생각을 하는 사람이라면, 누구나 편견에서 완전히 벗어나기는 어렵다. 모든 것을 경험하여 판단할 수는 없는 노릇 아니겠는가. 우리 사회에서 일어나는 다양한 정치적 사안을 좀 더 객관적 시각에서 판단하고자 하는 사람이라면 무엇보다 우선 편견에서 벗어나고자 하는 노력을 게을리해서는 안 된다. 모두가 그렇지만, 특히 나이 든 사람들일수록 정치적 문해력을 높이는 차원에서라도 편견에 매몰되지 않는 마음의 작동 방식을 갖추는 데 더욱 힘써야 할 것이다.

우리나라 사람들 상당수의 정치적 문해력은 편견의 감옥에 갇혀 있다.

넷째

사람들 간의 갈등은 불공정을 공정화하는 데서 빚어진다는 걸 직시할 수 있어서다

내가 어떤 일을 하는지는 그리 중요하지 않다.
하는 일이 나와 다른 사람들의 삶에 도움이 되는 것이라면
그것으로 의미가 있다.
내 삶이 이 세상에 남길 수 있는
유일한 자산이기도 하다.

세상살이의 불공평한 근원에 눈이 뜨인다

세상의 공평성에 관한 미몽

한 개인이 성공을 이루는 데에는 여러 가지 요인이 작용한다. 대체로 내부 요인으로는 주로 본인의 노력을, 그리고 외부 요인으로는 언제, 어디에서, 어떤 부모의 자식으로 태어났는가를 꼽는다. 이 밖에도 '운'이 자주 들먹여진다. 외부 요인이 어떠하든 개인이 노력하지 않으면 아무런 소용이 없는 건 당연한 일이다. 그 반대의 경우도 상당 부분 수긍이 간다. 언제 어디에서 태어났는가는 성장한 시절의 정치, 문화, 경제 등 간접적인 사회적 환경을 언급하는 것이요, 어떤 부모의 자식으로 태어났는가는 유전자와 가문의 환경을 의미한다. 그런 요인들에 따라 학교급이나 출신학교가 정해지고 생활 수준이 결정되는 경우가 많기 때문이다. 또한 상당수의 사람, 특히 실패를 경험한 사람들은 제아무리 내외부 요건이 잘 갖추어져 있다 한들, 운이 따라주지 않으면 성공할 수 없다고 믿는 경향이 있다.

그런데 그런 조건들이 모든 사람에게 공평하게 주어져 있을까? 어느 나라 헌법에도 '모든 사람은 법 앞에 평등하다'라는 조항은 상위

자리를 차지하고 있다. 이는 역설적으로 모든 사람이 법 앞에 평등한 것은 아니라는 현실을 명증한다. 세상이 공평해야 한다며 정의를 외치는 목소리가 클수록 그렇지 못함을 드러내는 것이다. 그래서 가능한 한 최대로 모든 사람이 공평한 위치에 놓일 수 있도록 노력해야 한다는 '당위'를 표현하고 있다고 보는 것이 현실적이다. 자연 현상이 아닌, 세상살이와 관련한 명문화된 진리는 그런 역설의 논리를 담고 있다는 것을 나이 들어가며 체감한다.

최근에 한국은행이 낸 보고서에서도 상위권대 진학률 격차가 학생의 잠재력보다 소득계층, 거주 지역 같은 사회 경제적 배경에 의해 주로 설명된다는 내용이 적시되어 있다. 이는 비단 오늘날의 현상만은 아니다. 멀리까지 갈 것 없이, 가까운 조선시대에도 소득계층이나 거주 지역은 결정적 변수로 작용했다. 실례로, 전체 문과 급제자의 절반 이상이 한양과 경기도 출신이었다는 연구물이 나와 있다. 개인의 노력만으로는 뭔가 부족하다는 걸 시사해 주고 있다. 세상은 애초에 불공정해 보인다.

어떻든, 우리는 이 모든 요인이 유기적으로 작용한 결과로 개인의 성공이 결정된다고 볼 수 있을 것이다. 예외적으로, 사람에 따라 불평등한 조건을 타고났거나 여러 요인이 복합적으로 불리한 여건임에도 이를 극복하고 성공하는 사례들이 있는 것도 또한 사실이다. 흔히 '개천에서 용 났다', '개똥밭에서 인물 났다'라는 속담은 그런 경우를 대변할 때 사용된다. 또한 운마저도 본인이 개척할 수 있다고 믿는 사람들도 있긴 하다. 사실, 본인이 개척할 수 있는 것이라면, 그건 이미 '운'의 개념에서 벗어나는 것이라 해야 할 터인데도 말이다.

그런데 내가 바꿀 수 있는 것이 있고 그렇지 못한 것이 있다. 방금 말했던 요인 가운데 외부 요인은 대부분 개인이 스스로 어찌할 수 없는 것들이다. 자신의 의지와 상관없이 정해져 있다. 우리 사회에서 금수저니, 흙수저니 하는 말은 자신이 변경할 수 없는 태생적 한계에 대한 한탄을 담고 있다. 사회 변혁적인 말이나 구호는 흔히 목마른 자, 불리한 자, 힘든 자에게서 튀어나온다. 불안정한 사회일수록 뭔가 변혁이 요구되는 환경적 요소들이 힘없는 사람들을 짓누르고 있다. 우리에게 만약 '왜 저들은 삶의 밑바닥에서 저렇게 헤매고 있을까?', '왜 저들은 사회에 저리 불만이 많을까?'하는 의문이 든다면, 우린 아직 인간이, 그리고 사회가 공평하다는 미몽에서 벗어나지 못하고 있다는 방증이다.

　　나는 고교를 졸업하고 서울로 대학을 오게 되면서 처음으로 '세상은 공평한가?'라는 의문을 품게 되었다. 대학에 입학한 후 캠퍼스 내외에서 학우들의 대화 내용이나 행동거지, 세상을 보는 안목 등등을 경험하면서, 나는 비로소 차츰 내 실체를 알아채기 시작했다. 나도 모르게 눈치껏 친구들의 이모저모를 살피게 되었고, 그럴수록 나 자신이 상대적으로 너무 처량하다는 느낌이 엄습해 왔다. 친구들과 비교해 보았을 때 난 내외적으로 결여된 부분이 너무 많았다. 창피하고, 억울하고…, 그래서 슬펐다.
　　대학에 입학한 지 몇 개월이 지난 어느날, 우울한 마음을 달래기도 할 겸 난 학교 앞에서 버스를 타고 서울 남대문 시장 근처에서 내린 후 남산에 올랐다. 남산의 정상에 서서 한강 쪽을 내려다보았다. 가히 셀 수 없이 많은, 크고 작은 빌딩과 집들이 두 눈의 시야에 잡히지 않게 넓게 펼쳐져 있었다. 자그맣게 조성된 광장 모퉁이의 노점에서 '도라지'라는 이름의 담배 한 갑과 라이터를 샀다. 남대문 시장 쪽으로 내려오다 8부 능선쯤에 이르러 내리막 길섶에 앉아 난생처음으로 담배 한 개비를 피워물었다. 머리가 핑 돌며 쓴맛이 순식간에 내 입안과

혀를 빙 돌아 감쌌다. 발아래엔 비슷하니 기울어진 언덕 위에 덕지덕지 붙은 해방촌의 작은 집들이 내려다보였다.

그때 내 가슴 저 밑바닥에서 뜨거운 기운이 올라왔다. 혼자 마음에 삭이고 있던 세상의 불평등에 대한 불만이 화산 용암처럼 한꺼번에 목구멍으로 치솟아 올라왔다. 나는 혼잣말로 세상을 향해 불만을 목청껏 외쳤다. '이 세상의 모든 58년생 개띠 녀석들아, 다 이리 모여라. 우리 모두 똑같이 출발선에 서보자. 그리고 동시에 같이 출발해 보자. 난 절대 지금처럼 너희들에게 뒤처져 있지 않을 거다!' 서울에 올라와 막상 한 인간으로서 삶을 시작하려다 보니, 내 앞에는 이미 많은 동년배가 한참 앞서서 달리고 있었다. 도라지 담배 한 개비를 더 피워 물었다. 머리가 돌아버릴 것 같았다. 세상이 불공평하다는 현실을 곱씹으며 터벅터벅 남산 도서관 입구의 버스정류장으로 내려왔다.

엄중한 현실은 '그래도 나는 살아가야 한다'라는 것이었다. 울분에만 매달려 있다고 내 마음속의 불만이 해소될 리 없고, 더군다나 그런 문제가 해결될 리는 더더욱 만무하다. 개인들이 토로하는 그런 불만은 이상적인 공평한 세상을 만들고자 하는 정치인들이 가져야 하는 관심의 대상일 것으로 기대하며 떠넘길 수밖에 없다. 어쩌겠는가, 삶을 나 스스로 통제할 수는 없잖는가. 하지만 나의 삶에는 내게 통제권이 주어진 것도 있다. 삶을 지향하는 가치관, 추구하는 가치, 목표 등이 그런 종류일 것이다. 내가 관심을 기울여야 할 건 바로 그 부분뿐이다. 그렇게 자위라도 해야 마음이 평온을 찾을 수 있지 않겠는가.

고대 그리스 스토아학파의 철학자 에픽테토스는 〈엥케이리디온〉에서 당시의 사람들을 향해 행복해지고자 한다면 자기 스스로 통제할 수 있는 일에 집중하라고 했다. 바꿀 수 없는 것들은 평온한 마음으로 받아들이고, 자신이 바꿀 수 있는 것들에 대해서는 용기 있게 바꿔나가는 게 행복한 삶을 위한 지혜라고 했다. 진정으로 자신의 의지로 어찌할 수 없는 것들은 자랑스러워하지도, 슬퍼하지도 말라 하였다. 어쩌면 에픽테토스도 노예로 출생했기에 기껏 자신이 할 수 있는 영역에만 초점을 두는 차원에서 인간의 행복에 관한 담론을 제시했을지 모른다. 외적 요인인 출생의 한계를 벗어나지 못한 채 말이다. 방배동 자취방을 향해가는 버스 차창 너머로 해방촌의 덕지덕지 붙은 손바닥만 한 집들과 이태원의 호텔 근처에 있는 저택들이 하나둘 겹치며 나의 시야에서 사라져갔다.

누구나 인정하는 공평한 세상에서 살고 있다고 생각한다면, 그는 이미 신선이다.

비교, 그리고 경쟁심과 담금질

바닷가에 사는 사람들은 물 때가 몇 물인지, 해풍의 강도가 어떤지, 해수 온도가 어떤지에 따라 방식을 바꿔가며 조업한다. 주식에 관심이 많은 사람은 주가가 얼마나 오를 것인지 혹은 내릴 것인지를 예측하고 그에 대응하느라 식사를 거르기도 한다. 정치인들은 사회에서 불거진 사안에 대해 여론의 추이가 자신 혹은 소속 정당에 어떤 영향을 미칠 것인지를 따지고 그에 준하여 활동한다. 우리는 늘 비교하면서 일상을 산다. 어쩌면 비교하는 행위는 우리의 삶 그 자체인지도 모른다. 대체로 우리가 하는 일상의 비교는 많은가 적은가, 좋은가 나쁜가, 혹은 유리한가 불리한가 등 상대적인 만족감의 차원에서 이루어진다.

그런데 우리의 심사를 건드리는 비교는 대개 사람들 사이에서 이루어진다. 사람들 사이에서 이루어지는 비교는 사회적 비교와 시간적 비교로 구분할 수 있다. 전자는 다른 사람을 기준으로 자신을 비교하는 것을 말한다. 내가 저 사람과 비교하여 외모, 나이, 학력, 지위, 직업, 경제력, 가족 상황이 더 나은지 어떤지를 비교, 평가한다. 쇼펜하우어도 모든 불행과 고통에 있어 사람들에게 가장 효과적인 위안은 자기보다 더욱 비참한 자들을 바라보는 것이라 하지 않았던가. 사회적 비교는 우리에게서 경쟁심을 불러일으키는 원인이다. 반면에 후자는 자기 자신을 기준으로 과거와 현재를 비교하는 것을 말한다. 이런 비교는 쇠가 담금질로 더 단단해지듯, 자기 내면을 단련시키는 담금질을 촉진한다. 사람들 간에 이루어지는 비교는 이처럼 개인의 삶의 방식을 변화시킬 수 있다.

대체로 우리는 사회적 비교 형태에 익숙해 있다. 자신과 다른 사람을 사회적 평판을 잣대로 하여 비교하는 것이다. 다만, 자신과 직접적인 관련이 없는 것들을 비교할 때는 단순 흥밋거리로 넘기거나 나와 상관없는 남의 일로 치부해 버리면 그만이다. 예컨대, 가까이 있는 사람 가운데 누군가가 승진하여 다른 부서로 옮겼다고 해서, 부럽기는 하겠지만, 그것이 자신의 생활에 어떤 불이익을 초래하지는 않는다. 물론, 이 경우에도 사회적 비교를 자신의 분발을 촉구하는 자극제로 활용한다면 오히려 긍정적인 효과를 가져올 수도 있다. 그런 점에서, 적절한 사회적 비교는 자기 삶의 질을 향상하는 데에 공헌하는 바가 일정 부분 있긴 하다.

하지만 자기 자신을 다른 사람들과 비교하는 일에 너무 민감해지면, 자칫 심각한 문제가 발생할 수 있다. 사람의 성격에 따라 차이가 있겠지만, 사람들은 위를 쳐다보며 비교하는 경향이 있다. 그러다 보면,

자칫 자신에게 느긋하지 못한 심성을 발달시킬 수 있다. 더군다나 가까이 있는 사람들과의 비교에서 오는 조바심은 자신을 가만히 놓아두지 않는다. 매일 아침 출근하면 그 사람들과 얼굴을 마주보며 차를 마신다. 퇴근 후엔 가끔 술자리도 같이한다. 그런 사람들을 보며 혹시 내가 뒤처지고 있는 것은 아닌가, 이 가운데 누군가에게 나의 지위를 빼앗기지나 않을까, 이들이 나를 무시하고 있는 건 아닐까, 하는 등등 수많은 의심이 머릿속을 꽉 채운다면, 내 삶은 정상 궤도에서 이탈하기 쉽다. 누군가의 일을 훼방 놓거나, 이간질하거나, "너에게만 비밀이야"라며 특정 상대를 비난한다. 그들이 내는 수군대는 목소리나 웃음소리는 나를 험담하는 것은 아닌가 하여 내 귀에 거슬리게 들려온다. 이로부터 벗어나기 위해선 나는 뭔가를 해야 한다. 그런데 실제로 이루어지는 건 없다. 심리적 무력감에 갇힐 수 있다.

아울러 우리는 사회적 비교가 자기의 내면에 열등감이라는 양질의 토양을 제공하며, 그곳에서 시기나 질투가 잡초처럼 무성하게 자라난다는 사실에 주목해야 한다. 열등감은 어떤 객관적인 기준에서 비롯된 정서가 아니다. 실제로 자신이 더 못나서 그렇게 느끼는 것이 아니다. 자신이 갖고 있는 다양한 인격적 강점은 무시한 채 특정한 한 가지 측면에만 경도되어 편협하게 자신을 평가하는 데서 오는 감정인 경우가 대부분이다. 그래서 열등감은 우리의 마음속에서 건전한 이성의 작용을 방해하는 두 가지의 감정, 곧 시기심과 질투심을 촉발하는 주요인이 된다. 시기심은 인간의 원초적인 정서 중의 하나로, 흔히 두 사람 간의 관계에서 발생한다. 이는 상대의 소유물이나 자질을 파괴하고자 하는 데 목적이 있다. 반면에, 질투는 세 사람 간의 관계에서 주로 발생하는데, 자신이 선호하는 대상을 소유하고 경쟁자를 배제하는 데 목적이 있다. 질투나 시기는 모두 주관적 판단에서 오는 열등감과 밀접한 관련이 있다.

철학자 니체는 르상티망(ressentiment)에 사로잡힌 이들은 열등감을 노력이나 도전으로 극복하려 하기보다는 열등감의 원천인 상대방을 비하하며 자신을 정당화하려 한다고 했다. 어떤 사람이 이룬 성공을 별것 아닌 것으로 애써 격하해 버리는 일종의 자기방어로, 패배자 감정을 일컫는다. 이런 습성은 자기 합리화를 통해 심리적 안정을 유지할 수 있을는지 모르지만, 자기 발전을 기대하기는 어렵다.

이처럼, 우리가 사회적 비교에 매몰되어 삶을 살다 보면, 진정한 자기 자신을 망각하거나 놓치게 된다. 실제로 우리는 부모, 교사, 동료, 지인들의 눈 때문에 주체적으로 움직이기보다는 수동적으로 움직이는 데 익숙하다. '정말 내가 원하는 것이 뭔가?'를 생각해 볼 겨를이 많지 않다. 다른 사람들을 올려다보고 비교하며 정신없이 뛰다가 목에 디스크가 오고, 무릎관절의 연골이 닳아 통증에 시달린다. 자칫, 나 자신이 내 인생 같은 남의 인생을 살고 있는지도 모른다는 생각이 들 때가 많다.

어쩌면 어린아이 때 우리는 가장 나답게 살았는지도 모른다. 어린아이가 태어나서 처음 하는 적극적 의사 표현은 '싫어', '안 해', '아니야'이다. 그 순간 어린아이는 사람이 가야 할 길로 처음 들어서는 건 아닐까? 우리는 살면서 오히려 그 길로부터 차츰 이탈하고 있는지도 모른다. 인생에서의 성공이란 다른 사람들과 경쟁하여 승리를 쟁취하는 것을 말하는 건 아닐 게다. 우리는 자기 인생을 살아야 하는 이유를 바로 이 지점에서 찾아야 하지 않을까?

홀로 낯선 지방에 처음 여행을 갈 때 꼭 필요한 것이 있다. 그것은 그 지역의 지도이다. 그 지역에 도착하여 제일 먼저 하는 일은 현재 내가 있는 곳이 어딘지를 확인한다. 내가 있는 위치를 확인한 후에야 그다음 행보를 시작할 수 있다. 우리네 인생살이도 현재 자신이 어느

곳을 걷고 있는지를 아는 게 긴요하다. 현재 내 몸의 상태는 어떤가, 내가 가고자 하는 곳이 어디인지, 그곳을 가기 위해서는 어떤 곳을 거쳐야 하는지, 내 경제적 능력에 비추어 교통수단은 무엇이 최적인지를 예측해 보고, 도중에 올지도 모르는 비나 눈을 대비해 준비물을 챙겨야 한다. 중요한 건, 몸을 움직일 수 없는 중환자가 아닌 이상, 내가 내 몸을 움직여야 그곳에 도착할 수 있다는 것이다. 어떤 난관이 닥치더라도, 역경을 이겨내고 나아가려는 자세를 잃지 않아야 한다. 그래서 자기의 내면을 단단하게 하는 담금질이 필요하다. 흔히 말하는 내공을 쌓아야 한다. 그건 시간적 비교를 통해서 가능해지는 일이다.

자신을 사랑한다는 것은 현실 속에 살아가는 자신과 동떨어진 미래의 이상 속의 '나'를 상정하고 그에 집착하는 것을 말하는 게 아니다. 그렇다고 과거에 자신이 누렸던 영화를 소환하여 환영(幻影) 속에 갇혀있는 '나'를 사랑한다는 것 또한 아니다. 과거나 미래의 나는 어디까지나 현재의 나를 위한 자료일 뿐이다. 지금, 이곳의 나를 있는 그대로 사랑해야 한다는 말이다. 내가 찾고 추려내야 할 것들은 '지금, 있는 그대로'의 내 안에 존재한다. 그걸 발견할 수 있는 사람은 나뿐이요, 그걸 보듬고 열광해 줄 사람 또한 나뿐이다. 내 안에 없는 걸 찾으려 드는 건 나무에 올라가서 물고기를 구하는 것과 다르지 않다. 그걸 찾으려다 지치고, 실망하고, 우울해지고, 분노하게 되며, 그것이 심화하면 결국 자기 파멸에 이를 수도 있다.

세상을 불평할 시간이 있으면, 그 시간에 자신을 돌아보는 게 삶에 더 유용하다. 나의 인생은 나의 것이기에 누구의 비교 대상도 되지 않는다. 타인의 삶은 타인이 산다. 개중에는 잘 나가는 이도 있고, 실패를 거듭하는 이도 있다. 그들의 모습을 보며 나를 찾는 기회로 삼으면 된다. 좋은 점은 가려서 그 점을 따르고, 좋지 않은 점은 고쳐

나간다. 나에게 선후천적으로 주어진 자원을 내 능력의 범위 내에서 최대한 그리고 충실하게 활용하며 살아가는 것이다. 그래서 시간적 비교를 선호하는 사람은 비교적 건강한 자긍심을 갖는다. 다른 사람을 비교 대상으로만 삼으면 내 삶이 피곤해진다. 다만, 다른 사람은 나에게 자극을 주고 방향성을 시사해 주는 존재임을 잊지 않는다.

다른 사람들과의 비교는 경쟁심을 촉발하지만, 자신과의 비교는 담금질을 촉진한다.

호구와 호인 사이

내가 잘 아는 지인 한 사람은 다른 사람들과 하루나 이틀 함께 시간을 보내는 일이 있는 경우, 지위나 나이를 불문하고 그들과 잘 어울린다. 어떤 활동을 할 때도 뒤에 앉아 관망만 하지는 않는다. 먼저 나서서 자발적으로 이런저런 일을 하고 말지, 그냥 앉아있는 꼴을 스스로 참지 못하는 습성이다. 활동 공간에 널린 쓰레기를 줍거나, 식사를 준비하는 데 참여하거나, 아니면 솔선하여 설거지나 정리 정돈을 한다. 그중에는 자기보다 나이가 어린 사람도 있고, 그의 사회적 지위 또한 다른 사람들과 비교하여 낮아 보이지도 않는다. 언젠가 내가 그렇게 행동하는 까닭을 묻자, 그는 누군가는 해야 할 일인데 사람 대 사람으로서 자기가 해야 할 몫은 자신이 감당해야 한다는 생각에서 그럴 뿐이라고 대답했다. 그런데 그런 호의를 계속 베풀면, 상당수의 사람은, 영화 〈부당거래〉에서 배우 류승범이 "호의가 계속되면 그게 권리인 줄 알아요"라고 하듯이, 그걸 당연히 자신이 받아야 할 권리인 양 착각한다고 했다. 내가 보기에, 호구와 호인이 갈리는 곳은 바로 그 지점이다.

그런 행동 습성으로 인해, 그 지인은 가끔 '내가 호구인가?'라는 느낌을 받을 때가 있다고 했다. 주변 사람들로부터 제대로 대접을 받지 못한다는 생각이 들 때 그렇다는 것이다. 상대를 서로 잘 모르는 사람들과 함께 어울려 어떤 활동을 하면, 사람들은 응당 자신이 해야 하는 일이자, 할 수 있는 일임에도 불구하고 서로 눈치를 보며 슬그머니 뒤로 빠진다는 것이다. 실제로 우리가 공동으로 생활하는 경우를 잘 보면, 대체로 궂은일을 하는 사람들이 정해져 있다. 뒤에 팔짱 끼고 앉아, 해주는 밥을 챙겨 먹고, 공동의 일에는 늘 먼 산만 쳐다보는 사람들이 있다. 누군 궂은일을 하고, 누군 한가로이 앉아 차려주는 밥을 먹고 끓여주는 차를 마시는가.

어떤 사람은 둘이 있을 땐 닭살이 돋도록 깍듯이 예의를 갖춰 대화를 나눈다. 그러다가도 제삼자가 합류할 때는 얄팍한 엘리트 의식이 발동하여 언제 그랬느냐는 듯 자신의 위신을 세우는 데 상대를 활용한다. 또 어떤 사람은 평소엔 무관심으로 일관하다가 자신이 필요할 때만 연락한다. 예컨대, 본인이 은행에서 대출받는 데 보증을 서 달라고 한다. 딱한 처지에 마음이 움직여 보증을 서주었다가 대신 갚기도 한다. 보증을 섰던 지인이 자기가 받은 대출금을 대신 갚고 있는데, 동일인이 또 다른 대출이 필요하다며 보증을 한 번 더 서달라고 부탁하는 사례도 보았다. 사람을 얼마나 호구로 보았으면 그럴까. 듣기만 해도, 괜히 내 마음이 불편하다.

호구라는 말의 한자어는 '虎口(호구)'이다. 범의 아가리라는 뜻이다. '어수룩하여 이용하기 좋은 사람', '쉽게 이용해 먹을 수 있는 사람'을 비유하는 데 쓰인다. 입을 떡 벌린 호랑이 앞에 서있는 어떤 사람의 모습을 상상해 보라. 손쉬운 먹잇감이다. 이 단어는 바둑에서도 사용되고 있다. 상대편 바둑 석 점이 이미 싸고 있는 모양을 가리킨다. 그 안에 자기의 바둑돌을 놓으면 죽는다. 호랑이 아가리로 들어가는 거나 마찬가지다. 순진한 사람이 아가리를 쩍 벌리고 먹이를 기다리는 술수에 능한 사람 앞에 서 있다. 남을 잘 믿는 관계로 그의 꾀에 쉽게 넘어간다. 주변 사람들은 그런 사람을 만만하게 본다.

그렇다고 귀찮거나 궂은일을 솔선하여 하는 사람을 모든 사람이 다 그렇게 호구로 취급하거나 대우하는 건 아니다. 정반대로 그런 사람을 '호인(好人)'이라 부르고, 그에 걸맞게 대우하는 사람들도 있다. 호인으로 여기는 사람들은 '저 사람은 굳이 자신이 하지 않아도 될 허드렛일을 솔선해서 하는 걸로 보아 좋은 사람임이 분명하다'라는 믿음을 갖고 있다. 그리하여 오히려 예의를 갖춰 그 사람을 존중하고 일을 나눠서 하려 한다. 그러니까 사람들은 한 사람의 행동을 보고도 그처럼 전혀 다르게 평가한다. 호구로 치부하는 사람들은 응당 자신이 할 일마저 그에게 시키거나 부탁하는 등 예의를 지키지 않지만, 호인으로 여기는 사람들은 미안해하거나 같이 참여하여 일을 한다. 서로 다른 차원에서 마음이 작동하는 것이다. 부처의 눈으로 보면 모든 것이 부처로 보이고, 돼지의 눈으로 보면 모든 것이 돼지로 보인다.

사람들은 흔히 젊을 땐 누구나 혈기가 왕성하다고들 말한다. 그런데 나는 그렇지 못했다. 한마디로 호연지기가 충만하지 못했다. 살아남는 게 사는 목적이었을 정도로 열악한 현실에 적응하는 데 급급한 나머지, 도무지 반항, 저항, 투쟁과 같은 단어를 떠올릴 겨를이 없었다. 민주화 열기로 온 사회가 들썩거릴 때도 길거리에 나가 팔을 걷어붙인 적이 없다. 그 부분에 관해선 마음속에 늘 빚을 느끼며 산다.

그런 성격적 특성으로 인해 나는 불의를 보아도, 상대방의 주장이

틀렸다고 믿어도, 상대로부터 부당한 대우를 받아도, 그에 맞서 행동하거나 내 주장을 펴지 못했다. 그런 상황에서는 되도록 피하거나 외면하거나 모른 척하였다. 그래야 그곳에 발을 붙이고 살 수 있었으니까. 그러다 보니, 동료나 지인들과 어떤 일을 할 경우, 나에겐 늘 일거리가 상대적으로 많았다. 내가 스스로 원하기도 했다. 그렇다고 특별히 대우받은 것도 없다. 일이 끝나고 난 이후 시간이 좀 지나면, '내가 또 당했구나'라는 자괴감이 자주 들곤 했다. 호구 취급당했다는 거다.

나는 호구도 아니요, 호인도 아니다. 나의 본질은 호구와 호인 사이에서 나답게 사는 것뿐이다. 내 경우에는, '내가 호구인가?'라는 느낌을 들게 하는 사람들에 대해서는 그들과의 관계를 존중하되, 나만의 마지노선을 지키려 한다. 한 가지 방법은 그들에게 되도록 자주 다가서지 않는다. 자칫 인간적 수모를 당하는 등 낭패를 보기 쉽기 때문이다. 가급적 대화의 빈도도 줄인다. 그런 사람들은 호구처럼 보이는 사람을 다정하거나 따뜻한 사람으로 인정하는 게 아니라 얕보고 함부로 대하는 경향이 있기 때문이다. 그럴수록 오히려 난 더더욱 예의를 갖춰 그들을 대한다. 어떤 기대감이 있어서 그러는 건 아니다. 단지, 내가 스스로 나의 자존감을 지키고자 하는 것뿐이다.

세계 최고 의료기관 중의 하나인 미국의 메이요클리닉(Mayo Clinic) 연구팀의 보고에 따르면, 다른 사람을 미워하는 감정을 품으면 혈압과 심장 박동수를 높여 심장혈관 건강을 해칠 수 있다 한다. 또한 미움의 감정은 근육을 긴장시키고 감정 조절 능력을 떨어뜨려 신경계에도 나쁜 영향을 준다. 만성적으로 누군가를 미워하면 스트레스 호르몬이 분비된다. 계속해서 이런 호르몬이 분비되다 보면, 우리 몸의 면역체계가 약해진다고 경고한다. 그러니 나를 호구로 생각하는 사람을 미워하면서 내 몸의 소중한 면역체계를 스스로 파괴할 필요야 없지 않겠는가. 그건 바보나 하는 짓이다.

그럼, 호구와 호인 사이에서 어떻게 행동해야 할까? 나이가 들어가다 보니 그 길이 조금씩 보인다. 앞서 말한 바와 같이, 나의 경우에는 관계를 존중하되 나만의 선을 지킨다. 내 마음의 주관자는 그 누구도 아닌, 바로 나이다. 결국 나를 지키며 살아가는 삶을 지향한다는 것이다. 나를 호구 취급하는 사람에게 아무리 양보하고, 이해하고, 희생해도 상황이 변하지 않거나, 더 이상 내가 포용할 수 있는 한계점을 넘어설 때는 뒤를 돌아보지 않고 조용히 내 갈 길을 간다. 나를 호구 취급하는 사람은 내가 아니므로 내가 바라는 대로 변하지도 않고, 그렇게 변할 필요도 없다. 그를 미워한다고 달라지는 건 아무것도 없다. 미워하는 마음은 그가 아닌, 나에게서 나온, 나의 감정이다. 그 감정의 소유자는 나이며, 그것을 조절하는 책임자 또한 나이다.

나는 다른 사람들과의 관계에서 지키고자 하는 나만의 선을 대체로 다음과 같은 기준에 비추어 평가하고 행동하려고 노력한다. 첫째, 과거 또는 현재의 지위나 명예에 집착하고 있는 건 아닌가? 둘째, 내가 힘들여 노력하지 않은 일임에도 남의 공로에 기대어 끼어들려 하는 건 아닌가? 셋째, 나의 위신을 세우기 위해 표리부동한 행동을 하는 건 아닌가? 넷째, 상대방을 성별, 나이, 지위, 경력, 재력, 학력, 종교, 출신지 등에 따라 다르게 대우하고 있는 것은 아닌가? 다섯째, 명분 없는 자리에 앉아있는 건 아닌가? 끝으로, 다른 사람들과 술이나 밥을 먹은 후 그 값을 내는 일에 주저하고 있지는 않는가?

내가 어떤 행동을 하더라도 다른 사람들이 그에 대해 내리는 평가는 갈리기 마련이다. 그러므로 중요한 것은 다른 사람들의 평가가 아니라, 내가 내 마음의 주관자로서 역할을 제대로 하고 있는가이다.

일본의 여류 시인 노리코는 〈기대지 않고〉라는 시에서 더 이상 기성 사상, 기성 종교, 기성 학문, 그 어떤 권위에도 기대고 싶지 않다고 했다. 오래 살면서 마음속 깊이 배운 건 그 정도라고 했다. 그런 후 "나의 눈과 귀, 나의 두 다리로만 서 있다고 해서 무슨 불편함이 있겠는가, 기댄다면 그건 오직 의자 등받이뿐"이란 시구로 마무리한다. 확실히 괜찮은 시인들이 읊는 언어는 엄청난 생기를 뿜어낸다. 난 호구도 아니요, 그렇다고 호인도 아니다. 난 오직 나일 뿐이다.

사람이 산다는 건 이해관계의 그물망에 갇혀 호구와 호인 사이를 오가는 과정이다.

어느 제자와의 '시절 인연'

교육대학을 졸업하고 초등 교사로 부임하여 4년 차 되던 해의 일이다. 6학년 담임을 하던 어느 날, 1교시 수업이 아직 시작되기도 전이었다. 옆 반 반장을 맡고 있던 남자아이의 어머니가 날 찾아오셨다. 1년 전 5학년 때 내가 담임을 했던 학급의 반장이었던 학생의 어머니였다. 우리는 구면이었다. 그런데 웬일인지 어머니의 표정이 굳어있었다. 복도에 서서 자초지종을 들어보니, 그 녀석이 아파트 베란다에서 병아리 때부터 키워 온 어미 수탉을 이웃집 사람들의 곱잖은 시선은 아랑곳하지 않고 계속 기르겠다고 떼를 쓰니 나더러 그 녀석을 좀 설득해달라는 것이었다. 마침 근무하던 학교에 토끼, 닭, 오리 등을 키우는 동물농장이 있어 그곳에 맡기면 담당 아저씨가 잘 길러 주실 테고, 보고 싶을 땐 언제든 볼 수 있으니 그리하자고 설득했다. 다행히 그 수탉은 학교 동물농장의 한 식구가 될 수 있었다.

난 40여 년의 세월을 교직에서 보냈는데, 그 가운데 10여 년은 초등학교에서, 그리고 그 나머지 기간은 대학에서 근무했다. 교직 이외의 일은 근처에도 가 본 적이 없으니, 말 그대로 교직은 내 생의 희로애락이 점철된 역사의 현장인 셈이다. 짧지 않은 기간이라 나와 인연을 맺었던 제자들은 꽤 많다고 할 수 있다. 지금은 그들이 어디에서, 무슨 일을 하며 살고 있는지 궁금하다. 그런데, 여러 제자 가운데에서도 유독 수탉 일화를 제공했던 그 제자와는 인연이 깊다. 아니, '질기다'라는 표현이 더 적절할 것이다. 거기엔 그만한 사정이 있다.

그 제자와 나는 분명히 '시절 인연'이 있다. 제자의 어릴 적 초등학교 시절과 지금 성인이 된 시절에 우리가 서로 가까이 생활하고 있는 것을 보면, 그런 확신이 든다. '시절 인연'이라는 말은 불가에서 모든 사물의 현상은 시기가 되어야 일어난다는 것을 가리키는 말로, 만나게 될 인연은 굳이 애쓰지 않아도 만나게 돼 있고, 만나지 못할 인연은 무진장 애를 써도 만나지 못한다는 의미를 담고 있다. 내가 교단에 섰을 때 그는 초등학교에 다녔고, 내가 시골에 귀촌하여 농사를 지을 때 그는 회사를 접고 농토를 일구려 하고 있었다. 누가 그렇게 하라 하지도 않았는데 말이다.

그 제자는 지금, 내가 생활하고 있는 충남 서천의 귀촌 집에서 승용차로 10분 정도면 도착할 수 있는, 바다가 내려다보이는 비스듬히 언덕 위에 말 그대로 '그림 같은 집'을 짓고 살고 있다. 몇 년 전까지만해도 그는 아버지가 운영하던 서울의 중견 제조업 사업체에서 경영수업을 받고 있었다. 그러다 갑자기 아버지가 돌아가시자 그 사업을 이어받게 되었고, 어엿한 중소기업 사주로 자리를 잡아갔다. 꼼꼼한 성격에다 재화에 대한 나름의 철학이 확고하여 사업체를 잘 이끌어간다는 이야기를 같은 반이었던 다른 제자들한테서 가끔 듣고 있었던 바였다.

어느 날 그 제자로부터 전화가 왔다. 전북 진안이라 했다. 난 당연히 회사 일로 그곳에 간 줄 알았다. 그런데 그게 아니었다. 땅을 보러 다니는 중이라 했다. 웬 땅이냐고 물었더니, 회사는 적성에 맞지 않아 모친의 동의를 얻어 모두 처분하고, 귀촌하여 살 곳을 찾고 있다고 하였다. 이후에도 그는 전북 고창, 강원도 평창 등 여러 지역을 돌아다니며 적당한 장소를 물색했지만 자기 마음에 드는 곳을 발견하지 못한 것 같았다. 그래서 난 그에게 내가 살고 있는 지역을 들러보라 했다. 얼마 안 있어 그는 이 지역에서 좋은 땅을 찾아 정착하게 되었다. 그렇게 하여 우리의 인연은 이어지고 있다.

그와 내가 이런 인연을 이어갈 수 있게 된 데에는 그의 노력이 절대적으로 작용했다. 그가 초등학교를 졸업하고 나 역시 다른 학교로 전근하여 서로 헤어졌지만, 헤어진 것이 아니었다. 고교를 졸업하고 대학에 들어가면서 그는 잊지 않고 해마다 나에게 연락했다. 다른 학교로 내가 전근을 가더라도 그는 그 학교를 찾아 소식을 이어갔다. 해외여행을 가면 그 지역의 엽서에 소식을 전해왔다. 내가 대학으로 옮긴 이후에도 그의 그런 노력은 계속되었다. 심지어 내가 해외 대학에 방문 교수로 나가 있는 동안에도 대학의 조교를 통해 거처를 알아 안부를 물어왔다. 그리고 나와 관련한 근황을 5학년 때 같은 반이었던 친구들에게 소상히 알려주었다. 그 세월이 자그마치 40여 년이었다.

초등학교 시절, 반장이었던 그의 통솔력은 남달랐다. 1, 2학년과 3, 4학년이 일주일마다 하루 반나절씩 교대하는 2부제 수업을 해야 했던, 90여 학급수를 자랑하던 대규모 학교에서 우리 반은 학교장으로부터 독서 우수학급으로 여러 차례 표창을 받았다. 학우들이 등교한 후 교실에서 질서정연하게 독서를 할 수 있었던 것은 그의 역할이 컸다. 아이들은 체육 활동을 좋아하는데, 체육 시간이 들어있는 날 비가 오면 아이들로서는 그 실망감이 이루 말할 수 없다. 그래서 난 비가 와도 절대 체육 시간을 다른 교과 활동으로 대체하지 않았다. 교실의 책걸상을 모두 뒤로 미루고, '미니 올림픽'이라는 체육 활동을 하였다. 올림픽 공식 종목들은 어떤 것이든 교실에서도 가능했다. 예컨대, 창던지기는 성냥개비로, 원반던지기는 종이비행기로, 수영은 세숫대야에 물을 담아 얼굴을 물에 담근 후 누가 가장 오래 버티는가로 승부를 결정하는 방식이었다. 아이들의 열기는 가히 실제 올림픽 그 이상이었다. 아이들은 그러한 혼란스런 열광의 도가니 속에서도 반장의 통솔에 잘 따랐다.

교직 생활을 오래 하다 보니, 한 가지 비과학적인, 그러나 꽤 강한 신뢰가 가는 믿음이 하나 생긴 게 있다. 그건 선생과 제자 간에도 궁합이 맞는 인연이 있다는 것이다. 교단에서 해마다 똑같은 열정을 쏟아부어도, 어느 해 아이들과는 활동이 잘 이루어지지만, 또 어느 해 아이들과는 학급 경영에 애를 먹는다. 불교에서 인(因)은 결과를 만드는 직접적인 힘이고, 연(緣)은 그를 돕는 외적이고 간접적인 힘이라 한다. 모든 건 인과 연이 합하여져서 생겨나고, 인과 연이 흩어지면 사라진다고 했다. 나와 그가 1981년에 선생과 제자로 만난 건 인이요, 무심한 세월 속에서도 40여 년간 그가 멈추지 않고 관심을 두었던 건 연일 것이다. 인연이 지속하려면 나나 누군가가 그런 연의 역할을 해줘야 한다. 그 제자가 그걸 해왔다.

그와 내가 시절 인연이 없다면, 아무리 그가 노력한다 해도 지금처럼 같은 지역에서 유사한 일을 하며 인연을 이어가진 못했을 것이다.

그 제자와 나는 현재 우리가 귀촌하여 생활하는 지역에서 자주 만난다. 그는 이 지역에 이주하여 생활한 햇수가 나보다 적은데도 불구하고 주변의 맛집을 꿰고 있다. 귀농 후 마을에서 사귄 형님뻘 되는 사람들과 자주 어울려 그런 정보를 얻는다고 했다. 그러면 며칠 후에 꼭 나한테 연락한다. 맛집이 있으니 같이 가잔다. 그런데 우리가 식사할 때 한 가지 원칙이 있다. 그건 제자가 일방적으로 정한 것이다. 나는 절대로 밥값을 내면 안 된다는 것이다. 그의 의지는 너무 완고하여 달리 어쩔 도리가 없다. 초등학교 5학년 때 보였던 그 고집스럽던 성격이 그대로 있다. 내가 사는 평생 내 식사비를 내줄 수 있는 정도의 돈은 있다고 말한다. 스승과 제자는 인간이 맺을 수 있는 가장 아름다운 관계라 하던데, 고맙고, 또 감사한 일이다.

선생과 제자의 인(因)은 학업이 마무리되는 순간 끝이 난다. 계속 만날 수 있는 것은 연(緣)이 작용해야 한다. 하지만 이 연은 선생과 제자의 관계와는 다른 차원의 이야기이다. 스승과 제자의 관계에서 자칫 소홀하기 쉬운 점은 '한 번 제자는 영원한 제자'로 여겨 함부로 대한다는 것이다. 인은 순간이요, 연은 길다. 인이 지난 후에도 선생과 제자라는 수직적 차원에서 연이 이어질 경우, 두 주체 간에 갈등이 빚어질 수 있다.

스승이라고 하여 제자를 자기 편한 대로 대하거나, 제자가 스승 앞이라 하여 늘 저자세를 취하는 것은 보기에 좋지 않다. 수직적 관계로 서로를 인식할 경우, 선생은 제자에게 뭔가를 기대하게 되고, 제자 역시 선생에게 뭔가를 바라게 된다. 그 기대나 바라는 바가 충족되지 않거나 어긋날 때는 서로 실망하기 마련이다. 그러면 관계가 소원해지게 된다. 스승과 제자는 세월의 흐름과 함께 수직적 성격의 인(因)의 관계에서 초월하여 수평적 성격의 연(緣)의 관계로 나아가야 한다. 불공평했던 관계를 공평의 관계로 전환하는 것이다. 따라서 선생과 제자 모두 서로를 인간으로서 존중하는 자세를 견지해야 할 것이다. 그럴 때 인연은 세월이 가도 신선함을 유지하며 건강해질 거라 확신한다.

선생과 제자의 인연은 학업이 마무리되는 순간 인격 대 인격의 관계가 된다.

잊히지 않는 교단에서의 인생 실수

최근에 텔레비전 저녁 뉴스를 보다 나도 모르게 자세가 곧추세워졌다. 지방의 한 초등학교에서 3학년 어떤 학생이 무단 조퇴를 제지하는 교감 선생님의 뺨을 여러 차례 때리고 욕설을 퍼붓는 영상자료를 접하고서다. 진즉부터 우리 사회에서는 누구도 '군사부일체'란 말을 쓰지 않는다. 이젠 민속박물관 지하 수장고의 구석에 박제되어 널브러져 있는 언어 그 이상의 의미를 찾을 수 없다. 우리 사회에서 스승을 부모처럼 섬기던 문화가 급속히 퇴조하게 된 데에는 어쩌면 나와 같은 교육자의 행태가 일조했는지도 모른다. 아니, 분명히 그랬을 것이다. 뉴스를 보는 동안 나의 뇌리에서는 젊은 시절 내가 범했던 교단에서의 인생 실수가 스멀스멀 기어 올라왔다.

사람이 한평생 살면서 크거나 작은 실수를 한 번도 하지 않고 살 수 있을까? 그런 사람이 있다면, 난 그를 진정으로 존경해 마지않을 것이다. 잠자리에 들지만 잠이 오지 않을 땐, 흔히 아직 오지 않은 일보다는 주마등같이 스쳐 가는 지나간 일들이 생각을 제 집처럼 헤집고 다닌다. 누군가와의 즐거웠던 추억이 떠오를 땐 그래도 혼자 배시

시 웃지만, 대개는 어떤 사람과 빚어졌던 기억 하고 싶지 않은 아픈 과거가 자주 등장한다. 더군다나 이런 뉴스를 보고 잠자리에 들면, 쉬 잠에 들지 못한다. 뒤척거리다 모로 누워 잠을 청하지만, 뇌리를 온통 휘젓고 돌아다니는 자책감의 고통에서 벗어나지 못한다. 냉장고 문을 열고 찬물을 벌컥 들이마시며 몸의 열기를 식힌다.

초등학교 교사로 10여 년쯤 근무하고 있었던, 1990년 어느 여름날이었다. 당시에 나는 4학년 담임과 함께 그 학교 청소년 단체를 지도하는 업무를 맡고 있었다. 머지않아 여름방학이 되면 100여 명의 청소년 단체 대원들을 이끌고 3박 4일 하계 캠프를 떠나야 했다. 수업을 진행하며 쉬는 시간 틈틈이 내 교실에서 대원들로부터 야영 참가비를 수금했다. 은행 계좌로 송금하던 시절이 아니었다. 마침 그날 오후에는 S대학교 병원에서 이제 갓 한 돌이 지난 내 아들의 목 부위 한쪽에 뭉쳐 있는 근육들을 풀어주는 '사경' 수술이 예정되어 있었다. 내 마음은 온통 거기에 쏠려있었다. 수업이 끝나기가 무섭게, 수금한 참가비 백여만 원을 교실 캐비닛에 대충 집어넣은 후, 택시를 타고 종로에 있는 병원으로 달려갔다.

다음날 일찍 출근하자마자 참가비를 확인하러 캐비닛을 열었다. 그런데 문이 열려 있었다. 내가 어제 정신이 없어 그만 잠그는 걸 깜빡했던 모양이다. 참가자 인원과 금액을 대조하며 아무리 확인해도 서로 일치하지 않았다. 이게 어찌 된 일인가. 24만 원이 부족했다. 8명분 참가비에 해당하는 금액이었다. 나머지 돈은 그대로 있었다. 마음을 진정시키고자 빈 교실을 수십 번 오갔다. 그리고 참가비를 받기 시작했던 때부터 어제 교실을 나설 때까지의 시간 흐름 속 장면들을 내 머릿속에서 반복적으로 돌려보았다. 나는 '성인이 훔쳐 갔다면 다 가져갔을 것이다. 일부만 가져간 것으로 보아, 우리 반 아이의 소행이 분명하다'라는 결론에 이르렀다. 그것이 비극의 시작이었다.

교단에서 10여 년의 경력을 쌓고 있던 그때만 해도, 나는 초등교사로서 자긍심이 대단하여 하늘을 찌르고도 남을 기세였다. 교육대학에서 배웠던 이론과 학교 현장의 실제를 균형적으로 융화시킴으로써 교사에게 요구되는 최적의 역량을 갖췄다는 것이 내 나름의 근거였다. 이건 내 일생일대의 실수를 돌이킬 수 없는 나락으로 이끌었던 동력이었다. 초등 4학년 어린아이에겐 그만한 돈은 큰돈이다. "세 살 버릇 여든까지 간다", "바늘 도둑이 소도둑 된다"라는 속담을 되뇌며, 반드시 그 아이를 찾아 엄하게 꾸짖을 참이었다. 그런 경험을 통해 아이가 다시는 그런 행동을 하지 않도록 어긋난 품성을 바로 고쳐주리라 다짐했다. 오만한 교사의 사명감에서 나온 열정의 발로였다.

다음날, 나는 우리 반 아이들에게 '사람은 정직해야 한다'며 일장 훈시를 했다. 그런 후, 미리 준비한 명함 크기 정도의 종이쪽지를 아이들에게 나눠주었다. 종이쪽지에 자기 이름도 쓰지 말고, 캐비닛에서 돈을 가져간 사람은 'O'을, 그렇지 않은 사람은 'X' 표시만 한 후, 다른 사람이 보지 않게 잘 접을 것을 일렀다. 쪽지를 모두 회수하여 확인해 보니, 'O'을 표시한 쪽지가 하나 나왔다. 모두 눈을 감도록 하고 동그라미 표시를 한 학생은 조용히 손을 들라고 했다. 한 아이가 손을 들었다. 결과에 관해선 아무런 언급을 하지 않고 상황을 마무리했다. 모든 수업이 끝나고 아이들이 집으로 돌아간 후, 난 그 아이를 학교로 따로 불러 사정 이야기를 들었다. 그 아이는 내가 일렀던 내용을 반대로 이해했다고 했다. 즉, 자기는 돈을 가져가지 않았다는 것이다.

아무리 설득해도 대답은 똑같았다. 나는 거짓말 탐지기로 확인해 보자고 말했다. 학교에 그런 기구가 어디 있겠는가. 과학실에서 손바닥만 한 크기의 전압측정기를 거짓말 탐지기라며 가져왔다. 아이는 그 기구를 보자 겁먹은 표정으로 자신이 돈을 가져갔다며 울기 시작했다. 그의 태도에 이 아이가 돈을 가져간 게 확실하다는 믿음을 갖게 되었다. 난 괜찮다고 아이를 안심시켰다. 아이에게는 큰 액수인 그 돈을 그가 모두 썼을 거라고는 생각이 들지 않았다. 과자 등을 사 먹고 남은 돈만 회수하면 모든 일이 끝날 거로 생각했다. 예상대로 그는 몇천 원 정도 쓴 후 나머지 돈은 자기 방 책상 밑에 숨겨놓았다고 했다. 아이와 함께 돈을 회수하러 갔다. 아이의 어머니가 무슨 일이냐 며 놀라 물었다. 사정을 잠깐 이야기하고 아이 방으로 들어가 책상 밑을 확인했다. 하지만 그곳에 있던 것은 켜켜이 쌓인 먼짓덩어리들 과 동전 두어 개가 전부였다. 상황이 심상치 않음을 직감하고, 난 아이 의 어머니에게 정중하게 사과한 후 학교로 돌아왔다.

이 사건은 학교 선생님들에게도 알려지게 되었다. 다음 날, 교장 선생님이 날 부르셨다. 그동안의 경과를 가만히 듣고 계시던 교장 선생님은 나에게 "김선생, 그 애가 아닐 수도 있어요"라고 짧게 한마디 말씀하셨다. 하지만 나는 그 아이가 가져갔다는 확신을 내려놓지 않 고 있었다. 독일의 철학자 니체가 신념은 거짓말보다 더 위험한 진리 의 적이라고 경고했던 글을 읽을 땐 무릎을 치며 감탄도 했건만, 증거 가 없어 원통할 뿐이라고 혼자 되뇌고 있었다. 잃어버린 돈은 결국 내가 변상했고, 얼마 후 방학 기간에 실시된 청소년 단체 여름 캠프는 예정대로 잘 마무리되었다.

여름방학이 끝나고 새 학기가 시작된 어느 날 오후, 수업이 모두 끝날 즈음에 어디서 봄 직한 학부모 한 분이 복도에 모습을 드러냈다. 그 아이의 어머니가 날 찾아오신 것이다. 난 어떤 질타라도 기꺼이 받을 각오를 이미 하고 있었다. 물론 당시에도 나의 확신은 변함이 없었다, 다만 증거가 없다는 것일 뿐. 아이들이 모두 집으로 돌아간

후, 학교에 오신 까닭을 물었다. 잔뜩 긴장하고 있던 나에게 그 어머니는, 나의 예상과는 달리, 가족이 아르헨티나로 이민 가게 되어 전학 서류를 떼러 왔다고 말하지 않는가. 그 사건과 관련해서는 서로 한마디도 언급하지 않았다. 그렇게 그 아이는 내 곁을 떠났다. 그리고 난 그 일을 잊고 지냈다.

몇 달 후, 6학년 학생들이 단체로 1박 2일 극기 훈련을 다녀왔다. 당시엔 그런 행사가 유행이었다. 학년 부장 선생님이 날 부르셨다. 훈련 기간에 어느 아이가 다른 아이 배낭을 뒤지는 광경을 목격하고 그 아이를 훈육하는 과정에서 청소년 단체 대원 네 명이 내 교실의 캐비닛에서 돈을 가져갔다는 사실을 확인했다는 것이다. 그 말을 듣는 순간, 내 몸은 딱딱하게 굳어갔다. 교장 선생님이 이전에 내게 해주셨던 한마디 "그 애가 아닐 수도 있어요"라는 말씀이 번개처럼 내 뇌리에 꽂혔다. 동시에, 해외로 전학 간 그 아이의 얼굴이 떠올랐다. 그 아이와 어머니에게 너무나 미안했다. 나 자신이 한없이 원망스러웠다. 그때 그 일은 교육자로 삶을 살아온 나에겐 씻길 수 없는 인생 오점으로 남아있다.

그때 교장 선생님이 하셨던 한마디 말씀은 이후 교단에 서는 교사로서 나의 행동 기준이 되었다. 당시엔 이런저런 일들로 담임이 아이들에게 비용을 받는 경우가 있었다. 교실에서 분실 사건이 발생할 때도, 반드시 그 아이를 찾겠다는 생각을 접었다. 우리 반 아이들에게 따로 시간을 내어 '정직한 사람'의 중요성을 강조하는 것으로 사건을 마무리했다. 분실된 돈은 내가 보충하였고, 아이가 잃어버린 물건은 내가 대신 구해줬다. 혹여 돈이나 물건을 가져간 아이가 우리 반 아이일 경우, 그가 나의 이야기를 듣고 스스로 자신의 행위를 반성할지도 모른다. 당장은 아니더라도, 먼 훗날 성인이 되어 그때 그 일을 혼자 부끄러워할 수도 있을 것이다. 시간이 지나도 자신이 했던 그런 행위는 절대 잊히지 않을 것이기 때문이다. 교사는 그것으로 만족해야 하지 않을까?

내가 저질렀던 과오는 '군사부일체'라는 수직적 위계 사회에서 일어났던 일이다. 교사와 어린아이라는 불평등한 권력 구조가 엄중한 위력을 발휘하던 시대였다. 불공정한 관계가 정상의 이름으로 당연시되던 시대였다. 그래서 나의 과오도 늦가을날 낙엽처럼 스쳐 지나가는 바람에 잠시 사그락거리다 이내 조용히 사라져갔다. 지금 시대엔 전혀 다른 차원으로 비화할 수 있는 사건임은 두말할 나위도 없을 것이다. 법전이 그 모든 역할을 다할 것이기에 하는 말이다.

맹신은 진실로 가는 모든 길을 차단한다.

우리 문화의 불공평한 사례

곱게 차려입은 한복에 선물꾸러미를 양손에 들고 버스나 기차 혹은 여객선을 기다리는 사람들, 서투르기 그지없는 자세로 어른들께 세배하는 아이들, 허리춤에서 세뱃돈을 꺼내며 덕담하시는 조부모님, 온 가족이 둘러앉은 밥상에 김이 모락모락 오르는 떡국, 집으로 돌아가는 자식들에게 떡, 나물, 고추, 참기름 등 각종 음식과 생필품을 챙겨주시는 어머니 등등은 우리가 흔히 직접 혹은 텔레비전에서 볼 수 있었던 우리나라의 명절 모습이다. 정겨워 보이는 그런 명절의 모습 뒤에는 그동안 우리 부부가 겪었던 고뇌의 그림자가 여기저기에 드리워져 있다. 그래서 아름다운 추억 이전에 마음이 불편해 온다.

우리 부부가 나이가 들어가며 변화를 꾀한 명절 문화가 있다. 아내는 처가의 1남 3녀 중 장녀이자 맏이다. 내 아내는 결혼 후 세월이 흐르면서 명절에 겪는 시가의 시골 상황에 점차 적응해 갔다. 이제는 먼저 시골에 언제 갈 거냐고 묻는다. 구순이 넘은 시어머니가 나이 들어 시골집에서 혼자 사는 모습이 이젠 남의 일 같지 않다고 말한다. 시어머니와 친정아버지의 연세가 같다. 장녀로서 명절에 친정 부모님이 생각나는 것은 자연스러운 일일 것이다. 더군다나 친정 일이면 앞장서서 하는 성격이라, 명절에 시어머니도 시어머니지만 친정 부모님을 챙겨드리고 싶은 마음이 클 것이다. 그런데 우리 사회의 관습은 시가에 먼저 들러 인사를 드리고, 그 뒤에 처가를 찾는다. 아무런 의식 없이 우리 부부도 40여 년 가까이 그러했다.

그러다 몇 년 전 언젠가 아내가 이번 명절에는 나더러 혼자 시골에 다녀오면 어떻겠냐고 했다. 이번에는 본인이 명절에 친정 부모님을 모시고 싶다는 것이었다. 처음엔 이게 무슨 말인가 했다. 시골에 갔다가 처가에 들르면 될 텐데, 하는 생각에 마음이 편치 않았다. 결혼한 처남이 있지만, 직장 일 등으로 사정이 있다고 했다. 우린 서로 저간의 사정을 이해한다고 하더라도, 시골 어머니는 분명히 왜 혼자 왔느냐고 물으실 거다. 그 물음에 뭐라고 답변해야 할지 막막하였다. 시골에 들렀다가 처가에 같이 가자고 했지만, 아내는 그동안 몇십 년을 그렇게 했는데, 왜 꼭 그래야 하냐고 반문했다. 자기도 친정 부모님이 살아 계실 때 명절을 손수 챙겨드리고 싶다는 것이다.

그해 명절엔 결국 나 혼자 시골에 갔다. 자동차를 운전하며 가는 내내 많은 생각이 교차하며 지나갔다. 내 마음 한구석에서는 길어야 하루, 그 잠시 몇 시간만 참으면 될 텐데, 하는 서운함이 밀려왔다. 그럼, 이번엔 나도 처가에 들리지 말까, 하는 반감도 슬며시 고개를 들고 일어섰다. 처가의 부모도 유교적 관습에 한평생 젖어 살아온 시집간 딸이 시가에 먼저 들르는 일을 못마땅하게 생각하진 않을 텐데, 하는 아쉬움 또한 송골송골 뇌리에 맺혔다.

그러면서도 또 다른 마음 한편으로는 홀가분하게 느껴지는 것도 있었다. 세월이 지나도 시골에 오면 아내에게 늘 미안한 마음이 가시질 않았다. 그만큼 마음의 부담이 내게서 줄었다는 뜻이다. 아내는 시골 시가에 오래 머무는 것을 탐탁지 않아 했다. 오랜 세월에 찌든 시골집의 잠자리나 화장실, 그리고 며느리라 운명적으로 많은 시간을 보내야 하는 부엌 환경이 여간 곤혹스럽지 않았을 것이다. 겨울이면 문틈으로 황소바람이 들어오는, 100년도 훌쩍 지난 옛날 집에서 시어머니와 함께 잠을 자는 일도 여간 불편하지 않았을 것이다. 어머니 연세가 많아질수록 집안의 퀴퀴한 냄새도 비례해 짙어갔다.

결혼 초기에 무엇보다 나를 힘들게 했던 일은 아내가 시골집에 머무는 동안 화장실을 가지 않는다는 사실이었다. 도시에서만 살았던 아내에겐 안채와 10여 미터 떨어진 마당 한 귀퉁이에 덩그러니 있는, 사방이 송송 뚫린 화장실에 앉아 용변을 보는 일이란 보통 고역이 아니었으리라. 특히 깜깜한 밤에는 내가 손전등을 들고 호위해야만 그나마 가능했다. 그래서 오래 머물래야 머물 수가 없었다. 가급적 오후에 도착해서 하룻밤을 보내고 바로 아침 일찍 서울집으로 향하는 경우가 다반사로 일어났다. 시골집을 나서면 제일 먼저 고속도로 휴게소의 화장실에 들러야 했다. 이런 사정을 눈치챈 아버지가 집안 일부를 개조해 수세식 화장실을 설치한 것은 한참 후였다.

우리 사회의 성역할 문화도 급속하게 변하고 있다. 그 밑바닥에는 성평등 의식의 확장이 자리한다. 아울러 세계적인 관심을 끌고 있는 우리나라의 저출산 상황도 지금까지 유지됐던 부계 중심 명절 문화의 변화를 앞당기고 있다. 베이비붐 세대인 우리와 달리, 요즘 세대는 아들이나 딸이 자기 집의 유일한 자식인 경우가 많다. 그러다 보니 딸만 둔 부모는 명절 때 딸이 시가에 먼저 들르면 노부부만 덜렁 남아 시간을 보내야 하는 처지가 된다. 그러니 요즘 세대들 사이에서 아내가 '명절날 내 부모님 외롭지 않게 찾아뵙고 싶다'라고 남편에게 요구하는 게 자연스럽기까지 하다.

들리는 바로는, 요즘 젊은 세대에서는 시가와 처가를 번갈아 가거나, 아예 각자 자기 본가만 가는 경우가 늘어나고 있다 한다. 또 어떤 젊은 부부는 명절 전에 시가와 처가를 모두 다녀오고, 정작 명절 연휴에는 국내나 해외여행으로 모처럼의 시간을 즐긴다고 한다. 사회는 급속하게 변하고 있다. 필요는 관습이나 풍속을 앞서고, 생활 방식은 그에 따라 변화하게 된다. 명절에 시가를 먼저 찾을 것이냐, 처가를 먼저 찾을 것이냐는 이제 관습이나 풍속에서 그 해답을 찾을 수가 없는 것 같다. 함께 사는 부부의 필요에 따라 정해져야 할 문제로 그 성격이 변했다. 상황이 의식을 변화시키고, 의식은 제도를 개선하는 길을 마련한다.

전통 관습의 보존과 변화에 대해 내가 참 이해하기 어렵고 아쉬운 점이 한 가지 있다. 여자들이 음식 장만하느라 명절이 가정불화의 원인이 된다는 볼멘소리가 커지자, 유교를 관장하는 성균관에서는 명절에 차례상을 간결하게 차려도 예법에 어긋나지 않는다고 발표하였다. 성균관은 〈예기〉에 기록된 "큰 예법은 간략해야 한다(大禮必簡)"라는 문구가 있어 그걸 근거로 그렇게 공표했다고 한다. 지금으로부터 약 3천 5백여 년 전에 존재하였던, 우리나라도 아닌 중국의 고대 농경 국가에서 행해지던 예법에 대한 기록을 엮어 편찬한 책에 근거했다는 것이다. 그런 책에 기록된 예법과 오늘날 우리의 생활이 과연 얼마나, 무슨 상관성이 있을까? 차라리 수천 년 이어져 내려온 우리의 소중한 전통 관습이 현대인들의 생활상과 어울리지 않는 부분이 있어 이를 시대변화에 맞게 변화를 도모하려 한다고 발표했으면 어땠을까? 변화의 근거를 〈예기〉의 '문구'가 아니라 우리의 '인식 전환'에 방점을 두었다면 하는 아쉬움이 남는다.

우리 부부도 어느덧 부모 세대가 되었다. 우리 부부 역시 부계 중심의 명절 문화를 먼 산 쳐다보듯 바라만 보고 있을 수는 없다. 뭔가 변화를 모색해야 할 필요가 있다. 평생을 부계 중심 문화 속에서 삶을 살아온 우리의 부모 세대는 그런 움직임에 대해 가슴 저 밑바닥에 마뜩잖은 감정이 남아있을 수 있다. 하지만 위아래에 끼어 있는 우리 세대에서는 명절 문화의 기본 정신을 계승하되 시대에 어울리는 변화를 수용하는 자세를 보이는 것이 좋지 않을까 생각한다. 우리가 특정한 문화적 관습에 대해 변화를 거부하고 이어져 온 전통만을 고수하려 들면, 그 관습 자체가 사라져 맥이 아예 끊겨버릴 수 있다. 정월 대보름의 풍습은 이미 그런 과정을 거치고 있고, 어쩌면 설이나 추석 명절 또한 우리의 문화 목록에서 흔적도 없이 사라질지도 모른다. 변해야 살아남는다. 〈진화론〉의 찰스 다윈도 살아남는 것은 가장 강한 종도, 가장 똑똑한 종도 아닌, 변화에 가장 잘 적응하는 종이라 하지 않았던가.

일체는 무상하다. 명절 문화도 변해야 후세로 이어진다.

호칭을 권력화하는 사회

다음은 내가 중국의 베이징 사범대학에 방문 교수로 있던 시절에 겪었던 일화의 한 토막이다. 당시에 난 그 대학의 '도덕교육 연구소'를 운영하던 교수의 도움으로 해당 학과 대학원생들과 자주 어울려 시간을 보냈다. 중국의 대학은 우리나라의 대학들과 달리 학교 식당을 일반 인민들에게 저가로 개방한다. 그래서 식당은 항상 많은 사람으로 붐빈다. 그날도 난 저녁 식사를 하기 위해 많은 인민과 학생들 사이를 뚫고 학교 식당으로 향하고 있었다. 그때 누군가가 내 뒤에서 연신 "김 교수", "김 교수"하고 부르는 소리가 들렸다. 뒤를 돌아보니, 평소 안면이 있던 남자 대학원생 한 명이 밝은 표정으로 나를 부르는 것이었다. 그런데 순간적으로 기분이 언짢았다. 나이도 한참 어린 학생이 교수인 나를 보고 "김 교수"라고 부르다니! '교수' 호칭 뒤에 '님' 자를 붙이지 않아 내 귀에 거슬린 것이다. 하지만, 이내 곧 이곳이 호칭에서 존칭어 사용을 극히 제한하는 사회주의 국가란 사실을 상기하고 어색한 마음으로 악수했다.

누구 말처럼, 우리나라 사람들은 서열을 참 잘 따진다. 몇 분 간격으로 태어난 쌍둥이도 서열이 엄격하게 구분된다. 누군가를 처음 만나면 나이가 몇 살인지, 고향이 어딘지, 같은 학교를 나온 사람이면 몇회 졸업생인지, 회사원이면 직위가 무엇인가부터 확인한다. 지금보다 훨씬 이전에는 먼저 성씨를 확인하고, 같은 성을 가진 사람들이면 본을 묻고, 몇 대손인지, 항렬자가 무엇인지 따져 물었다. 서열을 확인해야 다음 대화가 자연스럽게 이어질 수 있다. 어떤 호칭을 써야 할지 몰라 혼란스럽기 때문이다. 서열 의식이 잘 발달한 우리나라 사람들은 그에 걸맞은 호칭 문화를, 논뻬기 구석구석에 모를 심듯, 사회 곳곳에 촘촘히 심어놓았다. 그리고 시간이 지나면서 그 호칭은 일종의 권력으로 대치되고 있다.

어느날 서울 양재역에서 3호선 지하철을 타고 종로에 볼일을 보러

가는 중이었다. 마침 일요일 아침이어서 지하철 안이 한가할 줄 알았는데, 웬일인지 빈자리가 보이지 않았다. 그때는 지하철을 공짜로 탈 수 있는 대상을 가리키는 우스갯소리인 이른바 '지공거사'에 해당하지도 않은 나이라, 지하철 칸마다 양쪽 끝에 있는 교통약자석으로 가지도 않았었다. 지하철이 출발하자 내가 서있던 바로 앞의 중학생 저학년쯤으로 보이는 앳된 얼굴의 남자아이가 나를 바라보며 "어르신, 여기 앉으시죠" 하며 자리에서 일어났다. 설마 내가 지하철에서 자리를 양보받을 줄이야, 그것도 '어르신'이라는 호칭 대우까지 받으며. 몇 번이나 괜찮다고 사양했지만, 결국 앉게 되었다. 그런데 자리를 양보받았다는 사실보다 내 머릿속을 온통 혼란스럽게 만들었던 건 정작 딴 데 있었다. 지하철이 한강 다리를 지날 때까지도 '내가 어르신이라니…'라는 입안말이 계속 맴돌았다.

호칭은 상대를 부르기 위해 지어놓은 이름으로, 인간관계의 편의상 만들어 놓은 것일 뿐이다. 그러나 동서양을 막론하고 호칭은 그 사람의 정체성을 규정하는 주요 잣대로 사용되었다. 개인에게 붙는 호칭은 곧 그 사람의 능력, 신뢰, 도덕성 등을 규정하거나 보증하는 증표로 작용했다. 그럼으로써 호칭은 자연스럽게 권력으로 진화되었다. 서열의식이 잘 발달한 우리 사회에서 갑질 문화가 사회적 갈등 요소로 불거지고 있는 것은 어쩌면 당연한 일인지도 모른다. 그 직위에서 물러난 사람들이 굳이 '명예'라는 타이틀에 집착하는 것도 그와 연관이 깊다. 지난 시절에 누리던 권력을 잃은 것 같아 허전함을 견디지 못한 결과일 것이다. 그런 사람들은 평생을 허상 속에서 살기 마련이다, '내가 바로 이런 사람이다'라는.

우리 사회에서 호칭에 매달리는 현상이 유달리 불거지는 것은 그만큼 많은 사람이 사회적 신분의 상승에 대한 욕구가 강하다는 걸 반증하고 있다. 사례를 들어보자. 지금은 이런저런 이유로 오래전에 테니스 라켓을 내려놓았지만, 내가 젊었을 때 즐겨 했던 운동이 테니스였다. 그런데 난 처음에 테니스에 입문할 때 그 점수계산 방식과 용어가 참 궁금했다. 축구 경기처럼, 득점하면 1점씩 올라가고 상한 점수를 정하여 그에 먼저 도달하면 승리하는 걸로 하면 될 텐데, 그와는 전혀 다른 체계를 갖추고 있었기 때문이었다. 테니스는 골프에 비하면 아날로그 수준이다. 골프는 관련 용어 자체부터 그와 비교할 수 없이 훨씬 복잡하다. 장비를 갖추는 데 드는 비용도 만만찮아 보통 사람은 즐기기가 어렵다. 승마도 그와 유사하다. 인간의 원초적 능력만을 요구하는 육상 경기와 비교해 보면 그 차이를 금방 알 수 있다. 여가를 즐기는 수단이 스포츠라면, 단순한 규칙, 쉬운 점수계산 방식, 그리고 간편한 복장이나 장비 등이 오히려 더 도움이 될 텐데 왜 그렇게 복잡하게 만들어 놓았는지, 나처럼 단순한 사람한테는 영 마뜩찮았다.

스포츠에 얽힌 나의 이런 궁금증에 대한 해답은 '유한계급(leisure class)'이라는 용어 속에 고스란히 들어 있다. 미국의 사회학자 소스타인 베블런은 〈유한계급론〉이라는 자신의 책에서 생산적 노동에는 참여하지 않고 부모나 조상으로부터 상속받은 자산으로 생산적 소비활동만 하는 집단을 비판적으로 지칭하기 위해 이 용어를 만들었다. 그 계급에 속한 사람들은 신체운동을 하더라도 생산적 활동에 참여하는 계층의 사람들과 차별화하고자 그들이 모방하기 어려운 동작과 기구를 사용하고, 점수체계도 복잡하게 구성해 놓은 경기를 창안하였다. 신발을 비롯한 세련된 복장과 경기할 때 지켜야 할 매너도 생산적인 노동에 시간과 에너지를 투입해야 하는 보통 사람들로서는 감당하기 어려운 조건이었다. 한 마디로 그 계급에 속하지 않는, 노동을 통해 생활하는 사람들이 쉽게 따라 할 수 없도록 한 것이다.

우린 그 저변에 유한계급자들의 우월의식이 깔려있음을 부인하기 어렵다. 스포츠가 애초에는 경제적 권력에 기생하면서 과시성의 문화적 권력을 표현하는 하나의 수단이었던 셈이다. 그리고 그 두 권력은 그들만의 인적 네트워크를 형성하며 사회적 권력이라는 또 하나의 철옹성을 쌓았다. 미국의 투자은행 모건스탠리는 한국의 국민 1인당 명품 소비 지출이 325달러로 세계 1위에 올랐다고 하면서 그 요인으로 사회적 신분 상승의 욕구와 과시욕을 꼽았는데, 이는 베블런이 말하는 유한계급의 행태를 모방하고자 하는 사람들이 그만큼 많다는 것으로 볼 수 있다.

호칭에 대한 집착 또한 그런 문화를 추종하는 또 하나의 한국적 증표라 할 수 있다. 우리는 그런 현상을 사회 곳곳에서 확인할 수 있다. 우리나라에서는 한 번 회장이면 영원한 회장이고, 한번 이사장이면 영원한 이사장이며, 한 번 교수면 영원한 교수다. 현직에 있는 사람들과 구분이 안 된다는 지적에 '명예'라는 단어를 그 앞에 집어넣었다. 그 단어는 명예 회장, 명예 교수, 명예 회원, 명예 시민 등 모든 직위나 사람 앞에 쓰인다. 그런데 '명예'라는 말은 어떤 사람의 공로나 권위를 높이 기리어 특별히 수여하는 칭호이다. 그에 합당한 사람이라면 마땅히 쓰여야겠지만, 꼭 그러는 것 같지 않아 씁쓸하다.

일체는 무상한데, 많은 사람은 상(常)을 바란다. 과거에 자신이 일하던 직책에서 물러났으면, 자신의 정체성도 새롭게 진화시켜 나가면 될 일 아닌가. 호칭을 권력화하여 자신의 지위를 유지하고자 하는 관행은 이제 사라져야 하지 않을까? 호칭이 집단에서의 질서를 유지하고 일의 능률을 향상하는 등 한때는 인류 문화의 진보에 이바지하기도 했지만, 이젠 오히려 그에 역행하는 문화적 폐기물이 아닌가 하는 생각이 든다.

현대사회의 사람들은 권위주의에 매우 부정적인 태도를 갖고 있다. 서열화는 권위주의를 싹트게 만든 장본인이었고, 호칭은 그의 행동대장이었다고 할 수 있다. 호칭 문화의 핵심은 상호 간 인간 존중의 정신에 있다. 나이, 성별, 지위가 곧 권력은 아니지 않은가. 개인의 존엄과 평등을 지향하는 사회라면, 호칭부터 그에 어울리게 변화를 꾀해야 할 것이다. 나이에 따른 노소, 성에 따른 남녀, 직위에 따른 지위의 차이를 어떻게 인식하고 받아들일 것인가가 문제 해결을 위한 출발점이 될 수 있다.

필요는 인식을 변화시킨다. 그리고 변화된 인식은 새로운 문화를 창조한다. 사람은 누구나 다른 사람으로부터 존중받고 싶어 한다는 건 '필요'이다. 갑질은 만인이 갈구하는 그런 필요와 배치된다. 호칭의 가치 평등화는 개개인의 존엄을 인정하는 것으로, 상호 존중의 정신을 담고 있어야 한다. 국어사전에 '시댁'은 시집을 높여 부르는 말로 등재되어 있는데, 아내의 부모가 사는 집으로는 '처가'만 나온다. 과거 남성 중심의 가부장적 문화에서 온 불평등한 호칭임을 우리가 너무나 잘 알고 있지 않은가. 그런 불평등한 호칭은 은근히 우리의 마음속에 남성, 장남, 시가 중심의 불평등한 권력 의식을 싹트게 한다. 부부 집안 간의 호칭의 평등화는 상호 존중의 상징이다. 가까운 것부터 바꿔나가야 하지 않을까?

호칭을 권력화하는 사회는 원시적 서열 문명의 관성에 갇혀있다는 증표이다.

사람들이 집단을 이뤄 생활하고자 하는 이유

사회공동체의 희생자들

영국 방송협회(BBC)의 자연 다큐멘터리 '플래닛 어스(planet earth)' 시리즈나 우리나라 한국방송공사(KBS)의 '동물의 왕국'은 나의 흥미를 끌기에 안성맞춤의 프로그램들이다. 동물들의 행태를 자연 그대로 보여주고 있어 호기심을 자극하기도 하거니와, 때로는 인간의 행태를 읽는데 어떤 시사점을 발견할 수 있기 때문이다. 예컨대 이들 다큐멘터리 프로그램을 시청할 때마다 갖는 한 가지 의문이 있다. 왜 동물들은, 우리가 이승만 전 대통령이 호소했던 말로 기억하는 그 유명한 대사, "뭉치면 살고, 흩어지면 죽는다"를 모를까, 하는 의문이다. 조선시대 때 명량해협에서 전투를 앞둔 이순신 장군도 병사들의 전열을 가다듬으면서 이 말을 했다 한다. 중국의 도가 사상가인 장자가 "사람의 목숨은 기(氣)가 모인 것이니, 모이면 살고 흩어지면 죽는다"라고 했는데, 거기에서 연유한 것으로 보인다.

다시 동물 프로그램으로 돌아가 이야기를 이어가 보자. 아프리카 초원 위에서 얼룩말 수십 마리가 풀을 뜯고 있다. 사자가 다가오면 수십 마리의 얼룩말은 모두 그저 도망치기에 바쁘다. 그들이 도망을 치지 않고 서로 한데 어울려 동시에 사자를 향해 돌진한다면 분명히 사자를 물리칠 수 있을 텐데 말이다. 이순신 장군도 그런 상황을 염두에 두고 병사들을 향해 그와 같이 호령했을 것이다. 그런데 왜 얼룩말 무리는 그렇지 않은가? 우두머리가 없어서일까? 얼룩말들이 악어가 득실거리는 넓은 강을 힘겹게 건너 미끄러운 진흙 언덕을 치고 올라가다 미끄러져 강으로 빠진 상황이라면 이해된다. 물에 빠진 얼룩말들이 소수여서 힘을 모을 수 없을뿐더러, 강물이 흐르는 곳에서 유리한 위치를 차지하는 자는 악어이기 때문이다.

하지만 초원 위에서는 사정이 다르지 않은가. 그런데도 얼룩말 무리는 모두 도망치기에 정신이 없다. 그러다 어린 새끼나 몸에 상처를 입은 얼룩말이 무리를 따라가지 못하고 뒤처져 결국 사자에 붙잡혀 먹이로 희생된다. 내가 보기에, 얼룩말들이 일제히 달려 도망가는 이유는 무리 가운데 희생자를 골라내기 위해서다. 그 희생자는 늘 그 무리 속의 약자다. 한 마리만 희생하면 사자의 먹잇감 사냥이 끝난다. 그러면 얼룩말 무리는 언제 그랬냐는 듯이 다시 일상으로 돌아가 사자 근처에서 한가로이 풀을 뜯는다. 사자는 배가 부르면 곧바로 공격해 오지 않는다는 걸 생리적으로 잘 알고 있기 때문이다. 동물의 무리는 서로 도와주기도 하지만, 약자를 희생자로 삼아 살아간다. 그것은 그들에게 삶의 규칙인 셈이다. 하긴, 그런 희생자가 있어 자연 생태가 유지되긴 할 것이다.

'정의'의 문제를 이론적으로 체계화시켜 일약 세계적인 주목을 받았던 미국의 정치철학자 존 롤스는 '공정으로서의 정의'를 외쳤다. 그것은 정의의 원칙들을 평등한 최초의 입장에서의 합의의 대상으로 여기고 있다. 이론적 담론을 위해 그는 원초적 입장이라는 가상적 상황을 설정했다. 그건 평등한 최초의 입장을 의미하는 것으로, 각각의 개인은 자신의 특수한 사실을 알지 못하는 무지의 베일에 싸여있다고 가정된다. 그리고 각각의 개인은 타인의 이해관계에 관심이 없고 자신의 이익을 위해 노력한다는 것을 전제한다. 이기적인 인간의 특성을 토대로 함께 더불어 살아가는 삶의 원리로써 정의의 문제를 다룬 것이다.

방금 언급한 가정과 전제를 바탕으로 한 그와 같은 입장에서 어떤 원칙에 합의할 때, 우린 그것이 공정하다고 말할 수 있다. 우리는 그에 따라 두 가지 원칙에 합의할 수 있다는 것이다. 첫 번째는 기본적 권리와 의무의 할당을 평등하게 요구하는 것이며, 두 번째는 사회적 경제적 불평등의 허용은 사회의 최소 수혜자에게 그 불평등을 보상할 만한 이득을 가져오는 경우에만 정당하다는 것이다. 따라서 어떤 불평등이 불운한 사람의 처지를 개선한다면, 그로 인해 소수의 사람이 더 큰 이익을 취하는 것은 정의에 어긋나지 않게 된다. 다시 말해, 롤스는 이기적인 인간들이 한정된 자원을 어떻게 공정하게 나눠 가질 수 있는가를 담론화했던 것이다.

대부분 사람은 지하철을 이용하는 데 별다른 불편이 없다. 지하철을 타기 위해 계단을 오르내리거나 에스컬레이터나 엘리베이터를 이용한다. 그런데 지하철을 대부분 사람처럼 그렇게 편하게 이용할 수 없는 사람들이 있다면, 그 불평등을 우리가 진지하게 생각해 보아야 한다. 인간의 기본권에 해당하는 것이기 때문이다. 실례로, 전국장애인차별철폐연대(전장연)가 2024년 2월 29일 서울 지하철 1호선 서울역에서 일반 시민들의 출근 시간대에 '제59차 출근길 지하철 탑니다' 시위를 벌였다. 이에 따라 열차가 20~25분가량 지연되었다. 이들은 2021년 12월부터 3년에 걸쳐 이렇게 시위하고 있다. 이들은 '장애인이 이동하며 교육받고 노동하며, 감옥 같은 거주시설이 아니라 지역사회에서 함께 살자고 외쳐왔음에도, 정부는 3년이 지나는 현재까지 정책에 변화를 불러오지 않아 장애인 권리를 위한 목소리를 외치고 있다고 말했다.

그러자 서울 남대문경찰서는 이를 불법 시위로 규정해 다수의 기동대를 배치했고, 서울교통공사는 이들에게 여러 차례 퇴거를 요청했다. 그리고 이들의 시위에 반대하는 다른 단체는 장애인 단체라고 해서 대한민국의 법을 무시하는 행동을 묵인해서는 안 된다고 외치며, 그들이 저지른 범법행위에 대해 경찰은 적극적인 수사를 진행해야 한다고 주장했다. 출근 시간대 지하철 탑승 시위를 반대하는 사람들은 지하철을 이용하는 시민들의 피해와 경찰의 공권력 낭비, 서울교통공사 관계자들의 극심한 업무 스트레스를 막아야 한다면서 시위 관계자들을 엄하게 벌해야 한다고도 했다.

시위를 하는 사람들이나 그에 반대하는 사람들은 그 나름의 이유나 타당성을 갖고 있다. 사회적 갈등이 일어나는 이유는 대체로 불공정을 공정화하는 과정에서 관련자들 간에 이해가 상충하기 때문이다. 그럴 때 이해 당사자들은 어떤 주장이 공정한가에 관심을 두지 않고 자기의 주장만을 일방적으로 내세우는 경향이 있다. 앞서 말한 다큐멘터리 프로그램에서 보듯, 동물의 무리는 누군가를 희생자로 삼아 살아가는 것을 일종의 생존 규칙으로 묵인한다. 자연 세계를 지배하는 약육강식의 냉정한 법칙이 우리 인간의 삶에도 그대로 적용된다면, 우리는 이성이 있어 인간을 존엄한 존재라고 말하는 게 너무 부끄럽지 않은가. 장애인들이 지하철을 쉽게 탈 수 있는 시설이 갖추어져 있다면, 그럼에도 시위를 벌인다면, 그때 비로소 경찰이나 교통공사, 시위 반대자들의 주장은 설득력을 얻지 않겠는가.

롤스가 말한 공정으로서의 정의를 이 문제에 대입해 간략히 재해석해 보자. 우리는 어떤 원칙을 정하기 전에 우리 자신이 현재 어떤 위치에 있는지를 전혀 알 수 없는 무지의 베일에 가려져 있다고 가정한다. 내가 장애인인지, 아무런 장애가 없는 사람인지 모른다. 나는 또한 다른 사람들의 이해관계에 아무런 관심이 없다. 그런데 지하철에 탑승하고 내리는 시설을 어떻게 할 것인지에 관한 정책을 결정한다고 가정한다. 그렇다면 사람들은 누구나 장애인들이 타고 내릴 수 있는데 아무런 불편함이 없도록 시설을 만드는 것에 반대하지 않을 것이다. 장애인 시설을 마련하는데 일반인들이 이용하는 그것보다 돈이 훨씬 많이 들어간다고 해도 마찬가지로 반대하지 않을 것이다. 왜냐하면 내가 장애인일 수도 있기 때문이다. 현실적으로 말한다면, 현재 난 장애인이 아니지만 나도 장애인이 될 수 있다는 것을 받아들이기 때문이다. 그러므로 장애인들이 이용하는 시설을 건설하는 데에 돈이 더 많이 들어간다고 해서 그걸 불공정하다고 말할 수는 없다.

따라서 장애인들이 3년여에 걸쳐 59차례나 시정해 달라고 시위해도 아무런 변화가 없었다면, 그건 공정치 못한 일이라 말할 수 있다. 그들을 엄하게 처벌해달라고 고발하기 이전에, 아무런 변화를 시도하지 않는 관계자들에게 오히려 강력하고 엄중하게 인식의 전환을 촉구해야 할 것이다. 지하철 이용에 불편함이 없도록 모든 지하철역에 엘리베이터 설치를 의무화해야 한다. 그리고 이용하는 사람들이 많을 땐 장애인 전용 혹은 우선권을 주는 제도를 규칙화할 필요가 있다. 그것이 공정하며, 따라서 정의에 더 가깝다. 정의의 문제는 대체로 개인이 나서서 해결하기는 어렵다. 사람들이 모여 집단을 이루며 생활하는 이유는 그런 개개인의 의식을 공동화하여 함께 해결하는 것이 쉽기 때문이다.

물론, 시위하는 당사자들도 인정할 것은 분명히 인정해야 한다. 그것은 우리 사회에 민주주의 원리가 통용되어야 한다는 점이다. 오죽

하면 불법임을 알면서도 시위하겠느냐고 반문하겠지만, 그리고 시위가 장애인들이 선택할 수 있는 최후의 수단이라고 항변하겠지만, 시위는 법질서 내에서 이루어져야 한다. 아침에 출근하는 시민들에게 불편을 끼쳐서는 안 된다. 당사자가 아닌 사람들은 불편한 몸을 이끌고 시위를 하는 사람들에 대해 공감은커녕 냉소의 시선을 던지기도 한다. 참으로 냉정한 말이지만, 당사자가 아닌 사람은 다른 사람들의 이해관계에 무관심하다는 불편한 진실도 엄연히 인정해야 한다. 법은 만인에게 평등하다는 건 그래서 받아들이고 싶지 않은 진리다.

장애인이 일상에서 인간의 존엄과 가치를 누릴 권리는 일반 사람과 하등의 차이가 없다. '차별금지법'이 존재한다는 것 자체가 우리 사회의 원시성을 표징하고도 남는다. 통행에 불편함이 없는 우리는 지하철을 이렇게 편하게 이용할 수 있는 시설이 갖춰지는데, 그리고 이런 안락함이 나에게 주어지는데, 누군가의 희생이 있는 것은 아닌지 성찰해 보아야 한다. 동물의 무리는 누군가를 희생자로 살아가는 것을 생존의 규칙으로 여긴다. 그것이 진화의 과정에서 온 필연적 결과인지 어떤지는 진화심리학자들이 해명해야 할 몫이다. 혹여 통행이 불편한 소수자들에게 돌아가야 할 예산 등이 아무런 불편함이 없는 다수의 안락함만을 위해 쓰이는 것은 아닌지 꼼꼼히 돌아봐야 한다. 적어도 무지의 베일에서 벗어나 자신의 특수한 위치를 확인한 사람이라면 마땅히 발휘해야 할 성찰이다. 일차적 책임은 법을 제정하고 집행하는 사람들에게 있을 것이다. 그리고 이차적 책임은 지하철을 쉽게 탈 수 있는 모든 사람에게 있을 것이다.

다수의 사람은 소수의 누군가의 희생으로 안락한 생활을 하고 있는지도 모르는 일이다.

개미와 아름드리 해송

　내가 시골의 귀촌 집으로 이사왔을 때 아름드리 해송 10여 그루가 집 마당의 끝자락에 무리를 이루고 있었다. 해송들의 사이사이에는 온갖 공산품 쓰레기들과 함께, 바다에서 사용하는 폐그물과 하우스용 파이프들이 널브러져 있었다. 그럼에도 바닷가 주변의 여러 마을을 두루 살피다가 이곳을 선택했던 것은 사실 이 해송들이 마음에 들어서였다. 비록 주변이 정돈되지 않아 지저분해 보이긴 했지만, 그건 정리하면 될 일이었다. 그 자태가 너무 멋져 내 의식에서 다른 것들은 모두 주변부로 밀려났다.

　춘삼월이 지날 무렵, 집 내부의 벽지를 새로 바르고 이사도 하느라 분주한 나날을 보낸 후, 날을 잡아 장비를 불러서 해송 주변을 깨끗이 정돈했다. 마음에 여유를 찾게 되면서 아내와 소나무 아래 맨바닥에 앉았다. 잠시 휴식도 취할 겸, 집 마당에서 바라보는 바닷가 근처의 농촌 풍광을 감상하기 위해서였다. 집 앞 서쪽 바닷가 쪽으로 펼쳐진, 넓다면 넓고 좁다면 좁은 농지 들판을 타고 불어오는 바닷바람이 차가웠다.

　그러다 난 깜짝 놀라 그만 소리를 지를 뻔했다. 바로 눈앞에 오른쪽으로 약간 비켜 서 있는 해송 한 그루가 밑동 부분에 어른 엉덩이만한 크기로 껍질이 찢겨나간 채 누리끼리한 속살을 그대로 드러내고 있지 않은가. 내가 이 집을 샀을 때만 해도 분명히 멀쩡했다. 그 상처는 하루나 이틀 전에 난 게 분명했다. 드러난 속살에 끈적끈적한 송진 방울이 이슬처럼 송골송골 맺혀있는 것으로 짐작할 수 있었다. 엊그제까지도 위용을 자랑하던 해송이 너무 애처로워 보였다. 아마도 내 집 근처의 밭을 경작하는 마을 사람이 경운기를 몰고 가다 무슨 일로 그만 해송을 들이받지 않았을까 짐작할 따름이었다. 마음이 아팠지만 어쩌겠는가. 시간이 지나면 상처가 낫겠지, 하고 그대로 두는 수밖에.

이사를 마치고 몇 주가 지난 후 어느 날, 역시 해송들 사이에 앉아 들녘을 바라보며 풍광을 감상하던 내 시선은 상처가 났던 소나무를 찾고 있었다. 그 아래에서 작은 움직임들을 포착할 수 있었다. 가만히 들여다보니, 아뿔싸, 셀 수도 없이 많은 작은 개미들이 소나무의 상처 주변을 분주히 움직이고 있었다. 한 무리는 줄지어 상처 난 쪽으로 올라가고, 또 한 무리 개미들은 입에 뭔가를 물고 상처 밖으로 나와 땅으로 내려오고 있었다.

나는 숨을 가다듬고 아예 소나무 상처 바로 앞에 주저앉아 그들의 움직임을 예의 주시하였다. 소나무 밑동 근처에는 이미 깨알보다 작게 잘려진 살짝 노리끼리하면서도 흰색이 감도는, 소나무 속살 부스러기들이 제법 수북하게 더미를 이루고 쌓여있었다. 2~3밀리 정도 크기의 작은 개미들이 그 단단한 소나무를 갉아 밑동 아래에 작은 산봉우리를 만들어 놓은 것이다. 그들의 눈으로는 히말라야산맥쯤 되어 보였을 것이다.

놀랍기도 하고 신기하기도 해서 반쯤 일어난 어정쩡한 자세로 소나무 상처의 아랫부분을 유심히 살폈다. 언제 그랬는지 내 주먹이 들어갈 만한 크기로 움푹 패어 있지 않은가. 조심스럽게 손을 밀어 넣었더니 상처 부위 밑동에 쌓여있는 떡가루처럼 아주 부드러운 소나무 부스러기 가루들 안으로 쑥 들어갔다. 개미들은 소나무 상처 부위를 시작으로 하여 남은 밑동을 모조리 갉아 아름드리 소나무를 그대로 주저앉힐 태세였다. 나는 한 참에 걸쳐서야 구멍 속에 쌓여있던 부스러기 가루들을 다 끄집어낼 수 있었다. 몇 줌을 들어냈는지 모를 지경이었다.

그동안 작은 개미들을 우습게 여겼던 나 자신이 참으로 우매하단 생각이 들었다. 그들이 그렇게 위대해 보일 수가 없었다. 아니, 자연의 생명체에 경외감이 느껴졌다. 작은 생명체들도 함께 힘을 합하면, 엄청난 능력을 발휘할 수 있다는 엄중한 진리를 난 작은 개미들을 통해 새삼스레 깨달을 수 있었다. 생물체들은 낱낱으론 취약하고 결여한 존재이다. 개체의 힘이 약할수록, 함께 모여 집단을 이루면, 사회의 곳곳에 스며들어 있는 불평등한 구조를 개선할 수 있는 역량을 발휘할 수 있다. 작은 개미들이 아름드리 해송을 주저앉힐 수 있듯이, 공동의 손길은 태산을 옮길 수도 있고, 공동의 숨결은 대양을 말릴 수도 있다. 생명체들이 집단을 이뤄 생활하려 하는 이유라 할 수 있다.

아름드리 소나무도 작은 개미들로 넘어질 수 있다.

지역감정이라는 괴물

지역감정이라는 말은 단순히 사는 지역에 따라 사람들이 갖는 생각이나 감정이 다르다는 것을 일컫는 그런 매가리 없는 명사가 아니다. 이 말속엔 지극히 편협한 집단주의적 감정이 개입되어 있다. 같은 지역에 사는 사람들이 다른 지역에 사는 사람들에 대해 갖는 차별적인 편견에서 비롯한 악의적인 감정이다. 거기에선 이성이 철저히 배제된다. 특정 지역의 공동체 구성원들이 공통의 신념을 바탕으로 다른 지역 사람들에게 배타적인 감정을 보이는 행태를 지역감정이란 말로 꼬집어 표현하는 것이다. 더 정확히 말한다면, 우리나라에서 지역감정이란 말은 보통 명사가 아니라 특정 지역을 비하하는 데 사용되는 고유 명사격에 해당한다.

예루살렘 히브리대학교의 역사학 교수인 유발 하라리는 자신의 책 〈사피엔스〉에서 인간이 지구상에서 지배적인 종으로 등장하게 된 요인 중 하나는 보이지 않는 것을 상상하고 믿는 능력이라 했다. 민족, 국가, 신화 같은 허구를 상상해 내고 함께 믿음으로써 성공적으로 협력할 수 있었다는 주장이다. 그러면서 하라리는 그걸 가능하게 한 매체는 '언어'라고 단정했다. 지역감정이란 망령도 같은 맥락에서 이해할 수 있을 것이다. 우리가 같은 억양과 지역 토속언어를 사용하는 사람들이 다른 언어를 사용하는 사람들에 비해 공동의 협력을 얻는데 그만큼 쉽다고 생각할 수 있는 것도 그렇게 보면 이해가 간다. 최근에 아일랜드의 더블린에 있는 트리니티대학에서 뇌를 연구하고 있는 셰인 오마라 교수는 여기서 한 발 더 나가, 인간은 대화를 통해 공동의 '집단기억'을 만들어낸다고 했다. 어떤 개인이 특정한 일을 경험하지 않았어도, 공통의 언어를 사용하는 지역의 다른 사람들과 대화를 통해 뇌에 마치 본인이 그걸 경험한 것처럼 기억이 되며, 그 기억은 집단의 개인들 뇌리에 공유되어 공동의 집단기억으로 발전한다는 것이다. 같은 언어로 대화하는 사람들이 공동의 집단기억을 창조한다는 논리는 지역감정을 이해하는 데 유익한 정보가 된다.

　사람들은 어떤 집단에 속하게 되면 자의식이 약화하고 평소의 개인적 신념과 모순되는 행동을 저지르기가 한결 수월해진다. 많은 사람이 집단으로 모여 어떤 방향성을 띤 주장을 내세우며, 개별 주체자들은 일상적인 사고나 의견보다는 다수에 편향되는 심리적 작용을 겪기 쉽기 때문이다. 이런 현상은 상상의 군중에 묻혀 한 개인으로서의 자신이 인격적 존재임을 망각하게 되는 효과에 근거한다. 그래서 견해가 같은 사람들끼리는 대화가 화기애애하거나, 같은 방향으로 함께 핏대가 올라간다.

어느 한쪽 진영에 속하지 않는 사람은 양다리 걸치는 사람으로 폄훼된다. 우리 사회에서 이미 벌써 오래전에 그런 사람은 '경계인'으로 규정되어 사회적 담론의 주제가 되기도 했는데, 지금도 여전히 상반된 진영의 살벌한 대치 상황이 개선되지 않은 채 사회의 밑바닥에 웅크리고 앉아 서로 눈을 부라리고 있다. 오죽하면 싸움을 위해 조직된 군대가 주둔하는 지역을 일컫던 '진영'이란 말이 담론의 장으로까지 넘어왔겠는가? 지역감정은 편견에 이러한 집단 심리가 더해지면서 파생된 일종의 심리적 괴물이라 할 수 있다.

지금도 우리 사회에는 이런 불합리하고 비이성적인 인지적 사고에서 벗어나지 못하는 사람들이 의외로 많다. 내 예상과는 달리, 지역감정은 그동안 기성세대들 사이에서 자주 사용되었고 머잖아 기억의 저편 너머로 사라질 것으로 생각했었는데, 언론보도에 따르면 2000년대에 들어서며 젊은이들 사이에서도 점차 이런 풍조가 확산하고 있다 한다. 천지개벽하는 시대에 그런 비이성적인 사고방식이 사라지지 않고 오히려 확산한다니, 실망이다.

내가 살면서 경험한 사례를 세 가지만 소개한다.

[1] 1970년대 후반에 서울로 대학에 왔을 때 겪었던 일이다. 하숙은 나에겐 언감생심이라, 자취하며 학교에 다닐 요량으로 대학 인근에 있던 복덕방을 통해 빈방을 소개받았다. 지금은 부동산 중개소라고 하지만, 당시엔 복과 덕이 일어나도록 중개하는 곳이라 하여 붙은 말이다. 방배동의 매봉재산 능선에 있는 작은 주택이었다. 내가 그 지역을 찾았던 이유는 순전히 학교가 가까운 곳에 있어 걸어 다닐 수 있어서였다. 내가 거처할 방을 보니 마음에 들었다. 복덕방 할아버지는 집주인과 계약하자고 했다. 그런데 그때 60대 초반 정도 돼 보이

던 집주인 아주머니는 나에게 고향이 어디냐고 물었다. 주저없이 대답을 하자, 얼굴색이 달라지며 "난 전라도 사람에겐 방을 내주지 않아요, 다른 데 가서 알아보세요"라고 잘라 말했다. 그 기세가 워낙 당당하고 매몰차 하는 수 없이 뒤돌아서야 했다.

[2] 최근에 일선 현장에서 퇴임한 이후, 주중 3~4일은 서천의 바닷가 부근에서 생활하고 있다. 한 해 두 해가 지나면서 점차 이웃들과 근처 식당에 가서 식사도 하고 가끔 들일도 도와주는 사이가 되었다. 이 지역은 군산과 금강을 사이에 두고 있는데, 행정구역상 이곳은 충남에 속하고 군산은 전북에 속한다. 마을 사람들의 이야기를 들어보면, 불과 몇십 년 전까지만 해도 두 지역 사람들은 장날이면 나룻배를 타고 오가며 지내는 등 같은 생활권에 있었다고 한다. 그럴 수밖에 없는 것이 서천은 충남의 서남단 쪽에 위치하여 대전이나 천안과는 거리가 너무 멀어 가까운 군산과 생활권을 형성하는 것이 더 자연스러웠다. 몇 년 전에 동백대교가 개통되어 지금은 자동차로 5분이면 서로 오갈 수 있다.

올해 어느 봄날, 난 내 집 이웃에 있는 밭에서 일찍부터 일하러 나온 들사람들이 쪽파를 뽑아 출하하는 작업을 하기에 바쁜 일도 없던 터라 밭일을 도왔다. 잠시 휴식을 취하는데, 같이 일하던 할머니 한 분이 며느리 흉을 보기 시작했다. 아들이 결혼할 때 전라도 아가씨라 반대했다 한다. 딱히 어떤 이유에서라기 보다, 왠지 그 지역 사람들에 대한 인상이 좋지 않아서였다고 부연했다. 지금도 여전히 그 며느리가 마음에 차지 않는다고 했다.

[3] 지금도 일 년이면 서너 차례 대학 때 함께 공부했던 동기생들과 만나 식사를 하며 안부를 확인하고 세상 돌아가는 이야기를 나누곤

한다. 지인들이 모이면 종교와 정치에 관해서는 이야기해선 안 된다는 것이 우리 사회에서 일종의 금기사항으로 여겨진다는 건 지나가는 소도 아는 사실이다. 하지만 우리는 공부했던 내용도 그렇고, 또한 만나온 세월이 있어 별반 그에 구애받지 않고 이야기하는 편이다.

정치적 성향이 사람마다 다른 것은 매우 자연스러운 일이다. 그런데 동기생 가운데 몇몇은 유독 호남 사람들의 정치적 성향에 대해 강한 불만을 제기한다. 그런 말을 듣고 있을 땐 심기가 참으로 불편하다. 몇 년 전 대통령 선거쯤에 있었던 일이다. 그 친구들은 호남지역에 기반을 둔 정당 소속의 정치인들이 유독 거짓말을 입에 달고 산다고 했다. 그들이 거론한 사람들은 당시에 유력한 권력자들이었다. 그런데 재미있는 일은 그들이 꼽은 인사들이 정작 호남 출신이 아니라는 사실이다.

수년 전에 아내와 북유럽을 여행했던 적이 있다. 우리 일행을 태운 버스가 북유럽 스칸디나비아반도의 서쪽에 있는 노르웨이의 국도를 따라 북쪽을 향해 나아갈 때, 가이드는 버스 기사 바로 뒤의 복도 입구에 허리 높이로 설치된 받침대를 펴고 기대서서 여행지 안내를 시작했다. 차창 밖의 자연 풍광을 힐끗힐끗 쳐다보며 구불구불한 해안선을 이루고 있는 협만이 형성된 과정, 여름에 나타나는 백야 현상, 겨울에는 햇볕 쬐기가 힘든 사정, 이 나라 사람들이 우울증과 자살률이 높은 원인 등등에 관해 설명을 이어갔다. 테니스 경기 중계방송 때 관중들이 보이는 고개 동작처럼, 나를 비롯한 버스 안 관광객들은 가이드의 설명을 따라 차창 너머로 시선을 던졌다 다시 안내자를 바라보는, 같은 동작을 반복했다. 그런데 어느 순간, 안내자의 설명에는 들어있지 않은, 산악지역의 독특한 풍광이 내 눈에 들어왔다.

버스 의자에 등허리를 바짝 붙이고 안경을 고쳐 쓰며 스쳐 지나가는 차창 밖의 산을 자세히 살폈다. 꽤 높은 산악지역이 협만을 따라 계속 이어지는데, 집들이 산기슭도 아닌 산허리 중턱쯤에 군데군데 한 채씩 떨어져 있지 않은가! 안내자에게 그 까닭을 물었다. 산등성이는 바람이 세고, 산악 지형이라 지면이 경사져 있어 한 곳에 사람들이 모여 살기가 어렵다고 했다. 겨울에 눈이 많이 내릴 때는 집 굴뚝만 보일 정도여서 그나마 저 멀리 서로 떨어져 있는 이웃 간에도 이동이 어렵다고 했다. 그래서 한겨울에는 폭설로 인해 몇 달 동안 고립된 채 생활해야 할 때도 있으며, 그것이 우울증의 주요 원인이라는 설명도 덧붙였다. 그때 난 무릎을 '탁' 쳤다. 어렸을 때 크리스마스가 되면 궁금한 게 있었다. 반짝반짝 빛나는 카드에 산타할아버지가 눈썰매를 타고 하늘로 날아다니는 그림과 함께 굴뚝으로 선물을 전해준다는 이야기가 신기하기도 하여 그 이유가 무척 궁금했었다. 차창 밖으로 보이는 산악 지형을 보면서 그런 의문들이 스르르 풀렸다.

우리는 평소에 아무런 제약 없이 자유롭게 생각한다고 믿는다. 그러나 실상은 그와 다르다. 우리는 진공 속에서 홀로 생활하는 존재가 아니다. 그동안 어떤 환경에서, 어떤 사람들과 함께 성장했는지, 생활하면서 어떤 경험을 해왔는지, 어느 시대에 어떤 사회에서 태어나 공동체 생활을 했는지 등등에 따라 생각하는 방식이 다를 수 있다. 나는 지역감정이란 것도 그렇게 형성되고 발달한 것이라 믿는다. 산타할아버지의 행보를 스칸디나비아반도의 사람들이 그렇게 묘사하고 전 세계 사람들이 상상을 현실처럼 집단으로 기억하는 것도 그 지역의 자연 지리적 및 인문 지리적 특성에서 나온 것이다. 비록 신화와 같은 허구지만, 그 상상의 나래가 얼마나 순수하고 청정한가!

그런데 우리 사회에 드리워져 있는 지역감정이라는 악의적인 감정의 족쇄는 그러한 낭만과는 거리가 너무나 먼, 가혹하고 잔인하기가 이루 말로 다 못 한다. 어떤 사람들은 지역감정의 원인을 1970년대에 특정 정치인들이 악의적으로 이용한 이데올로기에서 찾는다. 그럴 수 있다. 그러나 그것만으론 설명이 부족해 보인다. 이데올로기의 기능과 병폐를 전공한 내 주변의 지식층 가운데서도 정작 지역감정에서 벗어나지 못하는 사람이 많기 때문이다. 또 어떤 사람들은 그 원인을 지역적 특성에서 찾기도 한다. 산맥 하나, 강 하나를 놓고도 이쪽저쪽 사람들의 사투리가 다르고, 음식이 다르고, 풍습이 다르듯이, 사고하고 느끼는 감정 역시 지역에 따라 그러하다는 것이다. 일리가 있긴 하나, 요즘 젊은 층에서까지 지역감정이 확산한다는 보도를 보면, 그런 설명 또한 설득력이 떨어진다. 지금은 지구 반대쪽에 사는 사람들과도 실시간으로 얼굴을 보고 대화하며 사는 시대다.

인간은 기본적으로 해석하는 동물이다. 분명한 것은 우리의 삶이 대부분 자신의 해석 속에서 이루어진다는 점이다. 지역감정이란 것은, 서두에서 언급했듯, 어떠한 객관적 근거에 따라 형성된 현상이 아니라 공통의 언어를 매체로 허구에 대한 집단기억에서 나온 결과이다. 일종의 선입견에서 비롯한 고정관념에 감정이 덧씌워진 편견의 결정체이다. 한 번도 실제로 경험하지 않은 사람들이 주변인들로부터 특정 대상들을 향한 부정적 감정만 전해 듣는다. 그런 감정은 같은 지역에서 같은 언어를 사용하는 사람들에게 근거가 없는 허구의 집단기억으로 발전한다. 그리고 그것은 이제 개별 주체자들에게 이성의 작용을 봉쇄하여 합리적인 사고를 방해하는 괴물이 된다. 많은 사람은 자신이 지닌 지역감정에서 나온 주관적인 결론을 마치 객관적인 진리인 양 맹신하고, 자신이 속한 지역의 경계를 성(城)벽 삼아 성 밖의 사람들을 차별하고 비하한다.

선입견, 고정관념, 편견이란 말에는 공통으로 '견(見)' 자가 들어있다. 한쪽으로 치우쳐있지만 아직은 그래도 의견이나 견해의 지위를 갖는다. 하지만 지역감정은 말 그대로 이성의 작용이 철저히 배제되는, 허구적인 신념에 기반한 감정만이 집단화되어 작용하는 거대한 심리적 감정판과 같다. 마치 수십 km에 달하는 두께를 가진 암석판들이 충돌하거나 미끄러지면서 지진이나 화산이 폭발하고 바다에서 거대한 쓰나미가 발생하듯이, 감정판이 집단화되어 부딪히게 되면 우리 사회에 엄청난 혼란을 가져올 수 있다. 우린 이미 그런 폐해를 몸서리치게 경험했으면서도 여전히 그 함정에서 벗어나지 못하고 있다.

지역감정에 갇히면, 이것저것 따져보거나 다른 요소를 고려하지 않는다. 특정 지역의 사람이라면 사회를 선도하는 위치는 말할 것도 없을 뿐만 아니라, 언론, 군경, 대기업 등의 주요 간부 승진 대상으로도, 결혼 상대로도, 사업 상대로도, 심지어 대화 상대로도 결격이다. 기득권 세력이 그런 방향으로 몰아간 사회적 분위기에 편승한 바가 크다. 주변에 있는 사람들도 모두 그렇게 생각한다는 것이 정당화의 유일한 근거이다. 집단적 맹신에서 나오는 지극히 비합리적인 결과이다.

자기 생각의 객관성을 더 높이고자 한다면, 자기의 신념과 확신을 잠시 내려놓고, 그것들이 집단기억에 매몰된 것은 아닌지 생각해 보는 열린 자세를 가질 필요가 있다. 독일 철학자 니체는 "신념은 감옥이다"라면서 그건 "거짓보다 더 위험한 진리의 적"이라고까지 말하지 않았던가. 집단에 의해 맹목적으로 신봉되는 신념은 개인이 상상할 수 없는 파괴력을 지닌 괴물로 진화한다.

지역감정은 개인의 유연한 사고를 가로막는 생각의 괴물이다.

가르칠 권리 vs 자랄 권리

지난해 서울 S 초등학교에서 현직 2년 차 교사가 교내에서 숨진 채 발견되는 일이 발생했다. 애초 언론에 보도된 바에 따르면, 1학년 담임이던 교사는 학급의 한 학생이 다른 학생의 이마를 연필로 긁은 사건과 관련해 학부모 민원에 시달렸던 것으로 알려졌다. 이후 경찰은 학부모의 괴롭힘이나 협박 등의 정황은 발견되지 않았다고 발표했다. 어떻든 결과적으로 이 사건은 학교 사회는 물론이거니와 정부와 국회에까지 영향을 미치는 등 그 파급 효과가 절대 작지 않았다. 내가 보기엔, 이 일이 사회구성원들의 관심을 촉발하게 된 계기는 교사의 '가르칠 권리' 대(對) 학생의 '자랄 권리'가 균형을 이루는 지점에 대한 사회적 공감대가 아직 형성되지 않은 데에 있다. 두 권리가 조화를 이루는 지점은 교육의 본질과 시대정신이 무엇인가에 따라 변화한다는 점에서, 이에 관한 사회적 담론이 필요한 시점이 아닌가 한다.

표준국어대사전에서 '교육'이란 단어를 찾아보면 "지식과 기술 따위를 '가르치며' 인격을 '길러' 줌"(작은따옴표는 필자가 표기한 것임)으로 풀이되어 있다. 한자 사전에서 같은 말을 찾아보면, '敎(교)' 자는 '가르칠 교', '育(육)' 자는 '기를 육'으로 제시되어 있다. 우리말 사전이나 한자 사전의 풀이에 따른다면, 교육은 '가르치고', '기르는' 일에 방점이 있다. 그런 점에서 교육의 주체는 가정의 부모나 학교의 교사와 같은 가르치는 처지에 있는 사람이 된다. 교육에서 학생은 주체가 될 수 없다. 학생들은 그저 수동형의 존재일 뿐이다. 주체 의식이 무시되는 '길러지는' 존재에 불과하다. 사육(飼育)이란 말이 짐승의 몸뚱이를 먹여 기른다는 뜻이듯, 교육(敎育)은 인간의 몸뚱이와 함께 정신을 가르쳐 기른다는 뜻이다. 이는 지금까지도 교육에 관한 보편적인 개념으로 통용되고 있다.

뭔가 이상하지 않은가? 전통적인 개념으로 다소 거칠게 해석한다면, 교육을 받지 못한 사람은 인격을 갖춘 인간으로서 성장할 수 없다는 뜻이다. 과연 그럴까? 내가 생각하기엔, 사람이 성장하는 속도나 깊이에 있어선 어떤 영향을 받겠지만, 교육이란 혜택이 없더라도 사람은 기본적으로 몸뚱이뿐만 아니라 정신도 성장하기 마련이다. 그런 점에서, 나는 교육이라는 말을 '가르치고 기른다'라는 뜻보다는 '가르치고 자란다'라는 의미로 해석하는 것이 옳다고 생각한다. 교육의 '육(育)' 자를 '자라다'라는 뜻으로 해석할 경우, 이 말은 그 주체가 학습자, 곧 학생이나 자녀가 된다. 그러므로 교육이라는 말에는 주체가 하나만 있는 게 아니라 두 주체가 존재한다는 것을 의미한다.

같은 한자 사전에서 '育(육)' 자의 뜻을 더 훑어보자. 사전에는 '기르다'라는 뜻 외에도 '자라다'라는 뜻이 엄연히 포함되어 있다. 또한, 네이버 국어사전에는 '발육'이 "신체나 '정신'(작은따옴표는 필자가 표기한 것임) 따위가 발달하여 점차로 크게 자람"이라고 나온다. 생물이 나서 자란다는 '생육'이란 단어도 그 좋은 예이다. 햇빛, 토양, 물이 적절한 조건을 이루고 있으면, 작물은 스스로 자란다. 바닷가 갯벌에는 수많은 생명체가 움직이며 자란다. 흔히 생육이나 발육이란 말은 인간 이외의 식물이나 동물의 생물체에 사용되고 있다. 하지만 우리나라 국어사전에서도 엄연히 '정신 따위'라고 풀이하고 있지 않은가.

우리말 한자어 '育(육)' 자가 들어있는 재밌는 고전 일화를 소개해본다. 〈시경〉의 곡풍(谷風) 편에 '기생기육(旣生旣育)'이라는 표현이 나온다. 곡풍은 원래 봄철에 불어오는 바람을 말하는데, 따스한 봄기운이 돌 때, 이성에 마음을 빼앗긴 행동을 비유적으로 이를 때도 쓰였던 모양이다. 어느 조강지처가 먹고살기에 바쁘고 애 키우기에 정신이 없을 땐 남편과의 애정에 별문제가 없었는데, 이제 좀 '살만해지니' 남편이 바람을 피워 자신을 해충처럼 여긴다는 심정을 노래한 시에 등장하는 말이다. 이 말에 들어 있는 '育(육)' 자는 누구에 의해 수동적으로 길러지는 것이 아니라 능동적으로 자신의 삶을 살아갈 수 있다는 뜻을 담고 있다.

  교육이라는 활동이 이루어지기 위해서는 기본적으로 교수자와 학습자, 그리고 목적이 존재해야 한다. 아울러 교육활동에는 교육이란 말에 함의되어있는 뜻에 따라 활동의 목적, 가르치는 활동과 자라는 활동, 곧 교수할 권리와 성장할 권리가 모두 포함된다. 우리는 교육이라는 활동을 통해 일어나는 변화를 '교학상장(教學相長)'이라는 말로 표현한다. '學(배울 학)' 자는 주체가 가르침을 받는 자이다. 그래서 우린 그런 사람을 '학생'이라 부른다. 따라서 '教學(교학)'이란 말은 달리 표현하면, 가르치는 자와 배우는 자를 각각 의미한다. 여기서 가르치는 주체는 교사이고, 자라나는 주체는 학생이다. 교육을 통해 스승과 제자가 함께 성장한다는 말이다. 자식을 키우며 부모도 사람이 되어간다는 것과 같은 이치다. 이에, 나는 교육활동을 기본적으로 이러한 두 주체자, 곧 교수자와 학습자 간에 특정한 목적에서 이루어지는 상호 작용으로 규정한다.

  다만, 초등학교에 다니는 학생들의 경우에는 아직 주체적으로 사고하고 행동을 결정하기엔 미숙하다는 점을 고려하여 관련 주체를 학부모까지 확대하는 것이다. 그 시기가 어디까지나 한정적이다. 우리나라 형법에서 '14세가 되지 아니한 자의 행위는 벌하지 아니한다'라고 규정하고 있는 것도 같은 맥락에서 이해할 수 있다. 그러므로 초등학교의 경우, 교육의 주체는 교사, 학생, 학부모라 할 수 있다. 우주로켓을 발사할 때 우주선을 고정하여 보조해 주는 보조대는 중요한 역할을 한다. 그것이 없으면 우주선이 제대로 정치할 수 없고, 발사 후 바른 방향으로 나아가기도 어렵다. 그렇다 하여 우주로켓과 보조대가 동치관계는 아니다. 학습자가 중학생 나이에만 이르러도, 교육의 관련 주체를 교수와 학생으로 한정한다 해도 크게 무리가 없다.

그다음으로 주목해야 할 부분은 교육활동의 대전제이다. 그 활동의 목적을 사회적으로 볼 것이냐, 개인적으로 볼 것이냐에 따라 방점은 달라진다. 전자로 본다면 사회의 안녕과 질서 유지에, 후자로 본다면 개인의 성장에 방점을 둘 것이다. 교육을 '가르치고 기른다'라는 전통적인 교사 중심의 개념은 전자와 관련이 깊고, '가르치고 자란다'라는 교사와 학생의 상호주의적인 개념은 후자와 관련이 깊다. 우리 사회의 구성원들이 그 대전제를 어떻게 인식하느냐에 따라, 곧 시대정신이 무엇이냐에 따라 교육 현장은 매우 다른 양상을 보이게 된다. 교사의 권위나 교권의 문제는 바로 이러한 관점과 밀접하게 연관되어 있다.

요즈음 우리 사회에서 교사의 '권위' 문제가 사회적 관심사로 떠오르고 있다. 지금까지 학교의 교육활동은 주로 전통적인 교사 중심의 방향에서 이루어져 왔다. 즉, 교육의 목적이 사회의 안녕과 질서 유지에 방점이 있었다. 학교에서 교사가 전개하는 교육활동이 학생들이 생활에 필요한 지식이나 기술을 획득하고 인격적으로 성장하는 데 '도움을 주는 것'에 방점을 두는 것이 아니라, 교사가 책임을 지고 아이들을 일정한 방향으로 '이끌어가는데' 무게를 둔다.
교육은 사회적 안녕을 추구하는 수단이 된다. 당연히 구성원들을 '가르치고 기르는' 교사는 권위를 갖게 된다. 그리고 학부모를 포함한 사회 구성원들은 그와 같은 교육활동을 실천하는 데 있어서 교사의 권위를 필요조건으로 인정한다. 왜냐하면 같은 교육활동이라 하더라도, 권위를 인정받는 교사가 이끌어 갈 경우에 그 성과가 더 두드러질 걸로 예상하기 때문이다. 그 경우, 교사의 권위는 교육활동을 전개할 때 직간접적으로 관련이 있는 모든 대상으로부터 나온다고 보는 게 자연스럽다. 교사의 권위는 외부에서 조성되고 주어지는 성격의 것으로 인식된다. 그런 사회 문화적 분위기 속에서 '군사부일체'라는 말도 생겨났다.

불과 십여 년 전까지만 해도 그렇게 인정되었고, 따라서 교사의 권리는 세간에서 논란의 대상이 되지 않았다. 그런데 시대가 변하여 이제는 교사의 권위를 인정할 것인지 아닌지는 교육활동과 직간접적으로 관련이 있는 대상들의 의사에 의존하게 되었다. 학부모나 학생 등 어떤 대상이 특정 교사에 대해 교사로서의 권위를 인정하지 않겠다고 하면 어쩔 수 없는 일이다. 과거에는 '군사부일체'라는 우리 사회의 교육 이데올로기를 통해 설득하기도 하고 강요하기도 했다. 그리고 그게 어느 정도 효과도 있었다. 하지만 우린 지금 전혀 다른 시대정신이 숨 쉬는 상황에서 살고 있다. 민주 국가에서 학생이나 학부모에게 교사의 권위를 법률로 강제할 수는 없는 노릇 아닌가. 개개인의 인권을 신장하려는 시대의 몸부림을 역류하기는 어렵다.

그런 점에서, 교육을 '가르치고 자란다'라는 상호주의 개념으로 우리가 이해할 필요가 있다. 교사의 권위 문제는 관련 당사자들의 자발적 의지에 맡기는 것이 자연스럽다. 교사의 권위는 일차적으로 교사가 스스로 세워야 할 몫이 된다. 거기엔 교사 개개인의 인격적 성장 노력이 가장 핵심적인 요소로 작용할 것이다. 권위는 투쟁을 통해 쟁취할 수 있는 성격의 대상이 아니다. 호소한다고 외부에서 주어지는 것도 아니다. 자신의 의무와 권리를 성실하게 완수하고 인격적으로 발휘할 때 생겨난다. 권위를 지키기 위해 싸울 경우, 사회적으로 외면당하기가 십상이다. 오히려 그나마 있던 권위마저 더 추락한다.

학생이 교사를 따르고, 학부모가 그 주체 간의 관계성을 존중할 때 교사의 권위는 자연스럽게 세워진다. 다시 말하지만, 적어도 권위 문제만큼은 교사의 인격적 역량에 크게 의존한다.

교권에 대해서도 새로운 성찰이 필요해 보인다. 최근에 서울 S 초등학교 교사의 죽음으로 촉발된 교권 침해 문제가 사회 구성원들로부터 주목을 받으면서 교권 회복 운동이 전국적으로 확산하는 계기가 되었다. 국민의 의식이 민주화되면서 기존의 군사부일체라는 사회적 안녕 차원의 교육생태문화가 붕괴하였고, 그 여파로 교권은 설자리를 잃은 채 학교 현장에서 이리저리 치이고 넘어지는 신세로 전락하였다. 어쩌면 인간 군상의 한 모습이랄 수도 있는 중심과 주변, 주연과 조연, 갑과 을의 관계성은 과거와 달리 이 시대를 사는 우리 사회의 다수 구성원에겐 불편한 진실의 수준을 넘어 삶을 옥죄는 불평등한 구조로 지목되고 있다. 이젠 누구도 크든 작든 그런 불평등 구조를 아무런 저항 없이 받아들이지 않는다.

학교를 모태로 하는 교육생태계 구조도 마찬가지다. 근래 10여 년 사이에 교육생태계가 근본적으로 바뀌었다. 사회 구성원들이 교육을 교사 중심의 시각에서 보던 관행에서 상호주의 시각으로 보는 인식의 변화가 일어나며 나타난 결과이다. 그동안 학교 교육생태계에서 중심, 주연, 갑은 교사였다. 또 다른 교육의 주체인 학생과 학부모는 주변, 조연, 혹은 을의 관계성에서 벗어나지 못했다. 민주화의 거센 흐름 속에서 전통적인 개념의 교권은 사회의 사각지대로 내몰리며 빠른 속도로 추락해 왔다. 그런데 이 부분에서 우리가 놓쳐온 것은 그 중심에 '교육'과 '교육활동'의 개념에 대한 세상 사람들의 인식이 변화했다는 점이다. 학부모를 포함한 우리 사회의 구성원들은 교육이나 교육활동을 교사 중심의 개념에서 벗어나 교사, 학생, 학부모의 삼자 상호

주의적 개념으로 이미 인식 전환이 많이 이루어졌다.

하지만 분명한 것은 교육활동 목적의 방점이 어디에 있든, 교권은 그와 상관없이 교사가 교수활동을 하는 데 있어 학생, 학부모, 학교장, 교육청 등 교육관계자로부터 존중받고 보호받아야 한다는 것이다. 다만, 교권의 성격이 변했다는 것을 겸허히 인정할 필요가 있다. 교육활동을 교사 중심의 시각에서 이해하던 과거에는 학부모로부터 교권이 침해당하는 사례가 극히 드물었다. 학생들한테서 교권이 유린당하는 경우는 더더욱 드물었다. 교사 중심의 교육활동에 익숙할 경우, 학부모 등의 이의제기는 그에 대한 간섭으로 여겨지기 쉽다. 교권 침해 문제가 우리 사회에서 주요 논쟁거리로 부각한다는 사실은 교육활동이 이제는 더 이상 교사의 전유물에 속하는 것이 아니며, 더욱이 교사 중심의 일방통행식 활동과는 거리가 있다는 인식이 사회 구성원들 사이에 빠르게 형성되고 있음을 보여준다.

이제 교육 혹은 교육활동이란 말의 개념 자체에 대한 인식을 학교 사회에서도 새롭게 검토할 필요가 있다. 학교는 아이들이 외부로부터의 부당한 간섭없이 각자 소망하는 바에 따라 자라는 데 도움을 주고자 설립된 국가 사회적 기관이다. 그것이 학교의 존재 이유다. 그리고 교사가 그처럼 권리를 존중받고 보호받는 까닭은 사회공동체의 구성원들이 그와 같은 대전제를 인정하기 때문이다. 따라서 학교에서 교사가 전개하는 교육활동은 전적으로 교사의 임의에 따른 것이어서는 곤란하다. 물론 과거에도 교사들은 교육과정이라는 국가 수준의 문서에 준하여 교육을 전개해 왔다. 하지만 학부모들이 교육활동의 구체적인 절차나 학급 경영에 대해서는 교사에게 거의 전적으로 일임해 온 것도 사실이다.

교육을 교사와 학생의 상호주의적 개념으로 인식한다면, 우리는 교육활동에 직간접으로 관련이 있는 사람들이 교사가 그에 합당한 활동을 하는지 예의주시하며 평가할 권리를 갖는다는 것 또한 인정해야 한다. 교사의 가르칠 권리를 보호해 주되, 그걸 제대로 활용하는가를 따져보는 건 그들의 권리에 속하기 때문이다. 교육을 바라보는 인식을 전환하면, 학부모 등이 교사의 교육활동에 대해 이런저런 이의를 제기하는 것 또한 그렇게 껄끄러운 일로 받아들여지진 않을 것이다. 이의가 제기되면, 교사는 교육활동의 한 주체로 학생들을 인정하고 있는지, 교수활동이 학생들의 주체 의식을 침해하는 것은 아닌지를 냉정하게 검토할 필요가 있다. 그리고 학부모가 제기한 이의의 정도가 법률로 정한 교권의 범위를 벗어나는 것으로 판단될 경우, 법률에 따라 대응하면 될 일이다. 그러기 위해서는 교사의 가르칠 권리가 법률로 보호받는 체계가 갖추어져야 한다. 또한, 학교에도 교사들이 언제든 참고할 수 있는 법률적 지식이 일목요연하게 체계화되어 일종의 편람으로 비치되어 있어야 할 것이다.

그런데 요즈음 우리 사회에서 자주 등장하는 교권 문제는 교사가 존중받고 보호받을 권리가 우리나라의 교육 관련 법률로 구체적으로 규정된 바가 없다는 데에 그 심각성이 있다. 법(法)보다 정(情)을 앞세워 왔던 전통사회의 저 밑에 깔린 퇴적층의 한 단면을 보는 것 같아 씁쓸하다. 다른 분야에 비해 유독 교육 관련법만 상세한 정비가 늦는 것은 우리가 모두 각성해야 할 일이다. 권리는 싸워서 쟁취하거나 지키기 위해 투쟁할 수 있다. 아니, 거의 모든 인간의 권리는 기득권 세력과의 투쟁을 통해 얻은 결과이다. 교사들의 노도와 같은 요구로 2023년 9월 21일에 이르러서야 교원지위법, 초·중등교육법, 유아교육법, 교육기본법 등 네 가지 법률이 국회 본회의를 통과했던 것도 마찬가지다. 법률에 정해진 권리는 교사가 행사할 수 있는 정당한 권한에 속한다. 교사는 교권이 침해당하거나 무시당한다면, 법률에 따라 권리를 되찾을 수 있고, 침해한 자에게 역시 법률에 따라 처벌을 요청할 수 있다.

　교권과 권위는 밀접하게 연관되어 있다. 그런데 그 둘의 바탕이면서 그 둘 간을 연결하는 골간은 바로 인권이다. 인권은 민족, 국가, 인종 등에 상관없이, 그리고 개인이든 집단의 구성원이든 상관없이, 사람이라면 마땅히 누리고 행사할 수 있는 기본적인 권리이다. 그것은 '사람은 누구나 평등하고 자유로운 존재'라는 인식을 바탕으로 삼는다. 교권이나 권위는 그런 바탕 위에서 후속적으로 성립되는 이차적인 것이다. 교권을 무시하는 인권은 존재할 수 있어도, 인권이 무시되는 교권은 존재할 수 없다. 인권을 존중하는 사이에 교사의 권위는 확립될 수 있으나, 교사의 권위를 추종하는 사이에 인권은 무너질 수 있다. 교사의 권리(교권)와 권위는 만인의 인권에 대한 존중에 근거한다.

　교육 현장의 봄날은 정녕 가고 있는가? 근래에 교육 현장에서 들리는 이런저런 불협화음은 교육생태계가 자연성을 회복해 가는 과정일 수 있다. 자연성은 고유한 특성을 가진 만물이 불평등성을 조정해 감으로써 상호 간의 균형을 유지하는 가운데서 나오는 조화를 의미한다. 작은 변화라도 그건 한 사람만의 힘으로는 어려운 일이다. 교사의 권위든, 교권이든, 학부모의 교육 주체에 대한 인식이든, 시대정신은 개인들이 집단을 형성함으로써 비로소 현실화할 수 있다. 새롭게 형성되는 사회 구성원들 간의 교육에 관한 공감대는 무엇보다 우리 사회의 교육생태계에 건강한 활력을 제공할 것으로 믿는다.

　보편적 가치에 입각한 시대정신은 교육의 본질을 이끈다.

천시(天時)나 지리(地利)보다 인화(人和)

무슨 연고가 있어 지금 내가 생활하고 있는 이곳 서천으로 온 것은 아니다. 나는 섬에서 태어나 자랐고, 이미 근처 한 시간 거리에 있는 백제의 고도 공주 근교에서 20여 년을 산 경험이 있기에 시골 생활이 낯설지 않다. 오래전부터 직장에서 퇴임하면 내가 소망하는 곳으로 거처를 옮길 생각이었다. 나름 많은 시간을 투자해서 지역을 탐색했다. 비록 완전한 귀촌이 아닌, 3도 4촌 생활을 염두에 둔 것이지만, 거주지 선정을 위해 몇 가지 조건을 정했고, 그 기준에 가장 적합하다고 판단된 곳을 찾아왔다. 그 조건은 다음과 같았다.

첫째, 섬에서 나고 자란 나는 바다를 좋아한다. 산도 좋지만, 비릿한 갯바람이 싫지 않고, 맨발로 백사장이나 갯벌을 걷는 걸 좋아한다. 향수로 남아있는, 바다에 대한 그리움을 충족시켜 주는 곳이어야 한다. 둘째, 내가 태어난 섬엔 지금 어머니가 홀로 살고 계신다. 퇴임하면 가능한 한 가까운 곳에 살면서 시간 나는 대로 가급적 한 번이라도 더 찾아뵙고 싶다. 그래서 서해안 고속도로와 인접해 교통 접근성이 좋아야 한다. 셋째, 아무래도 인생에서 마지막 거처일 가능성이 큰데, 환경 여건이 좋은 곳이어야 한다. 인터넷상에서 우리나라 대기 오염도를 나타내주는 '공기 오염지도'를 보면, 서해대교를 기준으로 남부 지방으로 내려올수록 오염도가 옅어진다. 이곳에 국립 생태원과 해양 생물자원관이 있는 것도 이와 관련이 있어 보인다. 마지막으로, 자그마한 집과 작은 텃밭을 갖추고 있으면서도 구매 비용이 나의 경제적 능력의 범위 내에 있어야 한다. 이 지역은 이런 조건을 거의 충족시켜 주는 곳이었다. 난 이런 이유로 이곳을 선택하였다.

이 지역의 자연 지리 여건은 매우 좋다. 천안에서 장항선 기차를 타고 서천으로 내려오며 차창 밖을 보고 있노라면, 충남 지역이 참 살기 좋은 곳이구나 하는 느낌이 절로 든다. 충남 지역의 자연 지리적 특성은 어딜 가나 마을 사람들이 먹고살 만한 농토가 있고, 그 주변에는 이를 감싸고 흐르는 작은 개천들이 있다. 그리고 차가운 북풍을 막아줄 수 있는 이삼백 미터 높이의 나지막한 산들이 자리하고 있다. 충청도 사람들이 우스갯소리로 '느리다'라는 평을 듣는 것도 그럴만하다는 생각이 절로 든다. 먹고 살기에 좋은 조건이 갖추어져 있으니 바삐 서두를 이유가 없어 보인다. 이곳 서천 지역 역시 그런 지형을 갖추고 있다.

내가 바다를 좋아하지만 바다와 바로 마주하는 곳은 되도록 피하고자 했다. 바닷바람에 염분이 많이 포함되어 있어 집이나 자동차 등이 일찍 부식될 위험이 있기 때문이다. 현재 나의 귀촌 집에서 바닷가 모래사장까지는 700m 정도의 거리다. 맨발로 모래사장을 걷다가 돌아오기에 아주 적당하다. 이곳은 람사르갯벌습지보호지역으로 지정된 곳이다. 썰물이 되면 넓은 갯벌이 드러나는데, 호미로 두어 번 갯벌을 긁으면 동죽이나 바지락 등의 조개가 물을 뿜어댄다. 바닷물이 들어오면 방파제에 앉아 낚시도 할 수 있다. 운 좋은 날엔 묵직한 숭어나 장대도 낚인다. 바닷바람의 영향이 직접 미치는 곳이라 해안가에는 방풍 역할을 하는 해송들이 즐비하다. 그 아래 해안가 모래사장 쪽으론 해당화가 여기저기 만발한다. 마을 뒤로는 300m가 채 안 되는 높이의 산이 긴 팔을 두르고 바다를 굽어보고 있다.

나처럼 귀촌 생활을 동경하며 거처를 옮기고 싶어 하는 사람이 주변에 많다. 그들과 이야기를 해보면, 십중팔구는 자연 지리에 온통 관심이 쏠려있다. 청정한 산과 맑은 물이 흐르는 한적한 곳이나 창문을 열면 바로 바다가 보이는 언덕 위의 하얀 집을 소망한다. 그리고 여기에 덧붙여 좋은 의료시설을 갖춘 대형 병원이 주위에 있어야 한다고 한다. 또한 대화가 통하는 비슷한 연령대의 사람들이 이웃에 많기를 바란다. 맞는 말이다. 그런데 이런 조건을 충족시키려면 대도시 근교이면서도 오염되지 않은 자연이 뒷받침되어야 한다. 혹여나 그런 곳이 있다면 경제적 부담이 클 것이다. 나 같은 사람에게는 언감생심이다.

도시 생활에 오래 젖은 사람이 시골에 와서 생활한다는 건 그리 쉬운 일만은 아니다. 전원생활을 꿈꾸고 시골로 내려왔다가 얼마 지나지 않아 다시 도시로 돌아가는 사람도 많이 있다. 그런 사람들의 이야기를 들어보면, 시골에 사는 사람들과 생활 방식이 맞지 않아 이런저런 갈등이 잦아 전원생활을 접었다는 경우가 많다. 내가 볼 때, 그런 사람들은 자신이 소망하는 지역의 자연 지리에만 관심을 가졌기 때문이다. 산촌이든, 어촌이든, 농촌이든 도시에서 벗어나 시골로 내려오려면 자연 지리뿐만 아니라 가급적 인문 지리도 살펴볼 필요가 있다. 아무리 자연 지리가 좋아도 인문 지리가 본인과 맞지 않으면 시골 생활은 엉망이 되기 십상이다. 인문 지리란 한 마디로 그 지역의 자연환경 조건에 따른 사람들의 경제, 사회, 인구, 문화 등의 측면을 아우르는 말이다. 예컨대, 내가 사는 서천 지역의 인문 지리적 여건은 바다와 갯벌, 농토가 어우러진 자연환경과 밀접한 관련이 있다. 농토가 지평선까지 넓게 펼쳐진 곳, 깊은 산골 지역, 순전한 바닷가 항구 지역에 사는 사람들의 인구나 문화, 경제생활 방식 등은 서로 많은 차이가 있다. 또한 인심이 후하거나 흉흉한 곳은 다 그럴만한 이유가 있다.

마을 분위기를 파악하려면, 마을 길을 따라 천천히 걸으며 마주치는 주민들과 이런저런 담소를 나누는 것도 하나의 방법이다. 마을의 인구가 어느 정도 인지, 연령대 분포는 어떤지, 소득의 원천이 무엇인지, 주민들의 경제적 수준은 어느 정도인지, 마을에서 하는 공동 행사가 어떤 것들이 있는지 등을 대화를 통해 자연스럽게 들을 수 있다.

그런 인문 지리적 조건을 염두에 두지 않고 막연히 자기가 동경하는 자연 지리적 조건만 찾아 거처를 옮기게 되면, 크고 작은 갈등이 발생하는 건 어쩌면 지극히 당연한 일인지도 모른다.

맹자는 "천시(天時)는 지리(地利)만 못하고, 지리는 인화(人和)만 못 하다"라고 했다. 천시란 하늘이 주는 기회를 뜻한다. 귀촌 생활을 위해 시골로 가는 것은 아무나 할 수 있는 일이 아니다. 무슨 일을 하려면 그에 딱 맞는 좋은 기회가 있어야 한다. 하늘이 주는 기회를 알고 그걸 잡는 사람만이 귀촌 생활을 할 수 있다. 하지만, 아무리 그 기회가 좋다 하더라도 땅의 이로움보다 더 중요하진 않다. 천시가 맞아 시골로 왔으나 자신이 그리는 지리적 조건을 갖추고 있지 못하다면 낭패다. 대체로 이런 경우는 드물다. 왜냐하면 최소한 그 지역엔 몇 번 다녀가 보았을 것이기 때문이다. 자신이 소망하는 자연 지리적 조건을 갖춘 시골로 내려온 사람들은 땅의 이로움을 한껏 즐길 수 있을 것이다. 산이 좋아 산으로 온 사람은 산이 주는 혜택을 충분히 맛볼 것이요, 나처럼 바다가 좋아 해안가로 온 사람은 바다가 주는 이점을 십분 즐길 것이다.

그런데 우리는 오직 자연이 주는 지리(地利)의 조건에만 매달려 살 수는 없다. 즉, 우린 인간인지라 땅의 이로움에만 매달려 생활할 수는 없다. 깊은 산속에서 버섯 등 임산물을 가꿔 홀로 먹고 살기는 어렵고, 드넓은 바다에서 고기를 잡아 내 식구만 배를 채우고 살 수는 없다. 옆에 사람들이 있고, 있어야 한다. 그리고 그들과 같이 살고, 살아야 한다. 바로 이 과정에서 많은 사람이 시골에 내려왔다 적응하지 못하고 다시 도시로 가는 이유 중의 이유이다. 인문 지리의 중요성을 제대로 인식하지 못한 결과이다. 다시 말해, 맹자가 말한 인화, 곧 사람들과 더불어 사는 일이 가장 중요하다는 사실을 미처 깨닫지 못한 것이다.

　나는 운 좋게도 인심이 좋은 곳으로 거처를 옮길 수 있었다. 내가 사는 마을의 주민들은 주로 바다에서 주꾸미잡이를 통해 생계를 유지하고, 그리 넓지 않은 논밭에서 강낭콩, 호랑이콩, 쪽파, 들깨, 참깨, 고추 농사를 번갈아 지어가며 생활비를 보태고, 벼농사를 지어 쌀을 자급자족하며 살아간다. 알찬 생계 수단이 바다와 육지에 골고루 있어서 그런지, 이곳 주민들은 야박하지 않고 선한 눈빛과 미소를 달고 산다. 더군다나 나와 연배나 취향이 엇비슷한 주민들이 내 집 주변에 살고 있어서 낯설지 않게 느껴진다.

　자연 지리나 인문 지리의 여건이 좋다고 하여 만사가 해결되는 건 아니다. 그런 환경에서 어떻게 적응하며 사느냐의 문제가 남는다. 내가 내려간 시골 마을의 사람들이 나의 생활 방식에 따르겠는가? 그럼, 내가 그들의 생활 방식을 무조건 추종해야 하는가? 그렇지 않을 것이다. 주민들은 주민들대로, 나는 나대로 살아온 방식을 고수할 수 있어야 한다. 그런 가운데에서도 주민들과 적절한 조화를 추구해야 한다. 주민들은 굴러온 외지인을 처음엔 무관심과 경계심의 중간쯤 위치에서 대하는 경우가 많다. 무관심은 새로 들어온 외지인이 나와는 아무 상관이 없다는 인식에서 나오는 것이요, 경계심은 혹여나 자신이나 마을에 어떤 폐를 끼치지나 않을지 하는 노파심에서 나온다. 시골에 온 사람은 주민들이 자신들의 생활과 상관이 있다는 인식을 갖도록 관심을 가져야 하고, 또한 아무런 폐를 끼치지 않을 것이란 확신을 그들에게 줄 필요가 있다.

　태어나면서부터 이곳에 살아온 사람이 아닌 이상, 외지인은 현지인들이 새로 들어온 외지인에게 보이는 무관심과 경계심을 두려워하거나 반항심을 가질 필요는 없다. 그보다는 오히려 그에 맞춰 독락(獨樂)

과 동락(同樂)의 기술을 발휘하는 게 중요하다. 거기엔 삶의 기술이 필요하다는 말이다. 주민들이 무관심을 보일 때는 독락을, 경계심을 보일 때는 동락을 통해 인화의 싹을 틔울 수 있게 다가서는 것이다. 사람은 혼자 있으면 다른 사람이 그립고, 여러 사람이 난무하면 혼자 있고 싶어 한다. 그래서 두 가지 삶의 기술을 터득해 놓으면 귀촌 생활에 적응하는 데 많은 도움이 된다.

이곳에서 생활하면서, 나에겐 마을 사람들의 무관심과 경계심의 중간을 오가는 나름의 비결이 생겼다. 우선, 도시 생활에 관성화된 나만의 생활 방식을 하루아침에 바꾸기는 어렵다. 또 반드시 그러해야 하는 것도 물론 아니다. 혼자 사는 데 익숙해져야 한다. 다시 말해, 독락의 재미를 느낄 줄 알아야 한다. 낮이든 밤이든, 시골집 거실에 앉아있으면, 산중 암자가 따로 없다는 생각이 자주 든다. 내 집은 마을에서 좀 외떨어진 곳에 있어 가끔 작은 새들이 파닥파닥 날갯짓하는 소리나 들릴 정도로 적막하다. 거실에 멍하니 앉아있으면 창밖에서 유유히 날아다니는 벌 한 마리, 현관 앞 계단에 기어다니는 개미 한 마리가 반갑게 느껴지기도 한다. 그들과 노는 재미를 알아야 한다.
나는 혼자서 느긋이 즐길 수 있는 나만의 장소를 정해 놓았다. 가장 자주 찾는 곳은 마을 어귀에 있는 항구 옆으로 펼쳐진 백사장과 10여 분 걸으면 닿을 수 있는 방파제이다. 바닷물이 차 있으면 있는 대로, 썰물이 되어 물이 빠져나갔으면 나간 대로, 그곳에 앉아 갯벌이나 수평선을 바라보고 있노라면 만사가 다 평화롭다. 다리 근육에 힘을 좀 보태려면 마을 뒤에 나지막하게 솟아있는 월명산을 오른다. 월명산은 이곳에도 있지만 인근의 부여, 군산 등에도 같은 이름의 산이 있다. 이 일대에 높고 험한 산이 없고, 넓은 바다와 쟁반 같은 달이 유난히 밝아 보여서 그런지는 모르겠다. 산 정상에 올라 멀리는 일망

무제의 바다와 그리고 가까이는 굽이져 이어지는 해안선을 바라보면, 이곳에 사는 내가 그렇게 자랑스럽게 느껴질 수가 없다.

그러다 다시 일상으로 돌아온다. 이웃과 함께 더불어 살아야 한다. 동락 또한 시골 생활에 없어서는 안 될 묘기다. 중국의 전원시인으로 유명했던 도연명은 '음주(飮酒)'라는 제목의 시 가운데 다섯 번째 시에서 아무리 인가 근처에 살아도 "마음이 멀어지면 사는 땅은 절로 외지다"라고 했다. 독락은 사람을 진중하게 하지만, 고립은 사람을 피폐하게 만든다. 늦가을날 내 마당에서 딴 사과나 배를 네댓 개씩 봉지에 담아 이웃들에게 전한다. 길거리에서 마주치는 마을 사람들에게는 어디에 새로 와서 사는 누구라며 인사한다. 집 근처 해안가의 방풍림 사이에 매운탕 집과 칼국숫집들이 몇 군데 있다. 난 혼자 있을 때 일부러 그 식당들을 자주 찾아간다. 주인의 얼굴도 익힐 겸 이런저런 걸 물어가며 대화를 나눈다. 누군가 밭에서 일하고 있으면 가끔 일손도 돕는다. 그렇게 사는 것이 가장 자연성에 가까운 삶의 방식이라 난 믿고 있다.

인간을 포함한 모든 생명의 탄생과 성장의 원리는 매우 간단하다. 독립 개체만으로는 생존이 어렵다는 것이다. 씨앗이 싹트고 자라는 데에도 햇빛, 토양, 수분이 절대적으로 필요하다. 인간의 성장도 그와 같은 원리에서 벗어나지 못한다. 더군다나 자연에 묻혀 사는 사람에게는 이웃의 관심과 도움이 더더욱 필요하다. 그런 점에서 나 또한 이웃에게 필요한 사람이 될 수 있는 능력을 갖추는데 소홀해서는 안 된다고 스스로 다짐한다. 느긋한 인내와 성실한 생활 태도를 유지하려 노력한다. 드러나지 않은 조화는 보이는 질서보다 더 평화롭고, 더 오래가고, 더 정겹다.

은퇴 후 귀촌 생활은 천시나 지리보다 인화가 좌우한다.

다섯째

모든 생명체는 일정한 법칙 안에서 살아간다는 사실을 절감해서다

자연계의 생명체들은 자연의 법칙에 따라 살아간다.
인간만이 자연성을 거스르려는 욕망에서
벗어나지 않고 있다.
크고 작은 인간의 불행은
자연의 법칙성보다 욕망을 따르는 데 기원한다.

인간의 삶과 자연성

3막 2장의 인생살이

조선 중기의 학자 송한필은 삶의 허무함에 밤잠을 설치다가 시 한 수를 짓는다. 정민 교수가 쓴 〈한시 미학 산책〉에 그 과정을 소개하는 내용이 나온다. 송한필은 자신의 삶을 되돌아보니 남은 것이라곤 늙고 병든 고단한 몸뚱이뿐이라는 생각이 미치자 밤새 뒤척이다 해가 떠오를 즈음 우연히 시 한 수를 읊었다. 그 제목이 문득 떠오르는 생각을 얼른 시가(詩歌)로 읊는다는 '우음(偶吟)'이란다. "간밤 비 맞아 꽃을 피우곤 오늘 아침 바람에 꽃이 지누나. 슬프다, 한바탕 봄날의 일이 비바람 가운데서 오고 가노매"라는 시는 그렇게 탄생하였다 한다. 어젯밤에 잠시 내린 비가 꽃을 피웠는데 오늘 아침 바람이 그 꽃을 떨어뜨린 걸 보며, 우리네 인생도 그처럼 덧없으니, "슬프다"는 것이다.

미국의 극작가 아서 밀러는 1949년에 발표한 출세작 〈세일즈맨의 죽음〉에서 외판원으로 살인적인 경쟁의 늪을 헤쳐 온 주인공 윌리 로먼의 삶을 슬픈 여운으로 묘사했다. 평생 오직 외판원으로 살아온 자기 직업을 자랑스럽게 여겨왔던 윌리는 세월이 흘러 나이가 들자, 하루 열 시간, 열두 시간씩 일해도 어떤 날엔 손에 들어오는 돈이 한 푼도 없었다. 그러자 윌리는 30여 년 외판원으로 보냈던 자신의 처지를 돌아보며, "그래, 젠장. 인생은 짧고 그저 한두 마디 농담거리일 뿐이지"라며 푸념한다. 우리네 인생살이란 것이 결국 한 줌 거리도 안 되는 그런 것인지도 모를 일이다. 정말이지, 슬프다.

하룻밤 사이의 짧디짧은 일이자 한 줌도 안 되는 나의 생애는 어렸을 때 할머니께서 "커서 삽 잡고 흙 팔래, 펜대 잡고 사무 볼래?" 하며 은근히 당부하시던 말씀대로 이루어졌다. 다만, 그 순서가 바뀌었을 뿐이다. 난 20대에 접어들면서부터 교단에서 줄곧 말끔한 복장에 펜대 잡고 살았고, 이제 인생의 후반기에 이르러선 소매를 걷어붙인 채 삽을 잡고 흙을 파며 살고 있다. 나는 길다면 길고 짧다면 짧은, 그래서 슬프디슬픈 인생을 3막 2장의 연극이라 생각한다. 내 삶을 쥐락펴락했던 경제적 재화를 기준으로 난 인생을 그렇게 구분한다. 사람에 따라 그 기간은 차이가 있다. 하지만 대체로 그 내용은 비슷할 것이다.

인생 1막은 대학을 졸업할 때까지의 시기로, 경제적인 면에서 내 주관적인 인식과 판단으로 독립적인 삶을 살아갈 수가 없었다. 나중의 삶을 살기 위한 준비 기간으로써만 의의가 있었다. 2막은 경제활동을 시작하면서 전개되는 파노라마의 기간이었다. 인생의 흥망성쇠와 희로애락을 본격적으로 맛보았던 시기로, 인간의 온갖 욕망이 난무하는 세계이자 치열한 경쟁 속에서 먹고 먹히는 살벌한 무대였다. 그리고 마지막 3막은 경제활동의 무대에서 내려와 삶을 마감할 때까지의 기간을 의미한다. 1막과 2막은 물론이거니와, 3막 또한 사람에 따라 나름 각각의 장들이 있겠지만, 나의 경우, 3막은 2장으로 이루어져 있다고 본다. 1장은 경제활동에서 은퇴한 이후 병으로 일상생활이 곤란한 시기의 직전까지를 말하고, 2장은 병든 몸을 이끌고 죽음에 이르는 기간이다.

나는 이제 3막 1장의 연기를 막 시작했다. 내 인생의 3막 1장은 도시에서의 생활을 대부분 접고, 내가 좋아하는 바다 근처에서 자연과 더불어 시작된다. 난해한 여러 논문과 전공 서적을 읽으며 생각을 정리하고 글을 써야 했던 쳇바퀴 생활에서 벗어나, 자연의 변화에 몸을 맡긴 채 그동안 무심하게 저만치 내놓았던 심신을 추스르며 텃밭을 일군다. 감자, 상추, 쑥갓, 가지, 치커리, 토마토, 고추, 비트가 주된 작물이다. 올해부터는 집 마당 끝 도로변을 따라 누워있는 100여 평의 밭뙈기에서 초보 농부로서 작물 재배를 시작하려 한다. 마늘, 양파, 고구마, 쪽파를 심을 예정이다. 기왕 농사를 시작했으니 기본적인 지식이 필요할 것 같아 내가 사는 지역의 농업기술센터에서 운영하는 농업대학에 아내와 함께 등록하여 농사 강의를 듣고 있다.

내가 3막 1장에서 펼치는 연기는 이전과는 몇 가지 점에서 다르다.

첫째, 온전히 오감에 의존하여 연기한다. 봄에는 앞뜰과 뒤뜰에 피는 화초의 향기로 코끝이 감미롭고, 여름엔 대지의 후덥지근한 공기가 흙냄새를 풍기며 살갗을 타고 넘는다. 가을엔 집 앞 저만치에 펼쳐진 들녘의 황금빛과 텃밭에서 기른 각종 채소의 신선함이 어우러져 미각을 돋우고, 겨울엔 비릿한 바다의 향내를 담은 찬 바람이 날카롭다. 집을 둘러싸고 있는 감나무와 목련이 잎을 내려놓으면 갈퀴로 모아 무릎 높이까지 더미를 만든 후 그 한 가운데에 솔가리를 넣고 불을 지핀다. 한 해의 농사가 끝났음을 천지신명께 알리는 봉화가 오른다.

내 집은 동네에서 외떨어진 곳에 있고 아름드리 해송을 비롯한 나무들이 많아 새들이 즐겨 찾는 놀이터이다. 음색 좋은 새들의 지저귐이 적막한 전원을 깨우는데, 그 가운데에서도 늦봄이면 어김없이 돌아와 집 앞 전선 위에 앉아 우는 뻐꾸기 울음소리는 내 가슴속에 고이 접혀있는 그리움을 펼쳐낸다. 서울로 대학 왔을 때 손자 밥을 해주신다며 방배동 자취방에 몇 달 함께 계셨던, 오래전에 돌아가신 할머니가 생각난다. 그때도 방배동 뒷산에서 뻐꾸기가 울었었다. 그렇게 쉼이 없는 자연의 변화를 오감으로 체감하며 시절을 보낸다.

둘째, 말보다 몸을 움직여 연기한다. 사람에게는 몸을 통해 재미를 느낄 수 있는 감각이 있다. 작물을 파종할 때부터 그렇지만, 그 녀석들이 한창 성장할 때는 아침부터 해가 질 무렵까지 쉴 틈이 별로 없다. 그런데도 아내의 잔소리에 견디다 못해 무뚝뚝하게 대꾸하는 것 외엔 특별히 입을 열 일이 없다. 말수가 준다. 지친 육신을 달래는 건 제철에 나는 싱싱한 채소와 과일이다. 집 마당 동쪽의 허리춤 높이의 텃밭엔 채소를, 마당 앞의 빈터에는 사과나무, 배나무, 살구나무, 복숭아나무, 자두나무를 심었다.

과실이 그냥 열려 우리 입으로 들어오지 않는다. 부지런히 쏟아붓는 땀으로 자란다. 몇 년이 지나는데도 자두나무엔 자두가 보이지 않는다. 그래도 거름 주고, 가지 치고, 지지대를 세워준다. 시골 농부들이 저녁 밥상을 물리고 일찍 잠자리에 드는 것이 이해된다. 저녁을 먹고 텔레비전 뉴스라도 보려고 잠시 엉덩이를 방바닥에 붙이고 있으면, 눈꺼풀이 천근만근이 되어 자동으로 내려온다. 세상에 그보다 더 들어올리기 무거운 게 있을까? 그런데 참 이상한 일이다. 몸은 피곤한데, 마음은 가볍다.

셋째, 인간관계를 단조롭게 연기한다. 현대는 어쩌면 인간관계의 과잉 시대라 할 수 있다. 사람들과 원만한 관계를 맺는다는 것이 생각만큼 그리 쉬운 일은 아니다. 인간관계에 지쳐 사람이 싫어지는 경우도 허다하다. 하지만 3막 1장의 인생에선 직업적 성취나 자신의 명예를 위해 동분서주하며 인간관계에 치어 살지 않아도 된다. 우리가 사람들을 만나고 나면 피곤한 까닭은 그만큼 신경을 써야 하는 일이 한둘이 아니기 때문이다.

누군가에게 인정받기 위해 수시로 가면을 바꿔가며 연기할 필요가 없다. 복잡하게 계산하면서 머리 굴릴 일도 없다. 옷매무시를 가다듬으며 차를 마셔야 하거나, 입에서 나가는 단어의 세련미에 신경 쓰지 않아도 된다. 신상 조회라도 하듯이 상대의 아래위를 훑어보며 이것저것 꼬치꼬치 캐묻지 않아도 된다. 이웃과 아웅다웅 다툴 필요가 없다. 평생 같은 마을에서 지내며 살고 있으니 얼굴 붉힐 일이 있다 한들, 감히 입 밖으로 내놓지 못하고 입안말로 그치고 만다. 금방 논두렁이나 갯벌에서 만나야 하는 사람들이 아닌가.

마지막으로, 자연의 운율에 맞춰 연기한다. 운율의 강세와 리듬은 자연의 흐름으로 정해진다. 바다에 나가는 시간은 내가 부지런하다고 결정할 수 있는 일이 아니다. 바닷물이 밀려오는 시간과 나가는 시간은 자연이 정한다. 바닷가 사람들은 그 시간에 맞춰 바다에 나가고 들어온다. 논밭에서 하는 일도 매한가지다. 아무 때나 논에 물을 댈수 있는 것도 아니다. 그렇다고 논에 물을 마냥 대고 있어서도 안된다. 물꼬를 막고 여는 시간은 내가 결정하는 것이 아니라, 사실은 자연에 이미 그때가 정해져 있다. 텃밭의 아기자기한 작물들도 예외없이 자연의 운율에 따라 생육의 나래를 편다.

자연엔 대화할 수 있는 상대도 계절의 흐름에 따라 새롭다. 시절에 맞춰 이야기 상대는 텃밭에도 있고, 과수밭에도 있으며, 갯벌엔 더더욱 많이 있다. '농작물은 주인의 발소리를 듣고 자란다'라는 말이 있잖은가. 하루에도 몇 번, 수시로 논밭의 작물을 살피며 쓰다듬고 이야기한다. 밀짚모자에 호밋자루 하나면 대화 상대를 맞이할 준비로 충분하다. 주변에 사람이 없다고 외로워할 필요가 없다. 아침에 눈을 떠 저녁에 잠자리에 들 때까지 우주의 삼라만상과 함께 지낸다. 난 그저 자연의 운율에 따라 움직인다.

3막 2장의 인생 연기는 언제 시작될지 나도 모른다. 내 생애에 2장을 연기할 대본이 나에게 주어지지 않기를 희망한다. 3막 1장으로 마감되는 생을 살고 싶다.

시골살이는 자연이 몸을 움직이고, 몸이 정신을 이끈다.

농손희락(弄孫喜樂)

노년기로 접어드니, 생각이 신체의 변화를 따라가지 못한다는 사실을 확연히 느낄 수 있다. 뱁새가 황새를 따라가려다간 다리가 찢어진다. 성큼성큼 내딛는 신체 변화의 보폭을 생각은 잦은걸음으로 따라오니, 시간이 흐를수록 간격이 벌어질 수밖에. 참 흥미로운 건, 생각이라는 게 비가 사나운 날 하늘을 가르는 번개보다도 빠를 텐데, 그동안 살아오면서 겪어야 했던 세파에 추동력을 많이 소진한 탓인지, 눈가의 주름이 깊어지는 속도보다도 느리다. 하지만, 생각이 느리게 움직이는 덕분에 그전엔 내가 열심히 살면서도 시야에 들어오지 않던 일상의 소소한 일들이 눈에 들어오지 않는가. 이 또한 사는 재미가 아니겠는가.

'농손락(弄孫樂)'은 조선 후기의 실학자 홍만선이 향촌 경제서인 〈산림경제〉를 편찬하면서 손자와 노는 즐거움이 인생의 낙 중 하나라며 한 말이다. 옛 선인들은 손주들과 노는 즐거움, 곧 농손락을 인생의 마지막 즐거움으로 여겼던 모양이다. 갑골문에 '弄(희롱할 농)' 자가 양손에 옥(玉)을 쥐고 있는 모습으로 그려져 있어, 이 글자가 '놀다', '가지고 놀다'라는 뜻으로 읽힌다고 한다. 그 당시에도 옥은 귀한 물건이었을 텐데, 그걸 양손에 쥐고 놀 정도라면 귀한 집안의 사람들이었을 것이다. 글자에 '王(왕)' 자가 들어 있는 것으로 보아 그럴듯해 보인다.

아마도 '옥'은 그만큼 귀한 '손주'를 뜻하는 것으로 볼 수도 있을 것이다. 그러면 고운 옥처럼 귀한 손주와 즐겁게 지낸다는 의미로 풀이된다. 근래에 내가 손자와 함께 노는 시간이 너무 행복하여 몇 마디 글자로 그런 내 마음을 표현해 보고 싶었으나 적절한 말이 잘 떠오르지 않았다. 우연히 어느 칼럼에서 이 단어를 발견하고 인터넷을 뒤져 〈산림경제〉를 찾아 그 대목을 읽어보았다. '그래, 이거야!' 하며 혼자 고개를 뒤로 젖히며 흐뭇한 미소를 지었다. 이 글의 소제목으로 등장하게 된 뒷얘기다.

농손락은 아무나 만끽할 수 있는 즐거움이 아니다. 우리나라는 경제협력개발기구(OECD) 내에서 유일한 0명대 출산율을 보이는 나라이다. 지난 2021년 우리나라의 합계출산율(여성 1명이 평생 낳을 것으로 예상되는 출생아 수) 0.81명은 세계 최하위 수준이다. 더 이상 아기들이 태어나지 않고 있다는 말이다. 최근 스웨덴에 본사가 있는 모 글로벌 가구 유명 업체가 발표한 보고서에 따르면, 우리나라 사람들은 집에서 자녀나 손주 등을 돌보며 기쁨과 보람을 느낀다는 사람이 8%로, 전 세계 평균인 약 22%에도 한참 미치지 못하고 있다. 자식 사랑하면 어느 나라 사람들 못지않을 터인데, 인구 감소 묵시록의

한가운데에 놓여있는 우리 사회에서는 집안에 손주가 있다는 사실 그 자체에 감사할 일이다.

나에겐 손주가 셋이 있다. 모두 남자아이들이다. 두 녀석은 내 아들과 영국인 며느리 사이에서 태어난 아이들이고, 이제 갓 두 돌 지난 녀석은 현재 우리 집 근처에 살고 있는 한국인 사위와 딸 사이에서 태어난 아이이다. 우리의 전통적인 가족관계 호칭에 따르면, 친손자가 둘, 외손자가 하나인 셈이다. 세상의 그 무엇과도 바꿀 수 없는 소중한 존재들이다. 하지만 공교롭게도 나는 주로 외손자와 시간을 함께 보낸다. 친손자들은 영국에 살고 있어 한 해에 기껏해야 한두 차례 만날 수밖에 없어 그렇다. 그래서 친손자들은 할머니, 할아버지를 만나면 어딘지 모르게 서먹서먹해한다. 자주 만나서 같이 놀고 싶으나 마음뿐이다.

사람의 감각기관 중 가장 원초적인 것은 촉각이라 한다. 네덜란드 신경과학연구소 연구진의 말에 따르면, 신체접촉 빈도가 잦을수록 심리적 건강에 긍정적 효과를 미친다. 짧지만, 자주 손주를 안아주는 것이 본인이나 아이의 건강에도 도움이 된다고 했다. 유교가 엄격하게 일상생활을 규율하던 시대에서는 부모가 자식을 멀리하는 것이 일종의 미덕으로 여겨졌다. 유교 예법의 근거인 〈예기〉에서 자식은 안아주어선 안 되지만, 손자는 안아도 된다고 했단다. 아버지가 자녀를 직접 가르치면 기대가 지나쳐서 오히려 갈등이 생길 수 있기 때문이란다. 이를 '격대 교육(隔代 敎育)'이라 한다. 제 자식인데도 부모의 시선이 있어 자식을 안아볼 수도 없는 현실에 얼마나 고까운 생각이 들었을까? 꾹꾹 참고 있다가 부모가 돌아가시고 이제 집안의 어른이 되어 손주를 보니, 그 감회가 어찌 남다르지 않았겠는가. 그래서 옛 선인들은 자식 사랑의 마음을 한 세대를 건너뛰어 손주에게 한꺼번에 쏟아부었는지도 모른다. 농손락이란 말이 나온 것도 그럴만한 이유가 있었던 거다.

　그런데 나는 '농손락'이란 말에 글자 하나를 더하고 싶다. 그건 '기쁘다', 혹은 '기쁨'을 뜻하는 '喜(기쁠 희)' 자이다. 인간의 감정을 흔히 '희로애락'으로 표현하는 것에서 짐작할 수 있듯이, '기쁨(喜)'과 '즐거움(樂)'은 미묘한 차이가 있다. 기쁨은 어떤 행동이나 사건의 결과에서 오는 행복한 감정이요, 즐거움은 행위 그 자체 또는 상태나 과정에서 오는 행복한 감정이다. 기쁨은 한순간 짜릿하나, 즐거움은 당분간 소소하다. 손주가 태어났다는 소식을 들으면 그렇게 기쁠 수가 없다. 어린 손주가 뒤집으려고 안간힘을 쓰는 모습을 가슴 졸이며 지켜보는 시간은 즐거움을 주고, 아이가 천신만고 끝에 뒤집기에 성공하는 그 순간 가슴 한쪽에 밀려오는 뜨끈한 감정은 기쁨이라 할 수 있다.
　외손자가 이제 제법 말을 잘한다. 웬만한 의사 표현은 해댄다. 외손자가 우리 집에 오면, 난 그 녀석을 데리고 아파트 주변을 자주 걷는다. 여느 날처럼 우리 둘은 서로 손을 꼭 잡고 아파트 단지 곳곳에 설치된 놀이터를 찾아 나서고 있었다. 그런데 그때 이 녀석이 잠시 걸음을 멈추더니 나를 빤히 쳐다보며 "할머니 할아버지가 보고 싶어서 눈물이 났어요"라고 또박또박 말하지 않는가! 순간, 난 온몸이 쩌릿해졌다. 살갗에 소름이 돋을 지경이었다. 아니, 이 어린 녀석이 이게 웬 말이란 말인가. 손자녀가 내게 없었다면 결코 경험할 수 없는 삶의 환희이자, 기쁨이다. 나야말로 눈물이 날 지경이었다. 이 순간을 어찌 '즐겁다'라는 말로 표현하겠는가. 농손'락(樂)'만으론 '농손'을 설명하기엔 뭔가 부족하다. 순간적으로 가슴 저 밑바닥에서 밀고 올라오는 '기쁨'을 표현하는 말이 필요하지 않은가. 그래서 내가 보기에, '희락(喜樂)'이 '농손'에 제격이다. 그래서 나는 손주와 노는 기쁨과 즐거움을 '농손희락'이라는 말로 표현하고자 한다.

농손희락의 재미는 내게 다음의 두 가지를 돌아보게 한다.

우선, 내 몸과 마음의 건강이다. 손주와 노는 데는 체력이 필수다. 외손자가 태어나자, 내 딸은 한동안 친정인 우리 집에 와서 지냈다. 외손자가 졸음이 오면, 으레 내가 안아 재웠다. 집안에만 있어 지루한 기색이 보이면, 녀석을 안고 집 주변을 이리저리 걸어 다녔다. 그러자 어느 날부턴가 등 뒤의 허리와 어깨 날개 죽지 부분에 가벼운 통증이 왔다. 며칠을 참다가 근처 한의원에 가 진찰을 받았다. 한의사가 혹시 손주를 돌보고 있지 않느냐고 물었다. 주로 할머니들이 손주를 보느라 같은 증상으로 침을 맞으러 많이 온다고 했다. 나도 보름 동안 치료를 받고 좋아졌다. 내가 건강해야 농손희락도 만끽할 수 있음을 알았다. 금연은 필수다. 동화책을 읽어줄 수 있는 시력과 풍부한 동요 멜로디를 외고 있으면 금상첨화다.

또 하나는 조부모로서 나의 위치이다. 조건 없이 사랑을 내주되, 녀석의 부모가 생각하는 육아 방식이나 가치관을 존중한다. 조부모는 어디까지나 육아의 조력자에 그쳐야 한다. 격대 교육이라고, 자녀를 키울 때 해주지 못했던 아쉬움을 해소라도 하듯, 조부모의 관점에서 손주들을 가르치려고 들지 않도록 조심한다. 조부모가 너무 세세한 부분까지 간섭하려 들면 자녀 부부와 갈등이 발생할 수 있다. 자칫 나이 든 부모의 품격이 자식들 앞에서 낱낱이 드러날 판이다. 더군다나 이제부턴 내 자식들도 부모인 우리보다 제 자식에게 사랑을 내려줄 터이니, 내 행동을 돌아보지 않을 수 없다. 이런 경우들이 있었다.

결혼 후 내 아들이 태어났을 때, 난 아들 이름을 '대한민국의 아들'로 잘 자라라는 의미를 담아 '한국'으로 정했다. 당시엔 2호선 지하철이 없었기에 시내버스를 타고 신림동에 있던 시외전화국으로 가 시골에 계신 아버지한테 그 사실을 알려 드렸다. 그러자 갑자기 "아무리 네 아들이라고 이름을 네 마음대로 짓냐. 그럼, 둘째는 영국, 셋째는 미국이냐?"라는 호통이 전화기를 타고 나의 귓전을 때렸다. 딸이 외손자를 낳은 지 얼마 후, 사위가 나더러 외손자 이름을 지어달라고 부탁했다. 며칠 고심한 끝에 몇 개의 이름을 권유했다. 사위는 모두 마음에 들지 않았는지 이에 아랑곳하지 않고 자신이 이름을 지었다고 했다. 순간, 옛날에, 아버지에게 전화했던 기억이 스쳐 지나갔다. 왠지 서운한 마음이 슬쩍 들었다. 하지만, 어쩔 것인가, 내 아들이 아닌걸. 그 옛날에 아버지도 그렇게 느꼈을 것이다.

　　외손자는 겨우 두 돌이 지난 아이인데도, 책 보는 것을 좋아했다. 그 녀석 집이나 내 집에는 그 나이 또래에 맞는 동화책들이 많다. 우리 집에 오면 나나 아내한테 동화책을 읽어달라고 한다. 그러던 어느 날, 난 여느 때처럼 동화책을 읽어주다가 주의집중 하여 듣는 모습이 기특하기도 하고 귀엽기도 해서 그 녀석 이름을 부르며 "커서 훌륭한 학자가 되거라"하고 말했다. 내 옆엔 그 녀석 아빠와 엄마도 함께 있었는데, 내가 하는 말이 또렷이 들렸을 것이다.

　　며칠이 지난 후, 딸이 외손자를 데리고 우리 집에 들렀다. 딸은 의도가 불분명한 눈빛으로 나를 바라보더니, "아빠, 김 서방은 아들을 사업가로 키우고 싶데요"라고 하지 않는가! 딸로부터 그 말을 듣는 순간, '아차!' 하는 생각이 내 머릿속에서 번뜩거렸다. 성질이 급한 게 늘 문제다. '내가 너무 앞서 나갔구나'하며 자책했다. 조부모로서 해야 하는 사랑과 역할의 수준을 넘지 말자고 기회만 있으면 다짐했건만, 결국 허사가 되고 말았다. 어쩌겠는가, 이미 엎질러진 물인걸.

다음부터 더 조심하자고 내 자신을 얼러주는 것으로 그 실수를 마무리했다.

나에게 위와 같은 농손희락에 관한 삶의 기술을 가르쳐준 반면교사가 두 사람 있다. 두 할아버지가 품었던 뜻이 수백 년의 시간을 건너 나에게 또렷이 전해지고 있다.

조선시대 문인이었던 이문건은 손자가 태어난 해부터 약 15년 동안 그의 양육 과정을 기록한 〈양아록(養兒錄)〉을 엮어냈다. 지금까지 우리나라에서 발견된 지 가장 오래된 육아일기인 셈이다. 그런데 그 글을 읽다 보면, 손자가 커감에 따라 할아버지는 점점 엄격한 교육을 하는데 그 정도가 너무 심했다. 회초리가 부러질 정도로 체벌을 가하기도 했다. 손자는 할아버지가 베푸는 훈육을 따라가지 못하고 오히려 비뚤어져 나갔다. 격대 교육이 너무 지나쳤다. 이문건은 손자의 일탈을 한탄하는 시를 짓고, "늙은이의 포악함을 실로 경계해야 할 것이다"라며 자신의 훈육 방식을 반성하였다. 세상사의 진리는 여기서도 통한다. 농손희락도 지나치면 부족함과 마찬가지로 득이 되지 않는다는 사실을 새삼 가다듬게 해주었다.

한편, 역시 조선 후기의 문인이었던 이양연은 〈아가야 울지마라〉라는 제목의 시에서 우는 손자를 안고 달래는 할아버지의 심성을 "자장 자장 우리 아가 울지 말아라. 울타리 바로 옆에 살구꽃 폈다. 꽃이 지고 살구가 익으면, 너랑 나랑 둘이 같이 따먹자"라고 노래하였다. 이 시를 천천히 암송하다 보면, 할아버지가 지닐 수 있는 순수한 손주 사랑의 마음이 저절로 전해진다. 이 자장가엔 손자가 어서 출중하게 자라길 바라는 할아버지의 마음과 함께 삼대의 유대감과 친밀감이 가감 없이 들어있다. 손자를 안고 어르는 할아버지의 소망이 살구가 익어가듯 영글어 간다. 내가 생활하고 있는 귀촌 집에도 여러 그루의 사과나무, 배나무, 복숭아나무, 살구나무가 있다. 내겐 손주도 세 명이나 있다. 그런데 할아버지인 나에겐 왜 그런 따뜻한 시상이 떠오르지 않았을까! 반면교사 삼아 내 마음속 정서의 텃밭이 메마르지 않았는지 살펴보게 된다.

어떤 사람들은 조부모가 손주들을 돌보는 일에 대해 아주 비판적이다. '아기를 보느니 차라리 콩밭을 맨다'라는 말이 있을 만큼, 애 보는 일은 분명히 어렵다. 더군다나 살날도 많지 않은데 자녀들의 일은 자녀들에게 맡기고, 하고 싶은 일이라 하면서 살라고 충고한다. 어떤 이는 그렇게도 할 일이 없느냐고 핏대를 세우기도 한다. 사람마다 서로 생각이 다를 수 있으니, 그리고 옳고 그름이란 잣대를 들이댈 일도 아니라서, 뭐라 딱히 할 말은 없다. 그런데 나로서 한 가지 분명하게 말할 수 있는 것은 '그보다 더 기쁘고 즐거운 일은 세상에 없다'라는 것이다. 그 기쁨이, 즐거움이 진화심리학자들이 말하듯이, 후손이 번성하는 데서 오는 것인지는 솔직히 잘 모르겠다. 어떻든, 나는 손주들이 있어 사는 재미가 쏠쏠하다는 사실을 자랑스럽게 말한다.

당나라의 시선 이백이 가을날 경정산에 올라 5촌 어린 조카아이가 빼어난 기운이 무성한 성인이 된 것을 보고 "나는 쇠약해진 지 오래라, 너를 보니 마음에 위로가 된다"라고 읊었던 것 또한 완숙한 농손희락의 한 단면을 보여준 것이라 할 수 있다. 손주와 노는 일이 즐거운 까닭은 아마도 우리가 손주를 통해 삶의 애환을 무의식중에 승화시키고 있어 그럴지도 모른다. 어떻든 좌우지간, 그것도 손주가 있을 때 가능한 일이 아닌가.

하지만 농손희락에도 자연성이 작용한다. 손주에겐 자기의 부모가 있다. 할아버지와 할머니는 서열이 그다음이다. 모든 생명체가 지닌 사랑은 중력의 법칙을 거스르지 않는다. 조부모의 손주 사랑이 제아무리 강하더라도 두 세대의 거리가 존재한다. 손주에겐 바로 위의 부모 사랑이 더욱 따뜻하고 깊게 느껴진다. 자연의 모든 생명체는 그렇게 진화해 왔다. 조부모는 그 경계를 잘 깨쳐야 한다. 가끔 딸과 함께 외손자를 데리고 길거리를 걸어갈 때면 난 손을 슬그머니 뻗어 녀석의 손을 잡는다. 하루하루가 지나며 맞잡은 그 녀석의 손길에서 힘이 조금씩 빠져나가는 것을 느낀다. 녀석의 힘과 온기가 제 엄마의 손으로 소리 없이 옮겨가고 있다는 사실을 난 안다. 지극히 자연스러운, 서운한 일이다.

농손희락은 늘그막에 경험할 수 있는 인생 최고의 재미 중 하나다.

자연성에 귀의하는 한 끼 식단

60대는 노년의 인생을 본격적으로 준비하는 시기다. 비록 출생에 비할 바는 아니라 하더라도, 그동안의 삶과는 질적으로 다른 새로운 인생의 장이 시작된다는 점에서 의미가 있다. 많은 사람이 행복한 노후를 위해 준비해야 할 일들을 각기 나름의 관점에서 조언하고 있다. 그런데 그들의 말에서 공통으로 확인할 수 있는 것은, 누구나 짐작할 수 있는 것처럼, 건강한 몸을 만들라는 것이다. 그렇지 않고서는 그 어떤 일도 할 수 없기에 백번 공감한다. 예부터 잃어서는 안 될 게 돈이나 명예보다 건강을 꼽지 않았던가. 문제는 어떻게 건강을 지킬 수 있는가이다.

1988년 한국인의 기대수명은 70.65세였다. 건강수명을 파악하기 시작한 2012년 한국인의 기대수명은 80.87세, 건강수명은 65.70세였다. 그러나 2020년 기대수명은 83.50세(OECD 평균 80.5세)인데, 건강수명은 66.30세였다. 기대수명이 느는 만큼, 아프지 않고 살 수 있는 나이, 즉 건강수명은 그렇게 늘지 않았다. 기대수명이 약 3세 느는 동안, 건강수명은 0.6세밖에 늘지 않은 것이다. 어떤 의미에서는 기대수명이라는 건 별 의미가 없다. 중요한 것은 내가 활동하며 생활할 수 있는 건강수명이다.

그런데 2020년 보건사회연구원의 자료에 따르면, 우리나라 사람들 가운데 자신의 건강 상태가 양호하다고 응답한 사람의 비율은 31.5%로 OECD 평균인 68.5%에 비해 현저히 낮았다. 우리나라 사람들은 자신의 건강을 비관적으로 보는 경향이 있다는 것을 보여준다. 이러한 생각이 오히려 건강수명에 나쁜 영향을 미치는 걸까, 하는 생각도 든다. 난 건강을 낙관하지도 않지만, 그렇다고 비관하는 건 더더욱 아니다. 내 나이는, 2020년 자료 기준으로 볼 때, 이미 우리나라 사람들의 건강수명 평균치를 넘어선다. 적어도 85세 정도까지는 살 수 있을 것 같다.

어떻게 하면 내가 예상하는 수명에 이르기까지 건강하게 살 수 있을까? 내가 판단할 때, 현재 나의 건강수명을 위협하는 가장 큰 요인은 체중이다. 난 28세 되던 해에 결혼했는데, 당시 나의 체중은 고교 시절 이후 줄곧 62kg을 유지하고 있었다. 결혼 후 채 1년도 지나지 않아 체중이 불어나기 시작하더니 70kg대에 이르렀다. 거의 10여 년 동안 75kg대에서 증감을 반복하였다. 그러다 결혼 20여 년에 접어들면서 체중이 다시 한번 도약했다. 80kg대로 올라선 것이다. 이젠 85kg대에 육박할 기세다. 난 별걱정 없이 중년의 중후한 멋으로 자평하며 볼록한 배를 만지곤 했다. 그러다 2년마다 받는 건강 검진 결과를 보면서 상황이 달라졌다. 과체중은 단골이고, 언젠가부터는 당뇨, 고혈압, 고지혈, 콜레스테롤 등이 위험 단계에 진입하기 직전이라는 경고가 눈길을 사로잡았다. 이러다 한국인의 평균 기대수명에도 이르지 못할지 모른다는 불안감이 일었다. 이 또한 내 건강을 비관적으로 보는 태도인지도 모르겠다.

뭔가 특별한 조처가 필요함을 인식하기 시작했다. 아내는 몇 년 전부터 기회만 되면 나에게 체중을 줄이라고 채근했다. 결혼 초기의 체중인 75kg대로 낮추라는 것이다. 그러려면 10여 kg을 줄여야 한다. 내가 생각하기에 그건 꿈같은 이야기였다. 무절제한 음주, 육류와 가공식품의 남용, 지금은 끊었지만 30여 년 해왔던 흡연, 채소와 과일에 대한 기피 등으로 내 몸은 찌들대로 찌들어 있었다. 아내의 성화도 그렇지만, 나 개인적으로도 과체중의 심각성을 인식한 관계로 나름대로 다이어트를 시도했다. 절주, 운동, 식사량 조절 등을 열심히 했다. 하지만 체중은 요지부동이었다. 기껏해야 2~3kg 줄어들었지만, 친구와 술 한잔하거나 마음 편히 식사하고 나면 바로 원상 복귀되었다. 이제는 체중을 줄이라는 아내의 당부가 '임파서블 미션'에 도전하라는, 말도 안 되는 잔소리로 들리기 시작했다. 내심으론 짜증도 났다. 체중을 줄이는 일이 생각처럼 그리 간단한 일이 아니었다.

어느 날 아내는 전격적으로 새로운 카드를 꺼내 들었다. 아침 식단을 바꾸는 것이었다. 말은 의논의 형식을 취했지만, 이미 실행으로 옮기고 있었다. 나는 하루 세 끼 가운데 한 끼만 밥을 먹지 않아도 세상이 뒤집힌다고 생각하는 사람이었다. 한국인은 밥심으로 산다는 말은 다름 아닌 나를 두고 한 말로 들렸다. 그런 사람한테 뽀얀 김이 오르는 쌀밥에 따끈한 국물도 없이, 아침 식사를 생채소와 과일만으로 하라는 권유 아닌 통보를 했다. 내가 무슨 당나귀도 아니고 염소도 아닌데….

남편의 체중을 관리하여 노년기에 나타나기 쉬운 질병을 예방하겠다는데 그걸 무슨 논리로 반대하겠는가? 눈 질끈 감고, 입 꼭 다물고, 귀 꽉 막고, 그대로 따랐다. 토마토, 양배추, 로메인 상추, 비트, 피망, 당근, 치커리, 케일, 브로콜리, 단호박, 사과, 배, 바나나, 복숭아 등이 번갈아 가며 아침 식사의 메뉴로 등장했다. 어떤 소스도 첨가하지 않는다. 단호박 외엔, 데치지도, 삶지도, 볶지도 않는다. 그냥 생으로 내놓는다. 어쩔 것인가, 먹을 수밖에.

우리 부부가 그렇게 아침 식단을 바꿔 식사한 지 어언 2년이 지나고 있다. 점심과 저녁은 과거와 마찬가지의 식단으로 음식을 먹는다. 생선이나 고기도 자주, 많이 먹는다. 그와 함께 틈나는 대로 집 앞에 있는 산도 오르고, 천변이나 바닷가 백사장을 걷는다. 놀라운 일은 바람 넣는 입구 주둥이를 꼭 매어 놓은 고무풍선에서 신기하게도 바람이 서서히 빠져나가듯, 시간이 흐를수록 체중이 조금씩 줄어든다는 사실이다. 지금은 꿈의 체중이라 여겼던 75㎏대를 유지하고 있다. 중년의 상징으로 여겼던 볼록한 배는 온데간데가 없다. 실로 40여 년 만에 일어난 일이다.

우리 부부는 비록 하루 한 끼지만 인공의 화학적인 맛에서 벗어나 생체 본연의 맛에 빠짐으로써 그만큼 자연에 귀의하고 있다고 자찬한다. 아침 식단이 바뀌면서 내 몸에 생긴 하나의 변화는 점심이나 저녁 식사 때 조금이라도 과식하면 꼭 화장실을 찾아 대변을 본다. 내 몸 안의 소화기관인 대장이 마치 필요 질량을 정확하게 재는 계량기 같다는 느낌이 들 정도다. 현재의 체중을 넘어서는 소화 물질들을 제때제때 배출해 낸다. 그동안 인공의 화학적 반응으로 체내 곳곳에 폐기되어 쌓여있던 영양 찌꺼기들이 한 움큼씩 빠져나가는 느낌이 든다. 다만, 노년기에 이미 발을 들여놓은 사람이라, 체중이 더 아래로 내려가면 그동안 희미하게 자취를 숨겨왔던 얼굴 주름들이 본색을 드러내지 않을까 염려스럽긴 하다.

우리 부부는 귀촌 생활 덕분에 이러한 식단 변화를 어려움 없이 지속해 나갈 수 있었다. 가급적 우리가 먹는 채소와 과일은 우리가 생산한다는 원칙을 세우고 실천하고 있다. 시골집 마당에는 사과, 배, 복숭아, 토마토, 초크베리, 자두, 살구, 감나무 등의 과실나무가 있다. 텃밭에는 우리 부부의 아침 식단에 등장할 다양한 채소들이 자란다. 제철에 나오는 과일과 채소를 먹는다. 되도록 가공하지 않은 상태로 섭취한다. 그 밖에도 대문을 나서면 냉이, 민들레, 머위, 엉겅퀴, 두릅, 쑥, 취나물, 돌나물, 쇠비름 등 그야말로 들나물 거리가 지천으로 널려 있다. 그런 자연 나물들을 제때 섭취할 수 있는 건 자연과 가까이 사는 사람만이 누릴 수 있는 특권이다.

요즘 방송이나 책을 들여다보면, '내 입맛은 나의 정체성이다'라는 말을 심심찮게 접할 수 있다. 내가 어떤 사람인지는 매일 마주하는 밥상을 보면 알 수 있다는 뜻일 거다. 가만히 생각해 보니, 참 재밌는 말이다. 우리나라는 인접한 중국이나 일본과 음식문화가 매우 다르다. 백두 대간을 따라 산맥과 강이 초승달 모양의 머리빗 살처럼 서해안 쪽으로 펼쳐진 한반도에서도 강줄기 하나 건너고 산 하나 넘으면 말과 음식이 달라진다. 안동의 간고등어, 강원도의 옹심이, 제주도의 옥돔, 무안의 세발낙지, 울산의 과메기, 흑산도의 홍어도 같은 맥락에서 생각해 볼 수 있는 음식문화다. 밥상에 올라오는 음식은 내가 어디서 자라고 뭘 먹고 커왔는지, 곧 내가 어떤 사람인가를 말해주는 하나의 단서가 되는 것 같아서 흥미롭다. 어려서 들인 입맛에 따라 지금 밥상의 음식이 정해지는 걸 볼 때 그런 생각이 든다.

나이가 들어가면서 우리의 몸엔 자연스레 여러 질병이 생기기 마련이다. 현대 의학 자료들을 참고해 볼 때, 식습관이 질병의 발생을 늦추는 중요한 하나의 요인임은 분명하다. 우리가 가장 자연에 가깝게 살 때 주어진 수명을 무리 없이 소화할 수 있을 것이라 본다. 채소와 과일을 아침 식사로 하게 되면서, 우리 부부는 좀 더 자연으로 가까이 돌아가고 있다는 생각이 든다. 작다면 작고, 크다면 큰 우리 부부의 하루 한 끼 식단의 변화는 우리를 자연으로의 귀로에 동참시켜 주었다. 우리 몸의 자연성을 되찾는데 한 걸음 더 가까워지는 것 같다. 인간의 정체성은 무엇보다 자연에 뿌리를 두고 있다. 그런 점에서, 내가 먹는 음식이 얼마나 자연성에 가까운가는, 나를 넘어 인간 정체성의 본질 회복과도 밀접한 연관이 있지 않나 하는 생각이 든다.

하루 한 끼 채소와 과일 중심의 식단 변화도 내 몸의 자연성을 훌륭히 회복해 준다.

자연환경 접근용이성이 일구는 삶의 만족감

경제협력개발기구(OECD)에서 발표한 '2023년 세계 행복 순위 보고서'에 따르면, 평균적으로 세계인들은 가장 큰 행복과 삶의 만족감을 얻는 요소로 '자녀'(85%), '파트너/배우자와의 관계'(84%)에 이어 '자연환경 접근성'(80%)을 세 번째로 꼽았다. 그런데 우리나라 사람들은 비슷하면서도 다른 양상을 보였다. 우리나라 사람들 역시 '자녀'(78%), '파트너/배우자 관계'(73%)를 가장 중요한 요소로 꼽았다. 그런데 특이한 것은 '자연환경 접근성'(56%)에 대해서는 세계인들과 비교해 볼 때 상대적으로 매우 낮은 평가를 하고 있다. 우리나라 사람들에게 아직 '자연'은 행복감을 느끼는 데 있어 상당히 먼 곳에 있는 것으로 보인다.

내가 귀촌하여 살고 있는 집은 남으로 창이 나 있다. 그래서 온종일 햇볕이 자연을 안고 들어온다. 한참갈이 작은 텃밭 한쪽에 고추와 상추를 심고, 그 아래쪽 여지에는 사과나무와 살구나무를 심었다. 괭이와 삽으로 흙을 파고, 호미론 풀을 맨다. 새들의 지저귐은 여기서 사는 덤이다. 오월이 오면, 기다려지는 손님이 있다. 뻐꾸기는 내 기대를 저버리지 않고 그때쯤이면 어김없이 내 집 앞 전깃줄에 앉아 나를 부른다. 누군가 나더러 왜 고향을 놔두고 그곳에 사느냐고 묻거든, 아무 대답 없이 그저 웃을 것이다. 마음속에선 내 몸뚱이가 있는 곳이 바로 고향이라고 속삭인다.

내가 머무는 곳은 충남에서 한적하기로 소문난 지역으로, 서천읍에서 서쪽으로 한 뼘쯤 비켜나 있는 바닷가 근처에 있다. 우리 집은 마을에서 조금 외떨어진 채 나지막한 산등성이로부터 비슷하게 흘러내린 구릉지에 홀로 자리하고 있다. 이곳에서 잠을 자면 아침에 일찍 눈을 뜨게 된다. 땅의 기운이 잠을 깨우는 것 같다. 잠자리에서 일어날 때 천지의 기운이 몸을 감싸는 느낌을 받기 때문이다. 찝찌름한 비린내 섞인 바다 공기가 나를 바깥으로 유혹한다. 미명의 새벽빛이 어슴푸레 내리는 마당으로 나간다. 십여 그루의 해송들이 무리를 짓고 있는 마당 끝자락으로 가면 솔가지 사이로 부는 바람 소리가 소소하다. 저 건넛마을까지 펼쳐진 작은 평야 지대의 옆구리 너머에서 바다 내음이 바람을 타고 와 코끝을 스친다. 잠시 해송들의 무리 속 의자에 앉아 심호흡한다. 바닷가 귀촌 집에서 맞는 아침이다.

이제 막 떠오른 아침 햇살이 소리 없이 마당으로 파고든다. 뜰에 있는 작은 풀잎, 장미, 불두화, 수국, 수선화, 모란, 작약, 튤립, 동백잎에 서린 이슬들은 청초한 자연이 주는 선물이다. 가만히 그 옆에 앉아 있다가 밤새 움츠러들었던 작은 잎들이 미세하게 떨리는 움직임을 포착하기라도 하면 금세 내 몸과 영혼에는 생기가 돈다. 뜰 안은 그야말로 작은 생명체들의 세상이다. 지렁이, 애벌레, 개미, 노래기, 집게벌레, 공벌레 등이 약육강식의 원리 속에서 질서 있게 살아가고 있다. 그러니 함부로 삽이나 호미를 들이대고 화단의 땅을 파거나 헤집는다는 건 그들에게 실례를 범하는 일이다.

텃밭에 있는 채소와 과일로 마련한 아침을 간단히 먹고 나면, 아내와 함께 앞마당 끝자락의 해송 아래에서 눈 앞에 펼쳐진 들판을 바라보며 하루일과에 관해 담소를 나눈다. 농사일에 여유가 있을 땐, 마을을 뒤에서 감싸안아 주고 있는 300미터가 채 안 되는 월명산에 오른다. 그곳에 난 산길에는 이름 모를 야생화와 잡초들이 향연을 베풀고, 크고 작은 나무들의 틈새로 햇살이 미끄러지듯 내려온다. 계곡 근처의 바위에는 세월을 켜켜이 안은 이끼들이 옹기종기 모여 먼발치에서 햇살의 기운을 받고 있다.

특히 초봄의 산에 오를 때 느끼는 청량감은 산행 중 단연 으뜸이다. 누군가의 말처럼, 봄이 전하는 기쁨이 많으나 그중에서도 가장 놀라운 것은 똑같은 일들이 어김없이 일어난다는 것, 즉 변화 속에서도 여일(如一)함을 느낄 수 있다는 것이다. 생각할수록 기가 막힌 표현이다. 산길을 걷다가 한겨울을 보낸 나뭇가지에서 엷은 연두색 빛을 내는 여린 잎새들이 기지개를 켜는 모습을 보고 있노라면, 이 녀석들이 어떻게 제때를 알고 세상으로 나오는지 신비스럽기까지 하다. 초봄의 수목들 사이로 난 길을 걸으며 연둣빛 머금은 바람을 맞이한다는 건 연중 몇 번 경험하기 힘든 행운이다.

여름에도 산길은 인적이 드물어 한적하다 못해 적막하기까지 하다. 사람이 자주 다니지 않아 자유분방하게 자란 길섶의 들풀들은 좁은 산길을 따라 걷는 발목을 이따금 휘감는다. 어치, 까마귀, 딱따구리, 산비둘기가 가끔 정적을 깨뜨린다. 잠시 멈춰 휴식 겸 고개를 들어 하늘을 본다. 바람 따라 성글어지는 떡갈나무와 소나무의 우듬지 사이로, 중국의 북송 시대 시인 소동파가 '행운유수 초무정질(行雲流水 初無定質)'이라 했듯이, 구름은 바람 따라 흐르며 천변만화한다. 지나가는 사람은 어쩌다 한 번 만날까 말까 한다.

30여 분을 걸어 오르면, 산을 이쪽과 저쪽으로 구분하는 능선에 가까워진다. 산 너머 저쪽에 곧게 나 있는 고속도로를 질주하는 자동차들의 굉음이 비로소 귀에 들어오기 시작한다. 그러다 마침내 능선에 올라서면, 자동차들의 소음을 끌어안고 산등성을 넘어오는 바람결로 인해 산에 오르는 동안 내 몸을 일깨웠던 풍광의 상큼함은 기어코 일거에 사그라지고 만다. 문명과 자연은 그렇게 산등성이 하나로 갈린다. 저 건너 인간의 욕망이 질주하는 곳에는 경쟁과 다툼과 명예와 쾌락이 난무한다. 그곳에 한 번 엮이면 쉽게 빠져나오기 힘들다.

늙어도 낡지는 않아야 할 텐데, 그게 어디 마음대로 되는 일인가. 프랑스의 사상가 몽테뉴는 노년이 되면 얼굴보다 정신에 더 많은 주름이 생긴다고 하였다. 늙으면서 시큼해지고 곰팡내 나지 않는 영혼이란 없으며, 있다고 해도 매우 드물단다. 한쪽 발이 무덤 속에 있는데도 우리의 필요와 욕구는 그칠 줄 모르고 다시 태어난다고도 했다. 고대 중국인들이 상여 메고 나갈 때 불렀다는 노래처럼, 우리네 인생이란 덧없이 흩날리는 티끌에 불과한지라, 집 밖에 나서 눈 뜨고 보면 뵈느니 언덕 위의 무덤뿐인데도, 그놈의 욕망은 우리 몸 어디에서 그렇게 끝없이 솟아나는 걸까. 거대한 우주를 번쩍 들고도 남는 이성이 새털처럼 가볍고 티끌처럼 사소한 욕망에 짓눌리니, 이 또한 무슨 해괴망

측한 일인고?

노자는 〈도덕경〉에서 '천지불인(天地不仁)'이라 했다. 자연은 본성적으로 순환과 지속의 섭리 안에서 만물을 낳고 기를 뿐, 하나하나의 삶에 온정을 베풀지 않는다는 말이다. 아무런 감정도, 생각도 없어 불인(不仁)하다. 자연은 순간에 충실하되, 뒤돌아보지 않는다. 여름날 무성했던 나뭇잎들은 가을이 가까워지면 어김없이 색깔이 변하기 시작한다. 그리고 겨울이 오면, 시들지 않는 나뭇잎은 없다. 떨어지지 않는 나뭇잎도 없다. 땅속과 땅 위에 존재하는 생명체들의 밑거름으로 미련 없이 사라진다. 새로운 생명의 성분으로 전화(轉化)한다. 그것으로 그만이다. 푸르름을 만천하에 더 오래 뽐내고자 발버둥 치지 않는다. 인간만이 시중지도(時中之道)를 거스르며 욕망에 사로잡힌다, 마치 천년을 살 것처럼. 그러니 시인 이형기도 "가야 할 때가 언제인가를/분명히 알고 가는 이의/뒷모습은 얼마나 아름다운가"라고 읊었을 것이다.

고대 그리스의 스토아학파 철학자였던 에피쿠로스는 자연에 대한 탐구는 사람을 자랑하거나 허풍떨거나 교양을 과시하는 자로 만들지 않고, 재산을 자랑하는 것이 아니라 자신의 고유한 장점을 자랑하는 자로 만든다고 하였다. 그는 우리가 가치 없는 일에 주의를 쏟지 않고 영혼이 평온을 누릴 수 있는 여건을 주의 깊게 조성하고 감각에 주의를 기울인다면, 일상 자체가 재미스러운 경험일 수 있음을 일러주었다. 〈데미안〉의 작가 헤르만 헤세 또한 지친 몸을 추스르고 일상의 피로에서 벗어날 수 있도록 도와주는 것은 거창한 쾌락이 아니라 사소한 재미라고 했다. 자연과 가까이 생활할 때, 우리는 욕망의 광기에서 잠시라도 벗어나 그런 재미를 소소하게 경험할 수 있다. 자연환경의 접근용이성은 무엇보다 우리 안에서 점차 시들어 사라져가는 자연성에 생기를 불어넣어 준다는 데 의의가 있다.

자연환경의 접근용이성은 내 안의 자연성에 생기를 불어넣어 주는 허파꽈리다.

과유불급(過猶不及), 사위의 위치

사위를 백년손님이라고 한다. 그만큼 오랜 세월이 지나도 예의를 갖추어 대접해야 할 사람이라는 뜻일 것이다. 처가 쪽 사람들이 사위를 대할 때 주로 사용하는 말이라는 점에서, 아무래도 딸이 시가에서 좋은 대접을 받으며 잘 살기를 바라는 마음이 깃들어 있는 말로 여겨진다. 시가 쪽 사람들이 며느리를 대할 때는 어떠해야 하는지에 관해서는 그에 해당하는 말이 없는 것으로 보아, 남성 중심의 우리 사회 문화가 반영된 것으로 볼 수 있다. 사위는 개[犬]자식이란 말도 있다. 백년손님으로 대접해 주었건만, 막상 처부모에게 기대치를 충족시켜 주지 못한 서운함에서 처가 쪽 사람들이 얼큰하게 한잔 걸친 후 농반진반에서 사위를 지칭하는 말로 사용하지 않았나 한다. 처가 쪽에서 사위라는 존재는 가까이 하기도 그렇다고 너무 멀리하기도 어려운, 불가근불가원의 대상인 셈이다.

[1] 20여 년 전 어느날, 장인과 장모는 가족들이 모두 모인 가운데 결혼 60주년을 기념하는 금혼식을 올렸다. 처부모는 슬하의 1남 3녀 자식들이 모두 혼인하여 며느리도 얻고 사위도 셋 들였다. 손주도 9명을 안아보았다. 당신들도 건강하고 어느 자식 하나 잘못된 경우가

없으니, 자식들이 마련한 조촐한 금혼식은 나름대로 의미가 있었다. 난 맏사위로서, 아내와 몇 주 전부터 구체적인 프로그램을 구안하며 그날의 행사를 준비했다.

경제적 여력이 충분치 않았던 우리 실정상, 가족들이 모두 모일 장소를 선정하는 일이 쉽지 않았다. 다른 일반 손님 없이 우리 가족만 모일 수 있는 곳, 그러면서도 장소 대용 비용이 너무 과하지 않는 곳, 꼭 모셔야 할 몇 분의 일가친척이 쉽게 찾아올 수 있는 접근성이 용이한 곳, 음식 메뉴와 가격이 적절한 곳 등등을 따져가며 꼼꼼히 챙겨 결정했다. 두 분도 만족해하셨고, 찾아주신 친척들도 부러워했다. 그렇게 행사는 잘 마무리되었다.

몇 주 후, 아내가 친정에 다녀오더니 볼멘소리를 흘렸다. 친정집에서 형제들을 만났는데 무슨 일이 있었던 모양이다. 뒷담화의 요점은 '왜 사위가 나서서 금혼식을 주관하느냐, 엄연히 아들이 있는데…'라는 불만이 형제들 사이에서 나왔다는 것이다. 난 그 말을 듣고 사위도 자식인데 '내가 뭘 잘못했나?'라며 순간적으로 당황했다. 아무리 생각해 보아도 특별히 뭘 잘못했는지가 떠오르지 않았다. 시간이 지나면서 내 마음속에선 차츰 반감이 일었다. '처가 형제들이 오히려 나에게 감사해야 할 일이 아닌가?'라는 생각이 다른 고려를 가로막았다. 나름대로 열심히 준비해서 한 행사인데, 서운하다는 느낌을 떨칠 수 없었다.

[2] 장인이 진주 농림고등학교를 다닐 때 6.25 전쟁이 터졌다. 장인은 당시 부모의 반대를 뒤로 한 채, 학도병으로 참전했다. 낙동강 전선에 투입되었고, 그 과정에서 오른쪽 허벅지 부위에 수류탄 파편이 박혔으나 그 사실을 모른 채 60여 년의 세월을 흘려보냈다. 이후 우연한 기회에 그 사실을 알게 되었고, 검증 과정을 거쳐 국가유공자로 대우를 받게 되었다. 그래서 건강에 이상이 생기면 주로 서울 강동구

둔촌동에 있는 중앙보훈병원을 찾았다.

무릎관절에 통증이 심해 그곳에서 수술도 받았다. 그런데 구순이 가까워져 오면서 신체 여기저기에서 병세가 심각해지자 장인어른은 집 가까운 대학병원을 찾아 다양한 검사를 받았다. 평소에 장인은 건강에 관심이 많았던 분이셨다. 작년의 일이다. 장인은 갑자기 닥치는 심한 통증을 견디기 어려워 집 근처에 있는 대학병원 응급실을 찾는 일이 잦아졌다. 다급한 목소리에 긴박감이 감도는 응급실 침대 위에 누워 어떤 때는 꼬박 이틀을 대기하기도 하였다. 겨우 입원이 허가된 이후에도 복잡한 검사가 거의 매일 진행되었다. 퇴원 후 어느 날, 며칠 전에 했던 검사 결과를 담당 의사로부터 듣는 날이었는데, 마침 그날 아내가 다른 볼일이 있어 나 혼자 장인어른을 모시고 갔다. 60대 초반으로 보이는 담당 남자 의사가 결과를 설명하다가 나를 빤히 쳐다보더니 환자와 어떤 관계인가를 물었다. "사위"라고 대답했다. 그러자 그 의사는 컴퓨터 모니터로 얼굴을 돌리며 "다른 가족은 없나요?"라며 퉁명스럽게 반문하는 게 아닌가. 순간적으로 나는 혼란스러웠다. '사위 가족이 아닌가?'

[3] 내 본가의 누이동생 남편인 매제는 나이가 나보다 3살이 더 많아 우린 서로 '형님'이라 부른다. 매제는 전통적인 관습에 따라 나를 그렇게 호칭했고, 난 인척 관계 이전에 연장자로 대우하여 그렇게 부르고 있다. 그런데 우리 형제자매들이 어머니와 이런저런 일로 갈등이 일어나면 매제는 자기 아내인 내 여동생과 함께 어머니를 세차게 공격하곤 한다. 어머니 입장을 변호하는 내게 아무리 부모라 하더라도 잘못된 건 눈물이 쏙 빠지도록 지적해서 고쳐야 한다며 불만을 토로한다.

그런 일이 자주 반복되다 보니, 어머니도 사위를 살갑게 대하는 것 같지 않아 보였다. 조세(바다에서 굴을 캘 때 쓰는 갈고리 같은 도구)로 콕콕 찍어 굴을 따듯, 차갑기 이를 데 없는 말로 어머니 마음을 콕콕 찌르는 딸도 미운데, 옆에서 말리기는커녕 그런 딸을 거드는 사위가 좋아 보일 리 만무했을 것이다. 그럴 때마다 난, 집안의 풍속이나 성장 과정의 서사가 다를 텐데, 매제가 장모한테 그렇게 불만을 품는 모습이 내겐 영 마땅찮아 보였다. 때론 어머니가 사위 앞에서 당황해하는 모습을 보고 있노라면, 뭔가 거북하고, 속이 뒤틀릴 때도 있었다. 어머니는 가끔 내게 사위 앞에서 제 엄마를 무례하게 대하는 딸이 그렇게 미울 수가 없다고 했다. 당신 처지가 너무 창피하다는 것이다.

매제가 우리와 인척이 된 지 어언 40여 년이 되어가는데도, 여전히 우리 집안의 일에 관한 한 이방인으로 느껴지는 걸 부인하기가 어렵다. 여동생이나 그 남편인 매제의 말도 일면의 일리가 있는 건 물론이다. 다만, 부모 세대와 어떤 사안에 관해 이야기할 때는 합리성의 잣대만으로 판단하고 결정하려 들지 말아야 한다는 내 나름의 기준에서 볼 때 그런 생각이 든다는 말이다. 내가 처가 식구들한테서 들었던 불만들이 내 안에서도 그 내용, 그 강도 그대로 꿈틀대고 있었다. 여기서든 저기서든, 사위는 역시 사위인가 보다 하는 생각이 든다.

[4] 몇 해 전, 한 해가 저물어가는 무렵에 딸아이는 결혼하여 88 올림픽 조정 경기가 열렸던 미사리 근처의 작은 오피스텔형 건물에 신혼살림을 차렸다. 그 무렵, 우리 부부도 어린 자녀들을 키우며 함께 30여 년 가까이 살았던 정든 집을 떠나 새집으로 입주를 준비하고 있었다. 우리 부부는 여러 선택지를 고려하다가 살던 집을 딸에게 증여하기로 했다. 법무사에게 증여 절차를 의뢰한 후 납부할 세금을 물었다. 법무사는 자녀들에게 공동으로 증여하는 것이 절세에 도움이 된다고 했다. 우린 계획을 수정하여 딸과 사위에게 증여하겠노라고 했다. 그러자 법무사는 우리 부부를 빤히 쳐다보더니 다른 자녀가

없냐고 물었다. 아들이 있다고 하자, 그런데 왜 사위에게 증여하려 하느냐며 의아해했다. 자녀와 사위에게는 세금이 적용되는 비율이 달랐다. 사위에게 양해를 구한 후, 최종적으로 딸과 아들에게 증여하였다. 결혼했으면 당연히 사위도 법적으로 자녀와 같은 지위를 얻는 줄 알았던 우리 부부의 무지만 도드라져 드러났다.

〈논어〉에 "군군신신부부자자(君君臣臣父父子子)"라는 구절이 있다. 사람은 각자 자신의 위치에 맞게 처신하라는 말이다. 아버지는 아버지답게, 자식은 자식답게, 사위는 사위답게 행동하라는 것이다. 자기의 위치를 벗어나 자칫 남의 영역을 침범이라도 하면, 침범당한 사람들로부터 눈치나 비난을 듣기 마련이다. '~답게'라는 말은 너무 지나쳐도 안 되고, 너무 소홀해도 안 된다는 것을 암묵적으로 시사한다. 사위의 위치는 과유불급이란 말이 딱 어울린다. 그래서 난 요즘엔 처가 식구들을 보면 조심스러워진다. 환갑이 훌쩍 넘어서 이제야 철이 드는 모양이다.

내가 병원 의사로부터 들었던 말이나, 처제들로부터 나댄다는 평가를 듣는 것도, 매제의 행동을 보며 내가 느끼는 것도, 그리고 법무사에게서 들었던 권유도, 원초적 본능에서 우리는 사위를 돌아서면 남이 되는 이방인으로 여기고 있다는 것을 방증한다. 이성을 지닌 동물이니, 사유하는 존재니, 등등 인간을 칭송하는 말은 많으나, 몸안에는 여전히 원시적 동물의 피가 흐른다는 생각을 지울 수 없다. 어찌 보면, 지극히 당연한 일이자 자연스러운 이치이기도 하다. 정치인들 사이에서 "정치는 국민보다 반보 앞서야 한다"라는 말이 회자한다는데, 사위는 처가의 일에 처 식구들보다 반보 뒤에 있는 게 사위'답게' 사는 길이 아닌가 싶다.

사위는 처가 식구들보다 반보 뒤에 서는 게 자연성에 더 가까워 보인다.

감정, 그 참을 수 없는 존재의 가벼움

사람들이 어떤 사안에 대해 갖는 감정의 무게는 어느 정도일까? 뒷산의 바위만큼 무거워 미동도 하지 않을까? 아니면, 너무 가벼워서 잠든 사람의 콧바람에도 이리저리 흩날릴까? 내게 그걸 잴 수 있는 저울이 있다면, 감정을 한번 재어보고 싶다. 나이 들어가면서 필자가 절절하게 느끼는 건, 새털보다 가벼운 게 티끌이며, 그보다 가벼운 게 인간의 감정일 것이라는 확신이다. 미풍에 갈댓잎이 사그락거리며 흔들리듯, 바다의 잔물결에 미역잎들이 흐느적거리듯, 우리 인간의 감정은 무시로 변한다. 아니, 내가 그러하다. 아무런 실질적 변화도 없는 일을 갖고 내 삶에 무슨 치명적인 대변혁이 일어나기라도 할 듯 끓었다 식기를 반복하는 내 자신의 감정이 그렇게 가벼워 보일 수 없다.

[1] 일주일 전 지방에 있는 작은 절에서 어머니의 49재 의식이 치러졌다. 의식은 어느덧 마무리 단계에 접어들어 이승의 업을 모두 내려놓고 이제 저승으로 떠나가는 어머니의 영가와 이별을 고하는 순서로 이어졌다. 의식을 주도하는 스님을 따라 나도 '영가전에'를 독송하였다. "제행은 무상이요, 생자는 필멸이라. …애착하던 사바 일생 하룻밤의 꿈과 같고, 나다 너다 모든 분별 본래부터 공이거니, 빈손으로 오셨다가 빈손으로 가시거늘, 그 무엇에 얽매어서 극락왕생 못하시냐"

를 독송하는 데, 나도 모르게 눈물이 뺨을 타고 흐르기 시작했다. 곧이어 주체하기가 힘들 정도로 쏟아져 내렸다.

어쩌다 한데 모이면, 자식들은 어머니의 행태가 못마땅하다며 큰소리로 쏘아붙이기 일쑤였다. 당시의 광경들이 주마등처럼 빠르게 지나갔다. 남편 떠나고 노후에 홀로 남아 자식들로부터 어머니로서 대접을 받기는커녕, 몇 푼어치도 안 되는 유산 문제로 당신의 가슴을 도려내는 원망 소리에 수많은 밤을 어떻게 남몰래 눈물로 지샜을까? 가시방석 같은 자리에서 어서 벗어나고자 '나 좀 얼른 데려가 줘요'라며 애타게 외쳐도 기다리는 '고도'는 아무런 기척이 없으니, 자식들의 원망 소리는 어머니의 가슴 구석구석에 시뻘건 멍으로 맺혔을 것이다. 어머니의 가슴에 맺힌 그 검붉은 멍들이 내 눈을 타고 신음으로 흘러내렸다. 이제 영영 그 칼칼하던 목소리마저 들을 수 없다는 사실이 애달팠다. 어머니와의 사바세계에서의 인연은 그렇게 막이 내렸다.

어머니는 기다리고 기다리던 '고도'의 주인공과 상봉하였을 것이다. 그동안 가슴속에 담아두었던 말 못 할 사연을 사나흘 밤이 다 가도록 당신이 즐겨 부르시던 베틀노래를 장단 삼아 삼베 실타래 풀 듯 하나하나 풀어놓으시길 엎드려 기도한다. 그러면 남편으로부터 '잘 참고 견뎌냈소', '참으로 수고 했소', '이제 자식들 다 잊어버리고 우리 편히 지냅시다'라는 위로라도 받지 않겠는가. 부모는 누구나 그렇게 가는데, 이제는 밥 먹고 살만하면서도 자식들은 뭐가 그리 서운해서 모처럼 모이기만 하면 어머니의 행태를 트집잡아 목소리를 높였던 걸까. 잠시 후면 다신 돌아올 수 없는 저세상으로 떠나는 그 찰나를 못 참고!

[2] 현재 귀촌하여 거주하고 있는 집을 구매한 후 맨 처음 했던 일은 경계를 측량하는 것이었다. 그래야 내 소유의 토지가 어디까지인지를 명확히 알 수 있고, 그에 따라 후속적인 정지 작업이 진행될 수 있다고

판단했기 때문이었다. 이를 위해 한국국토정보공사에 지적측량을 신청했다. 관계자들은 측량을 시행하고 그 결과를 확인할 수 있는 경계 표시용 붉은색 플라스틱 막대를 요소요소에 박았다. 경계 막대를 확인하는 순간, 나는 무척 당황할 수밖에 없었다. 내 집 옆으로 나 있는 아스팔트로 포장된 지방도로가 내 토지의 경계 내를 관통하고 있지 않은가. 인터넷 네이버나 구글의 지도상에도 엄연한 지방 도로처럼 나타나 있다. 그 길은 마을 주민들뿐만 아니라 내 집 앞을 지나는 일반 사람이나 차량이 이동하는 도로로 이용되고 있었다. 또한 내 소유권 범위 안에 있는 기다란 모양의 밭 양쪽 끝자락 상당 부분이 뭉텅이로 잘려 원래 맹지인 옆 농지에 편입되어 있었다. 맹지 주인들이 내 밭의 양쪽 끝자락을 트랙터 같은 농기계들이 출입할 수 있도록 무단으로 전용하고 있었다.

측량이 끝난 지 몇 주가 지난 어느 날, 공사 관계자로부터 전화가 왔다. 새로 측량한 결과에 따라 등기부상에 기재되어 있는 토지 면적의 수치가 달라질 수 있다는 통보였다. 관계자의 말은 면적의 수치가 더 커질 수도 있고, 줄어들 수도 있다는 것이다. 최종적인 결과는 서류로 작성하여 나중에 집으로 보내준다고 했다. 아니 이럴 수가! 등기부에 기록된 면적에 준해서 그에 해당하는 비용을 지급하고 토지를 구매했는데…. 그러잖아도 멀쩡한 내 소유 구역의 토지에 지방도로가 관통하고 있질 않나, 밭 양쪽 끝자락의 상당 부분이 무단 점유되어 다른 사람의 소유지처럼 사용되고 있는데, 등기부상의 면적마저도 달라질 수 있다 하니, 참으로 속이 상했다. 늘어날지, 줄어들지도 모르면서 말이다.

결과적으로, 내 토지의 면적이 비록 수치상으로지만 약 300㎡가 늘었다. 가만히 앉아 90여 평의 땅을 더 얻은 셈이다. 참 재미있는 일이 아닐 수 없다. 심리적으로는 지방도로로 편입된 토지에 대한 상실감을 상쇄해 주고도 남았다. 만약 그 반대였다면 어땠을까? 도로로 편입된 땅이나 하루아침에 줄어든 등기부상의 토지 면적을 어디 가서, 누구에게 하소연하겠는가? 이런 결과가 나온 까닭은 현재 등기부상의 면적 수치는 일제 강점기 때 처음 측량하여 기록된 것으로, 현재는 측량 기술이 발달하여 그런 차이가 발생할 수 있다고 하였다. 면적이 줄어들면 어쩌나 하고 초조하게 가슴 졸이던 걱정과 불안은 가뭇없이 사라지고 금시에 좋아져서, 아무도 없는 텅 빈 마당에서 하늘을 향해 소리 없는 미소를 머금은 채 속으로 쾌재를 불렀다. 에라, 이놈의 감정아! 에라, 이놈의 인간아!

만물의 영장이라는 인간의 감정은 눈꺼풀의 움직임보다 더 빠르게 변한다.

자연의 법칙성 안에서 사는 삶

자연과 인간의 관계성

자연과 인간은 어떤 관계성일까? 아니 그보다 어떤 관계성이 바람직할까? 전자의 물음은 사실을 묻는 것이고, 후자는 가치를 묻는 말이다. 그래서 전자의 물음에 대한 답에 대해서는 내가 어찌할 수 없는 노릇이나, 후자에 대해서는 내 의지가 개입될 여지가 많다. 불과 몇 세기 전만 해도, 인간은 철저히 자연과의 관계성에서 '을'의 위치에 있었다. 가뭄이 지속되면 사람들은 밥줄인 식량을 걱정하며 등에 땔감을 매고 근처의 높은 산에 올라 기우제를 지냈다. 그런가 하면 폭풍우가 일고 번개가 치면 사람들은 공포에 떨어야 했다. 지금도 기본적으로는 마찬가지다. 빗줄기가 한 시간만 세차게 내려도 우리는 살고 있는 거처의 안전에 안절부절못한다. 지진이라도 일라치면, 아비규환이 따로 없다. 자연에 속절없이 굴복할 수밖에 없는 처지다.

여기서 잠깐 '갑을관계'에 관하여 알아보자. 사람들은 왜 항상 높고 낮음의 관계를 그렇게 표현할까? 갑(甲)과 을(乙)이라는 글자를 살펴보자. 그 안에 힌트가 있다. 이 두 글자는 각각 천간(天干)의 첫 번째와 두 번째에 해당한다. 천간은 고대 사람들이 날짜를 셀 때 세던 단어를 아울러 이르는 말이다. 〈설문해자〉에 보면, 甲(갑) 자는 봄날의 양기에 싹이 막 발아하니, 줄기 위에 씨앗 껍질을 이고 있는 모습을 상형화한 것으로, 사물의 시작점을 의미한다. 그리고 乙(을) 자는 씨앗 껍질 안의 싹(甲)이 땅 위로 올라오는 데 앞이 막혀 구부러져 나오는, 즉, 그 움터 나옴이 어려운 모양을 상형화한 것으로 두 번째를 뜻한다.

그래서 갑과 을이란 글자는 차례나 등급을 구분할 때 자주 사용된다. 지역 선거구를 획정할 때도 갑, 을, 병, 정으로 명칭을 부여한다. 최근에 사회문제화되고 있는 '갑을관계'라는 말도 등급을 구분하는 데서 연유한다. 보통 계약서를 작성할 때 주도권을 지닌 쪽을 갑, 그 반대의 사람이 을에 해당한다. 달리 말하면, 재화나 노동력을 제공받는 대신에 그 대가로 보수를 주는 쪽은 갑이고, 보수를 받고 그 대신 재화나 노동력을 제공해 주는 쪽이 을에 해당한다. 사실 그 둘 사이의 관계는 본디 평등하다. 서로 필요한 것을 주고받는 쌍무적 관계이기 때문이다. 그런데 실제로는 둘 사이가 등급이 매겨진, 불평등한 관계이다. 돈이 그 둘 사이의 관계성을 그렇게 규정 지어버린다.

자연과 인간의 관계로 다시 돌아가 보자. 그 둘도 계약서만 없지, 실제로는 등급이 정해져 있는 것이나 마찬가지다. 자연은 갑의 위치에 있고, 인간은 을의 위치에 있다. 인류는 이러한 차등적인 갑을관계를 청산하기 위해 자연을 정복하고자 노력을 해왔다. 우리는 그런 노력의 결과를 문명이라 일컫는다. 인류가 지금까지 발전시켜 온 문명은 다름이 아닌 자연과의 갑을관계를 역전시키고자 한 일종의 발버둥이라 할 수 있다. 자연의 질서에 역행하는 행동을 우리 인간은 '과학'이란 이름으로 방패막이하며 이어온다. '천명(天命)'을 중하게 여기는 사람들이 보기엔 괘씸하기 짝이 없는 행태일 것이다.

인간은 과연 사실적 관계성으로서 자연과의 갑을관계를 역전시킬 수 있을까? 아니, 꼭 그래야만 우리 인간에게 좋을까? 과학기술의 발달로 자연과 인간의 관계가 갑을관계에서 그 반대로 바뀔 수 있을지, 난 회의적이다. 어떤 식으로든 자연은 우리 인간을 지배할 것이다. 즉, 자연과 인간의 사실적 관계성은 변하지 않을 것이다. 기후 위기가 이를 잘 증명해 주고 있다. 우리에게 재앙을 예고하고 있지 않은가?

모든 생명체는 진화 과정에서 자신이 생존해 나가는 데 적정한 온도를 찾아냈고, 이후 그 온도 범위 내에서 생존을 유지하고 있다. 사과 재배의 북방한계선이 점차 올라가고 있듯이, 기후 변화는 이 한계 범위를 파괴하고 있다. 우리가 텔레비전 광고에서 자주 보듯, 온난화로 인해 깨져 조각난 작은 얼음덩어리 위에서 북극곰이 힘들어하고 있지 않은가? 생명체가 자칫 멸종할 수도 있다. 그런 점에서 난 인간과 자연이 서로 공존할 수 있는 어떤 조화를 모색하는 것이 오히려 더 바람직하다고 생각한다.

가을이 찬바람에 조금씩 밀려나는 즈음의 우리 농촌에는 따스한 정감을 불러일으키는 여러 가지 풍광이 있다. 하지만 나뭇잎이 다 떨어진 헐렁한 가지들의 꼭대기에 빨간 감이 몇 개 달린 모습은 그 가운데에서도 으뜸이다. 우리는 그 감을 '까치밥'이라 이른다. 겨울이 왔을 때 먹이를 찾지 못하는 새들이나 작은 짐승들이 한 끼의 먹이라도 해결하라고 남겨놓은 감을 그렇게 일컫는다. 내 어릴 적 기억을 되살려보면, 실제로 다 딸 수도 있지만 당시의 사람들에게는 남겨놓는 마음의 여유가 분명히 있었다.

내 귀촌 집에는 이전에 살던 주인이 20여 년 전에 심었다는 감나무들이 집의 남쪽만을 남긴 채 빙 둘러 있다. 여름에 태풍이 불지 않으면, 가을날에는 가지에 붙어 불그스름하게 익어가는 감들이 무척 탐스러워 보인다. 텃밭에서 일하다 시장기가 느껴지면, 그 가운데 먼저 익어 말랑말랑해진 감을 찾아 두어 개 따먹으면 배고픔이 싹 가신다. 그런데 어쩌다 잘 익은 감을 발견하여 장대로 따서 먹으려 보면, 눈에 보이지 않던 반대쪽엔 속이 텅 비어 있다. 직박구리나 까치가 여지없이 쪼아 먹은 것이다. 잘 익은 감마다 부리로 쪼아 먹어 폭 패어 있다. 그들이 야속하다. 내가 그들을 위해 남겨놓을 것이 아니라, 그들더러 나를 위해 몇 개 남겨놓으라고 호소해야 할 형편이다.

텃밭 한쪽에는 나의 놀이터가 있다. 그곳에는 내가 5년 전에 심은 사과, 배, 초크베리가 자라고 있다. 홍로, 부사, 신화, 초크베리를 골고루 몇 그루씩 심었다. 4월경에 사과꽃과 배꽃이 드러내는 화사한 자태는 봄밤의 달님도 시샘을 부릴 정도다. 무더운 여름날을 잘 견뎌낸 사과들이 붉은 기를 머금고 제법 사과 형태를 갖추어 가면, 그동안 당했던 아픔을 교훈 삼아 과수밭 가장자리에 긴 장대를 대여섯 개 박은 다음 새그물을 치는 작업을 한다. 그렇지 않으면, 십여 마리씩 떼 지어 다니는 어치들이 어떻게 알고 오는지 사과의 잘 익은 부분만 골라 콕콕 찍어 먹는다. 배는 종이로 씌워놓으니 그런 피해를 보지 않는다.

그런데 새 그물망을 씌우는 작업이 만만치 않다. 높이도 그렇거니와 가늘고 가벼운 그물을 온전하게 펼쳐 고정하는 일이 손에 익숙하지 않아 여간 힘든 일이 아니다. 언젠가 내가 그물망을 씌우느라 사다리 위에 올라가 고초를 겪고 있을 때였다. 지나가던 동네 할머니가 이를 지켜보더니 화살촉보다 더 날카로운 말 한마디를 내게 던졌다. "아니, 왜 그리 고생해요? 새들하고 같이 나눠 먹으면 되지." 그 말에 분주하게 움직이던 내 손이 멈칫거렸다. 뒤통수를 한 대 얻어맞은 기분이었다. 얼마나 야박하게 보였으면 그런 핀잔을 했을까, 하는 생각이 들어 사다리에서 내려와 잠시 물 한 잔 마시며 그물망을 치게 된 동기를 되돌려보았다. 하지만 그물망을 치지 않을 수는 없다고 재차 결론을 내렸다. 사과 농사를 온통 망칠 수는 없는 노릇이었다. 그 할머니의 충고에 대한 대안이 떠올랐다. 텃밭이 아닌 집 뒤쪽에 큰 사과나무 한 그루가 있다. 그 나무는 그물망을 씌우지 않고 새들의 간식거리로 남겨두기로 했다. 그건 새들과의 타협책이었다.

언젠가 읽었던 어느 글 한 토막이 내 뇌리에 남아있다. 그 글을 쓴 작자도 나처럼 도시에서 생활하다 어떤 계기로 시골에 내려와 허름한 집을 손질하여 아내와 함께 생활하고 있었다. 그런데 저녁에 잠자리에 들려다 보면 이런저런 벌레가 방바닥이나 천장 모서리에 기어다니는 것을 자주 목격했다. 심지어는 아침에 일어나 이부자리를 개려고 이불을 젖히면 그 안에 커다란 지네가 있어 기겁하기도 했다 한다. 그러면서 처음엔 왜 내 집에 이런 녀석들이 들어와 살려 하는지 꽤씸한 생각이 들었다고 했다. 그런데 차츰 생각이 바뀌었단다. 저 녀석들이 내 집에 침입한 게 아니라, 원래 저 녀석들이 살던 공간에 자기가 침입한 것임을 깨닫게 되었다고 했다. 그래서 오히려 그들에게 미안하다는 생각이 들었다는 것이다. 생각이 그렇게 바뀌자, 그 녀석들이 밉지 않게 되었다고 했다. 인간은 자연에서 태어나 자연으로 돌아간다. 우리는 자연과 인류의 갑을관계가 공멸의 길이 아닌, 자연의 법칙 안에서 공존의 길이 되는 지혜를 모색해야 할 것이다. 나이가 들어갈수록 바람이 불면 부는 대로 살아가는 삶이 편하게 느껴진다.

인간의 삶은 끝내 자연의 법칙성 안으로 수렴된다.

항산(恒産)이 있는 생활

내가 교단에서 퇴임하기 전까지는 이웃이란 존재가 나에게 별반 의미가 없었다. 내 생활의 거의 전부가 학생들을 대상으로 하는 교육에 초점이 있었기 때문이다. 그런데 막상 퇴임하게 되자, 오랜 세월 강의와 연구가 차지하고 있던 나의 심리적, 정신적 공간이 한순간에 텅 비어 버렸다. 공허하다는 말은 이런 경우에 딱 들어맞는다. 갑작스레 몰아닥친 허전함이, 예상은 했지만, 의외로 상당한 무게감으로 다가왔다. 어느 순간, 그 공간에 이웃이 밀고 들어온 것이다. 달리 말하면, 연구와 강의가 차지했던 나의 세계에 '사람'이 들어선 것이다. 그 사람들은 다름 아닌 시골의 이웃이다.

어느 자료에 따르면, 현재 우리나라의 귀촌 평균 연령이 56.4세이다. 5060세대가 70% 정도로, 40대 이하의 귀촌 인구를 압도하고 있다. 이런 흐름에 곱잖은 시선도 있다. 도시에서 누릴 것은 다 누리고 늘그막에 시골로 내려와 촌락의 분위기만 흐트러뜨린다고 비판하는 사람들이 있다. 농사나 바닷일로 원주민들은 바빠 죽겠는데, 귀촌한 사람들은 운동한답시고 눈과 코 부분만 뚫린 천으로 얼굴을 가린 채 한가로이 마을 길을 활보하고 다니는 모습이 곱게 보이지는 않을 것이다. 그러다 보니 귀촌하여 생활하는 사람들과 마을 주민들 간에는 보이지 않는 심리적 벽이 생기면서 관계가 소원해지기도 한다. 심지어 어떤 곳에선 서로 간에 알력 다툼이 벌어지는 사례도 있다. 도시민들이 귀촌한 사람들끼리 모여 사는 지역을 선호하는 것도 그와 무관하지 않을 것이다.

도덕의 원리가 가장 필요한 영역이면서도 정작 실제로는 이성이 도덕의 진보를 이끌지 못하고 있는 유일한 영역이 이웃과의 관계가 아닌가 하는 생각이 든다. 도시에서의 삶은 참 팍팍하고 **빡빡**하다. 고층아파트에 사는 사람이 지하 주차장에 차를 세운 후 집으로 올라가기 위해 엘리베이터가 있는 입구로 걸어간다. 어떤 사람이 십여 미터 앞서가고 있는 모습이 보인다. 뒤따라가던 사람이 엘리베이터 도착 소리에 서둘러 그 앞에 당도하면, 엘리베이터는 바로 직전에 출발해 버린다. 몇 초를 기다려주지 않고 마감 시간에 은행 철문이 닫히듯 '닫힘' 버튼을 누르고 혼자 올라간다.

이웃사촌이란 말은 이제 도시인들의 삶에는 도무지 어울리지 않는다. 도시의 이웃은 서로 독립성을 존중해 주는 삶을 선호한다. 이웃은 그저 잘 모르는 낯선 사람들 그 이상 그 이하도 아니다. 가벼운 인사조차 잘 나누지 않는다. 서로 모르고 지내는 걸 오히려 더 편하게 생각한다. 혼자 혹은 가족끼리 조용히 살고 싶어 한다. 이웃에 누가 살고 있는지를 알아두면 언젠가 도움을 받을 일도 생길 것 같은데, 전혀 그렇게 인식하지 않는다. 그러니 엘리베이터를 타도 그 안의 벽에 붙어 있는 '서로 인사합시다'라는 표어를 서로 쳐다보고 있을 뿐 상대를 바라보며 인사를 나누진 않는다.

이웃과 교류 없어도 사는 데 불편함을 느끼지 않는다. 실제로 도시에선 그럴 일도 별로 없다. 몸이 불편하거나 집에 무슨 일이 생겨 이웃에 도움을 요청할 일이 있으면 아파트 경비실이나 생활 관리센터, 혹은 119 등 공공기관을 찾는다. 한때 도시에서 관심의 초점이 되기도 했던 층간 소음으로 속앓이를 하는 사람이 이젠 사라지고 있다. 이웃에서 소음이 들리면 바로 경찰을 부른다. 낯모르는 사람의 도움을 받고, 그에 합당한 적절한 보상을 지급하는 것이 훨씬 더 개운하다. 잔머리 굴리며 복잡하게 관계를 이어가는 것을 싫어한다.

그런데 이제 나에게 있어서 여생은 이웃과 함께하는 생활이 주된 일이다. 비록 일주일을 며칠씩 나눠 생활하는 중간 형태이긴 하지만, 내가 귀촌하여 생활하는 목적은 자연의 풍광을 만끽하고자, 마음의 여유를 즐기고자, 혹은 그동안 열심히 일했으므로 휴식을 취하고자 하는 데 있는 것만은 아니다. 은퇴자를 대상으로 한 연구에서도 나타나듯이, 여가 활동을 통해 삶의 만족도가 유지되는 기간은 기껏 1년 남짓이다.

도시의 아파트에 갇혀 쳇바퀴 돌아가듯 생활하다 보면, 느는 건 약봉지요 주는 건 근육이다. 내가 이런 생활을 선택한 주된 까닭은 소비적인 삶보다는 생산적인 삶을 추구하는 것이 가치 있다고 여기기 때문이다. 그러려면 움직여야 하고, 따라서 필연적으로 이웃하고 관계를 맺으며 살아야 한다. 이웃 사람들이 나를 경계하거나 나에게 관심을 보이지 않는다면, 그건 내가 필요하지 않다는 신호일 것이다. 그럴 경우, 그건 내가 상정하는 미래의 삶의 방식과는 엇갈리는 일이다. 그들이 내가 필요하다면, 나를 찾을 것이다. 그래서 '이웃에게 필요한 사람이 되자'라는 나름의 생활 지침을 정하고 노력한다. 최소한 이웃으로부터 배척당하는 처지가 되어서는 곤란하지 않겠는가.

처음 이곳에 왔을 때, 내 집으로 들어가는 입구에는 아름드리 해송 10여 그루가 옹기종기 모여있었다. 소나무 근처가 마치 마을 쓰레기장인 양 온갖 폐기물로 덮여 있었다. 고장 난 경운기, 녹슨 철근, 바다에서 사용하고 버린 그물, 찢어진 농사용 검정 비닐, 공산품 빈 껍질 등이 그야말로 난무했다. 장비를 동원해서 말끔히 치웠다. 그리고 덩굴장미, 목련, 상사화, 설중매, 동백을 심고, 소나무들 사이에 있는 공간에 붉은 벽돌을 깔고 그 위에 탁자와 의자를 놓았다. 마을 주민들이 이구동성으로 공원이 되었다고 반긴다. 내 집을 가꾼 것이지만, 마을 주민들에게도 뭔가 긍정적인 기운을 드리고 있다는 생각에 기분이 괜찮았다.

이웃에게 필요한 존재가 되고자 하는 나의 다음 노력은 농사일을 거드는 것이다. 아직은 나 자신이 농사일을 잘 알지 못하여서, 이웃 주민들이 농토에서 일을 할 때 곁에서 도와주는 수준에 그치고 있다. 쪽파도 같이 뽑고, 밭고랑을 만들 때 삽으로 흙을 들어 올리고, 콩밭에 지주를 세우면 망치로 박는 일을 돕는다. 그러면 주민들은 나와 아내의 이런 작은 도움에도 그냥 지나치지 않는다. 파를 뽑아드리면 파를 한 움큼씩 집어준다. 고추를 따드리면 고추를 한 바가지 가득 채워준다. 바다에서 힘들게 일해 잡은 주꾸미를 내 팔뚝 길이의 비닐봉지에 반을 훌쩍 넘게 담아 준다. 내가 들이는 노력에 비해 너무 많은 보상을 받는다.

내 주변엔 시골 생활에 대해 부정적인 견해를 가진 사람들이 꽤 있다. 몸이 아팠을 때 주변 가까이에 병원이 없다, 즐길 수 있는 문화적 공간이 부족하다, 다양한 생필품을 구매할 수 있는 대형마트가 없다, 같이 대화하고 지낼 수 있는 친구가 없다, 끊임없이 일해야 한다, 세상사와 담을 쌓게 된다, 지네나 지렁이와 같은 징그러운 벌레가 지천으로 깔려있다, 등등이 그런 이유로 자주 거론된다. 물론 시골엔 대형 병원이 없다. 백화점이나 서울의 경동 시장과 같은 대형 시장도 없다. 앞집, 옆집, 뒷집엔 노인들이 주로 산다.

하지만 심각한 질병이 아니면 지방의 병원 체계가 크게 문제 되지 않는다. 웬만한 채소는 텃밭에 있어 특별히 마트를 자주 찾아야 할 일이 별로 없다. 처음 농사일을 시작했을 때는 몸도 뻐근하고 시행착오가 많아 시간적 여유가 없지만, 차츰 일에 익숙해지면 여유도 생겨난다. 독서는 문화적 결손 부분을 많이 보충해 준다. 이웃에는 주로 형님, 누님뻘 되는 분들이 많으나 친구 할만한 연배의 사람들도 여럿 있다. 정년퇴임을 한 나와 같은 사람이 경험하고 있는 실태이다. 성별이나 나이 등에 따라 사정은 분명히 다를 것이다. 내 경우가 그렇다는 말이다.

내 연배의 사람이 도시에 거주한다면 무슨 일을 하며 생활할까? 책을 읽거나, 친구나 지인들과 당구나 골프를 치거나, 술 한잔할 것이다. 혹은 근처 산에 오르거나, 기원에서 바둑을 두거나, 헬스장에서 운동할 것이다. 진취적인 사람이라면 강좌를 듣거나 강의도 할 것이다. 어떻든 주로 소비적으로 생활한다. 난 그런 생활보다는 뭔가를 생산하는, 즉 항산의 삶을 선호한다. 웬만한 농산물은 손수 길러 먹는다. 없는 건 이웃에서 얻는다. 썰물 때 갯벌에 나가면 식생활에 도움되는 재료들이 여기저기 산재해 있다. 내가 몸을 움직일 수 있고, 게으르지만 않다면 얼마든지 질 높은 자연의 제철 음식을 먹고 살 수 있다.
언젠가 가까이 지내는 친구가 내게 물었다, 왜 서울에서 시골까지 왔다 갔다 하며 그렇게 고생하며 바쁘게 사느냐고. 그때 나는 소비보다는 뭔가를 생산하며 살고 싶어서 그렇다고 대답한 적이 있다. 맹자는 사람들에게 항산(恒産)과 항심(恒心)을 잃지 않아야 함을 강조했다. 항산이라는 말은 생활하는 데 필요한 일정한 생업을 갖는다는 것이다. 고리타분하게 이 시대에 왜 그런 사람을 들먹이냐고 하는 사람이 있을 수 있겠지만, 난 그의 말이 시대를 관통하는 의미를 지니고 있다고 생각해서 인용하는 것이다. 그리고 항심이란 바깥 유혹에 마음이 흔들리지 않고 자기의 뜻을 올곧게 유지한다는 의미이다.

자고로 일이 없는 사람은 항심을 유지하기 힘들다. 빈둥대는 것도 옆 사람의 눈치를 보아야 한다. 안정된 마음으로 자식이나 다른 사람들을 대하기 어렵다. 외부로부터 뭔가의 도움을 은근히 기대하게도 된다. 지구상의 모든 생명체는 반드시 죽음에 이른다. 그리고 다른 생명체가 생존하는 데 필요한 양분으로 전화되어 흔적 없이 소모된다. 아무런 일도 하지 않으며 소비하는 생활보다는, 노동력을 발휘할 수 있는 한, 뭔가라도 생산하며 살다 삶을 마감하는 게 누군가에 의존하며 사는 것보다 다른 생명체의 삶에도 그나마 도움이 되지 않을까? 누군가를 희생양 삼아 이익을 얻거나, 소비만 하는 생활보다는 훨씬 살만한 삶이 아니겠는가!

　항산이 없으면 항심을 갖기 어렵다.

자식-부모 간의 애증과 자연 질서

　나는 가족들과 함께 살던 섬에서 중학교를 마친 후 가까운 육지의 목포에 있는 고등학교로 진학했다. 한 달에 한 번 2시간 반 정도 걸리는 여객선을 타고 집에 갔다가 한 달 치 식량과 밑반찬 거리를 싣고 다시 목포의 자취방으로 돌아오는 생활을 반복했다. 그런데 가끔 어머니가 그 일을 직접 대행해 주는 경우가 있었다. 그때는 난 여객선이 도착하는 시간에 맞춰 부둣가로 나가 어머니를 기다렸다. 평소엔 알록달록한 보자기에 싸서 가져오시는데, 어느 날엔가는 내 눈을 의심하게 하는 모습을 보게 되었다. 어머니가 커다란 보자기와 함께 흐릿한 비닐 비료 포대에 김치를 담아 새끼줄로 꽁꽁 묶어 가져온 것이다. 포대도 그렇고 시큼한 냄새도 냄새지만, 포대를 묶은 새끼줄이 날 너무나 당황스럽게 했다. 어떻게 버스를 타고 가야 할지 뒷골이 지끈거렸다. 당시의 우리에겐 택시를 탄다는 생각 자체가 불가능한 선택지였다. 아니나 다를까, 우리가 버스에 올라 타자 승객들의 시선은 일제히 우리 모자에게 꽂혔다. 어떻게 30여 분을 견디다 버스에서 내렸는지 기억에 없다.

이 세상에 어느 누가 나를 위해 김치를 비료 포대에 담아 새끼줄로 묶어서 손수 배로, 버스로, 몇 시간에 걸쳐 힘들게 가져다주겠는가? 당시에 내가 느꼈던 창피함이 따뜻한 어머니의 사랑으로 치환되어 내 가슴을 적신 것은 한참 뒤의 일이었다. 세월이 흘러 내가 자식을 둔 시점에 이르자, 이젠 우리 부부가 결혼하여 따로 사는 아들네 집이나 시집간 딸네 집에 반찬을 보내는 경우가 있다. 그럴 때 아내가 반찬을 포장하는 모습을 보고 있노라면, 그 옛날 어머니가 싸 오셨던 비료 포대가 떠오르곤 한다. 그래서 아내의 힐끗거리는 눈초리에도 불구하고 예쁘게 싸주라고 한마디 거든다. 다행히 내 아내는 포장하는 일에 대해선 일가견이 있어 아들, 딸이 별다른 불만을 제기하지 않는다.

어머니와 아버지가 나의 의식에 '부모'라는 존재로 처음 등장했던 계기는 내가 서울에 올라와 대학에 다니며 아르바이트해서 번 돈을 처음으로 내 손에 쥐었을 때였다. 몇 푼 되지 않지만, 그 돈은 그동안 갖고 있던 나의 의식과 생존방식을 근원적으로 뒤흔든 기폭제였다. 방배동 산자락 위의 동네에 사는 초등학교 아이들을 모아 아침에 한 번, 저녁에 한 번 과외 공부를 가르쳤다. 내 인생에 처음, 내 힘으로 번 돈을 손에 쥐게 되자, 부모님의 얼굴이 떠올랐다. 한 번도 용돈이란 명목으로 내 손바닥 위에 돈 한 푼 쥐여 준 적 없던 부모였다. 하지만 타향에 사는 아들의 뇌리에 부모는 자기 연민의 대상이 되어 새롭게 피어난 것이다. 우체국으로 가서 시골에 계신 부모님 앞으로 몇만 원 소액권을 끊어 부쳐드렸다. 대학생 아들은 이후에도 졸업할 때까지 몇 차례 더 그렇게 부모님에게 '용돈'을 보내드렸다.

나의 결혼식 전날이었다. 시골에 계신 부모님이 올라오셨다. 신혼 살림을 꾸릴 거처로 잠실에 있는 7.5평 독신자 아파트(그땐 그렇게 불렀다)를 전세로 구해놓은 상태였다. 아내와 나는 결혼식을 치르는 데 필요한 최소 비용 외엔 나머지 일체를 전세 비용으로 투입했다. 그 집에서 부모님과 결혼 전야에 동숙했다. 결혼식 날이 밝아오자 난 흙먼지가 덕지덕지 붙은 아버지 구두부터 닦으며 준비를 서둘렀다. 시간이 되어 현관문을 나서려는 순간, 아버지가 갑자기 내 앞에 서시더니 나의 두 어깨 위에 손을 얹으셨다. 아버지는 날 바라보시더니 눈시울을 붉히며 "미안하다"라고 하신다. 난 어안이 벙벙했다. 아버지는 그동안 부모로서 해준 것이 없다며 자식 볼 면목이 없다고 하셨다. 아버지의 눈에서 흐르는 뜨거운 액체를 본 건 그때가 처음이자 마지막이었다.

그런데 이상하게도 내 마음에선 별다른 감정적 반향이 일지 않았다. 지금 생각하면, 내가 참 무심했다. 그러나 그땐 그랬다. 아버지와 나 사이에 정서적 교집합이 거의 없었다. 거기엔 그럴만한 서사가 있었다. 내 나이쯤에 있는 사람들은 어린 나이에 부모 곁을 떠나 도시의 일가친척 집에서 학교에 다닌 경우가 많았다. 이는 우리 또래가 중학교에 진학할 때 입학시험 제도가 사라지고 거주 지역에 있는 중학교에 의무적으로 가야 했던 새로운 제도 탓과 함께, 당시에 도시 개발붐이 일어나며 생겨났던 우리 시대의 한 생활상이었다. 중학교 입시제도의 변화 덕분으로 난 비록 도시는 아니었지만, 초등학교 5학년 때 내가 살던 섬에서 제일 번화한 읍내로 전학을 가서 당시 고등학생이던 형과 자취를 시작했었다.

어린 나이에 남의 집에서 생활하면 의식주도 문제지만 아무래도 주인 식구들을 의식하지 않을 수 없어 마음이 위축되어 눈치를 보게 되고, 그러다 보면 혼자 지내는 시간이 많아졌다. 이러한 생활 경험은 내게 최소한 중학교 졸업할 때까지 자녀는 부모와 함께 생활해야 한다는, 부모 곁을 떠나서는 안 된다는 신념이 자리 잡게 된 계기로 작용했다. 성장 과정에서 결핍되었던 부모의 사랑이 늘 그립고도 그리웠기 때문이다. 내 자녀들이 초등학생, 중학생 시절에 부모인 우리를 떠나 외국에서 학교 다닐 기회가 있었고, 그때마다 아내도 권했지만, 난 허락하지 않았다. 내 자식들이 나와 같은 메마른 가슴을 갖지 않기를 바라서였다.

결혼 후, 나와 아내는 맞벌이 부부로 바쁜 생활을 하는 가운데 아들과 딸을 낳았다. 자녀들은 장인, 장모님이 맡아 돌봐주셨다. 아침에 아이들을 맡겼다가 퇴근하며 데려왔다. 한 아이도 아닌, 두 아이를 그렇게 길러 주셨다. 내가 지금 손자녀를 돌보고 있노라면, 그것도 과거의 장인, 장모님처럼 온종일 맡아 돌보는 것도 아닌데, 허리가 아프고 양팔도 뻐근해져 아침에 일어나면 온몸이 무겁다. 그럴 때마다 장인, 장모께 감사하다는 생각이 밀려온다. 기회가 될 때마다 내 자식들에게 외할아버지와 외할머니께 고마운 마음을 잊지 말라고 이른다. 하지만 정작 나는 그 당시에 장인, 장모께 고맙다는 마음을 행동으로 표현했던 기억이 별로 없다. 내 생활에 허덕이느라 정신이 없었다. 내 아래의 자식들을 바라보는 데에만 시선이 쏠렸다. 내 위의 부모를 쳐다볼 겨를이 없었다. 아니, 그러지 않아도 된다고 생각했다. 처부모는 내가 필요할 때 나의 의식에 등장했지만, 그 필요가 사라지면 그와 동시에 의식의 화면에서 사라졌다.

본가나 처가의 부모가 다시 나의 의식으로 소환된 시기는 내 자식들을 결혼시킨 후였다. 나 자신도 한 가계의 정점에 위치하게 되면서 부모를 보는 눈에 변화가 온 것이다. 우리 부부는 몇 년 전 직장에서 은퇴하였다. 내 자녀들도 그동안 결혼 후 모두 분가하여 가정을 이루고 있다. 집에는 이제 나와 아내 둘이 생활한다. 우리 부부에게 '시간'이라는 더 없는 축복이 온 것이다. 그러자 우리 부부의 의식에 다시 부상하는 존재가 있었다. 바로 양가 '부모'였다. 그분들은 이미 고령에, 병으로 힘들어하신다. 우리가 정신없이 내 자식들 챙기는 사이에, 양가 부모는 어느새 거동마저 어려운 지경이 되셨다. 현재 갖고 있는 부모에 대한 애증은 나이가 들면서 변할 수 있다. 현재 부모를 원망하는 사람도 언젠가는 나처럼 회한으로 바뀔 수 있다.

나의 형제자매들도 자기 손자녀를 둔 한 가계의 정점에 있는 부모가 되었을 때, 그제야 하나, 둘, 부모 곁으로 다가온다. 물리적 거리가 아니라 심리적 거리를 말하는 것이다. 자식들은 이제 모이면 부모를 걱정하는 말을 많이 한다. 부모는 늙고 병들어 당신들의 사후를 염려한다. 자식들을 향해선 기회 될 때마다 "화목해라"하고 말씀하신다. 하지만 자식들은 부모의 병치레와 부양에 신경이 날카로워지기 시작한다. 비용과 더불어 헌신의 시간이 요구되기 때문이다.

자식들은 서로 눈치를 본다. 최소의 비용과 헌신을 들이면서도, 최대의 관심을 두고 있음을 경쟁적으로 드러내 보이고자 한다. 부모에게 손바닥만 한 땅이나 통장에 돈이 몇 푼이라도 남아있을라치면 그런 눈치싸움은 가히 적벽대전을 방불케 한다. 그러다가 부모가 돌아가시면, 그렇게 휘몰아치던 싸움은 잦아들고 형제자매들은 제각각 뿔뿔이 흩어진다. 이제 형제자매들은 자신의 가계 정점에 위치하여 각자도생의 삶을 지휘하며 살아가게 된다. 사람들이 '내리사랑'이란 말은 하지만 '치사랑'이란 말은 잘 하지 않는 이유를 알 것 같다.

부모를 향한 자식의 사랑은 이렇게 인생의 단계에 따라 변한다.

집집이 정도의 차이는 있겠지만, 대체로 비슷한 과정을 밟아간다. 난 그것을 자연의 질서라고 생각한다. 자연스럽다는 말이다. 물이 위에서 아래로 흐르듯, 사랑도 위에서 아래로 흐르는 게 순리다. 위로부터 받으면 넘쳐서 아래로 흐른다. 자식이 위의 부모에게만 헌신한다면, 아래의 자기 자식은 누가 돌보며 길러 줄까? 설사 그렇게 노력한다고 해도, 위에 있는 부모를 향한 자식의 사랑은 중력에 의해 자연스럽게 밑을 향하게 된다. 돌봄의 순서는 아래를 향하도록 애초에 그렇게 질서 잡혀 있다. 그러므로 부모는 그런 현상에 실망할 필요가 없다. 결혼은 치사랑이 내리사랑으로 전환되는 지점이다.

부모가 병들고 늙으면 형제자매들이 아등바등 다툼을 일으키는 것 또한 어찌 보면 자연 질서에서 오는 필연의 일부가 아닌가 하는 생각이 든다. 형제자매들에게도 병든 부모를 봉양하는 일로 사이를 틀어지게 하는 바람이 인다. 바람에 날리는 민들레 홀씨처럼, 미움의 바람이 일어야 형제자매들이 각자 삶을 찾아 나서는 발길을 내딛기 쉽다. 자연의 이치다. 나는 그런 현상을 일종의 진화 법칙으로 해석한다. 형제자매들이 이제 제 갈 길을 가도록 물꼬를 터주는 것일 수도 있다. 그렇게 생각하면, 부모의 유산을 두고 형제간 싸움이 일어나는 것에도 다소 마음이 편해진다. 자연의 질서라고 애써 자위하면 그만이지 않은가. 인류의 진화 과정에서 선택되어 유전자에 각인된 것을 우리 힘으로 어찌할 것인가? 자연의 법칙성 안에서 적응하며 사는 게 순리가 아니겠는가?

부모와 자식 간의 애증도 자연의 질서에 따라 변화한다.

성년 의식(儀式)과 성인 의식(意識)

　언젠가 인터넷 서핑을 하다 읽었던 내용 하나를 소개한다. 35세 된 딸이 아버지에 대한 원망을 적은 글이었다. 그녀는 부모가 이혼한 후 혼자 된 아버지를 10년째 부양하고 있다고 했다. 고정 수입이 없는 아버지는 불쑥 딸에게 전화해서 돈을 요구한다고 한다. 딸은 빚까지 내어가며 아버지에게 용돈을 드렸다. 그런데 아버지는 지금까지 딸에게 아버지 역할을 한 번도 하지 않았다는 것이다. 그녀는 그러면서 이제 '아버지 자식 노릇' 그만하고 싶다고 울부짖었다. 난 이 글을 읽으면서 같은 아버지 세대로서 글쓴이가 너무 안쓰럽고, 한편으론 미안하다는 생각이 많이 들었다. 그 전후 사정이야 분명히 있겠지만, 또한 그런 내막을 잘 알지도 못하면서 함부로 왈가왈부해서도 안 되지만, 그럼에도 같은 아버지 세대로서 하고 싶은 말은 있다.

　어떻게 아버지라는 사람이 딸에게 빚을 내지 않으면 안 될 정도까지 돈을 요구할 수 있을까? 굳이 이유를 댄다면, 유교적 관습을 지목할 수 있다. 나는 베이비붐 세대로서, 글쓴이의 나이 또래인 딸이 있다. 나의 부모 세대는 조부모에 대한 효도와 자식들 건사하느라 당신들 노후 자금을 마련해 놓기가 어려웠다. 부모가 늙고 병들면 자식들이 부모를 부양한다는 전통적으로 내려온 유교적 관습을 아무런 의심 없이 믿고 기댔던 것도 한 원인일 수 있다. 하지만 요즈음엔 부모가 자식에게 부양을 요구하는 일이 자연스럽지 않다. 부모가 자식에게 재산을 증여할 때 자식의 효도를 담보로 한다는 '효도 계약서'까지 등장하는 시대에 우리가 살고 있다. 부모와 자식 간의 관계가 예전과는 질적으로 다르다.

이에, 아이디어 차원에서 부모와 자식 간의 새로운 관계 정립을 위한 한 가지 제안을 한다. 부모와 자식 간의 관계는 자식이 일정 수준 나이에 이르면 의존적 관계에서 독립적인 관계로 전환해야 한다. 우리나라에서는 1973년 이래로 매년 5월 셋째 월요일을 '성년의 날'로 지정하고 있다. 성년이 되는 의식(儀式)은 동서고금을 막론하고 행해져 왔다. 동양의 유교 문화권에서는 인간이 일생을 살아가는 동안 맞이하는 통과의례로 관혼상제를 성대히 치러왔다. 이 가운데 맨 처음 등장하는 의례가 바로 성년 의식인 관례(冠禮)다.

지금까지는 이런 성년 의식(이하 글에서는 성년식으로 씀)이 유교의 집단주의적 사고의 관점에서 해석된 채로 내려왔다. 즉, 성인이 되었다는 건 곧 개인이 소속한 집단의 일원이 되었음을 인정한다는 것이다. 따라서 이후부터는 집단에 충성하는 의무를 다해야 한다는 뜻이 강했다. 그 의미에 관한 찬반을 떠나서, 지금은 결혼, 상례, 제사 의식과 달리, 관례는 그마저도 존재 의미 자체가 퇴색되어 거의 유명무실한 상태가 되었다. 거기엔 오늘날 우리 사회의 이런저런 어두운 가족 문화가 서려 있다.

유교의 집단주의적 사고는 부모에 대한 효도가 그 출발점이다. 우리의 몸과 머리카락과 피부는 부모에서 받은 것이니, 감히 이것을 훼상하지 않는 것이 효도의 시작이고, 몸을 세워 도를 행하며 이름을 후세에 드높게 하여 부모를 드러나게 하는 것이 효도의 끝이라 가르쳤다. 그 효도는 부모가 돌아가시면 제례로 이어진다. 개인은 위로는 부모를 비롯한 조상, 밑으로는 자녀를 비롯한 후손, 그리고 옆으로는 형제와 끊으려야 끊을 수 없는 고리로 단단히 묶여 있다. 개인은 집단의 일원으로서만 그 의미가 존재했다. 서두에서 인용한 사례에서와 같이, 아버지가 자식에게 무시로 돈을 요구하는 것도, 자식이 빚을 내 돈을 드리는 것도, 이와 같은 사고구조에서 나오는 집단주의 문화의 그림자이다.

  흥미로운 건 요즈음 우리 사회에서는 그와 정반대인 또 하나의 현상이 나타나고 있다는 것이다. 그 또한 전통적인 집단주의 문화의 변형이라고 볼 수 있다. 지난 2022년 3월 우리나라 국무조정실이 발표한 '2022 청년 삶 실태조사 결과'를 보면, 만19~34세 청년이 속한 전국 약 1만 5천 가구를 대상으로 조사한 결과, 57.5%가 부모와 함께 살고 있는 것으로 나타났다. 그러니까 10명 중 6명은 부모에게서 독립하지 않은 청년들이다. 특히 이들 중 67.7%는 '아직 독립할 구체적 계획이 없다'라고 했다.

  이들에게도 두 가지 유형이 있다. 하나는 부모가 자녀를 품 안에서 내놓지 않는 경우다. 과거에 우리 부모들은 '품 안의 자식'이라는 말로, 온갖 헌신을 다해 키운 자식이 좀 컸다고 부모 말을 듣지 않으면 그 서운함을 에둘러 그렇게 표현했었다. 그런데 요즘은 '품 안에 자식을 끼고 사는 부모', 곧 부모가 자식을 아예 보듬고 안 내주는 캥거루족이 점차 늘어나는 추세다. 또 하나의 유형은 아예 부모의 품속에 둥지를 틀고 살고자 하는 자식들이 있다. 부모는 나가 살길 바라지만 자식이 나가질 않는 것이다. 부모 품속이 편하다는 게 그 이유다. 그렇게 살면, 집 사려고 돈 모을 필요도 없고, 결혼생활로 티격태격할 이유도 없으며, 육아 문제로 자신의 시간과 에너지를 송두리째 희생할 일도 없으니 얼마나 편하냐 하는 심리에서 나오는 결과로 보인다. 한 집에 자식이 적어도 네댓은 있었던 옛 시절에는 꿈도 꾸기 어려웠던 일이다. 그래서 세상사엔 정답이 없다는 말이 나온다.

  이제 새로운 개념의 성년식이 필요한 시대이다. 성년식은 개인적으로는 한 독립된 인간으로서 주체적인 삶을 살아가는 의지를 다지는 기회이고, 사회적으로는 그를 의젓한 성인으로서 사회의 구성원임을 인정하고 대우한다는 의례가 되어야 한다. 성인이라면 어떻게든 자신의 문제를 자신이 풀어가야 한다는 강인한 자립정신을 가진 성인으로서의 의식(意識)을 지녀야 하지 않겠는가. 성년식을 마치면, 자녀는 그 길로 독립하는 관습을 만들어 가는 사회적 분위기를 조성해 나가면 어떨까, 하는 것이 내가 하고자 하는 제안의 중심거리다. 성년식을 마친 청년은 개체로서의 정체성은 지키되, 가족과의 온기는 몸과 정신에 유지하며 존중하는 자세를 갖는다. 관습이 의식(意識)을 유도할 수도 있지만, 의식이 관습을 변화시킬 수도 있다. 사람을 중심으로 볼 때, 전자는 타율적이지만, 후자는 자율적이다.

성년식이 실효성을 거두려면, 먼저 부모 세대인 우리부터 변화해야 한다. 부모가 자녀를 위해 해야 할 일차적인 의무는 자녀가 건강하게 자라며 학업을 일정 수준까지 마무리할 수 있도록 뒷받침하는 일이다. 이차적인 의무는 자녀가 적당한 시기가 되었을 때 부모로부터 경제적, 정서적으로 독립하여 스스로 생활할 수 있는 능력을 갖추도록 도와주는 일이다. 그리고 자녀가 결혼하고 나면, 부모는 공간적으로도 자녀가 독립할 수 있도록 제반의 조처를 할 필요가 있다. 자녀가 자신의 삶을 독립적으로 개척해 나가는 철학이나 능력은 어려서부터 부모와 지내며 발견하고, 터득하고, 학습하는 과정을 통해 형성된다.

부모는 무엇보다 이런 의무를 수행함과 동시에 자신의 노후를 스스로 준비해야 한다. 현재 60대 세대는 위로는 부모를 모시고 아래로는 자녀를 양육하는 이중고를 겪고 있다. 우리 세대만 그러한 게 아니라 인류 역사에 면면히 내려오는 전통이었다. 그러나 이제 그 전통의 유통기한도 다 되어가고 있다. 점차 자식에 대한 부양의 부담을 줄여나가야 한다. 그래야 부모도 남은 인생을 숨 쉬며 살아갈 수 있다. 물론 정부나 지자체에서 예민하게 관찰하면서 그 틈새를 메울 수 있는 정책적 방향을 세워나가는 것도 필요할 것이다. 그러나 그건 어디까지나 보조적일 뿐이다.

　부모는 자의든 타의든 자식을 평생에 걸쳐 품 안에 끼고 살 수는 없는 노릇이다. 그건 한 인간으로서 자주적인 삶의 기회를 앗아간다는 점에서 자식에게도 결코 좋지 않은 일이다. 살아서 한 인간으로의 삶을 주도적으로 살아보지 못한다는 건 노예적인 인생에 머물다 이승을 떠난다는 것과 다르지 않다. 가족이라서 괜찮은 것은 없다고 하지 않는가. 부모라고 자식의 인생을 쥐락펴락할 수는 없다. 마찬가지로 자식이라고 부모 품 안에 둥지를 틀고 마냥 세상 풍파를 피해 살아서도 안 된다. 내가 양팔을 앞으로 뻗어 아무리 벌려도 내 등 뒤로까지는 미치지 않는다. 내가 안고 살아갈 인생의 몫이 그만큼이다. 다 큰 자식을 품에 안으면 앞도 잘 안 보이고, 숨쉬기도 힘들어진다. 더군다나 부모는 하루가 다르게 늙어간다.

　이제부터라도 성년식을 실효성 있는 의례로 치렀으면 한다. 성년식을 통해 청년들은 성인으로서의 주체 의식을 다지고, 사회 구성원들은 성년식을 마친 자를 자신이 하고자 하는 일을 주도적으로 결정하고 그에 책임을 지는 성인으로 인정해 주는 계기로 삼았으면 한다. 그리고 부모는 성년식을 치른 청년이 경제적, 정서적, 공간적으로 독립된 개인으로서 주체적인 삶을 살아가도록 응원해 주어야 할 것이다. 성년식이란 게 청소년들이 한복에 갓과 화관을 쓰고 도포 자락을 길게 늘어뜨려 기념사진을 찍는 날로 그치는 행사는 더 이상 의미가 없다.

　성년식을 치르는 나이로, 나는 대학 2학년을 마치는 시기인 20~21세가 적절하다고 본다. 고교를 졸업하는 시기는 그동안 대학입시를 준비하느라 다른 사람들과 더불어 사는 사회적인 삶에 대해 생각해 볼 겨를이 부족하다. 대학에 진학하면 그동안 고교 시절 때까지 억눌렸던 입시 부담에서 해방되어 동료들과 함께 더불어 사는 사회적 삶을 경험할 수 있게 된다. 남학생의 경우에는 병역 의무도 고려해야 한다. 대학에 진학하지 않은 청소년들도 20~21세가 되면 나름의 대인관계를 형성하며 활동을 할 수 있어서 성년식을 통해 성인으로서 자신의 삶을 계획하고 살아갈 수 있는 여러 여건을 갖출 수 있는 시기다. 그 나이쯤이 되면 성인으로서 의식을 갖출 것이다.

성인 의식(意識)은 우리 사회의 저출산 문제와도 밀접한 연관이 있다는 점에서 정부나 지자체도 적극적으로 관심을 가져야 한다. 예컨대, 정부는 여러 분야에 지방 덩어리처럼 끼어 있는 불요불급의 예산을 절약하여 성년식을 치른 성인에게 어떤 형태의 주택이든 1인용 주거 공간을 제공하는 제도적 방안을 강구할 필요가 있다. 우리나라 출생률이 일정 수준에 이르는 시기까지라도 무상 임대해 주는 방안을 고려할 수 있다. 경제적인 여유가 있는 가정의 청년들이라면 주거 공간이 별문제가 되지 않는다. 하지만 경제적 사정이 여의찮은 청년들에겐 독립된 주거 공간은 꿈의 궁전일 수 있다.

부모의 소득 수준이 일정 이하인 청년의 경우, 지자체는 그들에게 자립하여 출발할 수 있는 기초생활지원금을 일정 기간 지급하는 방안도 고려해 볼 수 있을 것이다. 공간적, 경제적, 정서적으로 부모한테서 독립한 생활이 성인이 내딛는 첫 발걸음일 것이기 때문이다. 요즘 군에서 사병들의 월급을 인상하고 제대 후 이를 기초생활자금으로 활용하도록 도움을 주고 있는 것은 고무적인 제도적 접근의 하나로 보인다.

성년에 이른 자식이 부모를 떠나 사는 것은 삼라만상의 법칙이다.

소중히 여기는 것과의 이별 연습

"처음에 심을 때 제자리에 심어야지, 왜 자꾸 그렇게 옮겨요?", "애초에 계획을 잘 세워 나무를 심으세요.", "이번에도 또 아까운 나무만 희생되는구면", "멀쩡한 나무 옮긴다고 죽이지 말고, 같은 나무를 사다가 심고 싶은 곳에 심어요." "아니, 그 가지를 그렇게 잘라버리면 어떡해요?" 아내는 내가 나무를 옮겨 심거나 가지를 전정할 때면 어김없이 준비된 잔소리를 해댄다. 내가 아무런 계획도 없이 나무를 무작정 심는 것은 분명 아니다. 나름대로 원대한 구상에 따라 심는다. 그런데, 그놈의 원대한 구상이 몇 달, 아니 며칠 후면 바뀌는 통에 아내에게 내 체면이 이만저만이 아니다.

귀촌 지역에 거처를 정하고 측량을 끝낸 후, 나는 다음 단계로 앞뜰과 뒤뜰, 그리고 텃밭 주변에 나무를 심었다. 서울 양재동 나무 시장과 서천 읍내의 산림조합 나무전시판매장에서 내가 좋아하는 백목련과 장미 등등의 나무를 구입했다. 내가 태어나 자랐고 지금도 노모가 살고 계시는 고향집 마당에서 선친이 손수 심고 길렀던 동백나무도 네 그루 캐왔다. 아들이 거처를 시골에 정하자, 어머니는 이 동백나무들을 아들 집 마당으로 옮겨심기를 바라셨다. 아마도 당신 남편의 손길을 아들의 가슴에 간직하길 바라는 마음에서 그랬을 것이다. 집안 거실에 앉아 유리창을 통해 뒤뜰을 바라보면 이웃 마을 어느 가문에서 관리하는 묘가 하나 가까이 보인다. 아내는 그게 신경 쓰인다고 했다. 그래서 어른 키만 한 산딸나무 두 그루를 구해 시야를 가릴 요량으로 적절한 간격으로 배치했다.

집 동쪽에는 십여 평 남짓한 텃밭이 있다. 앞으로 그곳에 정자를 지을 요량으로 양쪽 끄트머리 쪽에 내 키보다 큰 마로니에 두 그루를 심었다. 잎이 유난히도 넓은 나무의 특성을 고려할 때, 몇 년 후면 두 그루의 마로니에가 여름날 정자에 시원한 그늘을 제공해 주고, 가을이면 넓적한 낙엽들이 멋진 분위기를 조성해 줄 것이란 상상만으로도 신이 났다. 난 가을날 물이 든 은행나무의 노란색을 너무 좋아한다. 지금은 비록 도시에선 천덕꾸러기 대접을 받고 있긴 하지만, 한때는 잿빛으로 도배된 도시의 가을 분위기를 밝고 화려하게 물들였던 가로수가 아니었던가. 공기 오염이 없는 곳에서 자란 은행나무가 가을날 바닷바람에 샛노란 잎을 흩날릴 풍광을 꿈꾸며 암수 두 그루를 마당 가의 길거리 쪽으로 약간의 거리를 두고 마주 보게 자리를 정했다. 그 밖에도 주차장에서 안 마당으로 비슷하게 올라오는 언덕에 화살나무, 설중매, 보리수, 불두화, 목단, 작약, 향나무, 왕벚나무 등을 심었다.

우리 집엔 특히 나와 소중한 인연이 있는 나무들도 있다. 내가 이곳으로 거처를 옮겨오기 전에 직장이 있던 공주의 교외에 집을 짓고 살았었는데, 그곳에서 내가 심어 길렀던 세 그루 나무를 이곳으로 옮겨왔다. 무엇보다 지금의 나를 흐뭇하게 하는 나무는 수사해당화이다. 이 나무는 근무하던 대학에서 강의가 끝난 후 눈요기 겸하여 공산성 건너편의 제민천 다리 근처에서 열리는 오일장을 구경하러 갔다가 눈에 띄어 길렀었다. 이듬해 이사오며 이곳으로 옮겨왔다. 지금은 거실 창문에서 내다보이는 앞뜰 중앙에 크고 우아한 자태로 자리 잡고, 송홧가루 날리는 사월이면 연한 홍자색의 꽃으로 뜰의 분위기를 주도한다.

공주시 근교에 짓고 살았던 이전 집은 마당이 쥐똥나무로 빙 둘러싸여 있었다. 이곳으로 거처를 옮겨 올 무렵, 20여 년 살며 내가 손수 심고 가꿨던 나무들과 아쉬운 이별을 해야 하기에 나무들 하나하나에 눈길을 주며 집 울타리를 천천히 거닐었다. 그러다가 쥐똥나무 틈 사이에 어디서 씨가 날아왔는지 손바닥만 한 크기의 향나무가 자라고 있는 것을 발견하였다. 모양이 귀엽고 앙증맞기도 해서 현재 생활하는 이곳으로 옮겨왔다. 벌써 그 나무는 내 가슴팍 높이까지 자라 서투른 솜씨로 2단 모양을 낸 눈사람 형태의 자태를 뽐내고 있다.

내 배꼽 높이만큼 길쭉하게 자라던 자목련 한 그루도 이곳으로 옮겨왔다. 그 녀석은 당시 살고 있던 집의 대문 옆에 홀로 외롭게 자라고 있었다. 며칠 후면 이사를 한다는 생각으로 마음이 착잡하던 터에, 그 녀석이 눈에 띄었다. 그냥 가면 눈에 밟혀 생각날 것 같아 이삿짐 트럭에 싣고 와 지금의 텃밭 가에 심었다. 다른 나무들에 비해 성장 속도가 느리고 모양도 수려하지는 않지만, 지금은 그래도 제법 목련의 고고한 위용을 갖춰가고 있다.

새로 이사온 집에 심은 나무들은 잘 자라 이제는 제법 숲의 형태를 이뤄가고 있다. 어떤 나무들은 너무 잘 자라 전정하여 높이를 조절해 주어야 할 정도다. 나뭇가지들이 번성하다 보니, 가지들이 서로 너무 가까이 붙어 햇빛을 가로막거나 공기의 흐름을 방해 한다. 나무들은 서로서로 동쪽으로, 그리고 위쪽으로 가지 뻗기를 경쟁한다. 바람이라도 일라치면 목련, 감나무, 보리수, 설중매의 우듬지들이 아우성을 친다. 태양 광선은 나무의 형태에 많은 영향을 준다. 햇볕을 조금이라도 더 쪼이고자 하는 생리로 인해서 나무의 외형이 균형적이지 못한 모습을 보이는 경우가 종종 있다. 동쪽으로 심하게 치우친 나뭇가지는 형겊으로 꼰 줄을 사용하여 반대편 서쪽으로 잡아당긴 후 땅에 끈을 고정해 좌우의 균형을 맞춰준다. 인위의 눈에 길들여 있는 인간만이 자연성을 거스르는 그러한 행태를 의식 없이 저지른다. 낙엽이 모두 진 늦가을이나 초겨울이 되면, 나무 밑동 주변에 흙을 약간 판 후 퇴비를 한 포대씩 덮어준다.

그런데 온 정성을 다해 가꾼 나무들의 가지를 자르거나 아예 나무를 송두리째 잘라야 하는 경우들이 있다. 전자의 경우에는 아쉽긴 하지만 튼실한 나무로 키우기 위한 불가피한 선택이라 뒤통수를 때리는 아내의 시선에 특별히 괘념하지는 않는다. 하지만 후자의 경우에는 가슴이 아프다 못해 내 몸의 살을 도려내는 것처럼 쓰라려서 견디기 힘들다. 난들 아끼던 것과 이별하는 마음이 편할 리가 있겠는가. 거기다 대고 아내는 습관성 핀잔을 쏟아낸다.

　소박한 정자와 그 양쪽에 우뚝 선 두 그루의 마로니에 가지들이 정자 위로 어우러진 멋진 광경을 상상했던 나는 이내 그 그림을 수정해야 했다. 마로니에 바로 옆에는 생업으로 작물을 경작하는 다른 집 밭이 있다. 호랑이 콩, 쪽파, 들깨, 참깨, 고추 등의 작물이 격년으로 파종되어 자라는 곳이다. 마로니에 나무들의 성장 속도가 빨라 날이 갈수록 밭작물에 드리운 그림자가 그 폭을 넓혀간다. 그뿐만 아니라 가을이면 유난히 넓적한 나뭇잎들이 우리 텃밭에 심은 김장 배춧잎 사이로 떨어져 일일이 집게로 끄집어내어야 했다. 그 나뭇잎들을 끌어내다 놓치면 배춧잎을 미끄럼틀 삼아 밑단으로 쏙 미끄러져 내려가 버린다. 그놈들을 꺼내려다 멀쩡한 배춧잎을 찢어놓기도 한다. 농작물을 재배하는 주인의 얼굴에 어두운 그림자를 드리우게 하고, 우리집 텃밭에 있는 배춧잎 사이에 낀 낙엽을 끄집어내야 하는 잔일거리를 제공하는 마로니에 두 그루를 베기로 결단을 내렸다. 갈색 잎으로 무성한 마로니에 두 그루와 그 아래 정자가 내 가슴에서 사라지는 순간이었다. 마음이 아팠다.

　마당 앞뜰에서 비스듬하게 유선형으로 멋을 내고 양쪽엔 회양목으로 장식하여 만든 계단을 따라 5미터 정도 걸어 내려가면 주차장에 이른다. 주차장과 연이은 또 다른 텃밭은 나의 놀이터로, 거기엔 과수 나무들이 심겨 있다. 난 그 과수밭 가에 화룡점정을 하는 심정으로 꽤 자란 왕벚꽃 나무 한 그루를 서울 양재동 나무 시장에서 구해와 심었다. 이듬해부터 자라는 속도가 내 발걸음보다 더 빨라 보였다. 심은 지 4년이 되자, 나무줄기가 그 옛날 아내와 연애하던 시절 서울 동대문 운동장에서 보았던 차범근 선수의 근육질 종아리처럼 굵고 야무지게 성장했다. 해가 갈수록 화사한 벚꽃은 그 위용을 더해갔다. 몇 년 후의 이곳 풍광을 가히 짐작하고도 남았다. 그런데 오호통재라! 왕벚꽃이 만발하는 모습만 상상했지, 그 옆 1미터 정도 위에 있는 농작물을 재배하는 다른 집의 밭이 있다는 사실을 또 망각했다. 나의 원대한 구상이 팍팍한 현실을 구체적으로 살피지 않은 결과였다. 정말이지 내 살을 도려내는 심정으로 밑동을 잘라야 했다. 지금도 잘리고 남은 등걸을 보면, 가슴이 아려온다.

바라보기만 하면 아쉬움과 회한이 밀물처럼 가슴속으로 밀려오는 나무가 한 그루 있다. 선친의 숨결과 땀 내음이 깃들어 있는 동백나무다. 내가 나고 자란 고향집 마당에서 옮겨온 네 그루 가운데 모양과 크기가 괜찮은 두 그루를 골라 주차장에서 마당으로 올라가는 유선형 계단의 입구 양쪽에 심고, 나머지 두 그루는 앞뜰에 심었다. 그런데 날이 갈수록 왼쪽 계단 입구에 심은 동백나무 한 그루의 잎들이 짙은 고동 색깔로 변해갔다. 물이 부족한가 싶어서 조석으로 물을 주고 영양제도 분무기로 뿌려주었지만, 아무런 소용이 없었다. 아무래도 해송들이 주변에 있어 뿌리가 성장하는 데 영향을 받는 것 같았다.
나는 어쩔 수 없이 나무를 계단 중간쯤 빈터로 옮겨 심었다. 동백나무의 장래가 어두워 보였지만, 그동안 이별 연습을 해온 터라 담담한 심정으로 옮겼다. 점차 시들어 가자, 결국은 체념하고 밑동을 잘라야 했다. 어머니와 선친께 죄송한 마음이 들었다. 아마도 시골 마당에서 자라고 있던 나무를 캐는 과정에서 뿌리에 손상을 입은 것으로 보였다. 그렇게 한해가 지났는데, 다음 해에 제초 작업을 하다가 잘린 밑동에서 가느다란 새순이 올라오는 걸 우연히 발견했다. 살아있었던 거다. 그렇게 반갑고 고마울 수가 없었다. 마치 내가 새 생명을 얻은 것 같이 기뻤다. 선친에게 죄송했던 마음이 조금은 사라졌다.

살다 보면, 소중히 여기는 나무들을 베어내야 할 때가 있다. 내가 아끼는 것이라 하여 모든 걸 끌어안고 살 수는 없는 노릇 아닌가. 소중한 것들과 이별을 연습하고 있는 것인지도 모른다. 머리는 '회자정리(會者定離)'가 자연의 법칙이라며 그렇게 날 훈계하는데, 잘린 등걸들을 보고 있노라면 내 가슴엔 아쉬움으로 짙게 밴 슬픔이 뚝뚝 떨어진다. 어쩌겠는가, 그게 자연의 이치인걸.

아끼던 나무를 벤다는 건 어쩔 수 없는 이별을 삶의 한 부분으로 받아들이는 연습이다.

에필로그

내 장인어른은 92세를 일기로 두 달 전에 세상을 뜨셨다. 엊그제 아내와 함께 진주에 있는 경상국립대학 칠암캠퍼스를 찾았다. 지자체에서는 이번에 두 번째 추모제를 개최한다는 안내문을 장인어른에게 보내왔다, 이미 세상을 뜨셨는데…. 아내와 내가 대신 참석하기 위해 행사장을 방문했다. 그 장소는 옛날 장인어른이 청년의 기개를 한껏 펼치던 모교 진주농림고등학교가 있던 자리라 했다. 그래서 그런지 수십 년 된 아름드리 플라타너스들 사이를 따라 행사장으로 이어진 길이 더욱 의미 있게 느껴졌다. 박물관 앞에 세워져 있는 '6.25 전쟁 학도병 명비' 앞에 서서 생전 장인의 삶을 추모하였다.

명비 뒷면에는 장인어른이 직접 지은 "1950년 어느날 종례 시간 고등학교 담임 선생님의 훈시…"로 시작되는 '호국의 꽃'이라는 제목의 시가 음각으로 새겨져 있어 감회가 더욱 깊었다. 처음 그 시를 노트에 쓰신 후 나에게 읽어주시던 장인의 생전 목소리가 내 귓전에 그대로 살아 울리는 듯했다. 식장엔 장인어른의 성함이 인쇄된 A4용지가 붙은 지정석이 마련되어 있었다. 빈 의자 위에 모교의 역사만큼 세월을 간직한 플라타너스가 세월의 무게를 견디지 못하고 잎 하나를 내려놓았다.

지난달 말 무렵부터 전화기를 타고 흐르는 어머니의 음성에서 뭔가 이전과는 다른 점을 느낄 수 있었다. 어머니는 당신 몸에서 기운이 쭉 빠져나가 힘이 없고, 기억도 예전과 달라 도무지 조금 전 한 일도 생각이 나질 않는다며 나더러 시골집에 한 번 왔다 가라 하셨다. 불과 닷새 전에 어머니의 동갑내기인 장인어른의 장례를 마친 후였다. 아내와 함께 어머니를 뵈러 시골로 향했다. 저녁 무렵에 어머니를 모시고 읍내 식당에 들러 저녁 식사를 함께했다. 그게 마지막이 될 줄이야…. 이제 기운이 난다며 염려 말고 내일 집으로 돌아가라 하셨다. 다음 날 이른 아침, 우린 어머니에게 인사를 드린 후 가벼운 마음으로 집을 나섰다. 그런데 이틀 후 어머니는 목포에 있는 요양병원에 급히 입원하셨고, 그토록 기다리던 '고도'가 들렀는지, 바로 다음 날 새벽에 세상을 뜨셨다. 마을에서는 어머니의 베틀노래를 익히고 있는 전수자들이 '베틀에 살어리랏다'라는 큰 글귀가 새겨진 만장을 걸고 동네 주민들의 애도 속에서 어머니를 기리는 추모제를 개최했다.

추모제에 걸렸던 만장의 글귀는 아마도 영원히 내 가슴에 문신으로 새겨져 있을 것이다. 어머니에게는 평생소원이 하나 있었다. 어머니는 군(郡)에서 지정한 베틀노래 보유자로서 매달 진도향토문화회관에서 주최하는 토요민속여행 프로그램의 한 꼭지를 맡아 마을 아낙네 십여 명과 함께 베틀노래 공연을 해오셨다. 하지만 가슴 저 깊은 곳에는 도(道)로부터 '베틀노래 보유자'로 인정을 받고 싶은 소망이 간절했다. 자식으로서 정성이 부족했는지, 어머니는 뜻을 이루지 못한 채 저세상으로 가셨다. 면목이 없다. 내가 숨을 쉬고 있는 동안에는 멍에로 남아있을 것이다.

이 책은 필자가 5년 전부터 본격적으로 준비하고 정리한 일종의 인생사색노트이다. 틈나는 대로 관심 가는 분야의 책들을 읽으며 내 삶에 양분이 될 만한 내용들을 노트에 메모해왔다. 그와 함께 내 기억의 저편에 저장되어 있던 서사들을 수시로 불러내 되새김하며 하나하나에 작은 포스트잇을 붙이며 정리해 놓았다. 그런 메모와 서사의 조각들을 씨실과 날실 삼아 하나둘 이야기를 직조해 나갔다. 그러다 보니, 이 책의 행간에는 현재를 사는 필자의 생각과 감정이 고스란히 배 있다. 이 모든 작업 또한 내 생을 구성하는 새로운 서사의 한 페이지를 이룰 것이다.

한가지 마음에 걸리는 게 있다. 이 책에 실린 글들은 내가 살아오면서 겪었던 개인적인 속살을 드러내는 이야기가 대부분인지라 나의 치부가 만천하에 드러날 수 있고, 내용에 따라서는 내 의도와는 상관없이 나와 경험을 공유했던 사람에게 혹여 어떤 불편한 마음이 들게 할지도 모르겠다는 생각이 든다. 그런 사람이 있다면 '솔직'이라는 명분으로 사과드릴 것이다. 나를 아는 누군가가 이 책을 읽고 콧방귀를 뀐다면, 이 글들은 내가 위선자임을 옴짝달싹도 못 하게 하는 멍에가 될 것이다. 이 또한 마찬가지 이유로 스스로 감내할 것이다.

2024년 가을 끝자락에
양재천변 집에서
저자 씀